W0390009

ro
ro
ro

Tatjana Ustinowa, geboren 1968, studierte Aerodynamik in Moskau und arbeitete danach beim Fernsehen. Sie hat in Russland 15 Kriminalromane veröffentlicht, die millionenfach verkauft wurden. Mit ihrem Mann und zwei Kindern lebt sie in Moskau. Im Rowohlt Taschenbuch Verlag erschienen bislang: «Dass du nicht mehr lebst» (rororo 23794), «Blind ist die Nacht» (rororo 23791) und «Wenn die Stunde schlägt» (rororo 23795).

Tatjana Ustinowa

STIRB, BRÜDERCHEN, STIRB

Kriminalroman

Aus dem Russischen von
Margret Fieseler

Rowohlt Taschenbuch Verlag

Die Originalausgabe erschien 2003 unter dem Titel
«Podruga osobogo naznachenija» bei Eksmo, Moskau.

Veröffentlicht im Rowohlt Taschenbuch Verlag,
Reinbek bei Hamburg, September 2008
Copyright © 2007 by Rowohlt Verlag GmbH,
Reinbek bei Hamburg
«Podruga osobogo naznachenija»
Copyright © 2002 by Tatjana Ustinowa
Umschlaggestaltung any.way, Hamburg,
nach einem Entwurf von PEPPERZAK BRAND
(Foto: Michel Setboun / Getty Images)
Satz aus der Galliard PostScript (InDesign) bei
hanseatenSatz-bremen, Bremen
Druck und Bindung Druckerei C. H. Beck, Nördlingen
Printed in Germany
ISBN 978 3 499 23792 8

Unter diesem Stein fand Jackson, Hugh
nach langem Leiden die letzte Ruh.
Im Leben als Jackson, William bekannt,
ward er im Grabe umbenannt.
weil sich kein Reim auf «William» fand.

(Unbekannter englischer Autor)

UND DANN WÄRE SIE FAST NOCH unters Auto gekommen.

«Alte, pass auf, wo du hintrittst, wenn du nicht abkratzen willst», brüllte der Fahrer grob und sprang aus dem Auto. Er machte nicht einmal einen Schritt auf sie zu, um nachzusehen, was ihr passiert war.

Was war denn auch schon passiert. Heute war vor ihren Augen ein Mann ums Leben gekommen, und sie hatte den Verdacht, dass er ermordet worden war, das war alles.

«He! Was sitzt du da herum, steh gefälligst auf, Alte!»

Mit Mühe wälzte sie sich auf die Knie, kroch zum Straßenrand und zog sich dort mit beiden Händen an einer harten, schmutzigen Schneewehe hoch. Die ganze Straße schaute dabei zu, wie sie versuchte, ihren Mantel sauber zu klopfen, und nach ihrer Handtasche suchte.

Die Tasche war nicht mehr da.

«Na, was ist? Kannst du laufen?»

Das Knie schmerzte heftig, wahrscheinlich war Warwara damit auf den Asphalt geprallt, als sie stürzte. Sie bückte sich und versuchte nachzusehen, was mit ihrem Knie passiert war, konnte aber nichts erkennen.

Mein Gott, und ihre Tasche!

Die Autos hupten wie verrückt – sie wollten den Wagen wegdrängeln, der Warwara angefahren hatte. Er stand mitten auf der Straße und versperrte ihnen den Weg. Dieser mitfühlende Fahrer, der sich in so überaus höflichen Wor-

ten erkundigt hatte, ob mit ihr alles in Ordnung sei, schlug einfach die Tür zu und fuhr los.

Warwara schickte ihm unter ihrem verrutschten Kopftuch hervor einen vernichtenden Blick nach.

Was jucken den schon deine Blicke, meine Liebe. Du hast noch großes Glück gehabt, dass er dich erstens nicht totgefahren und dir zweitens nicht in die Fresse gehauen hat, schließlich hast du sein kostbares Auto gefährdet und ihn gezwungen, anzuhalten, Zeit zu verlieren und dir Fragen zu stellen!

Aber wo war bloß die Tasche?!

Warwara trat von einem Bein aufs andere, als wollte sie deren Standfestigkeit testen, da tauchte der verfluchte Wagen plötzlich direkt vor ihrer Nase auf. Sie wich erschrocken zurück, überzeugt, dass er sie diesmal bestimmt überfahren würde.

Die hintere Tür wurde aufgerissen.

«Oma», ertönte es herzlich aus dem Wageninneren, «kann ich Sie irgendwohin mitnehmen? Wollen Sie vielleicht ins Krankenhaus?»

«Danke, nicht nötig», murmelte Warwara und klopfte eifrig ihren Mantel ab.

«Nun kommen Sie schon.»

«Ich hab doch gesagt, es ist nicht nötig», wiederholte sie mit Nachdruck. «Mit mir ist alles in Ordnung.»

In diesem Moment erblickte sie ihre Tasche – sie lag weit weg an einer Hauswand – und humpelte freudig auf sie zu, so als könne die Tasche sie beschützen und vor allen Widrigkeiten des heutigen Tages retten.

Gleich würde sie sie aufheben und ruhig nach Hause gehen, die Tür hinter sich zumachen, in die Badewanne steigen und im heißen Wasser sitzen, solange sie Lust hatte, und der Tag würde endlich zu Ende gehen.

Die Tasche war leer. Warwara drehte sie um und schüttelte sie, in der Erwartung, dass aus dem Inneren sogleich Pass, Geldbörse, Brille, der dicke Roman und das noch aus ihrer Schulzeit stammende Notizbuch mit dem flotten Prägedruck auf dem Umschlag – Hammer und Sichel – herauspurzeln würden.

«Na, Alte?», fragte der Fahrer spöttisch direkt neben ihrem Ohr. «Hamse dir die Rente geklaut? Auf dein Geld musst du eben besser aufpassen!»

«Und du solltest nach vorn gucken, wenn du am Steuer sitzt», sagte Warwara, ohne sich umzudrehen. Sie war den Tränen nahe und schluckte angestrengt, um sie zu vertreiben. «Auf die Straße musst du gucken, nicht Krähen zählen und den Mädels hinterherglotzen!»

«Alle Achtung!», rief der Mann beinahe entzückt. «Die hat ja Haare auf den Zähnen! Die lässt sich nichts gefallen!»

«Gib endlich Ruhe, Witja.»

Hinter ihr bewegte sich etwas. Sie schluckte ihre Tränen hinunter, schaute weiter angestrengt in ihre Tasche und wandte sich absichtlich nicht um. Jemand fasste sie energisch beim Ellbogen.

«Kommen Sie mit.»

«Ich komme nirgendwohin mit!»

«Kommen Sie. Ich fahre Sie nach Hause. Sie haben doch gar nichts mehr – kein Geld und keine Papiere.»

Mein Gott, wofür wurde sie eigentlich so gestraft?

«Entweihe den Namen Gottes nicht», pflegte Oma Nastja ärgerlich zu sagen. Sie trug tagein, tagaus ein weißes Kopftuch mit kleinen Pünktchen, ihr Gesicht war dunkel und streng. Warwara hatte Angst vor ihr. «Gott ist nicht Nachbars Ziege, ihn ruft man nicht so mir nichts, dir nichts, nur wenn es sehr nötig ist oder etwas ganz, ganz wichtig!»

«Nun seien Sie doch nicht so störrisch!», sagte die Stimme hinter ihr ärgerlich. «Steigen Sie ein, was stellen Sie sich so an!»

Ein Stoß in den Rücken, und Warwara kroch ungeschickt in das von warmem Licht erhellte Wageninnere. Hier zeigte sich, dass ihre Strumpfhose zerrissen war. An beiden Knien gähnten gleichmäßige runde Löcher wie Seen. Die schmutzige weiße Haut darunter sah in der gedämpften Beleuchtung beinahe unanständig aus, und Warwara bedeckte ihre Knie hastig mit den Mantelschößen.

Sobald ich zu Hause bin, nehme ich ein Bad, dachte sie.

Die Türen wurden zugeschlagen, und der Wagen setzte sich in Bewegung.

«Wo müssen Sie hin, Oma?»

«Tuchatschewski-Straße», sagte Warwara.

Es tat ihr schrecklich leid um das Geld, immerhin fast fünfhundert Rubel. Natürlich würde sie jetzt nicht Hungers sterben, aber es war kränkend.

«Warum gucken Sie denn nicht nach rechts und nach links, wenn Sie die Straße überqueren? Sie müssen besser aufpassen, besonders abends.»

«Ich passe ja auf», sagte Warwara böse. «Es war Ihr Chauffeur, der sonst wohin geguckt hat! Ich bin bei Grün über die Straße gegangen, auf dem Fußgängerüberweg!»

«Aber das Grün flackerte schon!», empörte sich der Chauffeur auf dem Vordersitz, überzeugt, dass er zu Unrecht beschuldigt wurde. «Die Alte ist selber schuld, sie will das jetzt bloß vertuschen. Ich hatte noch gar kein Tempo und bin erst angefahren, als die Ampel schon auf Rot umgesprungen war!»

«Ich weiß nichts von einer roten Ampel», parierte Warwara. «Ich bin jedenfalls bei Grün über die Straße gegangen,

und Sie sind wie der Teufel gerast! Ja, und hinter mir kamen noch ganze Scharen von Leuten, das haben Sie doch gesehen!»

«Weil es nur noch Trottel gibt! Wenn die Ampel flackert, muss man stehen bleiben. Ste-hen blei-ben! Aber ihr trampelt einfach weiter, wie eine Hammelherde! Mein Gott, Fußgänger in Moskau!»

«Witja!»

Der Chauffeur blickte in den Rückspiegel, bewegte noch ein Weilchen die Lippen, als könne er nicht auf der Stelle verstummen, und brummte dann: «Entschuldigung, Iwan Alexandrowitsch.»

Iwan Alexandrowitsch, den Warwara noch gar nicht genauer angesehen hatte, rückte ein wenig zu ihr herüber und bot ihr einigermaßen teilnahmsvoll an: «Vielleicht sollten wir Sie doch besser zur Ambulanz bringen? Was haben Sie da … tut das weh?»

Er fürchtet, ich könnte recht haben, dachte Warwara. Selbst hat er natürlich nicht nach draußen geschaut und weiß jetzt nicht, wem er glauben soll, mir oder seinem Chauffeur.

«Alles in Ordnung», sagte sie, während sie sich das Tuch vom Kopf zog. «Nur Hautabschürfungen und zerrissene Strümpfe. In der Ambulanz bekommt man keine neuen Strümpfe, und Jod habe ich selbst zu Hause.»

Und dabei schaute sie ihn endlich an.

Er hatte kurz geschnittenes dunkles Haar, war nicht dick, aber sehr kräftig gebaut. Große Hände, ein starker, von der Krawatte eingeschnürter Hals. Augen, die durch die dichten dunklen Wimpern wie schwarz umrandet wirkten.

Er blickte sie ebenfalls eine Weile aufmerksam an. Die Farbe seiner Augen konnte Warwara nicht erkennen.

«Entschuldigen Sie», brummte er und wandte sich wieder ab. «Ich dachte, Sie seien eine Oma.»

«Ich bin keine Oma», erklärte Warwara. «Aber vielleicht werde ich es in einiger Zeit mal sein.»

Der Chauffeur glotzte sie im Rückspiegel an und traute offensichtlich seinen Augen nicht. Die plötzliche Verjüngung Warwaras verwirrte ihn völlig.

«Ich hab gedacht», sagte er plötzlich, «Kopftuch, Handtasche, Mantel … 'ne alte Schachtel, was sonst …»

«Witja!»

«Entschuldigen Sie, Iwan Alexandrowitsch …»

«Umso unverzeihlicher», fuhr Iwan Alexandrowitsch aufgebracht fort. «Sie sehen also vermutlich ganz gut, Ihre Beine sind in Ordnung, was haben Sie dann auf der Fahrbahn zu suchen!»

«Nichts habe ich gesucht. Ich habe die Straße überquert.»

«Ja, ich hab's gehört. Bei Grün. Trotzdem müssen Sie nach rechts und links sehen, wenn Sie nicht wollen, dass man Sie überfährt!»

«Das sagen Sie mal Ihrem Chauffeur! Ich will bestimmt nicht überfahren werden, aber wieso rast er einfach in die Leute hinein?! Mit mir zusammen sind noch viele andere über die Straße gegangen!»

«Aber merkwürdigerweise sind ausgerechnet Sie uns vors Auto gelaufen! Alle anderen sind wohlbehalten hinübergekommen, nur Sie kommen unter die Räder!»

«Weil er mich angefahren hat und ich gestürzt bin! Und meine Tasche ist weggeflogen, und alles hat man mir geklaut!»

«Ja», sagte Iwan Alexandrowitsch ganz ruhig. «Das ist schlimm. Schade um die Tasche. Was war drin? Geld? Papiere?»

«Geld, Papiere, alles Mögliche!»

«Viel Geld?»

«Allerdings», fauchte Warwara wütend. «Fünfhundert Rubel.»

Und plötzlich tat es ihr so leid um diese fünfhundert Rubel, um sich selbst, um ihren Pass mit dem ausnahmsweise einmal gut getroffenen Foto darin und sogar um den Krimi, den sie gerade erst angefangen hatte, dass sie laut zu weinen begann, die Hände vors Gesicht geschlagen und den Kopf im Schoß vergraben.

Sie schluchzte fast den ganzen Weg nach Hause und hörte erst an der Kreuzung auf, als dieser Iwan Alexandrowitsch sie fragte, wo sie abbiegen müssten. Warwara wies ihm mit dem Arm die Richtung. Als letzte und schlimmste Demütigung wollte er ihr auch noch Geld zustecken, als der Wagen hielt, und versicherte mehrmals, er sei bereit, sie zu «entschädigen». Aber Warwara schob seine Hand weg, schluchzte und wischte sich mit dem Kopftuch die Tränen ab.

Endlich gelang es ihr loszukommen, sie stolperte über den sauber gefegten Weg zum Hauseingang und wäre fast noch einmal gefallen, als sie auf einen von frisch gefallenem Schnee bedeckten Eisstreifen trat. Sie fuchtelte mit den Armen, um nicht das Gleichgewicht zu verlieren, die leere Tasche wirbelte um sie herum, das Auto aber fuhr immer noch nicht fort, und Warwara begriff, dass Iwan Alexandrowitsch und sein Chauffeur sie aus dem Wagen heraus beobachteten.

Im Lift hatten sich unappetitliche Pfützen gebildet, im Windfang roch es nach Hund. Die Nachbarn hielten in ihrer Zweizimmerwohnung drei riesige Kaukasische Hirtenhunde. Der Nachbar brüstete sich damit, dass sie ihre Woh-

nungstür gar nicht mehr abschließen müssten. Warwara glaubte ihm aufs Wort – nicht weil die Hunde so wild und gefährlich waren, sondern weil es derart durchdringend nach ihnen stank. Jeder Einbrecher würde garantiert sofort bewusstlos umfallen.

Der Nachbar hatte seine Hundefamilie gerade zum Gassigehen formiert. Er staunte über Warwaras derangiertes Aussehen, verfluchte die «neuen Russen» und ihre Autos und brüllte seine Hunde an, die mit ihren schweren Schnauzen Warwara bedrängten. Sie stand an die Wand gedrückt und umklammerte ihre Handtasche, denn die Hunde nahmen allen freien Raum in dem engen Windfang ein. Als sie endlich alle draußen im Treppenhaus waren und Warwara ihre Wohnungstür geöffnet und in der Diele, die winzig wie ein Kleiderschrank war, das Licht angeknipst hatte, stellte sich heraus, dass ihr Mantel vorn nicht nur nass und schmutzig, sondern auch noch voller Hundehaare war.

«Wie sieht denn das aus!», rief Warwara betrübt ihrer Handtasche zu, die sie noch am Henkel hielt. «Wie um Himmels willen sieht denn das aus?!»

Die Tasche gab keine Antwort, und Warwara warf sie unter den Spiegel. Sie trat sich die Füße auf der vorsorglich hinter der Tür ausgebreiteten Zeitung ab, um den sauberen Fußboden nicht zu beschmutzen, dann zog sie ihre Stiefel aus und hängte ihren Mantel an die Garderobe.

Was sollte sie jetzt morgen zur Arbeit anziehen?

Sie könnte natürlich versuchen, den Mantel mit dem Föhn zu trocknen und anschließend abzusaugen. Sie entfernte schließlich nicht zum ersten Mal Hundehaare, denn sie traf ihren Nachbarn recht oft, wenn der mit seiner «Familie» Gassi ging. Nach solchen Begegnungen musste sie ihren Mantel regelmäßig mit dem Staubsauger bearbeiten.

Wie hatte sie nur vor dieses Auto laufen können?! Sie hatte wirklich noch Glück gehabt, dass sie mit dem Schrecken davongekommen und auch noch so komfortabel nach Hause chauffiert worden war. Weniger kultivierte und höfliche Leute hätten sie vielleicht noch verprügelt.

Schniefend stellte Warwara den Wasserkessel auf den Herd und zog dann ihren Bademantel aus Frottee an. Früher war der Bademantel mal hellblau gewesen, mit Sternen und Wolken, die im Laufe der Zeit immer mehr verblassten, bis der Mantel eine graublaue Farbe angenommen hatte. Es war ihr Lieblingsteil, kein gewöhnliches Kleidungsstück, sondern ein Seelentröster. In ihm war es warm und weich, aber sie sah darin so schlimm aus, dass sie lieber nicht in den Spiegel schaute, wenn sie ihn trug.

Jetzt musste sie aber doch einen Blick in den Spiegel werfen.

Aber es war nichts Ungewöhnliches zu sehen. Zumindest in ihrem Gesicht hatte der heutige Unfall keinerlei Spuren hinterlassen – keine Schrammen, keine Kratzer, alles in Ordnung. Nur ihre Augen waren noch vom Weinen gerötet. Sie würde Kohlblätter darauf legen. «Ein Blatt Kohl vertreibt jede Röte», hatte Oma Nastja immer gesagt.

Obwohl – was machte es schon aus! Als ob auf der Arbeit irgendwer ihre roten Augen bemerken würde!

In ihrem geliebten Bademantel wirkte sie dick und blass. Jetzt würde sie den ganzen Abend darüber nachdenken, wieso sie eigentlich so dick war. Sie aß doch eigentlich gar nicht viel, war fast immer auf der Arbeit, wo sie zum Essen sowieso keine Zeit hatte, und nahm immer nur einen Löffel Zucker in den Tee. Wika Gorina nahm dagegen drei, und trotzdem war Wika schlank, leicht und flink auf den Beinen …

Warum war das Leben nur so ungerecht?

Zum Abendessen gab es Huhn mit Reis, und vor lauter Kummer darüber, dass sie so dick war, aß Warwara alles bis zum letzten Bissen auf, obwohl sie sich vorgenommen hatte, die Hälfte für morgen übrig zu lassen, jetzt, wo sie fünfhundert Rubel aus ihrem Budget streichen musste.

Sie machte es sich mit einem großen Becher Tee – nur ein Löffel Zucker! – im Wohnzimmer bequem und dachte nach.

Heute hatte es bei ihnen in der Firma einen «Unglücksfall» gegeben.

Der Besucher, ein unscheinbarer junger Mann mit Aktentasche, war schon zum dritten Mal ins Büro gekommen. Der Chef empfing ihn jedes Mal, egal, wann er auftauchte, und das fand Warwara ziemlich merkwürdig.

Der Chef empfing sonst niemanden, der nicht zuvor eine bestimmte Zeit im Vorzimmer geschmort hatte. Das gehörte zu seinem Stil. Er war der Meinung, Besucher zur vereinbarten Zeit zu empfangen, passe nicht zu einem wirklich großen Boss. Der Chef hielt sich für einen großen Boss, und in seinem Vorzimmer bildeten sich regelmäßig Schlangen wie vor dem Milchladen am Morgen zu Sowjetzeiten. Doch dieser junge Mann durfte sogleich ins Büro, kaum dass Warwara seinen ausgefallenen Familiennamen beim Boss angemeldet hatte.

Ligo, Pjotr Borissowitsch, so hieß er.

Heute war er wieder erschienen und wieder sofort ins Büro gerufen worden, sobald Warwara ihn telefonisch angemeldet hatte. Etwa zehn Minuten später rief der Chef nach Warwara und bat sie in gereiztem Tonfall um Kaffee. Mit ihr sprach er immer so gereizt. Auch das hielt er für einen großen Boss für angemessen.

Warwara brachte den Kaffee.

Pjotr Borissowitsch Ligo saß mit angespanntem Gesichtsausdruck auf dem Sofa. Seine Hände hielt er auf ein Knie gepresst. Er bemühte sich, Warwara freundlich anzulächeln, tat das aber derart ungeschickt, dass sie ihn nur besonders aufmerksam musterte und sich fragte, was mit diesem Mann eigentlich los war, dass er so eigenartige Grimassen schnitt. Kurz darauf schaute Pjotr Borissowitsch ins Vorzimmer und bat Warwara um einen Aschenbecher. Ganz überrascht sprang Warwara von ihrem Stuhl auf, lief sofort in die so genannte Wirtschaftsabteilung – eine Nische in der Wand, vor der ein vergitterter Paravent stand – und suchte einen Aschenbecher heraus. Der Aschenbecher war sauber, aber feucht, und Warwara, die vor lauter Eifer und Eile einen Stapel Servietten herunterwarf, rieb ihn mit solcher Inbrunst trocken, dass er quietschte, und reichte ihn dann dem demütig wartenden Pjotr Borissowitsch.

Etwa eine halbe Stunde später ging sie noch einmal hinein, um das schmutzige Geschirr abzuräumen und saubere Tassen mit frischem Kaffee zu bringen.

Pjotr Borissowitsch Ligo saß mittlerweile in dem Sessel am Fenster, in einiger Entfernung vom Kaffeetischchen. Sein Gesicht konnte Warwara nicht sehen, aber er sprach gerade ziemlich laut. Was er sagte, konnte sie nicht verstehen, also achtete sie auch nicht weiter darauf. Zehn Minuten später rief Lina Achmetowa aus der Rechtsabteilung den Chef an. Er ging hinüber und knurrte ihr im Vorbeigehen noch zu, dass Pjotr Borissowitsch am Computer arbeiten wolle, er selber aber dringend zu den Juristen müsse. Das war in Warwaras Firma so üblich – zu den Juristen gingen immer alle persönlich und sofort. Nur dem Präsidenten wurden die juristischen Dokumente eigens ins Büro gebracht. Warwara wunderte sich zwar ein wenig darüber, was der Besu-

cher am Computer zu tun hatte, aber natürlich stellte sie keine Fragen.

Die Tür war nicht ganz fest geschlossen, und einige Male hörte sie ein Geräusch, so als ob Pjotr Borissowitsch im Büro auf und ab ginge. Dann krachte es plötzlich so laut, dass Warwara entsetzt in die Höhe fuhr. Es hörte sich an, als habe Pjotr Borissowitsch den Bücherschrank umgeworfen.

«Was treibt er da bloß?», fragte sie Ljuda Galkina aus der Werbeabteilung, die gerade ihre Zigarettenpause bei ihr machte.

«Wer weiß», entgegnete Ljudka. «Sieh lieber nach. Nun geh schon!»

Und Warwara ging hinein.

Pjotr Borissowitsch Ligo lag auf dem Fußboden, die gelbe Schläfe an den Teppich geschmiegt. Neben ihm auf dem Boden lagen Monitor und Tastatur.

Pjotr Borissowitsch selbst war mausetot, eindeutig und unwiderruflich. Warwara wusste es auf den ersten Blick, fiel aber weder in Ohnmacht, noch vollführte sie irgendwelche sinnlosen Handlungen wie im Kino – den Toten schütteln, mit Wasser begießen, mit zitternder Hand Validol verabreichen, erst sich selbst, dann der Leiche, oder umgekehrt.

«Ljuda», sagte Warwara stattdessen, am Boden kauernd, «ich glaube, den hat es erwischt.»

Ljudka ächzte, wich zurück und fasste sich an ihren Rollkragenhals.

«Ich rufe den Notarzt», fuhr Warwara rasch fort, bevor Ljudka auf die Idee kam, ohnmächtig zu werden. «Hol du den Chef. Er ist bei den Juristen. Rasch, rasch, beweg dich!»

Wenn es nötig war, konnte Warwara sehr energisch werden.

Mit bleichem Gesicht kam der Chef angelaufen, gefolgt von einem der Juristen, und Warwara wurde fortgescheucht.

Dann gab es ein großes Durcheinander und Panik. Bis der Notarzt kam, dauerte es quälend lange, und im Vorzimmer drängten sich die Neugierigen. So ein unerwartetes «Glück»: am helllichten Tag eine Leiche in der Firma! Bestimmt würde man jetzt einen Tag, ach was, eine ganze Woche nicht arbeiten müssen!

Wenn sich die hohe Tür öffnete, stellte sich Warwara aufgeregt auf die Zehenspitzen und hielt sich an den Schultern der anderen Neugierigen fest. Alle schubsten und drängelten, um sehen zu können, was dort im Zimmer vor sich ging. Wenn sie sich schloss, drehten sich alle zu Warwara um, belagerten ihren Schreibtisch und blickten sie neugierig und flehend an. Sie aber setzte eine strenge und etwas traurige – eben eine «angemessene» – Miene auf und schwieg beredt. Dafür erzählte Ljudka im Korridor wohl zum hundertsten Mal, wie sie gerade bei Warwara gesessen und geraucht hatte, da hätte es auf einmal laut gepoltert, sie seien ins Büro gestürzt, und da habe er dann gelegen, neben ihm der Monitor, ein grausiger Anblick. Kurz gesagt – mausetot. Endgültig und unwiderruflich …

Warwara war überzeugt, dass Pjotr Borissowitsch ermordet worden war und dass der Schlaganfall, die Diagnose, die sich gleich nach der Ankunft des Notarztwagens und der bulligen, finster dreinschauenden Sanitäter wie ein Lauffeuer in der Firma verbreitet hatte, nichts mit seinem Tod zu tun hatte.

«Du hast zu viele Kriminalromane gelesen, meine Liebe», sagte Warwara zu sich selbst. Sie sagte das nur, um zu hören, wie es klang. Es klang wenig überzeugend.

«Träumerin», hatte Oma Nastja missbilligend über sie gesagt. «Ewig schwebt sie in den Wolken. Es ist ein Kreuz mit ihr!» Übrigens kannte Warwara niemanden, über den sich die Oma zustimmend geäußert hätte. Warwara war eine «Träumerin», ihr Vater ein «Stoffel», ihre Mutter eine «Kratzbürste», die Nachbarin ein «Dragoner», ihr Sohn ein «Bandit», obwohl der rosige, bebrillte, dicke Dimka ungefähr so viel Ähnlichkeit mit einem Banditen hatte wie Warwara mit der Miss Universum.

Dimka hatte ihr früher einmal den Hof gemacht, und sein verlegenes Schnaufen und die feuchten Finger, mit denen er Warwaras Hand gequetscht hatte, waren die romantischsten Erinnerungen in ihrem Leben.

Es gab Schlimmeres.

Zum Beispiel Tatjana, ihre beste Freundin. Hatte mit zwanzig geheiratet – natürlich aus rasender Liebe. Eine Zeit lang blieb die Liebe so rasend, dann wurde sie alltäglich, dann verschwand sie ganz. Übrig blieb die Plackerei mit einem Kerl, den sie längst leid und der zu nichts nütze war, der ihr aber, wie zum Trotz, im Laufe der Zeit irgendwie «ans Herz gewachsen» war. Ihn einfach seinem Schicksal zu überlassen, das brachte ihre gutmütige Freundin nicht über sich. Er saß ihr und ihren Eltern auf der Pelle, und zwar sehr bequem, ließ die Beine baumeln, tat nichts, kümmerte sich um nichts, sorgte sich um nichts – fast zehn Jahre lang. Tatjana verwandelte sich in dieser Zeit in eine Matrone mit Kleidergröße 48 – Warwara bedauerte sie mit einer typisch weiblichen Mischung aus Mitleid und Überheblichkeit, denn sie selbst passte noch in Größe 44 –, wurde zänkisch und weinerlich, drehte ihre Haare auf Lockenwickler, lackierte ihre Fingernägel blutrot, stritt sich mit ihren Eltern herum und vergötterte ihren Sohn Wassja, dem die übertrie-

bene Mutterliebe gar nicht bekam und der mit seiner Umwelt große Probleme hatte.

So viel zu romantischen Gefühlen, verehrte Warwara Andrejewna. Wollen Sie so etwas? Sie sitzen hier gemütlich in Ihrem geliebten Bademantel im Sessel, trinken eine Tasse Tee, sinnieren über Gott und die Welt, trauern ihren fünfhundert Rubeln nach – während Tanja vermutlich mit einer Hand Kartoffeln brät und mit der anderen den Fußboden wischt und mit einem Auge Schulaufgaben kontrolliert.

Nur gut, dass sie ihren «Liebsten» im letzten Jahr doch noch vor die Tür gesetzt hatte. Es war wie in einer Komödie gewesen. Sie war an Neujahr etwas früher nach Hause gekommen, bepackt mit drei Einkaufstaschen, einer Pute, Mandarinen und Geschenken, ihr «Liebster» aber rannte, nur mit einer Unterhose bekleidet, aufgeregt durchs Zimmer, während auf dem Balkon ein Dämchen ohne BH stand, mitten im tobenden Schneesturm.

Tanja brach in schallendes Gelächter aus und lachte immer weiter, bis zum Prozess, und noch vor Gericht lachte sie, und die Richter zusammen mit ihr. In fünf Minuten waren sie geschieden.

Neun Jahre permanentes Eheglück hatten alle zermürbt. Tatjana hatte eine Neuralgie und ein beginnendes Magengeschwür, der ehemalige «Liebste» einen Bierbauch, Atemnot und Herzbeschwerden, Wassja wachte mitten in der Nacht auf und weinte aus Angst, die Eltern würden sich wieder anbrüllen. Dann fünf Minuten, und das Leben begann wieder von neuem.

Nein, verehrte Warwara Andrejewna, bedanken Sie sich bei Ihrem Schutzengel, dass Sie davon verschont geblieben sind. Ein bisschen schade war es natürlich schon, dass sie niemals verliebt gewesen war und kein Kind hatte, dass es

nichts gab, was ihr Herz rascher klopfen ließ. Und dieser dreiste Chauffeur hatte auch noch geglaubt, sie sei ein altes Weib, dabei hatte sie doch noch ein ganzes Jahr, nein, sogar anderthalb bis zu ihrem dreißigsten Geburtstag!

Und dann dieser Mord an Pjotr Borissowitsch mit dem seltsamen Nachnamen Ligo. Warwara war überzeugt, dass es geschehen war, gleich nachdem der Chef das Büro verlassen hatte. Jemand musste das Gespräch der beiden belauscht und Pjotr Borissowitsch ermordet haben, sobald der Chef weg war.

Aber warum? Wer war überhaupt dieser Pjotr Borissowitsch? Was hatte er mit dem Chef zu bereden? Warum musste er nie im Vorzimmer warten, sondern konnte hineingehen, ohne jemanden anzuschauen?

Heute hatte man ihn umgebracht. Mausetot war er, wie Ljudka Galkina sich ausgedrückt hatte.

Warwara seufzte auf, schüttelte aus den Aufschlägen des Bademantels die Krümel von gestern und schlurfte in die Küche, um den Wasserkocher anzustellen. Schade, dass sie schon gestern alle Plätzchen aufgegessen hatte.

Aber sie war sowieso zu dick. Wika Gorina aß abends bestimmt keine Plätzchen, und sie, Warwara, würde es auch nicht tun.

Ihr Appetit auf so einen harten Kringel mit Vanillegeschmack, mit Rosinen und braunem Hagelzucker wurde fast unerträglich.

Ob sie vielleicht aus der Bäckerei noch ein Stück Kuchen oder ein Eis holen sollte? Vanillekringel hatten die sicher nicht.

Nein, das würde sie nicht tun, auf keinen Fall! Wika Gorina beispielsweise …

Warwara schaltete den Wasserkocher aus, in der Küche

wurde es abrupt still, und sie hörte, dass es an ihrer Tür klingelte.

Sie erschrak so heftig, dass sie den Wasserkocher in die Spüle fallen ließ. Er polterte laut, das heiße Wasser spritzte in alle Richtungen.

Die Wohnungstür erzitterte, als stürme ein wilder Eber dagegen an. «Warwara!!!», röhrte der Eber draußen vor der Tür. «Nun mach schon auf!»

Warwara holte Luft und trabte in ihre Minidiele.

«Warum hast du nicht vorher angerufen!», sagte sie ärgerlich, als sie die Tür aufriss.

«Wozu denn!», schnaufte Tatjana und zwängte sich an ihr vorbei. «Ich weiß doch auch so, dass du zu Hause bist!»

«Woher?»

«Daher. Wo sollst du sonst sein, wenn nicht zu Hause?»

«Da hast du auch wieder recht», seufzte Warwara und schob ihrer Freundin ein Paar Pantoffeln hin. «Und wieso bist du nicht zu Hause? Oder hast du deine ganze Wäsche schon fertig gebügelt?»

«Nichts habe ich gebügelt», sagte Tatjana müde. In ihrer linken ausgestreckten Hand hielt sie ihre Schuhe, mit der rechten schüttelte sie die von der Mütze plattgedrückten Locken auf ihrem Kopf auf. «Ich habe überraschend Ferien bekommen.»

«Was für Ferien, hat Wassja etwa …»

«Wassja ist gestern von meinen Eltern abgeholt worden, sie sind mit ihm in ein Erholungsheim bei Solnetschnogorsk gefahren. Ich bin jetzt so frei und unabhängig wie unsere ehemalige Bruderrepublik, die Ukraine. Ich hab uns Räucherwurst mitgebracht und eine Torte.»

«Ausgerechnet eine Torte!»

«Nur eine ganz kleine», gurrte Tatjana einschmeichelnd. «So ein kleines Törtchen schadet uns schon nicht! Na?»

Warwara verzichtete darauf, ihrer auf Ferien eingestimmten Freundin zu sagen, dass Wika Gorina bestimmt keine Torte vorm Zu-Bett-Gehen aß, nicht einmal eine kleine, von Räucherwurst ganz zu schweigen.

«Stell deine Schuhe unter die Heizung», befahl Warwara. «Aber leg was drunter, sonst gibt es eine Pfütze.»

«Ich wische sie vorher ab, dann gibt es keine. Übrigens habe ich auch was zu trinken mitgebracht.»

«Wir werden trinken?»

«Und essen. Wir werden essen und trinken. Stell eine Pfanne auf den Herd.»

«Ich habe aber nichts, was wir braten könnten», sagte Warwara und befreite den Wasserkocher aus der Spüle. «Ich hatte ein Huhn, aber das habe ich schon aufgegessen.»

«Auf dein Huhn habe ich auch gar nicht gezählt», erklärte Tatjana energisch und erschien in der Küche. «Ich habe Schnitzel gekauft.»

Sie blickte Warwara treuherzig an. «Wenn ich schon mal Ferien habe! Da darf ich doch wohl was essen! Du lieber Gott, das letzte Mal in Ruhe gegessen habe ich Silvester letzten Jahres, und das war um vier Uhr nachts, als ich Wassja endlich ins Bett gejagt hatte und meine Eltern auch schon schliefen.»

«Und wozu die Kartoffeln?», fragte Warwara streng, während sie zuschaute, wie die Kartoffelschalen flott in die Spüle flogen. Tatjanas blutrote Krallen funkelten räuberisch. «Kartoffeln mit Fleisch! Schlimmer ist nur noch Torte mit Margarineröschen!»

«Gar nicht wahr! Kartoffeln mit Fleisch sind auf eine Weise gut und Torten mit Rosen auf eine andere.»

«Sollen die Kartoffeln gekocht oder gebraten werden?», fragte Warwara.

«Gekocht. Das Fleisch gebraten, die Kartoffeln gekocht. Beides zu braten ist schädlich. Wieso hast du eigentlich diesen Bademantel an? Ist was passiert?»

«Das kann man wohl sagen», seufzte Warwara. «Bei uns in der Firma hat heute so ein komischer Vogel den Löffel abgegeben, und ich wäre fast unters Auto gekommen. Genauer gesagt, ich bin unters Auto gekommen, aber ... nur ein bisschen. Lass uns die Kartoffeln doch lieber braten.»

«Was soll das heißen – nur ein bisschen?!», rief ihre Freundin. «Wie kann man ‹nur ein bisschen› unters Auto kommen?! Bist du bei Rot über die Straße gegangen? Oder bei Grün? Wenn es bei Grün war, musst du vor Gericht gehen und Schmerzensgeld verlangen! Hast du Zeugen?»

«Tanja, was redest du? Was für ein Gericht, was für Zeugen? Ich bin froh, dass man mich friedlich hat ziehenlassen und mich sogar noch nach Hause gebracht und keine Entschädigung von mir verlangt hat! Du hättest den Wagen sehen sollen – wirklich gediegen. Eine große Limousine. Und der Besitzer wirkte auch sehr gediegen.»

Plötzlich erinnerte sie sich wieder deutlich an die grauen Augen, die durch die dichten, kurzen, geraden Wimpern dunkler wirkten, an die großen Hände, an die Stimme, das gemütliche Licht im Wageninneren und daran, wie sie vor ihrem Haus gestolpert war und mit der Handtasche herumgefuchtelt hatte.

Wie unangenehm!

«Und aus meiner Handtasche hat man mir alles gestohlen», fuhr Warwara traurig fort. «Bis ich wieder auf die Beine gekommen war und meinen Mantel abgeklopft hatte ...»

«Wie – alles?!», japste Tatjana. Sie stöhnte und entsetz-

te sich, vergaß aber keine Sekunde die Kartoffeln und die Schnitzel – sie salzte und rührte und schnupperte aufmerksam und mit Genuss. «Wie viel Geld war denn drin?»

«Fünfhundert Rubel. Und mein Pass! Jetzt fängt die ganze Lauferei von vorne an, zur Miliz, zum Fotografen, zur Hausverwaltung, und Gebühren muss ich bestimmt auch nochmal bezahlen, und in der Sparkasse sind immer so lange Schlangen! Erst vor zwei Wochen hatte ich auch meinen Auslandspass bekommen und gedacht, jetzt habe ich endlich alles beisammen. Offenbar fahren in unserem Land des siegreichen Kapitalismus alle scharenweise ins Ausland. Hast du davon schon gehört?»

«Nein», musste Tanja zugeben.

«Ich auch nicht. Aber unsere Auslandsabteilung hat mir ständig in den Ohren gelegen – nun beantrage doch endlich einen Pass. Wir sind eine moderne Firma, alle unsere Mitarbeiter brauchen unbedingt auch einen Auslandspass! Was ist, wenn der Chef plötzlich auf die Idee kommt und dich zu einem Lehrgang nach London oder New York schickt!»

«Du hährst nach Hondon und Hu Ork?», fragte Tanja mit vollem Mund.

«Nein! Aber das ist unwichtig. Wichtig ist, dass die in der Auslandsabteilung alle Daten im Computer haben – Warwara Laptewa, Sekretärin, Pass Nummer soundso. Hinter diesem Pass bin ich drei Wochen lang hergelaufen. Und jetzt soll das alles wieder von vorn anfangen?!» Und Warwara brach, ganz überraschend für sich selbst, in Tränen aus.

Das hatte sie nicht gewollt, und eigentlich war doch auch alles schon überstanden und vorbei, sie hatte ihren Bademantel an und beinahe schon vergessen, dass der dreiste Chauffeur sie fröhlich «Alte» genannt hatte – und nun fing sie wieder an zu weinen!

Sie weinte lange, inbrünstig schluchzend und schniefend. Tanja schaute sie von der Seite an, pickte sich Kartoffelscheibchen aus der Pfanne, kaute schweigend und stellte ihr keine Fragen.

Wie gut, dass es Freundinnen gibt, die wissen, wann man Fragen stellen darf und wann man besser Kartoffeln isst und schweigt. Wenn man solche Freundinnen hat und dazu noch Bratkartoffeln und Schnitzel und eine Torte, dann kann man auf alles pfeifen. Nur um das Geld war es schade und um den Pass ...

«Genug geheult», erklärte Tanja schließlich energisch, und Warwara wischte sich mit dem Ärmel des Bademantels gehorsam die Tränen ab. «Gleich ist alles angebrannt und schmeckt nicht mehr. Lass uns lieber essen.»

«Ich habe beschlossen abzunehmen», verkündete Warwara, als sie mit einem großen Stück des «Törtchens» beim Tee saß. Alle Gedanken an Wika Gorina hatte sie gerade noch rechtzeitig verscheucht.

«Die Montignac-Diät soll gut sein», meinte Tanja. «Bei uns in der Buchhaltung hat ein Mädchen damit fünfzehn Kilo abgenommen. Man darf keine Kartoffeln und kein Weißbrot essen, alles andere ist erlaubt, sogar Schokolade.»

«Schön wär's», sagte Warwara seufzend und packte sich noch ein Stück Torte auf ihren Teller. «Ich glaube, fünfzehn Kilo kann man nur abnehmen, wenn man seinen Lebensstil von Grund auf ändert.»

«Und wie?»

«Zum Beispiel, indem man furchtbar reich wird und sich nur noch von Austern und Krabben ernährt. Und das ganze Leben lang nichts anderes mehr isst. Und anfängt, Tennis zu spielen. Hör mal, klingt das nicht super: Heute Morgen spiele ich Tennis, dann gehe ich in die Sauna, ruf mich bitte

am Nachmittag an, wenn ich meinen Kräutertee trinke und dazu ein Vollkornbrötchen esse …»

«Ich hab jeden Tag Tennis und Sauna», brummte Tanja. «Zuerst Sauna mit Wassja und dann Tennis mit meinen Eltern. Manchmal auch umgekehrt. Also erst Tennis und dann Sauna. Weißt du was, Laptewa, lass uns lieber noch mal anstoßen. Auf uns, weil wir so klug und schön sind. Wir beide sind doch klug und schön. He, Laptewa?»

«Nur fällt das leider niemandem auf», murmelte Warwara. «Es ist zum Verzweifeln. Der Chef hat mir vor drei Monaten eine Beförderung versprochen, ich sollte seine Assistentin werden, aber stattdessen …»

«Was?»

«Haben wir eine Leiche», sprudelte Warwara heraus, denn ihr war plötzlich eingefallen, dass sie der Freundin die wichtigste Neuigkeit noch gar nicht erzählt hatte. «Stell dir vor, Tanja, heute ist bei uns in der Firma ein Mann ermordet worden!»

«Wie … ermordet?», fragte Tanja und griff sich mit ihrer rundlichen kleinen Hand an die üppige Brust – dort, wo sich vermutlich ihr Herz befand. Ihre Augen begannen zu funkeln. «So wie im Film ‹Die Straßen der zerbrochenen Laternen›? Du sitzt am Schreibtisch, plötzlich stürzen vier Maskierte herein, werfen alle zu Boden und ermorden deinen Chef, du aber rufst die Miliz und kämpfst gegen die Mafia …»

«Und zum Schluss heiratet mich der Major von der Miliz», fuhr Warwara für ihre Freundin fort. «Vergiss es. Niemand ist hereingestürzt und niemand zu Boden geworfen worden. Entschuldige.»

«Schon gut.»

«Wirklich, Tanja. Natürlich sah alles so aus, als wäre er

von selbst gestorben, aber ich glaube, dass er ermordet wurde.»

Tanja nahm die Hand von der Brust, stützte das Kinn auf und blickte ihre Freundin mit gespanntem Interesse an. Die klein geringelten Locken auf ihrem Kopf begannen zu zittern.

Vor rund acht Jahren waren bei einer Familienfeier die Brillantohrringe von Tanjas Schwiegermutter verschwunden. Sie hatten in einer flachen Kristallschale auf der niedrigen Anrichte gelegen. Die Ohrringe waren antik, das Letzte, was vom einst gewaltigen Erbe geblieben war, das die Ur- oder Ururgroßmutter der Schwiegermutter ihren Kindern hinterlassen hatte. Die Schwiegermutter war am Boden zerstört und weinte. Der Schwiegervater lief mit einem Fläschchen Valokordin herum und erfüllte das ganze Haus mit dem Geruch nach Medizin. Tanjas Mann, den sie damals noch heiß und leidenschaftlich liebte, versteckte sich hinter Tanja, die Gäste diskutierten aufgeregt miteinander. Die Schwiegermutter schrie die ganze Zeit, sie habe die Ohrringe erst vor fünf Minuten in die Schale gelegt, weil ihr fast «die Ohren abgefallen» seien. Die Ohrringe waren sehr schwer.

Warwara fand die Ohrringe.

Wie in einem Kriminalfilm stellte sie jedem der Anwesenden eine Frage und achtete genau auf die Antworten. Einiges schrieb sie sich sogar auf. Anschließend dachte sie eine Weile nach und hielt dann eine kurze Rede.

«Ich weiß, wer die Ohrringe von Marina Iljinitschna aus der Schale genommen hat», sagte Warwara. Stille legte sich über den Tisch und kroch rasch in alle Ecken. «Und ich weiß auch, wie man es beweisen kann. Ich verspreche, dass ich niemandem sage, wer es war, wenn die Ohrringe wieder zurückgelegt werden. Wenn nicht, werde ich Marina

Iljinitschna und Viktor Iwanowitsch erklären, wie alles passiert ist, und dann können sie selbst nach ihrem Gutdünken verfahren. Ich glaube, so ist es gerecht. Viktor Iwanowitsch, löschen Sie das Licht im Korridor und schließen Sie die Tür. Gut. Nun knipse ich den Kronleuchter aus und zähle bis dreißig. Wenn ich das Licht wieder einschalte, sollten die Ohrringe im Obstteller liegen. Tanja, nimm die Äpfel vom Teller. Eins, zwei, drei!»

Das Licht ging aus, es wurde so finster wie in einem Keller während der Polarnacht, und als einige Sekunden später das Licht wieder aufflammte, lagen auf dem Obstteller in voller Pracht die Ohrringe der Urgroßmutter.

Wie sehr Tanja ihr danach auch zusetzte, Warwara verriet nicht, wer sie entwendet hatte. Auch die Schwiegermutter hätte es schrecklich gern gewusst, sie suchte Warwara gnädig zu stimmen und schmeichelte ihr, backte Piroggen und eine Prager Torte und knetete ihr zu Ehren sogar Kirschknödel – wo doch jeder weiß, dass es nichts Schlimmeres gibt, als für die ganze Familie Kirschknödel kneten zu müssen.

Warwara ging nicht auf Schmeicheleien und gutes Zureden ein, auch die Kirschknödel konnten nichts ausrichten.

Aber seit dieser Zeit war Tanja fest überzeugt, dass Warwara eine direkte Nachfahrin Sherlock Holmes' in der weiblichen Linie sei.

«He, Laptewa-a», quengelte sie üblicherweise nach einer neuen Folge einer bekannten Krimiserie, die natürlich an der spannendsten Stelle aufgehört hatte, «sag schon, wie geht es weiter? Was meinst du, wer hat diese Kuh abgemurkst? Ihr Mann? Oder doch dieser Typ, der sie erpresst hat? Oder war es ihre Schwester? Oder ist das vielleicht gar nicht ihre Schwester?»

Manchmal zankten sie sich deswegen sogar.

«Ich schreibe doch nicht die Drehbücher», brüllte Warwara. «Ich weiß nicht, ob das ihre Schwester ist oder nicht! Und überhaupt sehe ich nicht fern! Fernsehen geht mir auf die Nerven!»

Tanja glaubte, Warwara kokettiere nur und wolle sich interessant machen.

«Na und?» Tanja goss sich und Warwara noch ein «Schlückchen» ein. Auf dem Grund der Flasche schwappte ein letzter trüber Rest, Tanja schüttete entschlossen in jedes Glas etwas nach und warf die Flasche in den Mülleimer. «Wer hat ihn umgebracht? Ein Killer? Ein Scharfschütze?»

«Weder noch. Schusswunden hatte er keine, so viel steht fest. Ich war ja als Erste bei ihm», sagte Warwara mit einem gewissen Stolz. «Irgendwas hatte fürchterlich gepoltert, ich bin ins Büro gegangen, und da … da lag er auf dem Boden. Tot.»

«Und dein Chef?», fragte Tanja mit entsetztem Flüstern und nahm noch einen Schluck aus ihrem Glas, um ihre angegriffenen Nerven zu stärken.

«Der Chef war gerade in die Rechtsabteilung gegangen», erklärte Warwara verdrossen.

«Dann kann dieser Typ, die Leiche meine ich, doch auch einfach am Herzschlag gestorben sein oder an irgendwelchen anderen … körperlichen Gebrechen», meinte Tanja enttäuscht. «Und ich dachte, es wären Ströme von Blut geflossen und bei euch im Büro hätte es stundenlange Schießereien gegeben, und jetzt müsste renoviert werden, weil alle Wände von Kugeln durchlöchert sind!»

«Kugellöcher gibt's keine, aber trotzdem ist der Mann ermordet worden! Überhaupt war alles sonderbar, von Anfang an. Ich weiß nicht warum, aber der Chef hat ihn immer sofort empfangen. Ohne Wartezeit, kannst du dir das

vorstellen? Kaum melde ich ihn an, da kommt der Chef auch schon raus und führt ihn in sein Büro. Fehlte nur, dass er ihn auch noch untergehakt hätte. Er empfängt sonst niemanden sofort. Niemals.»

«Aber wenn er keine Schusswunden hat, wieso glaubst du dann, dass er ermordet wurde?»

Warwara schnupperte an ihrem Glas, verzog das Gesicht, stürzte den Wodka in einem Zug hinunter und schnappte mit offenem Mund nach Luft.

«Das Fenster», sagte Warwara nachdenklich und steckte ihre Nase tief in den Kragen ihres Bademantels, in die Wärme des abgenutzten, halb zerfallenen Gewebes. «Das Fenster war geöffnet. Und der Monitor. Es hat was mit diesem verflixten Monitor zu tun.»

«Man hat ihn mit dem Monitor ermordet?»

«Blödsinn», sagte Warwara zerstreut. «Natürlich nicht.»

Warwara wurde plötzlich ganz schläfrig.

Zuerst musste sie aber noch das Bett für Tanja machen, das Geschirr spülen, den Mantel trocken föhnen und absaugen – oder sollte sie ihn vielleicht erst mit dem Besen abbürsten?

«Dann ist er also aus dem Fenster gefallen?»

«Wer?!»

«Na, deine Leiche. Sollen wir uns Tee kochen oder schon Kaffee?»

«Er ist nicht aus dem Fenster gefallen!»

«Aber das hast du doch selbst gesagt.»

«Ich habe gesagt, das Fenster war geöffnet.»

«Und er ist rausgefallen?»

Warwara schüttelte heftig den Kopf.

Der Wodka gluckerte in ihrem Magen. Ihre Augen brannten. Morgen früh würde es noch schlimmer sein, obwohl

Warwara dank ihrer Körperfülle nicht so leicht betrunken wurde. Eine einzige Flasche Wodka, noch dazu zusammen mit Tanja, reichte da längst nicht aus.

«Wer hat das Fenster geöffnet? Wozu? Wann? Ich bin zweimal ins Büro gegangen. Beim ersten Mal habe ich Kaffee gebracht, und später wollten sie nochmal frischen. Das Fenster war beide Male geschlossen. Es ist sowieso schwierig, es aufzubekommen, man muss dazu aufs Fensterbrett steigen. Oder auf einen Stuhl. Wenn der Chef es geöffnet hat, müsste er also auf einen Stuhl geklettert sein. Oder aufs Fensterbrett? Unsinn, das kann nicht sein. Außerdem hatte er Schnupfen.»

«Wer?», fragte Tanja und gähnte. «Der Tote?»

Ihr Interesse war versiegt, als ihr klar wurde, dass keine vier maskierten Männer Warwara gezwungen hatten, sich mit dem Gesicht nach unten auf den Boden zu legen, und dass überhaupt alles ganz anders gewesen war als in dem Film «Die Straße der zerbrochenen Laternen».

«Der Chef hat Schnupfen. Er erlaubt uns ja nicht einmal, die Tür vom Vorzimmer zum Flur zu öffnen. Er sagt, es zieht dann immer so.»

«Dann hat vielleicht der Tote das Fenster geöffnet? Ich meine natürlich, bevor er tot war?»

«Wozu?»

«Um zu lüften.»

«Tanja», sagte Warwara geduldig und rieb sich die vom reichlich konsumierten Wodka geröteten Augen, «das kann nicht sein. Ein Besucher in einem fremden Büro, der auf den Stuhl oder aufs Fensterbrett klettert und das Fenster aufmacht, um zu lüften! Das gibt es nicht.»

«Mag sein», stimmte Tanja fügsam zu. «Aber was ist mit dem Monitor?»

«Als ich reinkam, lag der Tote auf dem Fußboden. Neben ihm der Monitor und die Tastatur. Alles sah ganz natürlich aus. Ein Mann sitzt am Computer, arbeitet ruhig vor sich hin, und dann plötzlich – bum! Herzanfall! Nur war der Monitor gar nicht an.»

«Na und?», fragte Tanja verständnislos. «Ist doch kein Wunder, dass er nicht lief. Er war schließlich auf den Boden gefallen. Ist runtergefallen und kaputtgegangen, so wird's gewesen sein.»

«Er ist aber nicht kaputtgegangen. Das heißt, vielleicht ist er schon kaputtgegangen, aber ich weiß, dass er auch nicht lief, bevor er herunterfiel.»

«Weshalb?»

«Weil er nicht ans Netz angeschlossen war, deshalb. Der Computer selbst war gar nicht an, verstehst du? Wir haben eine sehr gründliche Putzfrau. Wenn sie Staub saugt, zieht sie alle Stecker aus den Steckdosen. Immer. Ich habe nachgeschaut – der Stecker lag auf dem Teppich, neben der Steckdose.»

«Vielleicht ist das Kabel herausgerissen worden, als er gestürzt ist? Er hat im Fallen den Monitor umgeworfen und der Monitor hat …»

«Eben», sagte Warwara. «Verstehst du? Der Monitor war an den Rechner angeschlossen, und der Rechner hing an der Steckdose. Der Rechner stand noch an Ort und Stelle, höchstens ein bisschen verschoben, das Kabel hatte noch rund einen Meter Spielraum. Das heißt, man hätte den Rechner noch einen Meter in jede Richtung verschieben können, es war genug Kabel da. Der Stecker lag neben der Steckdose, genau so, wie ihn die Putzfrau gestern herausgezogen hatte. Fazit: Pjotr Borissowitsch hat an einem ausgeschalteten Computer gearbeitet.»

Tanja blinzelte, und Warwara fuhr inspiriert fort: «Und der Chef wusste, dass der Computer nicht angeschlossen war! Er schnauzt die Putzfrau immer am lautesten an, und wenn er zur Arbeit kommt, kontrolliert er zuerst alle Steckdosen. Er wird aus der Rechtsabteilung angerufen, geht ins Vorzimmer, sagt mir, der Besucher schreibe irgendwas am Computer und er müsse mal kurz zu den Juristen. Weshalb hat er mir das überhaupt gesagt? Er braucht mir doch gar nichts zu erklären! Er erklärt mir auch sonst nie was! Aber er hat es getan. Warum?»

«Warum?», wiederholte Tanja.

«Ich weiß es nicht.»

«Vielleicht hat er ihn umgebracht? Ein Schlag auf den Kopf – und aus, vorbei.»

«Nein.»

«Warum nicht?», fragte Tanja und gähnte wieder.

Warwara warf einen raschen Blick auf die Uhr – halb zwei, und sie musste noch ihren Mantel absaugen!

«Weil der besagte Pjotr Borissowitsch noch im Büro umherging, nachdem der Chef schon weg war. Ich habe seine Schritte gehört. Lass uns ins Bett gehen, Tanja.»

«Und unsere Party?», fragte Tanja und riss die Augen, die ihr schon zufielen, wieder weit auf. «Wir haben doch gerade erst angefangen! Das letzte Mal hab ich …»

«Ich weiß, ich weiß», unterbrach Warwara sie schon aus dem Korridor. «Voriges Jahr Silvester, als alle schliefen! Geh schon mal ins Bad, ich mache inzwischen das Bett für dich.»

«Das kann ich selber», brummelte Tanja nicht recht überzeugend. «Und das Geschirr spüle ich auch. Und ich räume alles auf. Will nur noch ein bisschen sitzen bleiben.»

«Nun geh schon! Du fällst mir ja sonst noch vom Hocker. Und was soll ich dann mit dir anfangen?!»

«Wassja hat am Samstag auf seinen Vater gewartet. Er hatte ihm versprochen, mit ihm in den Zirkus zu gehen oder zu MacDonald's. Wassja hat den halben Tag neben dem Telefon gesessen und dann in der Diele an der Tür. Als ich ihn da wegjagen wollte, hat er gebrüllt wie am Spieß. Aber der Mistkerl ist einfach nicht gekommen. Was soll ich nur tun, Warja?»

«Nichts», knurrte Warwara. «Weiterleben.»

«Und was soll Wassja tun?»

«An der Tür sitzen», sagte Warwara finster. «Bis er kapiert, dass er sein ganzes Leben an der Tür sitzen kann, weil dieses Schwein nun mal nicht kommt.»

«Er tut mir so lei-eid ...», schluchzte Tanja plötzlich und raufte sich die Schäfchenlocken auf ihrem Kopf. «Er ist doch noch so klei-ein! Ich möchte doch so gern eine richtige Familie ha-aben! Und ich kann nicht mal meinen eigenen So-ho-hon ...»

«Tanja», rief Warwara und zog ihre Freundin entschlossen von dem Hocker hoch, auf dem sie bittere Tränen vergoss, «dafür kannst du doch nichts! Das ist nicht deine Schuld. Niemand hat Schuld. Wassja ist noch klein, er wird groß werden und alles begreifen. Aber du darfst dich nicht so grämen, ich bitte dich! Du machst es nur für alle noch schlimmer, vor allem für Wassja. Er muss wissen, dass du immer für ihn da bist! Immer, egal, was passiert. Für ihn ist das am wichtigsten.»

«Und ... und sein Vater?», fragte Tanja hicksend. «Ist sein Vater nicht auch am wichtigsten?»

«Nein», erklärte Warwara entschieden. «Jetzt ist sein Vater nicht auch am wichtigsten. Jetzt ist er schon Vergan-

genheit. Basta. Ob er jetzt kommt oder nicht – das ist alles sein Problem. Zur Hölle mit ihm, soll er leben, wie er will. Kapiert?»

Tanja grunzte leise, sie habe kapiert.

Warwara brachte sie in das Bett, das sie ihr auf dem Sofa gemacht hatte, stopfte das dicke Federbett an allen Seiten gut fest, kletterte über die im Dunkeln aufgetürmten Stühle und öffnete das Oberlicht einen Spaltbreit, um frische Luft hereinzulassen.

Na, wie gefällt Ihnen das Familienleben, wenn andere davon erzählen, liebe Warwara Andrejewna, fragte sie sich selbst, während sie unter dem Wasserhahn die kristallenen Schnapsgläser spülte, alte, dicke Gläser, noch erfüllt von feierlich-sowjetischer Würde. Warwara liebte und hütete sie sehr. Es gab gar keine Familie und hatte sie nie gegeben. Es gab Tanja und Wassja auf der einen Seite und den Mann irgendwo auf einer anderen Seite. Niemals hatte er sich für Frau und Kind interessiert, niemals darüber nachgedacht, wovon sie heute leben würden und wovon morgen, woraus sie Frikadellen machen sollten und wohin sie im Juli fahren könnten, wer ins Krankenhaus gehen und den Opa besuchen sollte, wieso Wassja in Naturkunde nur eine Vier bekommen hatte und wer den umgefallenen Zaun auf der Datscha reparieren würde.

Es gab keine Familie und hatte sie nie gegeben, es gab nur den Schmerz, wenn man dem Kind, das den halben Tag an der Tür gesessen und vorher die ganze Woche gewartet und sich gefreut hatte, absolut nicht erklären konnte, wieso kein Papa kam und auch nicht kommen würde. Niemand war daran schuld. Das Leben war einfach so.

Oder war es nicht das Leben, sondern die Menschen, die so waren?

Warwara stellte die Gläser zurück in den Geschirrschrank und befühlte rasch ihren Mantel, der im Badezimmer über der Heizung hing. Natürlich, noch feucht. Was sollte sie nur morgen zur Arbeit anziehen?

Ach, zum Teufel mit ihm. Zum Teufel mit dem Mantel, dem Pass und der Geldbörse! Morgen früh würde ihr schon irgendwas einfallen.

Aber Pjotr Borissowitsch Ligo war ermordet worden.

So ein höflicher, unauffälliger, grauer kleiner Mann. Warum nur hatte man ihn umgebracht?

«HINTER DIE OHREN!»

«Was?!»

«Ich sage – hinter die Ohren!»

«Wovon redest du?! Was für Ohren?!»

«Wenn deine Haare in alle Richtungen abstehen», schrie Warwara aus der Küche und warf geschickt den Pfannkuchen in der Pfanne herum, «dann musst du sie hinter die Ohren stecken!!»

«Wie sollen die Ohren wohl aussehen, hinter die man meine Haare stecken kann?!», maulte Tanja.

Sie war nicht ausgeschlafen und entsprechend schlechter Laune. Und zur Arbeit musste sie auch noch. Warum nur, warum war so selten Samstag? Wenigstens zweimal pro Woche könnte doch Samstag sein. Zweimal Samstag und einmal Sonntag.

An der Tür klingelte es, und Tanja ließ das Klappsofa fallen – auf ihren Fuß.

«Verdammt! … Ach, mein Gott!»

«Entweihe den Namen Gottes nicht», sagte Warwara belehrend aus der Diele. «Gott ist nicht Nachbars Ziege …»

«Mach lieber die Tür auf», stöhnte Tanja und versetzte dem Sofa einen Tritt. Der Fuß schmerzte trotzdem noch, aber das Gefühl, sich gerächt zu haben, verschaffte ihr eine gewisse Genugtuung. «Wer in aller Welt besucht uns um halb acht Uhr morgens?!»

Warwara trat in den Gemeinschaftskorridor hinaus, der mit Schachteln und Gläsern vollgestellt war – die Gläser waren sorgsam durchnummeriert und mit einer alten Decke verhüllt, damit niemand sie klaute –, und schaute mit gerecktem Hals durch die trübe Scheibe.

«Wer ist da?»

Hinter der Scheibe bewegte sich etwas Dunkles, Riesiges, und Warwara erschrak so heftig, dass sie aufjapste und abrupt zurückwich.

Was tun?! Die Miliz rufen? Die würde eine Stunde brauchen, bis sie da war. Oder zwei. Inzwischen hatte man sie und Tanja längst umgebracht.

«Warwara», rief von draußen eine merkwürdige, unbekannte Stimme, und wieder bewegte sich der dunkle Koloss. «Warwara, sind Sie … bist du das?»

«Ja, ich», krächzte sie, tastete mit der Hand an der Wand entlang und bekam ein Gurkenglas zu fassen. Das konnte man jemandem durchaus auf den Schädel schlagen.

«Warwara, hier ist Dima Wolkow. Kennst du … Kennen Sie mich noch?»

Auf einmal lichtete sich der Nebel in Warwaras Kopf, sie japste erneut auf, diesmal aber vor Freude, stürzte an die Tür, fummelte ungeschickt das schwächliche kleine Schloss auf und starrte angestrengt auf den dunklen Schatten im ewigen Dämmer des Treppenhauses.

«Dimka?!»

«Nun ja. Ich bin's.»

Er sagte das in einem etwas seltsamen, gleichsam fragenden Tonfall, so, als sei er nicht ganz sicher, ob er tatsächlich Dimka sei, lächelte verlegen und hielt eine dreieckige, in Zellophan gehüllte Tüte vor der Brust, aus der drei verfrorene Nelken ragten.

«Dimka!», schrie Warwara, fiel ihm um den Hals und küsste ihn auf die Wange. «Wo kommst du denn her, Dimka?! Du bist doch in Amerika!»

«In Amerika», bestätigte er und reichte Warwara die Zellophantüte. «Für dich. Ich fürchte nur, sie sind nicht mehr ganz frisch.»

«Die waren vielleicht vor einem Monat frisch», sagte Warwara ungeduldig und reckte sich, um ihm noch einen Kuss zu geben. «Aber das ist doch völlig egal.»

Sie hielt noch das Glas mit den Gurken in der Hand, stellte es zurück und schob mit dem Fuß die Decke darüber.

«Dimka, wann bist du denn angekommen?!»

«Warwara, wer ist das? Die Pfannkuchen sind angebrannt!»

«Du bist nicht allein?», fragte Dimka, machte einen Schritt zurück und schlug verschämt die Augen nieder, wie damals in der Schule.

«Nein. Meine Freundin Tanja hat bei mir übernachtet. Wieso stehen wir eigentlich noch im Flur?» Sein Arm unter dem dunkelblauen Jackenstoff fühlte sich dick und warm an, ganz wie in früheren Zeiten. Warwara hielt sich an diesem Arm fest und blickte Dimka ins Gesicht, vor Freude tänzelte sie sogar etwas.

«Wahrscheinlich, weil es dir unangenehm ist, mich hereinzubitten», mutmaßte Dimka, und Warwara schnaubte: «Du hast in deinem Amerika wohl komplett den Verstand verloren! Nun komm! Ein bisschen flott!»

«Flott» ging es allerdings nicht, weil er einen Rucksack von der Größe eines Heuschobers trug, außerdem noch eine Tasche und einen etwas kleineren Rucksack.

«Du lieber Gott, warst du etwa noch gar nicht zu Hause?!»

«Doch, war ich», schnaufte Dimka, während er seine Bagage in die winzige Diele schleppte. «Aber ich hatte sie vorher nicht benachrichtigt. Es sollte eine ... eine Überraschung sein. Surprise.»

«Was ist los, kannst du kein Russisch mehr?», fragte Warwara. Am Tragegurt schleifte sie den kleineren Rucksack hinterher.

«Doch. Aber ich verlerne es so schnell. Ich habe dort niemanden, mit dem ich Russisch reden kann.»

Warwara kletterte über den Berg von Sachen, der sich in ihrer Minidiele türmte, um die Tür zum Korridor wieder zu schließen. Die Nachbarin, die auf den Lärm hin herausgekommen war, hatte schon die alte Decke zurückgeschlagen und zählte, lautlos die Lippen bewegend, ihre Einmachgläser nach.

«Guten Morgen», sagte Warwara zum Rücken der Nachbarin und schlug rasch die Tür hinter sich zu.

«Warwara, wer ist das da bei dir?! Wir kommen zu spät zur Arbeit! Und die Pfannkuchen sind verbrannt! Hörst du?!»

«Dimka ist gekommen», schrie Warwara zurück. «Dimka Wolkow! Aus Amerika. Also warum warst du noch nicht zu Hause, das hab ich jetzt nicht verstanden. Was für eine Überraschung?»

«Ich wollte nicht, dass meine Eltern mich abholten. Ich wollte sie ... überraschen.»

«Ach so, jetzt verstehe ich!», unterbrach ihn Warwara ver-

gnügt. «Du bist hier einfach reingeschneit aus deinem Amerika und hast zu Hause niemanden angetroffen. Yes?»

«Yes», bestätigte Dimka grinsend.

«Was für ein Wolkow?», fragte Tanja verdrießlich und erschien in der Küchentür.

Sie trug ein ausgeblichenes rosa T-Shirt mit einem Hundekopf auf dem Bauch – die Schnauze reichte fast bis zu ihren monumentalen milchweißen Knien. Ihre Locken standen wild zu Berge, in der Hand hielt sie einen Holzlöffel mit angesengtem Stiel. Auf ihren Augenlidern lagen frische halbierte Gurkenscheiben.

Jede Frau hat ihre eigene Methode, sich am Morgen nach einem «Weiberabend» wieder in Form zu bringen. Warwara glaubte an Kohlblätter und Tanja an Gurken.

«Guten Morgen», sagte Dimka höflich. «Entschuldigen Sie mein ungebetenes Eindringen. Ich konnte mich nicht anmelden, weil mein Handy sich nicht auf das russische Mobilnetz umstellen lässt.»

Das brachte Tanja zur Besinnung. Sie riss sich die Gurkenscheiben von den Augen und verschwand blitzschnell hinter der nächsten Tür.

«Guten Morgen», rief sie von dort zurück. «Achten Sie gar nicht auf uns. Wir hatten keinen Besuch erwartet.»

«Falls ich zur Unzeit …», hob Dima Wolkow erneut an, aber Warwara puffte ihn gegen die Schulter.

«Du bist wohl nicht ganz bei Trost», sagte sie, ohne seine Schulter loszulassen. «Zieh endlich deine Sachen aus, und dann gibt's erst mal Kaffee! Allerdings sind die Pfannkuchen angebrannt.»

Er nickte und hängte seine Jacke an die Garderobe.

«Ich hatte nicht daran gedacht, dass Mama Bereitschaftsdienst haben könnte. Vermutlich hat sie gerade Dienst, und

Papa ist bestimmt auf Geschäftsreise. Gewöhnlich geht er gegen neun zur Arbeit, und ich bin um halb acht gekommen.»

«Vielleicht war er nur eben beim Bäcker», meinte Warwara. «Wenn du willst, dann ruf doch an. Aber selbst wenn er wieder da sein sollte», rief sie schon aus der Küche, «trinken wir jetzt erst mal Kaffee. Tanja, komm raus da! Du lieber Himmel, wir haben uns bestimmt seit drei Jahren nicht mehr gesehen! Was für eine prima Idee von dir, Dimka, einfach herzukommen!»

«Warwara, bring mir meine Hose», bat Tanja mit gedämpfter Stimme hinter der Tür. «So kann ich nicht rauskommen.»

«Sofort. Hast du schon angerufen, Dimka?»

«Bin gerade dabei. Bis jetzt geht keiner dran.»

«Na, dann ist wohl auch niemand da! Nun komm her, lass dich mal anschauen! Hier, Tanja.» Und sie schob die Hose durch den sich öffnenden Türspalt. «Dimka, möchtest du Tee oder Kaffee?»

«Kaffee», antwortete er direkt hinter ihr, und sie drehte sich freudig überrascht um.

Er hatte sich fast gar nicht verändert, Dima Wolkow, der damals ihre Hand in seiner großen, feuchten Pranke gedrückt und dabei so ausdrucksvoll geschnauft hatte. Er war immer noch riesig, rotwangig, verlegen, kurzsichtig und flachsblond.

Immer noch. Wie schön das war.

«Da wird Lidia Wladimirowna sich aber freuen», murmelte Warwara, schaute ihm ins Gesicht, fasste ihn bei der Hand und zog ihn zum Fenster, um ihn besser betrachten zu können.

Er wirkte älter und noch etwas größer als früher. Viel-

leicht kam das daher, dass er sich jetzt aufrechter hielt. Der blonde Flaum auf den Wangen, der ausgesehen hatte wie dichter Filz, war verschwunden. Die Elefantenäuglein hinter den Gläsern der großen Brille schauten Warwara mit freudigem Staunen an, als hätte auch er ganz vergessen, wie sie aussah, und erinnere sich erst jetzt wieder. Es war offenbar eine angenehme Erinnerung. Er trug einen dunkelblauen, grob gestrickten Pullover und helle Jeans.

«Dimka», sagte Warwara und betrachtete ihn, «ich weiß gar nicht recht, hast du dich verändert oder nicht? Meiner Meinung nach nicht. Oder doch?»

«Nein», erwiderte er verlegen. «Und du auch nicht. Überhaupt nicht. Ich hatte dich genau so in Erinnerung.»

Sie waren in dieselbe Klasse gegangen und hatten später am selben Institut studiert. Warwara hatte sich dort eingeschrieben, weil sie nicht weit zu fahren hatte, Dimka, weil er von der hehren Wissenschaft träumte.

Warwara war eine Vierer-Studentin, hin und wieder, der Abwechslung halber, schrieb sie auch mal Zweien oder Fünfen, Dimka jedoch war ein Einser-Student, ein kluger Kopf, der Stolz der Fakultät und die Freude des Dekanats. In diesem Institut für Hochbegabte, das sehr anspruchsvoll und elitär war, gab es die gewohnten studentischen Tricks wie Spickzettel oder heimlich auf der Toilette voneinander Abschreiben nicht, es war einfach nicht üblich. Jeder der Hochbegabten war äußerst stolz auf den eigenen Verstand und nicht bereit, ihn mit solchen Schafsnasen wie Warwara zu teilen. In ihrer Gruppe war sie das einzige Mädchen, und sie hatte den Eindruck, dass die Jungen sich über ihre Begriffsstutzigkeit freuten, weil dadurch ihre eigene Bedeutung erhöht wurde. Keiner von ihnen begriff so langsam und lernte so schlecht wie Warwara. Nur Dimka, übrigens der Einzige

von ihnen, der wirklich Talent hatte, half ihr. Er löste ihre Testaufgaben und schrieb ihr die Klausuren, denn in jedem Semester mussten zwei Klausuren geschrieben werden. Der dicke Stapel mit den gelben fotokopierten Seiten löste bei Warwara regelmäßig Panikattacken aus, wenn er ihr in der Bibliothek ausgehändigt wurde. Sie wusste genau, dass sie selbst unter Androhung der Todesstrafe keine einzige Aufgabe würde lösen können. Warwara stellte sich diese Inquisitoren vor – die Autoren der dicken Broschüre mit den Aufgaben –, wie sie sich möglichst schwierige und knifflige Fragen ausdachten, wie sie sich die dürren Hände rieben, ihre Äuglein zusammenkniffen und sich diebisch freuten, dass solche Schwachköpfe wie Warwara wohl niemals die von ihnen errichteten Hindernisse überwinden würden.

Warwara hätte sie auch niemals überwunden, wäre nicht Dimka gewesen.

Nachdem er das Institut abgeschlossen hatte, verteidigte er leicht und schnell seine Dissertation, erhielt alle existierenden akademischen Grade, schaute sich kummervoll um und begriff, dass er das Land verlassen musste.

«Als Vogelscheuche oder ausgestopft», hatte er traurig zu Warwara gesagt, als er ihr eröffnete, dass er sich «dort» eine Arbeit suchen würde.

«Was heißt das?» Warwara hatte nicht begriffen.

«Das ist ein Witz», hatte Dimka erklärt. «Kennst du den nicht? Ein alter Jude emigriert nach Israel und nimmt einen Käfig mit einem steinalten Papagei mit. Der Zollbeamte sagt, Vögel können Sie nur als Vogelscheuche oder ausgestopft ausführen, anders geht es nicht. Der Jude weint und schwört, dieser Papagei sei schon hundert Jahre in seiner Familie und so weiter und so fort. Der Papagei lauscht die ganze Zeit aufmerksam und sagt schließlich: Nun lass gut

sein, Fima! Als Vogelscheuche oder ausgestopft, aber raus müssen wir!»

«Du bist doch Doktor der Wissenschaften», hatte Warwara gesagt und ihn dabei angeschaut. Er hatte traurig ausgesehen, mit dem Löffel in seinem Tee herumgerührt und den Blick gesenkt gehalten. «Du bist noch keine siebenundzwanzig Jahre alt und Doktor der Wissenschaften. Wieso musst du unbedingt ins Ausland, wenn du gar keine Lust dazu hast?»

«Nein, ich habe keine Lust», hatte Dimka zugegeben. «Ich will meine Eltern nicht verlassen und … und überhaupt. Aber wenn man mich irgendwo nimmt, fahre ich.»

«Warum?!»

«Weil die Wissenschaft in diesem Land am Ende ist», hatte Dimka scharf geantwortet und das Gesicht verzogen. Er mochte keine Phrasen und genierte sich, wenn er sie aussprechen musste. «Es gibt hier keine Wissenschaft, basta. Und zu unseren Lebzeiten wird es auch keine mehr geben.»

«Warum?»

«Weil nur die sehr reichen Länder es sich leisten können, Geld in die theoretische Wissenschaft zu investieren. Was nützt sie den Armen, diese Wissenschaft?! Aus meiner Dissertation kann man sich keine Hose nähen, aber weißt du, wie viel Geld dafür draufgegangen ist, damit ich sie schreiben konnte? Zuerst für mein Studium, dann für eine Arbeitsstelle, dann für die experimentellen und technischen Voraussetzungen und was sonst noch alles dazugehört! Man musste mir ein Gehalt zahlen, mich auf Konferenzen schicken – schließlich muss ich, um gute Arbeit zu leisten, wissen, womit man sich in der Welt beschäftigt.»

«Aber wir haben doch die stärkste Wissenschaft der Welt. Oder hatten.»

«Wir – wer ist das denn?», hatte Dimka gefragt und aufgehört, im Tee zu rühren. Seine kleinen Elefantenaugen waren grün vor Zorn geworden. «Dieses Land hat siebzig Jahre lang nur für den Krieg gearbeitet, auch seine Wissenschaft hat nur für den Krieg gearbeitet. Sehr erfolgreich übrigens. Mit hervorragenden Ergebnissen. Die Kalaschnikow, die SU-27, die MiG-29. Wenn unsere Leute nicht alles verschleudern, kann man das durchaus noch verkaufen und ein gutes Geschäft damit machen. Aber für die Wissenschaft wird das Geld trotzdem nicht reichen, selbst wenn man alles verscherbelt, unseren Direktor eingeschlossen. Es wird gerade reichen, um den Schein aufrechtzuerhalten, dass wir noch eine Wissenschaft haben und kein bloßer Rohstofflieferant sind wie beispielsweise Venezuela oder Brasilien, sondern eine Weltmacht!»

«Dim…»

«Was? Als sie den Krieg abschafften, haben sie in einem Aufwasch auch gleich unsere Wissenschaft abgeschafft. Mir hat man gestern ein geheimes Forschungsprojekt angeboten, für das man dem Institut Geld zahlt. Ablehnen kann ich es nicht, sonst muss unsere ganze Abteilung betteln gehen, mit mir an der Spitze. Soll ich dir das Thema sagen?»

«Ist es nicht geheim?»

«Supergeheim. ‹Die Vernichtung von Heuschrecken mittels an Hubschraubern montierter Laserkanonen.›»

«Was soll das sein? Ein Witz?», hatte Warwara gefragt, obwohl man Dimkas Gesicht ansehen konnte, dass es kein Witz war.

«Und deshalb gehe ich ins Ausland, wenn man mich nimmt», hatte Dimka geschlossen.

Natürlich nahm man ihn, und er reiste aus.

Warwara führte mit ihm noch eine mehr oder weniger

nichtssagende E-Mail-Korrespondenz – «Liebe Warwara, ich wünsche Dir zum neuen Jahr alles Gute», «Lieber Dima, ich habe Deine Mail bekommen und mich sehr gefreut» –, besuchte zweimal im Jahr seine Eltern, trank mit ihnen in der engen Küche Tee, betrachtete die Fotos, die der liebende Sohn ihnen schickte, und lauschte den Erzählungen von seinen Erfolgen. Schnell hatte Dimka eine Professorenstelle erhalten, war aus der gemieteten Wohnung in ein kleines Haus mit weißem Zaun und grüner Wiese umgezogen, hatte sich ein Auto gekauft, ein zusätzliches Bankkonto angelegt und fuhr am Wochenende zum Skilaufen.

Ein Vorzeigeamerikaner in den ausgehenden Neunzigern. Nur dass Dimka eben kein Amerikaner war.

«Wieso hast du eigentlich deine Eltern nicht vorher benachrichtigt?», fragte Warwara nach einer ziemlich langen Pause plötzlich. «Männer sind doch manchmal Trottel. Was, wenn Lidia Wladimirowna nun einen Herzanfall bekommt?»

«Das will ich doch nicht hoffen», sagte Dimka und überlegte. «Also, ich habe ihnen schon geschrieben, dass ich kommen würde, nur nicht, wann. Um sie nicht aufzuregen. Aber wie geht es dir denn eigentlich?»

«Gut!», versicherte ihm Warwara. «Ich war Tippse, und ich bin's immer noch. Allerdings bin ich inzwischen die Tippse des Generaldirektors. Mein Chef ist befördert worden und ich mit ihm zusammen. Einen Ehemann habe ich nicht, Kinder auch nicht. Hätte ich mir welche zugelegt, hätte ich es dir geschrieben.»

«Das will ich aber auch hoffen», murmelte Dimka und erhob sich plötzlich, wobei er mit dem Kopf fast an eine Lampe gestoßen wäre, die ziemlich tief über dem Tisch hing.

Tanja erschien in der Tür.

«Guten Morgen», dröhnte Dimka mit Bassstimme. «Mein Name ist Dima Wolkow. Ich bin ein alter Freund von Warwara.»

«Mor'n», brummte Tanja und zwängte sich an Warwaras Rücken vorbei zum Herd. «Das hab ich auch so schon kapiert.»

«Das ist Tanja», stellte Warwara sie vor, «meine Freundin. Wir hatten gestern unseren Weiberabend mit Wodka und Torte und allem, was dazugehört.»

«War denn irgendein Feiertag?», fragte Dimka.

«Und was für einer!» Tanja nahm einen Schluck Kaffee aus einem weißen Becher. Sie konnte Kaffeetassen nicht leiden. «Den Tag des allgemeinen Ungehorsams haben wir begangen. Meine Eltern sind in Urlaub gefahren und haben meinen Sohn mitgenommen. Und wir haben unsere Freiheit gefeiert.»

«Das finde ich sehr gut», lobte Dimka.

«Setz dich wieder», empfahl Warwara ihm. «Du nimmst ein bisschen viel Raum ein.»

Dimka setzte sich gehorsam und machte sogar den Versuch, sich etwas kleiner zu machen.

«Tanja, setz dich auch hin.»

«Ich mache uns Butterbrote. Die Pfannkuchen sind ja verbrannt.»

«Ich esse sie gern», mischte sich Dimka ein. «Ich habe schon seit Ewigkeiten keine Pfannkuchen mehr gegessen. Nicht mal angebrannte.»

«Sie leben in Amerika, ja? In Kansas?»

«Nein», antwortete Dimka erstaunt, «in Texas.»

«Haben Sie eine Ranch und sind ein berühmter Viehzüchter?»

«Nein, ich bin Physiker», sagte Dimka bescheiden, als

müsse er sich dafür rechtfertigen. «Ich arbeite an der Universität. In Houston. Wir … wir haben dort eine sehr gute Universität.»

«Sie? Geben Sie mir eine Arbeit in Texas, Dmitri. Ich will auch Wissenschaftlerin sein. Oder Viehzüchterin, mir ist alles egal.»

Dimka schwieg höflich.

«Wassja geht dann in eine amerikanische Schule und lernt Englisch, ich engagiere ein Kindermädchen für ihn, und niemand wird ihn im Hausflur zusammenschlagen, zum Militär einziehen und in Tschetschenien umbringen.»

«Dim, möchtest du Milch oder Sahne?»

«Gar nichts, danke.»

«Trinkt man in Texas den Kaffee nicht mit Milch?»

«Manche Leute schon», antwortete Dimka und lächelte, «und manche nicht. Ich zum Beispiel nicht. Ich habe ihn schon in Moskau nicht mit Milch getrunken. Und in Texas mache ich es noch immer nicht.»

«Und wieso sind Sie hierhergekommen? Um der Heimat humanitäre Hilfe zu bringen?»

«Er besucht seine Eltern», sagte Warwara vorwurfsvoll und drohte der Freundin hinter Dimkas Rücken mit dem Kochlöffel. «Das hab ich dir doch erzählt. Lidia Wladimirowna und Jewgeni Wassiljewitsch. Sie wohnen im Nachbarhaus.»

«Und wieso haben Sie Ihre Eltern im Stich gelassen und sich nach Texas abgesetzt, Dmitri?»

Dimka hielt sich schützend seinen Becher vors Gesicht und blickte sie erschrocken an.

«Vorläufig wollen sie noch hierbleiben», sagte er vorsichtig. «Aber ich hoffe, dass ich sie bald überreden kann. Meine Eltern zum Umzug zu bewegen, und dann auch noch

ins Ausland – das ist nicht so einfach. Und Sie … wer sind Sie?»

«Ich?», gab Tanja zurück. «Ich bin Warwaras Freundin. Ich heiße Tanja. Und wer sind Sie?»

«Nein, so habe ich das nicht gemeint. Was Sie arbeiten, so hätte ich wohl fragen müssen.»

«Ich arbeite in der Poliklinik. Als Aufnahmeärztin.»

«Meine Mutter ist auch Ärztin», teilte Dimka mit unpassender Begeisterung mit. «Sie ist sogar eine hervorragende Ärztin und arbeitet im Militärhospital. Bu… Budjonny-Hospital.»

«Burdenko», korrigierte ihn Tanja und lächelte zum ersten Mal.

«Ja», stimmte Dimka hastig zu und errötete. «Natürlich, Burdenko-Hospital. Warwara, darf ich nochmal anrufen?»

«Natürlich!» Kaum war er hinaus – wobei er um ein Haar wieder an die Lampe gestoßen wäre –, stürzte sich Warwara auf Tanja: «Was soll das Gequassel über Viehzüchter? Was willst du überhaupt von ihm? Warum bedrängst du ihn so?»

«Ich will gar nichts von ihm», zischte Tanja wütend zurück. «Aber der sitzt da in seinem Amerika und glaubt, hier würde er von allen mit weit offenen Armen empfangen!»

«Das wird er ja auch! Von seinen Eltern! Und ich habe ihn auch gern und empfange ihn mit offenen Armen …»

«Dann heirate ihn doch und schwirr ab nach Amerika! Nach Texas!»

«Wer redet hier von heiraten?! Wir hatten nie etwas miteinander. Und du iss lieber zu Ende, und dann ab mit dir in die Poliklinik! An die Aufnahme.»

«Heiliger Bimbam!», schrie Tanja erschrocken, schaute auf die winzige Uhr, die sie sich um ihr rundliches Hand-

gelenk geschlungen hatte, und trank hastig und in großen Schlucken, sodass sie sich fast verbrühte, ihren Kaffee aus. «Es ist ja höchste Zeit!»

«Sag ich doch. Wenn Dimka zu Hause wieder niemanden erreicht, muss ich wohl hierbleiben und kann nicht zur Arbeit», sagte Warwara bekümmert. «Ich kann ihn doch nicht allein in der leeren Wohnung lassen! Er ist bestimmt zehn Stunden geflogen ...»

«Dreizehn», berichtigte sie Dimka von der Tür aus. «Erst nach New York, dreieinhalb Stunden. Und dann von New York nach Moskau. Meine Eltern sind nicht da. Und mein Notizbuch mit Mamas Dienstnummer ... liegt in Amerika.»

«Ach du Grundgütiger ...», schnaubte Tanja nicht sehr laut, aber doch so, dass er es verstehen konnte. Warwara stieß sie mit dem Ellenbogen in die Rippen.

«Aber meinetwegen brauchst du nicht zu Hause zu bleiben. Wenn du nichts dagegen hast, würde ich gern etwas schlafen. Im Flugzeug konnte ich das nicht. Ich vertrage das Fliegen schlecht.»

«Fahren Sie das nächste Mal mit dem Zug», empfahl ihm Tanja und spülte ihren Becher aus. «Warwara, mach, was du willst, aber ich muss weg.»

«Geh du auch ruhig», sagte Dimka zu Warwara. «Sobald ich meine Eltern erreiche, gehe ich nach Hause.»

«Ja, und die Wohnung lassen Sie offen stehen! Sie sind hier nicht in Amerika, Dmitri!»

«Tanja, was soll das denn! Lass ihn doch in Ruhe! Dim, ich lasse dir die Reserveschlüssel hier und meine Telefonnummer im Büro. Wenn sich Lidia Wladimirowna oder Jewgeni Wassiljewitsch meldet, ruf mich an und geh, aber schließ die Tür ab. Nach der Arbeit komme ich dann bei euch vorbei.»

«Okay», stimmte Dimka erfreut zu. Er war schon immer lieber fröhlich gewesen als trübselig. Vielleicht hatte er deshalb nie irgendwelche Liebesgeschichten gehabt – die Mädchen bevorzugten den romantischen, düsteren, «seriösen» Typ. Mit Dimkas gutmütiger Miene konnten die meisten nichts anfangen.

«Ich mache dir das Bett auf dem Sofa!», rief Warwara und holte aus dem Kleiderschrank die zweite Garnitur Bettwäsche.

«Du brauchst mir kein Bett zu machen», widersprach Dimka energisch. «Ich lege mich einfach so hin. Unter eine Wolldecke. Ich liege sowieso viel lieber unter einer Wolldecke. Und ich ziehe mich nicht aus» – dabei errötete er.

Die Form nur der Form wegen wahren und darauf bestehen, dass ihr Gast sich «wie ein Mensch» schlafen legte, wie Oma Nastja es auszudrücken pflegte – das wollte Warwara nun auch nicht. Immerhin kannten sie sich schon so lange. Vor zehn Jahren hatte sie sich im kalten, düsteren braunen Institutsflur die Klausur in den BH gestopft, die er ihr selbstlos aus dem Hörsaal herausgeschmuggelt hatte, in dem die Physikprüfungen stattfanden.

«In Ordnung, Dimka, richte dich einfach so ein, wie du es möchtest. Kaffee ist im Glas. Das Glas steht auf dem Regal.»

«Und das Regal?»

«Ist über dem Herd. Im Kühlschrank sind Wurst und Käse. Brot ist, glaube ich, keins mehr da, aber es sind noch Pfannkuchen übrig.»

«Warwara, ich gehe! Schließ hinter mir ab!», schrie Tanja aus der Diele.

«Wiedersehen, Dima! Wenn Sie eine Ranch kaufen und ein berühmter Viehzüchter werden, denken Sie an mich!»

«Dim, achte einfach nicht auf sie», sagte Warwara und stieß mit dem Fuß die Tür zu. Hinter der dünnen Wand hörte man, wie sich der Lift brummend in Bewegung setzte und seine Türen sich rumpelnd öffneten. «Ich weiß nicht, was in sie gefahren ist. Vielleicht ist sie müde?»

«Hat sie denn sehr viel Arbeit?»

«Ach, ihre Arbeit hat damit nichts zu tun! Hör mal, ich hab vergessen, es sind auch noch Würstchen da. Wenn du Hunger bekommst, mach dir ein Würstchen warm, oder zwei ... Sie hat es einfach sehr schwer. Kaum Geld, ihre Mutter war das ganze letzte Jahr krank, Wassja gehorcht ihr nicht mehr, von ihrem Mann ist sie geschieden ... Hast du in deinem Amerika denn inzwischen geheiratet?»

«Nein», antwortete Dimka rasch. «Es klingt seltsam, aber dort gibt es niemanden, den ich heiraten könnte.»

«So wenig Menschen?»

«Sehr viele Menschen, aber niemand zum Heiraten.»

«Gut, davon kannst du mir nachher noch erzählen. Ich komme sonst zu spät. Und mein blöder Chef stoppt jede Sekunde ab, die man zu spät kommt. Mein Gott, ich hab den Mantel ganz vergessen! Dimka, holst du mal die Leiter raus? Hinter dir im Schrank, auf der rechten Seite!»

Dimka zerrte die Leiter hervor, und Warwara kletterte flink hinauf. Dimka hielt die wacklige Aluminiumkonstruktion fest und beobachtete sie neugierig.

«Was suchst du denn?»

«Meine Jacke. Mein Mantel ist gestern ganz nass geworden und vorn sehr schmutzig. Ich bin hingefallen. Und die Jacke habe ich im Herbst irgendwo hier verstaut, wenn ich nur noch wüsste, wo ...» Warwara mühte sich ab, um einen Stoffballen, der Ähnlichkeit mit einer Jacke hatte, herauszuziehen. Der Ballen gab nicht nach, sie strengte sich noch

mehr an, Dimka machte eine Bewegung, und der Ballen rutschte heraus und plumpste ihm auf den Kopf. Dort zerfiel er in zwei weiche, ungleich große Teile und stellte sich nicht als Jacke, sondern als zwei Kissen heraus, ein großes und ein kleines, die mit einem geblümten Laken zusammengebunden waren. Warwara bewahrte sie für unerwartete Übernachtungsgäste auf.

«Verdammt!»

«Willst du vielleicht meine anziehen?», bot ihr Dimka von unten an. «Die musst du zumindest nicht suchen.»

«Deine Jacke?!», fragte Warwara verblüfft.

«Nun ja. Ich will ja sowieso nirgends hin. Natürlich ist es nicht deine Größe, aber immer noch besser als ...»

«Und wenn Lidia Wladimirowna von der Arbeit kommt und du nach Hause gehen willst?»

«Ich muss doch nur ins Nachbarhaus, das ist doch keine Entfernung, und ich habe noch einen zweiten Pullover! Steig runter, Warwara, bevor du mir auch noch auf den Kopf fällst.»

Warwara schaute auf die fest gestopfte Wand aus Stoffballen. Um diese Wand auseinanderzunehmen oder auch nur eine Bresche hineinzuschlagen, hätte es mehrerer Stunden Grabungsarbeiten bedurft, und sie kam auch so schon zu spät ins Büro.

«Danke, Dimka! Ich schwöre, du bekommst die Jacke unversehrt wieder. Ich rufe dich nach dem Mittagessen an.»

Seine Jacke war trotz ihrer enormen Größe ganz leicht, sauber und innen angenehm glatt. Warwara betrachtete sich im Spiegel.

Sie fand sich darin richtig europäisch. Wenn sie dazu noch eine Hose hätte – am besten Jeans! – und schicke Schuhe mit dicken Sohlen – vor kurzem hatte sie solche in der

«Cosmopolitan» gesehen – und einen weißen Pullover und gestrickte Handschuhe und glatte, glänzende Haare, dann sähe sie eigentlich ganz passabel aus.

«Die Mütze auch?»

Sie kam wieder zur Besinnung, riss sich von ihrem Spiegelbild los und ergriff ihre magere Handtasche.

«Wie? Was für eine Mütze?»

«Soll ich dir auch meine Mütze geben?»

«Nein, Dim, danke, nicht nötig. Die Jacke ist einfach toll! Danke. Leg du dich jetzt schlafen, und nach dem Mittagessen rufe ich an.»

Warwara stellte sich auf die Zehenspitzen und gab ihm einen Kuss auf die stachelige, feste Wange.

«Bis dann», murmelte Dimka.

Warwara wartete, bis das Schloss hinter ihr zugeschnappt war, lief dann zum Lift und drückte den Knopf.

Wie schön, dass er gekommen war! Sie hätte niemals geglaubt, dass sie sich über das Wiedersehen mit ihm so freuen würde.

Heute Abend würde sie bei seinen Eltern Tee trinken, sie würden alte Fotos anschauen, er würde von seinen Erfolgen erzählen, die Eltern würden frohe und stolze Blicke wechseln, und es würde alles so gut sein, so richtig und so schön!

Und die Jeans kaufe ich mir auch noch, dachte sie. Nie hatte sie Jeans besessen, aber jetzt würde sie sich welche kaufen. Natürlich würde sie in den Jeans lange nicht so hübsch aussehen wie Wika Gorina, aber ausprobieren wollte sie es auf jeden Fall.

Sie kam eine Viertelstunde zu spät – eine Katastrophe! Der Chef war längst da und gab auf Warwaras «Guten Morgen», das sie nach der in großen Sprüngen genommenen

Treppe mit fast versagender Stimme ins Telefon hechelte, keine Antwort. Nichts, kein Wort.

«Warwarotschka, ist etwas mit Ihnen?», fragte Ilaria Wetlinskaja, die Büroleiterin. In ihren langen Fingern – an jedem einzelnen steckte ein Brillantring – hielt sie Papiere. Lag es an den Ringen oder an ihrer perlglatten Haut oder am Chanelkostüm – jedenfalls sah es aus, als hielte sie gar keine Papiere, sondern einen Strauß weißer Pfingstrosen in den Händen.

«Mit mir ist alles in Ordnung, Lara.» Im alltäglichen Umgang wünschte Ilaria Lara genannt zu werden, so hatte sie sofort bei Antritt ihrer Stelle alle angewiesen.

Warwara hängte Dimkas Jacke rasch in den Schrank, lief hinter den Paravent, in die «Wirtschaftsabteilung», und schaltete den Wasserkocher ein. «Danke. Entschuldigen Sie die Verspätung, aber ich habe Besuch aus Amerika bekommen, von ... von einem Freund. Ganz überraschend.»

Na bitte. Sie kann ruhig wissen, dass auch ich einen Freund habe, und sogar einen in Amerika.

Ilaria lachte leicht auf.

«Aber sicher!», sagte sie ironisch. «Können Sie sofort mit der Arbeit anfangen? Ich habe alle Hände voll zu tun, ich kann schließlich nicht den ganzen Tag auf Ihrem Platz sitzen.»

Du hast mir eine Menge Unannehmlichkeiten bereitet, sollte das heißen. Du hast dich verspätet – um ganze fünfzehn, nein, fast sechzehn Minuten, und mich gezwungen, deine Arbeit zu machen! Jetzt kannst du erst mal Abbitte leisten. Ich bin deine Vorgesetzte und werde es mir noch überlegen, ob ich deine Entschuldigungen akzeptiere oder nicht.

Aber Warwara entschuldigte sich nicht.

Vielleicht, weil heute Morgen Dimka aus Amerika zu ihr gekommen war, vielleicht, weil sie sich den ganzen Weg zur Arbeit in ihrer Jacke ungewöhnlich schick gefühlt hatte oder auch, weil sie ganz genau wusste: Ilaria saß nicht den ganzen Tag im Vorzimmer, um unter Einsatz von Leib und Leben die Stellung – den verwaisten Sekretärinnenstuhl – zu halten, sondern um dem Chef möglichst nahe zu sein.

Zwischen den beiden bestanden «besondere Beziehungen». Darüber war die ganze Firma binnen einer Stunde, nachdem es zu diesen «besonderen Beziehungen» gekommen war, informiert worden, und Ilaria unterstützte und stärkte im eigenen Interesse auf jede erdenkliche Weise den Chef im Glauben daran, dass eben «solche» Beziehungen unbedingt nötig seien.

Bei dem Wort «solche» hatte man vielsagend die Augen zu verdrehen.

Alle Damen in der Firma taten das pflichtschuldigst, nur Warwara verdrehte ihre Augen nicht.

Sie mochte ihren Chef nicht. Er war ein intriganter, kleinlicher, arroganter, selbstverliebter, nicht allzu professioneller, aber sehr ehrgeiziger junger Mann der «neuen Generation». Wie alle seinesgleichen hatte er keine Ahnung von dem Geschäft, das er führte, dafür kannte er sich bestens mit Automarken aus, kleidete, parfümierte und frisierte sich mit übertriebener Sorgfalt, besuchte nur die «richtigen» Orte in Begleitung der «richtigen» Frauen und machte seinen Angestellten das Leben schwer – einzig und allein aus dem Grund, weil er auch das für «richtig» hielt. Warwara vermutete, dass er auch mit Ilaria nur deshalb ins Bett ging, weil es ihm «richtig» erschien – welchen Nutzen sollte eine Büroleiterin sonst haben, wo das Büro doch nur aus Warwara bestand, die auch ohne Leiterin ausgezeichnet zurechtkam!

«Möchten Sie Kaffee, Lara?», schlug Warwara vor. «Ich koche jetzt welchen.»

«Wladislawa hat schon längst Kaffee gemacht», informierte die Büroleiterin sie trocken. «Der Chef kann schließlich nicht den halben Tag auf seinen Kaffee warten!»

«Fünfzehn Minuten», brummte Warwara leise.

«Wie?», fragte Ilaria von der Tür aus zurück und hob leicht ihre Braue.

«Er trinkt ihn ohne Zucker», sagte Warwara laut.

«Das weiß ich sehr wohl. Und Wladislawa auch.»

Wladislawa bekleidete den Posten einer «Wirtschaftsassistentin» und war Ilarias beste Freundin. Sie kam gewöhnlich gegen elf, kochte dem Chef eine Suppe, machte ihm ein paar Frikadellen oder ein Fleischragout oder gekochten Zander, servierte ihm das Mittagessen und ging um vier wieder. Die «Wirtschaftsassistentin» war eine Erfindung Ilarias – schließlich konnte der Chef nicht zusammen mit seinen Untergebenen in der Betriebskantine essen! Der Chef, der vorher gar nicht gewusst hatte, dass er das nicht konnte, entschied augenblicklich, das sei ebenfalls «richtig», und nahm seine Mahlzeiten seitdem im Büro ein.

Wie man weiß, haben den größten Einfluss auf die Mächtigen dieser Erde diejenigen, die ihnen die Haare schneiden, sie rasieren, ihnen den Blutdruck messen und ihren Lieblingspudel kurieren. Wladislawa erwarb sich sofort nach ihrer Ankunft, sozusagen zwischen dem ersten Teller Suppe und dem ersten Stück gedünstetem Fleisch, einen unerhörten Vertrauensvorschuss, freien Zugang zum Chefbüro und alle Privilegien einer Favoritin des Königs und wurde deshalb von allen hofiert. Man fürchtete sie und schmeichelte sich bei ihr ein.

Obwohl sich Ilaria und Wladislawa bei jeder Begrüßung innig küssten, am Telefon miteinander zwitscherten und

ihre Brillanten tauschten – «Leihst du mir deine ‹Cartier› zu meinem schwarzen Kleid?» –, war Warwara überzeugt, dass Ilaria Wladislawa sehr bald feuern und dann nie wieder erwähnen würde.

Warum teilen, wenn man nicht teilen muss? Wladislawa hatte ihre Schuldigkeit getan, hatte den Chef davon überzeugt, dass sich die Büroleiterin wie eine Mutter um ihn kümmerte, das genügte.

Warwara bemühte sich, nicht darüber nachzudenken, wann Ilaria wohl sie selbst hinauswerfen würde.

Aber vielleicht würde sie das ja gar nicht tun. Der Chef beachtete Warwara überhaupt nicht. Er sah sie gar nicht an.

«In drei Minuten kommt ein Kurier vom ‹Olymp›», teilte Ilaria schon halb vom Flur aus mit. «Sie sollen ihm die unterschriebenen Verträge aushändigen. Sie vergessen das doch nicht, Warwarotschka?»

Warwarotschka vergaß niemals etwas, aber die Büroleiterin hielt es für notwendig, sie ständig an irgendetwas zu erinnern.

«Ich denke daran, Lara. Mehr ist nicht nötig, nur die Verträge?»

Ilaria hatte keine Ahnung, was nötig und was nicht nötig war. Die Arbeit bestand für sie nicht darin, sich Gedanken darüber zu machen, was «nötig» und was «unnötig» war. Für sie kam es nur auf eins an – zu spielen und zu gewinnen. Ihre Rivalinnen zu überholen und auszuschalten. Furcht zu verbreiten. Allen klar zu machen, dass man mit ihr rechnen musste. Dem Chef einzureden, dass er ohne sie eine Null, ein Niemand sei.

Aber Arbeit ... Arbeit war Nebensache. Was machte es für einen Unterschied, wo sie arbeitete. Die Hauptsache war das «Wie» – es «richtig» zu machen.

Die Telefonanlage auf dem Schreibtisch piepte, und Warwara starrte sie in Panik an. Das boshafte rote Auge leuchtete unter der Aufschrift «Büroleitung» auf, und es leuchtete ziemlich lange. Warwara hoffte schon, sie würde ungeschoren bleiben, aber da flammte der Knopf unter der Aufschrift «Vorzimmer» auf.

«Ja, Albert Anatoljewitsch?»

«Sind Sie an Ihrem Platz?», fragte der unsichtbare und höchst unzufrieden klingende Chef.

«Ja.»

«Die Post», schnauzte er, und der Knopf erlosch. Das bedeutete, dass Warwara ihm die Post bringen sollte.

Er sah seine Post doch niemals vor sieben Uhr abends durch!

Warwara schaute auf die Uhr. Der Kurier aus dem «Olymp» war vermutlich schon unten. Sie dachte kurz nach, ging dann auf die luxuriöse, polierte Tür des Chefzimmers zu und machte sie vorsichtig auf.

«Albert Anatoljewitsch, die Post ist noch nicht da», piepste sie und blieb ängstlich an der Tür stehen. «Ich gehe gleich nach unten in die Verwaltung und mache denen dort Beine.»

«Ja», sagte der Chef abgehackt, ohne aufzusehen. «Tun Sie das.»

Sie wollte schon im Krebsgang den Rückzug antreten, als er plötzlich seinen erschöpften Blick hob.

«Ich möchte Sie darum bitten», verkündete er und zog dabei scharf die Luft durch die Nase, «in den Raucherräumen nicht mehr über das gestrige … die unerfreuliche Geschichte von gestern zu tratschen.»

Warwara riss die Augen auf.

Sie sollte in den Raucherräumen getratscht haben?!

«Ich tratsche nicht», sagte sie gekränkt. «Überhaupt habe ich keinem der Kollegen irgendetwas …»

«Seien Sie so gut», unterbrach er sie. «Wir haben viel Arbeit, und ich möchte nicht, dass meine Angestellten immerzu dieses Thema wiederkäuen. Drücke ich mich klar aus?»

«Ja, Albert Anatoljewitsch.»

Wenn die Angestellten nichts «wiederkäuen» sollten, konnte man sie auch gleich erschießen. Nur das würde sie vom «Wiederkäuen» abhalten. Warwara hatte außer Ilaria noch niemanden getroffen, war sich aber sicher, dass alle nur von der gestrigen «unerfreulichen Geschichte» sprachen, wie der Chef die Leiche in seinem Arbeitszimmer nannte.

Vielleicht meint er damit ja, ich soll sie erschießen, dachte Warwara, während sie sich mit einem lieblichen Lächeln zurückzog, und drückt sich nur so … kultiviert aus? Wozu sonst wirft er ausgerechnet mir vor, ich würde über diese «Geschichte» in den Raucherräumen reden?

Warwara huschte rasch nach draußen, lief die glänzende Marmortreppe hinunter in den nächsten Stock und rannte, vor Eifer laut trampelnd, in die Verwaltung.

«Grüß dich, Olga», stürzte sie sich sofort auf die Abteilungsleiterin. «Mein Chef flippt total aus! Er will seine Post!»

«Jetzt schon?!»

«Ja, augenblicklich. Ist sie schon da?»

«Warja, was für Post? Um halb elf?!», fragte die Abteilungsleiterin verstört. «Der Präsident hat noch nicht mal die Post von gestern abgezeichnet, die von heute habe ich ihm noch gar nicht vorgelegt. Hier, eure Zeitungen sind gekommen und eine Zeitschrift, die kannst du mitnehmen, aber mehr ist vorläufig noch nicht da.»

«Ein Urlaubsantrag ist da», sagte die unsichtbar hinter einer Trennwand sitzende Natascha Minajewa. «Nach den neuen Regeln unterschreibt die Anträge jetzt der Generaldirektor. Nimmst du den mit?»

«Mache ich», versprach Warwara. «Mädels, habt ihr irgendwas für den ‹Olymp›? Ein Kurier von dort ist gerade da, ich könnte ihn bitten, es mitzunehmen.»

Die Abteilungsleiterin wechselte einen Blick mit der hinter der Trennwand aufgetauchten Natascha.

«Hm. Lass mich mal überlegen. Die Personalmitteilungen haben wir ihnen geschickt, in der Zeitung waren irgendwelche Verfügungen, aber die sind nicht für den ‹Olymp› … Wessen Kurier ist es?»

«Der von ihrem Generaldirektor.»

«Die Briefe!», schrie Natascha triumphierend. «Olga Michailowna, gestern hat der Präsident doch zwei Briefe für sie abgezeichnet! Einer war aus Tomsk, und der andere … woher kam der noch …»

«Aus Krasnodar, genau.» Die Abteilungsleiterin lief rasch zum Schrank und angelte zwei gewaltige, zerknitterte Kuverts heraus. «Hier, Warja. Das passt gut, die sind nämlich für den Generaldirektor vom ‹Olymp›. Hat was mit den Lokalsendern zu tun, glaube ich, reingeguckt habe ich nicht. Danke, dass du mich daran erinnert hast.»

Warwara freute sich, einer so wichtigen Abteilung wie der Verwaltung einen Gefallen tun zu können. Ihr Sekretariat war der Verwaltung unterstellt, das heißt, sie selbst, wie auch Ilaria Wetlinskaja, waren Untergebene von Olga Gromowa, und der hatte Warwara jetzt einen Dienst erwiesen.

Der Kurier, den Warwara gut kannte, saß bereits gelangweilt in einem Sessel neben einem Glastisch, und sie lächelte ihm schon von weitem zu. Ein Mann, der gerade ein Ge-

spräch vom Haustelefon aus führte, drehte sich nach ihr um und musterte sie forschend. Sie achtete nicht auf ihn.

«Hier», sagte Warwara und reichte dem Kurier die dicke Mappe. «Das sind die Verträge und zwei Briefe. Die hat man mir gerade in der Verwaltung gegeben. Ist für uns was gekommen?»

«Für euch sind auch Verträge da», antwortete der Kurier fröhlich. «Für wen sind die Briefe? Für den Direktor?»

Warwara nickte.

«Gut. Sag mal, Warja, stimmt es, was man sich erzählt, bei euch ist gestern jemand erschossen worden?»

Warwara schaute sich um, als rechne sie damit, dass jeden Moment der Chef hinter einer Säule hervorspringen und sie in flagranti ertappen könnte, wie sie mit einem Kollegen «darüber» sprach. Übrigens war der Kurier ja eigentlich kein Kollege.

Vielleicht durfte man mit Außenstehenden «darüber» reden?

«Er ist von selbst gestorben», teilte Warwara mit und rückte etwas näher heran. «Im Zimmer des Chefs. Als ich reinkam, war er schon tot.»

«Er hat sich selbst erschossen?», fragte der Kurier entgeistert.

«Nein, nicht erschossen, Tolik! Er ist einfach gestorben. Die Notärzte haben gesagt, es war was mit seinem Gehirn. Mit den Gefäßen oder so …»

«Den Gefä-äßen?», sagte der Kurier Tolik lang gezogen und enttäuscht. «Und wir dachten, dass …»

«Nein, Tolik, da habt ihr falsch gedacht.»

«Bei uns reden alle bloß noch davon, dass Albert jetzt wegen Mordes hinter Gitter kommt. Weil – es heißt, er hätte diesen Typ … umgebracht.»

«Tolik, das ist doch Blödsinn!», sagte Warwara eindringlich und rückte ihm die Mappe unter dem Arm zurecht. Draußen schneite es, und Warwara befürchtete, die Verträge könnten nass werden. «Albert war ja gar nicht in seinem Büro. Ich war doch im Vorzimmer, als er gestorben ist. Der Besucher, meine ich, nicht Albert.»

«Wäre es doch Albert gewesen», flüsterte ihr der Kurier plötzlich zu, und sie kicherte. Wie angenehm, dass auch die anderen den Chef nicht leiden konnten, nicht nur sie allein. «Rauchst du eine mit, Warwara?»

«Ich kann nicht, er wartet auf seine Post und ist böse wie ein Hund. Bis dann, Tolja. Ich rufe bei euch in der Verwaltung an, wenn was für euch dabei ist.»

Der Kurier hielt ihr ein Papier unter die Nase, das sie unterschreiben musste.

«Warja, schreibst du eine halbe Stunde später auf, ja? Ich war schon an drei Stellen, jetzt müsste ich mal für zwanzig Minuten nach Hause, meine Bücher holen. Bald ist ja Zwischenprüfung ...»

«Die Zwischenprüfung ist im Sommer», sagte Warwara. «Und die Winterprüfungen sind längst vorbei, damit du es weißt.»

Sie schaute auf ihre Uhr und notierte 11.10, obwohl es erst halb war.

«Danke, Warja», sagte Tolik. «Auf dich ist doch immer Verlass.»

Er drückte sich das Käppi auf seinen verwegenen Studentenschopf, warf ihr eine Kusshand zu und verschwand hinter der Glastür im morgendlichen Moskauer Straßentrubel. Warwara beneidete ihn.

Kurier zu sein, das wäre schön! Man fährt mal hierhin, mal dorthin, liest dabei ein Büchlein, pfeift sich eins, träumt

vor sich hin und ist für nichts verantwortlich, muss sich über nichts Gedanken machen, braucht sich nicht vor Rüffeln zu fürchten oder in der Miene des Chefs nach Anzeichen von Unzufriedenheit oder Verärgerung zu suchen – man hat seine genau abgegrenzte Aufgabe, bringt die Papiere, nimmt sein Häkchen in Empfang und fährt weiter.

Sie musste laufen. Krutow saß dort oben allein, böse und aufgebracht, und wartete auf die Post, die es nicht gab. Sie musste laufen.

DER MANN SCHAUTE IHR NACH, hängte den Hörer wieder auf die Plastikohren des Telefons, verließ die runde Glaskabine und ging mit zügigen Schritten hinaus auf die Vortreppe. Sein Wagen, der neben einer Schneewehe stand, war noch nicht kalt geworden – der Schnee auf der Motorhaube schmolz und zerfloss zu zwei ungleich großen Pfützen.

Der Mann setzte sich auf den Fahrersitz, schlug die Tür hinter sich zu und schaute in den Rückspiegel.

Eine Zeitung raschelte.

«Na?»

«Das ist sie. Die von gestern.»

Erneut raschelte die Zeitung.

«Der Teufel soll sie holen. Fahren wir, Witja.»

ES WAR EIN SELTSAMER TAG.

Mehrere Male versuchte Warwara, Dimka anzurufen, aber niemand nahm ab – entweder schlief er noch fest, oder er war schon nach Hause gefahren. Bei Lidia Wladimirowna rief sie ebenfalls an, aber auch dort ging niemand dran.

Ilaria kam von einem ihrer regelmäßigen Rundgänge

durch die Firma zurück und entdeckte auf dem Teppich Warwaras Schlüsselbund. Sie hob ihn auf und gab ihn ihr zurück.

«Sie müssen besser auf Ihre Sachen aufpassen, Warwarotschka! Sie sind hier nicht bei sich zu Hause. So geht das nicht – überall verstreuen Sie Ihre Sachen!»

Der Chef ließ sich nicht blicken, und als Warwara ihm Kaffee bringen wollte, wedelte er sie mit seiner bleichen, in einer gestärkten schneeweißen Manschette steckenden Hand hinaus. Nach der Post, derentwegen er sich so aufgeregt hatte, fragte er gar nicht.

Von Mittag an saß die Büroleiterin bei ihm im Zimmer und hetzte Warwara nach Strich und Faden herum – «Warwarotschka, bei mir auf dem Schreibtisch liegt eine blaue Mappe, bringen Sie mir die doch bitte ... Jetzt noch die gelbe. Gehen Sie in die Rechtsabteilung. Dort muss ein Vertrag über den Kauf einer Serie von NBC liegen. Wie, nicht? Ach natürlich, der ist ja gerade in der Umlaufmappe ... Bitte noch Kaffee. Danke, aber ich glaube, ich nehme doch lieber Tee. Gut, aber grüner wäre besser.»

So ging das immer, wenn Ilaria sich für längere Zeit in seinem Büro niederließ. Warwara kam kaum dazu, sich zu setzen – sie rannte nur noch durch die Firma und durchs Vorzimmer, mal mit Dokumenten, mal mit Kaffeetassen, mal mit Aschenbechern. Diesmal beruhigte Ilaria sich aber ungewöhnlich schnell. Warwara saß am Schreibtisch, starrte unverwandt auf die Telefonanlage, aber das rote Lämpchen ging nicht mehr an – seltsam.

Ljudka Galkina schaute zur Tür herein und wollte gerade den Mund öffnen, aber Warwara zeigte ihr unter dem Schreibtisch rasch die Faust.

«Was ist los?», wunderte sich Ljudka.

«Die Geschichte von gestern ist kein Thema. Der Chef hat alle Gespräche darüber verboten.»

«Schon gut, schon gut! Er ist doch jetzt nicht hier.»

«Doch, ist er», sagte Warwara und deutete mit den Augen auf das Telefon. «Er sitzt in seinem Büro. Mit Ilaria.»

«Er kann uns aber nicht hören.»

«Wer weiß, vielleicht doch.»

«Warja, also wirklich, ich wollte dich nur fragen …», quengelte Ljudka, aber die unerbittliche Warwara griff schnell in den Schreibtisch und zog irgendwelche völlig belanglosen Papiere heraus, in die sie sich demonstrativ vertiefte.

Ljudka stand noch eine Weile herum, dann erklärte sie: «Na schön, wie du willst», und verschwand.

Warwara schaute mit Genugtuung auf die sich schließende Tür und schob die Papiere wieder zurück in den Schreibtisch.

Sie würde kein Sterbenswörtchen mehr sagen, wenn der Chef derart empfindlich darauf reagierte! Er konnte sie sowieso kaum ertragen, und wenn sie jetzt auch noch seine Anweisungen ignorierte, dann war es sicher endgültig aus! Vielleicht, der Himmel verhüte es, würde er sie sogar entlassen. Und was sollte sie dann tun?

Warum war er eigentlich über den Tod von Pjotr Borissowitsch Ligo derart beunruhigt? Hatte er auch den Verdacht, dass mit seinem Tod etwas faul war? Oder hatte er etwa selbst das alles ausgeheckt?!

Wenn ja, dann bedeutete das – ihr Chef war ein Mörder! Natürlich nicht so einer wie im Film, in einer Maske mit Augenlöchern und mit zwei Pistolen am Gurt seines Tarnanzugs, sondern ein Auftraggeber.

Sie stützte ihre rundliche Wange in die Hand und starrte auf den Computer.

Nein, das ergab keinen Sinn. Wenn der Chef der Auftraggeber war, hätte er ja den Auftrag gegeben, Pjotr Borissowitsch in seinem eigenen Büro zu ermorden. Und das wäre dumm gewesen, wenn man ihn doch auch ohne weiteres auf der Straße hätte ermorden können, wo niemand den Tod eines zufälligen Passanten mit Albert Krutow in Verbindung bringen würde. Der Tod von Pjotr Borissowitsch in seinem Büro aber zog nun unausweichlich Gerede, Gerüchte, Klatsch und Tratsch nach sich – beziehungsweise hatte er das ja schon getan –, die dem Chef viele Jahre lang anhängen würden. Es handelte sich immerhin um eine Leiche in seinem Büro, und das am helllichten Tag! Nur gut, dass die Zeitungen bis jetzt noch nichts darüber schrieben.

Übrigens würde das sicher noch kommen. Die Media-Holding «Moskauer Zeit» hatte viele Konkurrenten, und dies war ein tolles Thema für «journalistische Recherche», zumal Pjotr Borissowitsch noch Frau und sieben Kinderlein, eins kleiner als das andere, hinterließ. Solche Details würden der «Recherche» zusätzliche Würze und Pikanterie verleihen.

Mit anderen Worten, der Tod von Pjotr Borissowitsch im Büro des Chefs brachte Letzterem nur Probleme. Also konnte der Chef den Mordauftrag nicht gegeben haben. Im Übrigen war sich Warwara völlig sicher: Zu so etwas war der Chef auch gar nicht imstande. Er war ein feiger, vom Erfolg verwöhnter, saft- und kraftloser Moskauer Schnösel, der seine Sekretärinnen anbrüllte und teure Füllfederhalter auf den Boden warf.

Und er war ja auch gar nicht im Zimmer gewesen, als Pjotr Borissowitsch das Zeitliche gesegnet hatte. In sein Büro gelangte man nur durch das Vorzimmer, in dem sich die

ganze Zeit Warwara aufgehalten hatte, später auch Ljudka Galkina.

Aber wieso hatte der Chef gesagt, der Besucher wolle eine Weile am Computer arbeiten? Warum hatte er am Computer «gearbeitet», ohne ihn ans Netz anzuschließen? Woran war Pjotr Borissowitsch Ligo wirklich gestorben? Wer hatte im Zimmer das Fenster geöffnet und wann?

Warwara schloss die Augen.

Das Büro des Chefs war riesig und hatte eine warme, gedämpfte Atmosphäre, ganz im Stil der neuen Zeit: abgehängte Decken, diffuses Licht – die Wände leuchteten, und auch von der Decke schimmerte es sanft, wie in paradiesischen Gefilden. Überall standen vergoldete Möbel herum, die Warwara für den Gipfel der Geschmacklosigkeit gehalten hatte, bis sich herausstellte, dass es sich um die Schöpfung eines italienischen Stardesigners handelte. Die Kosten für diese Schöpfung entsprachen in etwa dem Jahresbudget eines mittelgroßen autonomen Bezirks. Eine Tischlampe mit Kristallanhängern, Nippes von Tiffany, Nippes von Kenzo, Nippes von noch irgendwem, drei schwarze Fernsehquadrate – superflacher Bildschirm, Tau Giga oder so was Ähnliches –, eine wollüstig geschwungene Ottomane, mattgrüne Wände. Bei der Renovierung war der Designer besonders stolz darauf gewesen, diese grünliche Farbe durchgesetzt zu haben. Sie nannte sich «Kiebitznest».

Hätte Warwara nicht genau gewusst, dass von diesem Raum aus ein junger Mann die Geschäfte einer riesigen Holding leitete, so hätte sie eher darauf getippt, das «Kiebitznest» gehöre einer exaltierten Ästhetin, wie zum Beispiel der Besitzerin der Zeitschrift «Er und Sie».

An den Fenstern waren sehr unpraktische verschnörkelte goldene Griffe angebracht. Ein Fenster auf die übliche Wei-

se zu öffnen – den Griff umzulegen und den Fensterflügel aufzuziehen – war hier unmöglich. Man musste lange und hartnäckig experimentieren, den Griff mal so, mal so drehen, denn je nach dem Drehwinkel des goldenen Schnörkels öffnete sich das Fenster mal von oben, mal von unten, mal von rechts, mal von links, mal schräg, mal fiel es dem Öffnenden ganz auf den Kopf. Weil die üblichen Fenster dem Chef nicht zusagten – er hätte sie als Beleidigung für die exquisite Schönheit des «Kiebitznestes» betrachtet –, die ihm zusagenden aber faktisch nicht geöffnet werden konnten, blieben die Fenster nach Abschluss der Renovierung einfach geschlossen, und man behalf sich mit der Klimaanlage.

Der Programmierer Ignat Brashnikow schaute ins Vorzimmer. Warwara nickte ihm freundlich zu, und sofort kam er herein.

«Na, wie ist die Lage heute?», fragte er im Flüsterton. «Keine Leichen?»

«Über Leichen rede ich nicht», informierte ihn Warwara und wies mit dem Kopf auf die Telefonanlage. «Das ist verboten.»

«Wirklich?», wunderte sich Ignat. «Bei uns reden alle nur noch von der Leiche. Ehrlich, Warja, weiß man immer noch nicht, was ihn so plötzlich dahingerafft hat?»

«Wieso, das war doch schon gestern bekannt!», presste Warwara zwischen den Zähnen hervor. «Sie haben es sofort gesagt, die Leute vom ärztlichen Notdienst, meine ich. Durchblutungsstörungen, Gehirnschlag und all so was.»

Das Fenster und den Computer erwähnte sie lieber nicht.

Ignat blickte sie forschend an, aber sie machte ein so treuherzig-ehrliches Gesicht, dass sogleich klar war: Mehr würde er aus ihr nicht herausholen.

«Bist du heute noch lange da?»

«Wie üblich. Wenn nichts Besonderes passiert, bis ungefähr sieben, halb acht.»

«Gibst du mir die neue ‹Compuland›?», bat Ignat mit schmeichlerischer Stimme. «Sie ist doch schon da? Ich weiß, dass sie schon da ist!»

Die Zeitschrift «Compuland» wurde in die Computerabteilung – ein Exemplar für alle Programmierer – und zu ihnen ins Vorzimmer gebracht – ein Exemplar nur für den Chef. Der Chef las sie zwar nie, hatte sie aber abonniert, weil es «richtig» war, sich für Computer zu interessieren, und weil auf seinem Tisch von Zeit zu Zeit irgendeine anspruchsvolle und zeitgemäße Lektüre liegen sollte – über Marketing und Werbung zum Beispiel oder eben über Computer. Meist vergaß der Chef, die Lektüre auf dem Tisch auszulegen, aber manchmal fiel es ihm wieder ein, und dann gnade Gott, wenn die Zeitschriften nicht im Vorzimmer waren.

«Nichts werde ich dir geben», sagte Warwara trocken. «Sie ist erst gestern gekommen – du machst wohl Witze!»

«Ich geb sie ja zurück!», versicherte Ignat stürmisch. «Bestimmt! Bei uns ist sie schon geklaut worden. Gestern war sie noch da, heute ist sie weg.»

«Aber wenn der Chef sie haben will?»

«Dann denkst du dir irgendwas aus! Du kannst ja sagen, sie wäre noch nicht gekommen, und dann rufst du mich an, und ich bringe sie zurück. Auf der Stelle. Ich schwöre es.»

«Eure Schwüre kenne ich», sagte Warwara im Ton einer knurrigen Oma, die es nicht fertig bringt, ihrem mutwilligen Enkel etwas abzuschlagen, und zog aus einer Nische die Zeitschrift. «Aber gib sie mir wirklich zurück, Ignat. Oder ich werde nie mehr …»

«Natürlich!» Er griff rasch nach der Zeitschrift, bevor sie es sich vielleicht noch anders überlegte, beugte sich vor und küsste ihr galant die Hand. «Auf immer der Deinige. Der Deinige auf immer.»

Warwara wurde verlegen, errötete und wollte die Hand zurückziehen, obwohl das alles natürlich nur ein Spiel war, ohne Bedeutung, nett und harmlos. Da ertönte plötzlich die Stimme der Büroleiterin Ilaria Wetlinskaja, eisig wie der Frost in der Antarktis: «Was geht hier vor? Was ist los, Warwarotschka?»

Ignat wich jäh zurück, verbarg mit dem Eifer eines Vorschulkindes die ergatterte Zeitschrift hinter seinem Rücken und schob sich seitwärts zur Tür hinaus.

Ilaria stand in der Tür des Chefzimmers, und ihr Anblick war mindestens so eindrucksvoll wie ihre Stimme.

«Albert Anatoljewitsch wartet seit dem Morgen auf die Post», teilte sie Warwara mit, sobald sich hinter Ignat die Tür geschlossen hatte. «Ich verstehe natürlich, dass das für Sie völlig uninteressant ist …»

«Es gibt keine Post», sprudelte Warwara hervor. «Sie kommt erst um fünf, Lara. Morgens kommen nur die Zeitungen. Die hab ich ihm gebracht.»

Eine Büroleiterin sollte eigentlich wissen, um wie viel Uhr die Post kommt. Genau genommen ist es das Wichtigste, was sie wissen sollte.

«Kommen Sie herein», befahl Ilaria. «Albert Anatoljewitsch erwartet Sie. Ist Wladislawa schon da?»

«Noch nicht.» Warwara sprang auf, zog ihre Jacke zurecht, klopfte sich ab, reckte und streckte den Hals, kurz, tat all das, was ein Unteroffizier zu tun pflegte, wenn er sah, dass der Hauptmann der Kompanie sich näherte.

Ilaria beobachtete ihre linkische Sekretärin mit spötti-

schem Blick. Für sie, Ilaria, war der Chef nur «Schnucki», und es wäre ihr nie in den Sinn gekommen, sich ihre Kostümjacke gerade zu ziehen, bevor sie sein Zimmer betrat.

«Ja, Albert Anatoljewitsch.» In den Händen hielt Warwara einen Notizblock. Der Chef liebte es, wenn seine Sekretärin mit Notizblock hereinkam – bereit, jede seiner wertvollen Instruktionen zu notieren.

Der Chef wandte den Kopf nicht in ihre Richtung, zog aber scharf die Luft durch die Nase.

«Folgendes», sagte er in gereiztem Falsett. «Sie fliegen morgen nach Tschechien.»

«Wie bitte?»

«Wenn Sie schlecht hören, kaufen Sie sich ein Hörgerät», sagte der Chef. «Sie fliegen nach Tschechien. Morgen. Am Dienstag kommen Sie zurück. Lara wird Ihnen einen Briefumschlag aushändigen, den Sie an eine bestimmte Adresse zu übergeben haben. Das Flugticket erhalten Sie in der Auslandsabteilung.»

«Albert Anatoljewitsch, ich bin nicht …», begann Warwara, und der Chef blickte auf. Er sah aus, als könne er sich kaum zurückhalten, ihr seinen kristallenen Briefbeschwerer an den Kopf zu werfen – ein Designerstück von Pawel Globa.

«Drücke ich mich nicht verständlich aus?», erkundigte er sich betont liebenswürdig. «Spreche ich vielleicht nicht Russisch? Oder haben Sie gerade einen Anfall von akuter Verblödung?»

«Nein … ich habe keinen Anfall», stotterte Warwara und merkte, wie ihre Wangen glühten. «Ich kann nur einfach nicht begreifen …»

«Mein Gott, warum bin ich nur von so viel Ignoranz umgeben?!», heulte der Chef auf, an seine Schreibtischde-

koration – eine Nippsache von Davidoff – gewandt. «Sie. Fliegen. Morgen. Nach Tschechien. Mit der Frühmaschine. Nach Karlsbad. Sie. Müssen. Einen Briefumschlag. Überbringen. Den Briefumschlag. Hat. Ilaria.»

Er starrte Warwara voller Abscheu an. «Ist Ihnen das immer noch nicht klar?»

Warwara war zwar gar nichts klar, nickte jedoch eifrig und beeilte sich zu bestätigen, jetzt habe sie endlich alles begriffen.

«Vergessen Sie nicht, sich in der Auslandsabteilung Ihren Pass zu holen», sagte der Chef, als sie sich wieder zurückzog. «An der Grenze muss man seinen Pass zeigen. Oder wissen Sie das auch nicht?»

Warwara versicherte eifrig, sie wisse alles, wirklich alles über Grenzen im Allgemeinen und im Besonderen, schloss dann behutsam die Tür hinter sich und fasste sich an die Stirn.

Was hatte das alles nur zu bedeuten? Wieso Karlsbad?! Was für ein Umschlag? Was für eine «bestimmte Adresse»?

Sie trat ins Vorzimmer und betrachtete sich in der dunklen Glasscheibe des Bücherschranks.

Ihre Wangen brannten, und ihr Gesicht wirkte dadurch doppelt so dick, wie es tatsächlich war.

«Nun, haben Sie alles besprochen, Warwarotschka?»

Sie fuhr erschrocken zusammen.

«Lara, ich habe das nicht ganz verstanden. Albert Anatoljewitsch sagte mir, ich solle morgen …»

«Ja doch», unterbrach Ilaria sie ungeduldig. «Morgen fliegen Sie nach Karlsbad. Für vier Tage. Was ist dabei? Eine ganz gewöhnliche Dienstreise. Wenn Sie endlich begreifen, schaffen Sie es noch in die Buchhaltung.»

«Wozu?»

Ilaria seufzte.

«Um sich Ihr Reisegeld abzuholen, Warwarotschka. Zweifellos sind Sie eine wohlhabende Frau, aber ich glaube, Sie sollten sich trotzdem besser beeilen.»

«Lara, das muss ein Missverständnis sein», sagte Warwara überzeugt. «Ich bin nie in meinem Leben im Ausland gewesen. Außerdem kann man den Brief doch mit der Eilpost schicken, dann ist er schon morgen beim Adressaten, und irgendwelche Dienstreisen sind dann gar nicht nötig.»

«Albert Anatoljewitsch hat entschieden, dass Sie fahren», schnarrte Ilaria. «Was sollen also diese Zicken! Wenn man mir plötzlich anbieten würde, für vier Tage ins Ausland zu fahren, würde ich vor Freude in die Luft springen! Und Sie zieren sich!»

«Ich ziere mich nicht.» Mein Gott, die wollen mich wirklich nach Karlsbad schicken! «Ich verstehe nur nicht, warum ...»

«Darüber hat nicht unser Verstand zu befinden, Warwarotschka», sagte Ilaria in einem Ton, der keinen Widerspruch zuließ. «Gehen Sie in die Buchhaltung und in die Auslandsabteilung. Wika hat eben angerufen und gesagt, das Visum liegt schon bereit.»

Da geht doch etwas Merkwürdiges vor, dachte Warwara, als sie über den Korridor schritt. Etwas sehr Merkwürdiges.

Wika Gorina schaute sehr lange auf ihren Computer, und je länger sie schaute, desto mehr kam Warwara zu dem Schluss, dass das alles ein dummer Schabernack sein musste.

«So», sagte Wika und riss sich endlich vom Monitor los, «hier sind die Formulare. Unterschreibe bitte. Das Foto für dein Visum habe ich aus deiner Personalakte genommen.

Ich hatte keine Zeit, dich zu suchen, ich war sowieso schon spät dran für die Botschaft. Geh in die Personalabteilung zu Juri Iwanowitsch, er wird dir sagen, was für Fotos du als Ersatz bringen sollst.»

«Wika, wieso diese Eile?», fragte Warwara misstrauisch und ließ sich vorsichtig auf dem Rand eines mit Papieren überhäuften Stuhls nieder.

«Woher soll ich das wissen!» Wika zuckte die schmalen Schultern. «Dein Chef hat gestern angeordnet, die Papiere für eine Reise nach Tschechien fertig zu machen. Es gäbe irgendwas Dringendes zu erledigen. Weißt du denn nichts?»

«Nein. Mir hat man gesagt, ich solle morgen nach Tschechien fliegen, und ich habe keine Ahnung ...»

«Du Glückliche», seufzte Wika gedehnt auf. «Wenn man mir sagen würde, ich sollte morgen irgendwohin fliegen, und wenn es die Mongolei wäre ... ich würde sterben vor Glück. Und du – nach Tschechien! Anstatt zu arbeiten!»

«Aber ich bin gar nicht darauf vorbereitet!»

«Du wirst schon noch Zeit genug zum Packen haben», meinte Wika freundlich. «Hier musst du unterschreiben. Schau im Internet nach, was dort für Wetter ist, und nimm nicht zu viel mit. Vergiss den Regenschirm nicht. Hier ist die Flugnummer und hier die Abflugzeit. Hotel ‹Dvořák›. Ganz sicher bin ich nicht, aber ich glaube, das hat sogar vier Sterne. Abgeholt wirst du von der Firma ‹Euro-Lloyd›. Du hältst in der Ankunftshalle nach einer entsprechenden Tafel Ausschau. Ich hab's dir hier aufgeschrieben.»

«Und die Reiseorder?», fragte Warwara, ohne auf sie zu hören. «Ist die Reiseorder schon gekommen?»

Wenn es eine Reiseorder gab, bedeutete das, die Fahrt war schon länger geplant. Wenn nicht – war es pure Improvisation.

«Es gibt keine Order. Aber mach dir keine Sorgen, dein Chef hat schon alles unterschrieben. Bestimmt ist es schon zur Verwaltung gegangen.»

Also Improvisation. Heute Morgen, als Warwara in die Verwaltung gestürzt war, hatte Olga Gromowa also noch nichts gewusst. Ob sie vielleicht mal mit Olga sprechen sollte?

«Geh schnell in die Buchhaltung», mahnte sie Wika, «jetzt sofort, solange noch nicht alle weg sind. Wenn sie noch Geld in der Kasse haben, kriegst du das Reisegeld sofort.»

Man händigte ihr das Geld aus, und völlig verblüfft kehrte Warwara wieder an ihren Arbeitsplatz zurück.

«Hier ist der Brief, den Sie übergeben sollen, Warwara.» Ilaria legte ihr einen großen Umschlag auf den Schreibtisch. «Moskauer Straße 20. Sie werden eine Quittung erhalten und sie Albert Anatoljewitsch mitbringen. Haben Sie verstanden?»

Warwara starrte wie hypnotisiert auf den Umschlag und nickte.

«Na, Gott sei Dank. Ich dachte schon, Sie begreifen es nie», sagte Lara. «Wo ist der Vertrag mit den regionalen Fernsehsendern? Bei Ihnen?»

«Das sind lauter verschiedene Verträge», murmelte Warwara, die immer noch auf den Umschlag starrte. «Welchen brauchen Sie denn?»

Ilaria stutzte einen Moment. Sie brauchte eigentlich gar keinen. Außerdem hatte sie keine Ahnung gehabt, dass es unterschiedliche gab.

«Egal», wich sie geschickt aus. «Einen Mustervertrag.»

«Musterverträge gibt es nicht, Lara», sagte Warwara erstaunt und löste ihren Blick endlich von dem Umschlag.

«Mit jedem Sender ist ein eigener Vertrag geschlossen worden. Alle Konditionen darin sind unterschiedlich – Preise, Sendezeit, Werbekosten. Es hängt alles ganz von der Region ab.»

Der Fernsehkanal «TWT», der zur Media-Holding «Moskauer Zeit» gehörte, verkaufte seine Sendungen an regionale Fernsehstationen. Die Sendungen waren nicht schlecht, die Besitzer verdienten gut, und «TWT» entwickelte sich erfolgreich und «planmäßig», wie es in den Berichten der Rechnungsprüfer hieß.

«Na, dann geben Sie mir irgendeinen», befahl Ilaria aufgebracht. «Ich muss was nachlesen.»

Warwara zog hastig einen Vertrag heraus und reichte ihn Ilaria. Sie wartete, bis die Tür sich geschlossen hatte, und holte dann ihren nagelneuen Auslandspass hervor.

Im Pass war ihr Foto. Warwara betrachtete es prüfend von allen Seiten. Gar nicht so übel. Natürlich, ein Moppelgesicht wie bei einem Welpen und geradezu unanständig lebenslustig. Die festen rosa Seiten des Dokuments ließen sich schlecht umblättern, so neu waren sie noch.

Und daneben der Stapel mit dem Reisegeld. Dreihundert Dollar – ein ganzes Vermögen.

«In was für Scheinen möchten Sie es?», hatte der Kassierer Semjon Prokopjewitsch sie gefragt. «Lieber in kleinen oder lieber in großen?»

Warwara konnte sich nicht entscheiden, welche sie lieber wollte. Sie einigten sich schließlich auf Hunderter.

Warwara befühlte den Briefumschlag aufmerksam und schüttelte ihn sogar. Innen rutschten dicke Scheine hin und her.

Natürlich war es möglich, dass der Chef beschlossen hatte, sich ein für alle Mal seiner ungeliebten Sekretärin zu ent-

ledigen. Dann würde man morgen beim Zoll drei Kilo Heroin im Gesamtwert von zweihunderttausend Dollar bei ihr finden und in ihrer Tasche eine ferngesteuerte Bombe mit den Fingerabdrücken bin Ladens darauf. Den Rest ihres Lebens würde sie im Gefängnis verbringen.

Nur war das ziemlich unwahrscheinlich. Ganz im Stil der Krimiserien, die Warwara so gern sah, und bar jeder Realität.

Nein. Um Bomben ging es hier sicher nicht.

Worum aber dann? Was war in dem Umschlag? Was musste so dringend über die Grenze gebracht werden? Der Plan für eine geheime Torpedofabrik? Eine chiffrierte Botschaft? Ebenso unwahrscheinlich wie Bomben.

Olga Gromowa rief an und teilte mit, die Order für die Dienstreise sei gekommen.

«Ist ja toll», sagte sie ziemlich erstaunt. «Ich verstehe nur nicht, wozu diese Eile. Juri Iwanowitsch hat gesagt, das Foto für das Visum habe man aus deiner Personalakte genommen. Du weißt nicht, warum das alles derart dringlich ist?»

«Du denn?», fragte Warwara. «Weißt du es?»

«Nein.»

«Ich hab es überhaupt erst vor zwei Stunden erfahren. Ich dachte, sie … sie machen Witze.»

«Wer?»

«Der Chef und Lara», sagte Warwara und hielt sich vorsichtshalber die Hand vor den Mund. «Olja, kommt so was überhaupt vor, dass jemand innerhalb eines Tages auf eine Dienstreise geschickt wird, noch dazu ins Ausland?»

«Ich habe das jedenfalls noch nie gehört», antwortete Olga nachdenklich. «Aber auf jeden Fall wünsche ich dir eine gute Reise! Ich finde Karlsbad wunderschön. Du musst un-

bedingt in ein Kaffeehaus gehen. An der Uferstraße gibt es eines, das ‹Elefant› heißt, wenn ich mich nicht irre. Und ins ‹Teehaus› musst du gehen, das ist neben dem Hotel ‹Bristol› …»

«Olja!», sagte Warwara flehentlich, und die Abteilungsleiterin musste lachen.

«Schon gut, schon gut! Ja, und die wunderschönen Granate! Es gibt dort jede Menge davon!»

«Kann man das essen?», fragte Warwara, die beim Wort «Granat» nur eine sehr verschwommene Vorstellung hatte.

«Das trägt man! Das ist der tschechische Granatschmuck. Du musst dir auch welchen kaufen. Wenn du nicht genug Geld hast, komm runter, ich leihe dir was.»

«Danke, nicht nötig!», ächzte Warwara.

«Nein, wirklich. Wer weiß, wann du nochmal dorthin kommst. Ich leihe dir gern was, und du gibst es mir zurück, sobald du kannst.»

«Das ist Europa», fuhr die Abteilungsleiterin verträumt fort, nachdem Warwara ihr versichert hatte, sie brauche kein Geld. «Als ich dorthin geflogen bin, dachte ich natürlich, ich komme in ein sozialistisches Land. Aber gelandet bin ich im bourgeoisen Europa.»

Das rote Cheflämpchen flammte auf, und Warwara schaltete Olga blitzschnell ab.

«Sie sind noch an Ihrem Platz?», bellte der Chef aus dem Telefon. «Sie treten morgen eine höchst verantwortungsvolle Dienstreise an! Sie können gehen.»

«Danke, Albert Anatoljewitsch.»

Sie hatte gar keine Lust, schon zu gehen, denn sie wusste genau, kaum hätte sich die Tür hinter ihr geschlossen, würde sich augenblicklich Wladislawa auf ihren Platz setzen, um am Computer zu spielen, alle ihre Papiere durcheinander

zu bringen, am Telefon dummes Zeug zu reden, die Post zu verlieren, Kaffee auf die neuen Personalmitteilungen zu schütten, wichtige Dateien zu löschen, ihren Nagellack auf die Pilotversion der neuen Fernsehserie zu kleckern und das Programmschema der nächsten Woche dazu zu benutzen, Essensreste für ihr Hündchen darin einzupacken. Nein, es war besser, zu warten, bis Wladislawa sich nach der Zubereitung ihrer Hühnerbrüstchen wieder nach Hause verzogen hatte.

Eine Viertelstunde später meldete der Chef sich erneut.

«Ich hatte Sie doch gebeten zu gehen», sagte er gereizt. «Was ist los, haben Sie mich nicht gehört?»

«Doch, natürlich», sagte Warwara.

«Ja, dann gehen Sie doch endlich!», schrie der Chef und schaltete wieder ab.

Jetzt musste sie gehen.

«Lara», sagte Warwara schmeichelnd, während sie Dimkas Jacke anzog. Ilaria betrachtete sie verwundert. Die teure Jacke veränderte ihre pausbäckige Sekretärin auf erstaunliche Weise. «Bitte achten Sie doch darauf, dass die Papiere nicht durcheinander kommen. Wladislawa ...»

«Wladislawa rührt Ihre Papiere niemals an! Was Sie nur immer haben! Ladotschka, Lada!», rief sie, und auf ihren Ruf hin erschien Ladotschka in einem schwarzen Minirock und einer tief dekolletierten schwarzen Jacke, die ihren schlanken Körper so eng umschloss, dass der Busen dadurch in die Höhe geschoben wurde. Übrigens war das wohl auch so beabsichtigt.

Warwara wurde rot.

«Lada, versprich Warwarotschka, dass du ihre Papiere nicht anrührst. Sie macht sich Sorgen.»

Direkt vor Warwaras Augen verwandelte sich Wladislawa

aus einer neutralen Macht in eine aggressiv-feindliche. Ilaria war wirklich eine erstklassige Heckenschützin.

«Was?», fragte Wladislawa mit ihrer sexy Kontraaltstimme und schob den ohnehin unglaublich schönen Busen noch weiter vor. «Ich soll was mit der ihren Papieren machen?»

So sprach sie immer, so hatte sie es in der Schule gelernt.

«Nein, nein», versicherte Warwara eilig. «Alles in Ordnung, nur beim letzten Mal haben Sie das Programmschema verlegt. Albert Anatoljewitsch hat mich danach gefragt, und ich wusste nicht, wo es …»

Wladislawa schnaubte nur, ließ ihren Blick kurz auf Warwaras neuer Jacke – Dimkas Jacke! – verweilen, schüttelte ihre platinblonden Pamela-Anderson-Locken und verschwand in der Küche.

Warwara wollte jetzt erst mal alles Dimka erzählen.

Sie hatte wirklich Glück, dass ausgerechnet heute Morgen ihr alter Freund aus Amerika gekommen war, mit dem sie so viel reden konnte, wie sie wollte, ohne befürchten zu müssen, ihm lästig zu werden oder etwas Dummes zu sagen. Er würde alles richtig verstehen, und er würde ihr gute Ratschläge geben.

Vorausgesetzt, es gelang ihr, ihn wach zu bekommen.

Sie ging von der Bushaltestelle zu ihrem riesigen dunklen Haus, in dem wie kleine Samenkörnchen gelbe Fenster glimmten, und lächelte.

Natürlich, er schläft jetzt. Warwara, die noch nie im Ausland gewesen war, hatte eine präkolumbianische Vorstellung von der Welt. Amerika lag für sie irgendwo hinter den Ozeanen. Schaumige Wogen, weiße Wellenkämme, das Sternbild des Hundes, knarrende Masten, straffe, knat-

ternde weiße Segel, ein bärtiger Nichtsnutz von Schiffskoch, der nachts übers Deck schlich, um dem jungen Kapitän eins auszuwischen und das arme Greenhorn statt nach Valparaiso in die abscheulichen afrikanischen Sümpfe zu locken, in denen abscheuliche afrikanische Sklavenhändler auf der Lauer lagen.

Immer noch lächelnd, trat Warwara aus dem Lift und entdeckte, dass die altersschwache Korridortür – welliges Milchglas, rechts war eine Ecke abgeschlagen – offen stand. Die Nachbarin passte gewöhnlich wie ein Schießhund auf diese Tür auf, denn im Korridor standen ja ihre kostbaren durchnummerierten Einmachgläser – nicht dass jemand die noch klaute!

Warwara betrat den schmalen Korridor und warf die Tür hinter sich zu. Sie krachte gegen den Pfosten und öffnete sich langsam wieder. Warwara nahm die Einkaufstüte mit Brot und Milch in die andere Hand und versuchte, sie noch einmal zuzuschlagen. Aber sie ging einfach nicht zu.

Sie sah sich die Tür genauer an.

Die Falle des Türschlosses war mit dunkelblauem Isolierband zurückgebunden.

Was waren das denn für dumme Scherze?!

Warwara riss das Band ungeduldig herunter, schaute auf ihre eigene Tür und erstarrte.

Die Tür stand offen.

In der Zugluft schwang sie leicht hin und her. Dahinter war es tintenschwarz.

Dimka?

Ihre Stirn wurde feucht. Warwara wischte sie mit dem Jackenärmel ab.

«Dimka», rief sie in die finstere Öffnung. «Schläfst du noch? Dimka!!»

Ein Luftzug erfasste die Korridortür, und endlich schnappte klackend das Schloss zu. Warwara schrak zusammen.

«Dimka!!» Die Tüte fest umklammert, schob sie sich in ihre Wohnung und tastete wie gewohnt nach dem Lichtschalter auf der rechten Seite.

Das Licht flammte auf und vertrieb die rabenschwarze Finsternis.

Dimka lag auf dem Fußboden. Ein Bein war unnatürlich verdreht, und sein Haar kam Warwara merkwürdig dunkel vor. Sie kauerte sich nieder und berührte das Dunkle auf seinem Kopf. Und schaute auf ihre Hand.

Das Dunkle war rot. Dimkas Haar war blutverschmiert.

Tanja traf vierzig Minuten später ein.

«Was ist los?», fragte sie mit ihrer strengen Doktorstimme und legte mit professionellen Bewegungen Mütze und Pelzjacke ab. «Was ist passiert?»

«Ich weiß nicht», antwortete Warwara, und ihre Lippen zitterten.

Tanja warf ihr einen raschen Seitenblick zu und betrat dann, ohne die Schuhe auszuziehen, das Bad. Das Licht ging an, und Wasser rauschte.

«Ich weiß nicht, was passiert ist! Ich kam nach Hause, und da lag er. Gleich hier. Voller Blut. Ich dachte, er … er wäre tot.»

«Er ist nicht tot?», fragte Tanja aus dem Bad.

«Ich habe den Notdienst angerufen. Eine halbe Stunde hat es gedauert, bis ich sie dran hatte. Und dann haben sie mir gesagt: Welche Versicherungsnummer hat er? Er hat keine Versicherungsnummer. Er hat eine Versicherungspolice in Amerika. Dann soll er sich in Amerika behandeln lassen, haben sie mir gesagt, wir kommen nicht. Tanja, ich habe

gefleht, gebettelt, ihnen Geld versprochen! Aber sie haben bloß gesagt: Schlafen Sie Ihren Rausch aus, Mädel! Und Ihr Galan sollte das auch tun.»

«Jetzt beruhig dich mal», befahl Tanja, die in Warwaras Stimme ein unkontrolliertes Wimmern hörte. «Ich werde ihn jetzt erst mal untersuchen, anschließend kannst du hysterisch werden.»

«Tanja», sprach Warwara wie im Fieber weiter, «er lag in seinem Blut. Im Dunkeln. Sein Haar war ganz dunkel. Vor lauter Blut. Ich wusste nicht, ist er noch am Leben oder schon tot, und die reden von Versicherungspolicen! Ohne Police vergeuden die für uns nicht eine Minute. Da können wir doch alle miteinander krepieren!»

«Das ist nicht wahr», erklärte Tanja unerschütterlich. «Das haben sie bestimmt nicht gesagt. Aber das mit der Versicherungspolice trifft zu. Bist du versichert, erhältst du medizinische Hilfe. Bist du es nicht, gibt es auch keine Hilfe. Wie in allen zivilisierten Ländern.»

«Ich habe sie angefleht. Ich habe regelrecht gebettelt.» Warwaras Stimme klang ganz heiser. «So viel Blut!»

«Still!», sagte Tanja energisch. «Komm jetzt. Schnell. Und fang ja nicht an zu heulen.»

Dimka lag auf dem Fußboden im Wohnzimmer – auf das Sofa hatte Warwara ihn nicht hinaufbekommen. Er war mit einer karierten Wolldecke zugedeckt. Sein Atem ging rasch und laut.

Tanja ließ sich auf alle viere nieder und schaute ihn erst von der einen, dann von der anderen Seite an. Dann nahm sie seine Hand und hielt sie eine Weile. Dann zog sie, eins nach dem anderen, die Augenlider hoch. Warwara war es so kalt, dass ihr die Zähne klapperten. Sie schämte sich vor Tanja.

«Da ist doch kaum Blut. Und du sagst, eine ganze Lache! Nichts dergleichen. Ein paar Spritzer, nicht mehr. Leuchte mir mal.»

«Womit?»

«Nimm halt die Stehlampe», rief Tanja und kroch auf die andere Seite. «Mach sie an, halt sie nach unten und leuchte mir. So kann ich ja nichts erkennen.»

Warwara hatte es so eilig, ihren Befehl auszuführen, dass sie mit dem Fuß an der Einkaufstüte mit dem Brot hängen blieb und fast gefallen und mit der Stirn gegen den Türpfosten gekracht wäre.

«Immer langsam», rief Tanja, ohne den Blick von Dimkas Kopf zu wenden. «Dich kann ich jetzt nicht auch noch nähen.»

«Was ist denn mit ihm?» Warwara zerrte die Stehlampe am Holzfuß näher heran und richtete sie nach unten. «Was hat er, Tanja? Ist es … ist es sehr ernst?»

Das gelbe Licht beschien Dimkas zurückgeworfene Stirn, Tanjas Hände und das Blumenmuster des Teppichs.

«Ja, so, so», murmelte Tanja vor sich hin und drehte Dimkas Kopf in dem gelben Lichtkegel hin und her. «So ist es gut.»

Dimka stöhnte unerwartet, zuckte und schlug die Augen auf.

«Ruhig, ruhig, mein Lieber.» Mit dem Knie drückte sie seinen Arm, der sich schon heben wollte, hinunter. «Ganz ruhig liegen bleiben. Das Wichtigste ist jetzt, dass du dich nicht bewegst. Stör mich nicht, dann wird alles gut.»

Warwara erinnerte sich plötzlich, dass im letzten Jahr bei irgendeiner Medizinerfeier in der Poliklinik gesagt worden war, Tatjana Wassiljewna – Tanja – sei eine sehr gute Ärztin.

Sie ist eine gute Ärztin. Sie wird alles richten. Sie wird Dimka retten und seine schrecklichen Wunden heilen. Alles würde wieder ins Lot kommen.

«Er muss genäht werden. Hier und hier. Die Knochen sind heil, soweit ich es beurteilen kann. Es wäre natürlich gut, wenn man ihn röntgen könnte, vielleicht hat er Fissuren, aber so, auf den ersten Blick ...»

«Warwara?», fragte Dimka und strengte sich an, um den Kopf zu heben. Die Adern auf seiner Stirn schwollen an.

«Bleib liegen, bleib liegen!»

«Nimm seine Hand, Warwara», kommandierte Tanja. «So, dass er dich sehen kann.»

Ohne die Stehlampe loszulassen, hockte Warwara sich hin und ergriff Dimkas Hand. Seine Hand war groß und kalt. Warwara zog die Wolldecke etwas höher.

«Warwara, was ... ist passiert?»

Sie schwieg, drückte seine Hand. Tanja kroch auf allen vieren hinter seinem Kopf herum.

«Das wollten wir eigentlich Sie fragen, was passiert ist, verehrter Viehzüchter aus Arizona», sagte sie und wandte den Kopf, sodass sie sich Nase an Nase mit ihm befand. Dimka blinzelte und versuchte, seinen verschwimmenden Blick auf Tanja zu fixieren. Tanja beobachtete ihn aufmerksam. «Als wir kamen, haben Sie hier gelegen. Was war los?»

Dimkas Lippen bewegten sich, und Warwara merkte mit Erstaunen, dass er lächelte.

«Ich habe ein Gespenst gesehen», sagte er. «Ich habe ein Gespenst gesehen, bin hingefallen und mit dem Kopf gegen das Kamingitter geschlagen.»

«Er macht einen Witz», beruhigte Tanja die entsetzte Warwara. «Soweit ich es beurteilen kann, ist er nicht übergeschnappt, sondern macht einfach Witze.»

«Ich bin nicht übergeschnappt», bestätigte Dimka und setzte sich plötzlich rasch auf, wobei er Tanja mit der Nase ans Kinn stieß.

«Dimka!!»

«Ich hab dir doch gesagt, du sollst ihn festhalten!»

«Ich habe ihn festgehalten!»

«Das sehe ich, wie du ihn festgehalten hast!»

«Dimka, leg dich sofort wieder hin!»

Er schaute erst die eine, dann die andere an, kam stöhnend auf die Beine und setzte sich sofort aufs Sofa, während er sich den Kopf hielt.

«Was machen Sie da? Sind Sie in Ihrem Pennsylvania total verrückt geworden?! Ich habe Ihnen doch klar und deutlich gesagt: liegen bleiben!»

«Ich bitte um Verzeihung», sagte der galante Dimka, die Lippen gehorchten ihm kaum, «aber Sie haben nichts Derartiges zu mir gesagt.»

Tanja blickte Warwara an und Warwara Tanja.

«Na schön. Bring mir meine Tasche. Setz Wasser auf. Ich muss eine Spritze auskochen. Hast du steriles Verbandsmaterial?»

«Weiß ich nicht.»

«Du bist doch ein Schaf», zürnte Tanja. «Ich hab dir letztes Mal welches mitgebracht. Lass schon, ich finde es.»

«Was ist passiert?», fragten Dimka und Warwara einander gleichzeitig, sobald Tanja hinausgegangen war.

«Ich kam von der Arbeit», sagte Warwara und schaute in sein blasses Gesicht mit den bläulichen Schatten rings um die Augen und den sehr hellen Bartstoppeln. «Die Tür stand offen. Und du hast im Flur gelegen. Ich ... ich dachte, du wärst tot.»

«Ich habe schrecklichen Durst», sagte Dimka und leckte

sich über die graublauen Lippen. «Kann ich was zu trinken haben?»

«Natürlich, sofort! Ich bringe dir was.» Warwara sprang hastig auf. «Tanja, darf er etwas trinken?»

«Ja. Ich gebe ihm was.»

«Ich habe geschlafen», berichtete Dimka, «und bin davon aufgewacht, dass ein Fenster aufging. Der Fensterflügel klapperte. Wahrscheinlich war er nicht richtig zu.»

Warwara ließ immer einen Spalt offen, um zu lüften. Sie war eine Frischluftfanatikerin.

«Ich bin aufgestanden und in den Korridor gegangen. Dort habe ich gesehen, dass auch die Wohnungstür offen stand. Da dachte ich, du wärst zurückgekommen …»

Er verstummte, weil ihm plötzlich unheimlich wurde.

ER WAR IN DEN SCHMALEN KORRIDOR hinausgegangen und hatte einen schwachen Lichtstreifen gesehen, der durch die einen Spaltbreit geöffnete Wohnungstür fiel. Er hatte die Brille aufgesetzt, die er in der Hand hielt, denn ohne Brille sah er sehr schlecht, und im selben Moment gemerkt, dass er nicht allein in der engen Diele war. Er wusste, dass ihn jemand aus dem Dunkeln beobachtete.

Er stand reglos und wartete: Gleich muss es geschehen. Er wartete eine ganze Sekunde lang, sah gleichsam schon das Beil fallen – auf seinen schwachen, schutzlosen Menschenhals, und es war schon zu spät, er konnte nichts mehr daran ändern.

Eine rasche Bewegung, eine Explosion im Kopf und vorbei. Die Guillotine war gefallen, hatte Arterien, Venen und Sehnen durchschnitten, der Kopf rollte herunter. Sein eigener.

«Was ist denn hier passiert?», fragte jemand ganz dicht neben ihm. «Unbegreiflich!»

Offenbar war der Kopf noch an seinem Platz. Zumindest gelang es ihm, mit seiner Hilfe aus einem großen weißen Becher etwas von einer ekelerregenden Flüssigkeit zu trinken. Das Zeug grub ein Loch in den Sand, der seine Kehle verstopfte, und er konnte wieder durchatmen.

«Was sind das für Tänze», sagte eine aufgebrachte Frauenstimme. «Erst springt er wie angestochen in die Höhe, dann fällt er in Ohnmacht! Warwara, halt mal.»

Es tat sich etwas um ihn herum, und er öffnete die Augen.

«Na also», sagte eine ärgerliche junge Frau direkt vor ihm. «Ich muss ein paar Stiche an Ihrem kostbaren Kopf machen. Betäuben kann ich Sie nur sehr … behelfsmäßig. Ich werde Sie natürlich mit Weihwasser beträufeln, aber erwarten Sie keine Wunder. Sie müssen aushalten.»

«Ich bin bereit.»

Tanja schnaubte.

«Oder soll ich Sie festbinden?», fragte sie zweifelnd und schaute auf seine Hände, als wolle sie ihn tatsächlich gleich fesseln. «Warwara, komm, wir binden ihn fest. Wenigstens an einen Stuhl oder so was.»

«Sie brauchen mich nicht festzubinden», murmelte Dimka verschämt.

«Machen Sie sich keine falschen Hoffnungen.»

Er wäre pflichtschuldigst errötet, hätte er es noch gekonnt.

«Wirklich, Sie brauchen mich nicht festzubinden. Ich werde mich bemühen, Sie nicht zu behindern.»

«Wenn Sie das tun, haue ich Ihnen höchstpersönlich eins über den Schädel. Warwara, halt ihn an den Armen fest.»

Dann dauerte es sehr lange und tat sehr weh.

Er atmete pfeifend, und es war ihm peinlich. Gesicht und Rücken waren nass vor Schweiß. Nass und kalt.

«Sehr gut», sagte Tanja. Irgendwelche Folterwerkzeuge klirrten. «Sie können sich entspannen, Mr. Marlboro-Cowboy.»

Er löste die zusammengepressten Kiefer und atmete ein wenig durch, bemüht, das schmachvolle Pfeifen dabei zu unterdrücken.

«Sie sind ein braver Junge», lobte ihn Tanja. «Auch wenn Sie Viehzüchter sind.»

«Ich bin Physiker», murmelte er. Ihre Wurstigkeit und die ständigen Anspielungen auf seinen Wohnsitz in den USA begannen ihn langsam zu ärgern.

«Na, von mir aus auch Physiker. Warwara, das hier kannst du wegräumen. Das lass noch liegen. Und setz Wasser auf!»

Dimka merkte plötzlich, dass er schrecklichen Durst auf Tee hatte. Sehr heißen, sehr starken und sehr süßen Tee. Mindestens sieben Becher. Seine Kehle zog sich wieder zusammen – so groß war der Durst.

Wahrscheinlich hatte er das laut gesagt, weil Warwara plötzlich mitleidig antwortete: «Sofort, Dimotschka, sofort. Sobald das Wasser kocht.»

In der Küche fragte sie Tanja, die ihre Instrumente auswusch, vorsichtig: «Tanja, was soll ich denn jetzt mit ihm machen? Zu seinen Eltern kann er in diesem Zustand nicht. Lidia Iwanowna trifft doch der Schlag.»

«In drei Tagen ist das alles vorbei», erwiderte Tanja gelassen. Sie war sehr stolz auf sich.

Sie hatte eine komplizierte Operation unter primitivsten Bedingungen gemeistert, wie im Feld.

Na, vielleicht war die Operation nicht gar so kompliziert

gewesen und die Bedingungen auch nicht ganz so wie im Feld, aber sie hatte es geschafft, denn sie war eine gute Ärztin, ein Profi.

Sie war also auch etwas wert, und das war wichtig zu wissen, wenn einen der Mann verlassen hatte, die Eltern alt wurden, der Sohn kaum zu bändigen war und das Magengeschwür nachts immer stärker schmerzte, obwohl man doch nicht krank werden durfte. Die Zukunft aber sah grau aus: tagein, tagaus die Poliklinik und abends im Fernsehen «Emergency Room» mit dem unglaublich charmanten, schicken George Clooney, der die Kranken mit links rettete, wunderschöne Frauen liebte, Basketball spielte und sich seine amerikanischen Sorgen machte.

«Hör mal», sagte neben ihr Warwara, als sei sie gerade zur Besinnung gekommen. «Wer hat ihn denn überhaupt zusammengeschlagen?!»

Tanja brauchte eine Weile, bis sie verstand, wovon Warwara redete.

«Na, sicher ein Einbrecher!», erklärte sie, als sie es begriffen hatte. «Ein Einbrecher ist in deine Wohnung eingedrungen, hat sich auf deinen Viehzüchter gestürzt und ihm eins über den Schädel gebraten.»

«Ein Einbrecher?», fragte Warwara zweifelnd. «Und wieso hat er nichts mitgenommen, dieser Einbrecher?»

«Was meinst du, nichts mitgenommen?»

«Tanja, weshalb bricht jemand in eine Wohnung ein? Um etwas zu stehlen. Dimka ist ihm in die Quere gekommen, er hat ihn niedergeschlagen und ist dann einfach gegangen? Warum hat er nichts geklaut? Dimka war doch bewusstlos.»

«Ist denn wirklich gar nichts weg?»

«Ich weiß nicht. Nein. Nichts. Ich habe ja gar nichts. Drei Ringe aus Silber. Hier.» Warwara hob ihre gespreizten

Finger mit den Ringen. «Einen Mantel voller Hundehaare. Er hängt noch an der Tür. Einen Tefal-Wasserkocher. Einen Fernseher, eine Stehlampe, einen Teppich. Alles ist noch da. Ja, und die Tassen in der Anrichte. Ich kann sie ja mal nachzählen.»

Tanja sah sie mit schief gelegtem Kopf an.

«Vielleicht hat er sich erschrocken?», vermutete sie. «Er hat sich erschrocken über das, was er angerichtet hat, und sich schnell verdrückt.»

Warwara schwieg.

«Du musst die Schlösser auswechseln», riet Tanja ihr ernst. «Wie ist er denn in die Wohnung gekommen?»

Genau. Verflucht.

Warwara rannte in die Diele und knipste das Licht an. Sie sah, wie Dimka auf dem Sofa mühsam die verklebten Augen öffnete und mit einiger Anstrengung den Kopf in ihre Richtung drehte.

«Bleib sitzen, bleib sitzen!», sagte sie schnell. «Der Tee kommt sofort.»

«Danke», murmelte er.

Warwara öffnete die Tür und untersuchte sorgfältig das Schloss. Es war völlig in Ordnung. Sie bewegte die Türschlossfalle einige Male hinaus und hinein. Sie glitt mühelos hin und her.

«Na, wie sieht's aus?», fragte Tanja neugierig hinter ihr.

«Nichts. Alles in Ordnung. Ein ganz normales Schloss. Es funktioniert.»

«Und was bedeutet das?»

«Das bedeutet, es wurde mit einem Schlüssel geöffnet.»

«Mit welchem Schlüssel? Mit deinem?»

Warwara hob ihre Handtasche vom Boden auf und wühlte in ihr herum. Viel zu wühlen gab es nicht – gestern hat-

te man alles herausgenommen, und heute Morgen war nur eine unpraktische braune Geldbörse darin gewesen, die die Kollegen ihr mal zum Frauentag geschenkt hatten, eine Dokumentenmappe mit den Papieren aus der Auslandsabteilung, ein Kugelschreiber und ein U-Bahn-Ticket für zwei Fahrten. Die Schlüssel waren nicht mehr da.

Warwara warf ihre Tasche beiseite und griff nach der Tüte mit Brot und Milch, die immer noch mitten im Weg lag. Auch in der Tüte waren die Schlüssel nicht. In der Jacke auch nicht. Auch nicht im «Hundemantel».

«Heute Morgen habe ich die Tür mit dem Schlüssel abgeschlossen», murmelte sie und blieb stehen. «Genau. Ich habe mich von Dimka verabschiedet, ihm gesagt, er solle sich schlafen legen, und die Tür abgesperrt. Ihm habe ich die Reserveschlüssel dagelassen. Auf der Arbeit waren meine Schlüssel noch da, sie sind mir aus der Tasche gefallen, und Ilaria hat sie aufgehoben. Sie hat mich dafür noch getadelt! Auf dem Nachhauseweg könnten sie mir gestohlen worden sein. In der U-Bahn.»

«Oder im Bus», soufflierte Tanja.

«Nein. Das kann nicht sein. Es war auf der Arbeit. Meine Tasche liegt da immer einfach so herum, ich lege sie nirgends hinein, bei uns ist ja auch noch nie was verschwunden.»

«Warte, nicht gleich weinen. Warum glaubst du, dass es auf der Arbeit passiert sein muss?»

«Weil im Bus niemand weiß, wo ich wohne!» Warwara schrie und wischte sich die Augen. «Oder bin ich etwa verfolgt worden?! Warum verfolgt man mich, wenn ich …» – wieder fuchtelte sie mit ihren molligen Fingern vor Tanjas Nase herum – «bloß drei Silberringe und einen Tefal-Kocher habe! Aber auf der Arbeit wissen alle, wo ich wohne!»

«Und alle sind hinter deinen Ringen her?», fragte Tanja zweifelnd.

Tja. Das war dumm.

«Und die Dienstreise», erinnerte sich Warwara plötzlich. «Ich muss doch morgen eine Dienstreise antreten!»

«Was denn jetzt noch für eine Dienstreise?!»

Warwara fasste Tanja beim Ärmel und zog sie in die Küche.

«Der Chef hat mich heute auf eine Dienstreise geschickt.»

«Ohne Rückfahrkarte?»

«Tanja, im Ernst. Nach Tschechien. Nach Karlsbad. Bis Dienstag. Sieh selbst, hier ist das Flugticket. Und dreihundert Dollar.»

Tanja tastete nach einem Hocker, als hätte sie plötzlich weiche Knie bekommen, fand ihn und ließ sich auf ihm nieder. Ungläubig starrte sie an, was Warwara da in der Hand hielt.

«Ich muss einen Briefumschlag überbringen.» Warwara lief aus der Küche und kehrte mit der Einkaufstüte wieder, in der sich der Umschlag befand. «Moskauer Straße, Hausnummer 20.»

«Das ist doch Blödsinn», sagte Tanja und betrachtete den Umschlag. «Dummes Zeug, Quark!»

Warwara wusste selber, dass es «dummes Zeug, Quark» war, war aber plötzlich beleidigt: «Und wieso kann man mich nicht auf eine Dienstreise ins Ausland schicken?»

«Weil du ein Niemand bist», schrie Tanja. «Für Dienstreisen ins Ausland nehmen die doch ihre eigenen Leute! Wozu dich schicken, wenn sie auch deine Ilaria schicken können?! Oder diese, wie heißt sie doch … Gennadia?»

«Wladislawa.»

«Ist doch egal!»

«Tanja, du bist neidisch und fängst deshalb Streit an.»

Weil Warwara damit recht hatte, geriet Tanja noch mehr in Harnisch: «Ach, rutsch mir doch den Buckel runter! Oder warst du mit ihm im Bett?»

«Mit wem?!»

«Mit deinem Chef!»

«Tanja, sei still! Ich will das nicht hören!»

Tanja sprang vom Hocker auf, stürzte in die Diele und zog sich hastig ihre Sachen an, wobei sie vor sich hin brummte: «Nochmal werde ich nicht … Also wirklich … Zur Hölle mit …» Warwara schaute zum Fenster hinaus.

Das Gebrumme brach ab, man hörte sie nur noch schnaufen und mit den Füßen trappeln, dann hörte auch das auf, und Warwara blickte sich um.

Tanja stand in ihrer Pelzjacke in der Küchentür, die Mütze in der Hand. Sie sah nachdenklich aus.

«Du kannst hier nicht über Nacht bleiben», sagte sie. «Die Schlüssel sind verschwunden, das heißt, jeden Moment kann jemand die Wohnung öffnen. Wenn sie ihm eins über den Schädel gezogen haben», sie nickte in Richtung Zimmer, «dann können sie es bei dir erst recht. Wer weiß schon, was sie hier wollten?! Vielleicht hast du im Abstellraum einen unbekannten Rembrandt?»

«In meinem Abstellraum steht nur ein Schrubber.»

«Wir fahren besser zu mir.»

«Und Dimka?»

Tanja zog sich die Pelzjacke schweigend wieder aus und legte sie zusammen mit der Mütze auf den Stuhl.

«Zum Teufel, ja», sagte sie missmutig, stellte die Becher auf das Tablett und sah Warwara von der Seite an. «Was sollen wir jetzt machen?»

Warwara holte den Zucker, und dabei fiel ihr ein, dass sie nun doch keine Vanillebrezeln mit Rosinen gekauft hatte. Das Leben erschien ihr so dunkel und leer wie eine Gasse, durch die der Schneesturm pfeift.

«Bloß nicht weinen», warnte Tanja sie schnell. «Wir lassen uns schon was einfallen!»

Aber was sollte man sich einfallen lassen, wenn einem die Schlüssel geklaut worden waren, der arme Dimka eins über den Kopf bekommen hatte, in der Firma nicht alles mit rechten Dingen zuging und es zum Tee nicht einmal Vanillebrezeln gab!

Im Zimmer nebenan polterte es, und sie schauten sich an.

«Rasch, vielleicht ist er jetzt aus dem Fenster gefallen», meinte Tanja misstrauisch. «Bei dem muss man auf alles gefasst sein!»

Dimka war nicht aus dem Fenster gefallen. Das Licht hatte ihm ins Gesicht geschienen, und er hatte die Stehlampe so gedreht, dass sie ihn nicht mehr blendete.

«Hier ist Ihr Tee. Wieder ohne Zucker?»

«Mit Zucker. Wenn möglich.»

Tanja servierte ihm den Becher mit Tee und befühlte dabei rasch seine Stirn. Fieber hatte er Gott sei Dank nicht.

«Und um wie viel Uhr fliegst du?»

Warwara blinzelte.

«Wohin?»

«Nach Karlsbad», sagte Tanja verächtlich.

«Du fliegst nach Karlsbad?», fragte Dimka erstaunt.

«Das hat sich erst heute Morgen herausgestellt.»

«Und auch das nur rein zufällig», stichelte Tanja.

Warwara trabte eilig in die Küche und suchte die Dokumentenmappe heraus, die sie von Wika Gorina bekommen hatte.

... Von Wika Gorina, die sich wahrscheinlich niemals Sorgen um Vanillebrezeln machte! Vermutlich aß sie überhaupt nichts zu Abend und war deshalb so schön und schlank.

Um wie viel Uhr ging denn nur das Flugzeug, wo stand das bloß! Hier waren ja überall nur Zahlen, welche davon bedeuteten die Uhrzeit? Und warum war es nur ein einziges Ticket? Gab es gar keins für den Rückflug, und sie würde als illegale Einwanderin direkt an der Grenze festgenommen und ins Gefängnis gesteckt werden?

«Dreh die Seite um.»

«Was? Welche Seite?»

«Auf der Rückseite. Ja, da. Oben stehen dein Vor- und Familienname. Dann kommt eine Tabelle. Da gehst du mit dem Finger dran runter. Und da steht dann die Flugnummer, der Tag und die Abflugzeit. Gefunden?»

«Neun Uhr zwanzig», verkündete Warwara. «Danke, Dimka.»

«Minus zwei Stunden», brummte er und nahm noch einen Schluck aus dem Becher. Der Tee wärmte seinen kalten Magen und spülte den Sand aus seiner Kehle. Er warf einen Blick auf die Teekanne, besorgt, es könne nicht für einen zweiten Becher reichen. «Oder eigentlich nicht plus, sondern minus.»

«Was für ein Minus?», fragte Tanja unzufrieden, die das ganze Unternehmen mit Warwaras Auslandsreise irgendwie ärgerte, vor allem wegen der dreihundert Dollar als Reisegeld. Das waren immerhin anderthalb Monate Leben, wenn man sparte.

Und was hätte sie mit diesen Dollars alles für Wassja kaufen können – eine neue Jacke, Jeans, Schuhe, das elektronische Spielzeug mit den Knöpfen, von dem er schon

seit drei Monaten redete, einen Rucksack, den rosa Affen, der im Kaufhaus schon Staub ansetzte und der ihm aus unerfindlichen Gründen so gut gefiel, einen Sportanzug, Skier …

Tanja hatte in Gedanken schon fast alle Dollars von Warwara ausgegeben, als ihnen klar wurde, dass Warwara spätestens um sieben Uhr zwanzig in Scheremetjewo sein musste, wenn sie um neun Uhr zwanzig abfliegen wollte. Also musste sie gegen sechs von zu Hause aufbrechen. Bis sechs blieben (Tanja schaute auf die Uhr) noch acht Stunden, und es war völlig unklar, wie und wo Warwara diese acht Stunden verbringen sollte.

«Ich würde lieber hier bleiben, Warwara», sagte Dimka und lächelte schuldbewusst. «Meine Eltern wissen ja nichts von meiner Ankunft. Wenn Mama mich so zu Gesicht bekommt … mit bandagiertem Kopf …»

«Ja», stimmte Warwara zu. «Da hast du recht.»

«Hier könnt ihr nicht bleiben», sagte Tanja kategorisch. «Gut, unser Viehzüchter ist nur ein Zugereister, aber du? Deine Wohnung steht ja praktisch offen. Und der Viehzüchter kommt ohne Hilfe nicht mal bis zum Klo, geschweige denn bis zum Herd.»

«Ich bin kein Viehzüchter», stellte Dimka nachdrücklich fest.

«Tanja, nimm ihn mit zu dir», bat Warwara, «bis ich zurück bin. Das ist ja praktisch nur übers Wochenende. Ich komme am Dienstag zurück und hole ihn dann ab.»

«Sie brauchen mich nicht aufzunehmen», sagte Dimka erschrocken. «Das möchte ich gar nicht. Ich gehe nicht mit. Ich komme hier schon irgendwie klar!»

«Aber wenn er zurückkehrt?», fragte Warwara. «Der Mann, der dich niedergeschlagen hat? Woher hat er mei-

ne Schlüssel?! Wenn einem irgendwelche Rabauken aus der Nachbarschaft die Schlüssel klauen, na schön, aber wenn es ein Kollege getan hat, den man kennt, ist das ganz was anderes!»

«Und warum ist das was anderes?»

«Auf der Arbeit wissen alle, dass es bei mir nichts zu holen gibt, und trotzdem ist jemand bei mir eingebrochen!» Warwara blieb plötzlich stehen. «Kann es vielleicht sein, dass es gar nicht um mich geht, sondern um dich?»

«Wie das?», fragte Tanja. «Was hat er damit zu schaffen?»

«Dimka, ist vielleicht die amerikanische Industriemafia hinter dir her?», fragte Warwara, und ihre Augen begannen zu funkeln. «Du arbeitest nicht zufällig an irgendwelchen Geheimprojekten?»

«Ich arbeite an einem guten Dutzend verschiedener Projekte», antwortete Dimka ärgerlich. «Und die amerikanische Industriemafia ist eine Erfindung russischer Filmregisseure.»

«Sie haben dich beschattet», fuhr Warwara fort, ohne auf ihn zu hören, «haben gesehen, dass du zu mir gegangen bist, meine Schlüssel geklaut und versucht, dich umzubringen. Na?»

«Super», nickte Dimka. «Trotzdem Quatsch.»

«Vielleicht hat man dir im Flugzeug was in die Tasche geschmuggelt? Vielleicht bist du, ohne es zu wissen, ins Epizentrum einer internationalen Verschwörung geraten?»

«Ich bin, ohne es zu wissen, in die Filiale eines Irrenhauses geraten», erklärte Dimka giftig. «Genauer gesagt, in eine Wohnung für Irre.»

«Sollen wir mal seine Sachen durchsuchen?», schlug Tanja vor.

«Tanja, nimm ihn mit zu dir», wiederholte Warwara

kläglich. «Ich kann ihn doch so nicht allein lassen, mit einer Kopfwunde und in einer offen stehenden Wohnung! Bitte!»

«Aber am Sonntag kommt Wassja wieder, und was soll ich ihm dann sagen?!»

«Du sagst, das ist ein Patient von dir, den du zu Hause behandelst, fertig.»

«Und schlafen wird er auf dem Klappbett?»

«Dim, schläfst du auf dem Klappbett?»

Dimka öffnete den Mund, schloss ihn wieder und drehte den Kopf, was alles Mögliche bedeuten konnte.

«Er ist einverstanden», übersetzte Warwara. «Tanja, wirklich, es gibt keinen anderen Ausweg. Er bezahlt dich auch dafür. Dim, du wirst doch bezahlen?»

«Ich werde bezahlen», versprach Dimka.

«Natürlich wird er das tun! Lieber Himmel, und ausgerechnet jetzt diese idiotische Dienstreise! Die kommt nun wirklich im unpassendsten Moment!»

«Meine Damen», fragte Dimka unerwartet, «warum eigentlich ruft keine von euch bei der Polizei an und erstattet Anzeige wegen Einbruch und Überfall mit Körperverletzung?»

Diese einfache Frage erschütterte und verblüffte Warwara und Tanja zutiefst.

«Weil die einem sowieso nicht helfen», brummte Tanja nach langem Schweigen unsicher.

«Weil ich um sechs Uhr früh ein Flugzeug habe und sonst die ganze Nacht auf der Miliz rumsitzen müsste», erklärte Warwara mit leichtem Stottern.

Wenn jemand ermordet wurde, ja dann trat die Miliz auf den Plan. Sie hängte dem Toten einen Zettel an den großen Zeh, packte ihn in eine Tüte und legte eine Akte

an. Die Akte lag eine Weile herum und verschwand dann im Archiv. So war es immer gewesen. Er hatte das einfach vergessen.

Tanja regte sich als Erste. «Lasst uns lieber packen.»

Sie nahm Dimka den Becher aus der Hand, und ihr schien, als sei seine Hand ein wenig heiß. Sie sah besorgt aus, trotz allem war sie ja Ärztin.

«Es ist nicht weit zu fahren, nur eine Straße weiter. Was soll ich Ihnen einpacken, Sie Amateurviehzüchter?»

«Ich bin kein Viehzüchter, sondern Physiker», sagte Dimka mit zusammengebissenen Zähnen. «Nur den kleinen Rucksack. Da sind alle meine Sachen drin.»

«Und das andere Zeug?», konnte Tanja sich nicht zurückhalten. «Steht das zum Verkauf?»

«Das sind die Geschenke für meine Eltern», antwortete er, jetzt schon merklich ungehalten. «Wenn ich nach Russland fahre, pflege ich meinen Eltern Geschenke mitzubringen.»

«Was sind Sie nur für ein zärtlicher Sohn.»

«Tanja, lass ihn in Ruhe. Weiß einer von euch, was für ein Klima sie dort haben, in diesem Tschechien? Tropisches, subtropisches oder Gebirgsklima?»

«Bestimmt Gebirgsklima», erklärte Tanja überzeugt. «Schließlich liegt es in den Bergen.»

«Dort ist es wärmer als hier», sagte Dimka. «Zehn Grad mehr, wenn ich mich nicht irre. Im März ist es dort gewöhnlich schon ganz mild.»

«Kinder», bat Warwara, «wartet noch einen Moment, ich will noch eben meinen Mantel saugen … staubsaugen … absaugen, meine ich. So kann ich unmöglich fahren.»

«Du kannst wieder eine Jacke von mir haben», bot Dimka an. «Möchtest du? In der Tasche ist noch eine, die ich für

Vater gekauft habe. Zufällig ist es eine Über... eine Überjahrsjacke.»

«Übergangsjacke», korrigierte ihn Tanja. Sie sah ihn von der Seite an.

Sieh an, er konnte ein großzügiger Cowboy sein! Nicht einmal die Jacke für seinen Vater war ihm für Warwara zu schade!

Vielleicht hegte er ja romantische Gefühle für sie? Er würde sie heiraten, mit nach Texas nehmen, und sie würden in einem Haus auf einer grünen Wiese und mit einem weißen Zaun wohnen und Tanja alberne Souvenirs und nutzlose Geschenke schicken. Und dann wären sie für immer fort – alle beide.

Die Jacke war graugelb, riesengroß und federleicht, zahlreiche Bänder, deren Messingverschlüsse angenehm klimperten, baumelten an ihr, die Reißverschlüsse waren breit und solide.

Warwara hatte noch niemals solche Sachen besessen. Sie hatte überhaupt keine Jacken, weil sie glaubte, sie sähe zu dick darin aus. Sie hatte nur eine merkwürdige Kreuzung zwischen einer Jacke und einem Mantel, die ihr überhaupt nicht stand, dafür aber sehr praktisch war.

«Danke, Dimka», murmelte Warwara und starrte sich mit großen Augen im Spiegel an. «Ich verspreche hoch und heilig, du bekommst sie unversehrt, sauber und wie neu zurück.»

«Da hängen lauter Etiketten dran», sagte Tanja. «Dreh dich mal um, ich schneide sie ab.»

Warwara drehte sich mit dem Rücken zum Spiegel und bemühte sich, ihr Hinterteil zu begutachten. Aus ihrer Perspektive sah sie von hinten gar nicht so schlecht aus, denn die Jacke verhüllte einfach alles.

«Nun steh doch mal still!»

«Tanja, vorsichtig, pass auf, dass du nicht zu viel abschneidest.»

«Ich schneid dir gleich die Zunge ab.»

«Mein Gott, was für eine Jacke! Ein Traum ist das, keine Jacke! Nicht wahr, Tanja?»

«Eine ganz normale Jacke. Und nun lass uns aufbrechen, ich will schlafen, und ich muss noch das Bett für unseren Cowboy machen.»

«Ich bin kein Cowboy, sondern Physiker», knurrte Dimka vom Sofa aus.

Als sie auf die dunkle Straße hinaustraten und auf Tanjas alten Shiguli zugingen, begann es zu schneien – ein feiner, harter Märzschnee, zu alt für das noch junge Jahr und schon greisenhaft stachlig.

«Passen Sie auf Ihren Kopf auf!», warnte Tanja, als Dimka ächzend ins Auto kletterte. «Da liegt noch eine Flasche mit Frostschutz auf dem Boden, schieben Sie sie hinter den anderen Sitz. Warwara, nimm den Lappen und wisch die Scheinwerfer ab. Gleich haben wir's warm.»

Der Mann, der ausgestreckt auf dem Sitz seines Wagens lag, hörte ihre laute, energische Doktorstimme. Ihre Begleiter konnte er nicht sehen, aber das war auch nicht nötig, er hörte ihre Stimmen. Hauptsache, er fand heraus, wohin sie jetzt fuhren.

Wenn er das erst mal wusste, würde er diese blöde Kuh für alles bestrafen – für ihre Selbstzufriedenheit, ihre Unverschämtheit, für alles Unglück und alle Not! Sie verdiente eine Strafe! Und er würde nicht nur sie bestrafen. Er würde auch den Mann bestrafen, diesen Waschlappen.

Am anderen Ende der Stadt wandte sich ein anderer Mann vom Monitor ab, reckte sich ausgiebig und rieb sich den Hals. Er saß nicht gern längere Zeit vor dem Computer, aber es ging nicht anders. Im T-Shirt war ihm kalt geworden, er spürte, dass er ganz durchgefroren war, und legte sich ein warmes Flanellhemd um die breiten Schultern.

Er musste sich einen Kaffee kochen. Kognak würde ihn nur schläfrig machen, und einschlafen durfte er auf keinen Fall.

Morgen also. Der Flug um neun Uhr zwanzig, «Czech Airlines».

Was bedeutete das? War es ein Zufall? Oder war alles im Voraus geplant?

Wenn es geplant war, bedeutete es – Flucht?

IM FLUGZEUG SORGTE WARWARA FÜR UNRUHE.

Sie konnte lange nicht begreifen, was die muntere Stewardess von ihr wollte. Sie hatte Angst, es habe irgendein Durcheinander mit den Plätzen gegeben und man würde sie gleich hinauswerfen. Die Stewardess wiederholte dauernd «Bitte, Pani» und winkte Warwara hinter sich her, sie aber zögerte und versperrte den anderen den Weg. Hinter ihr drängelten sich die Passagiere und reckten ungeduldig die Hälse, bis sie endlich begriff, dass ihr Platz in der ersten Klasse war.

Wie peinlich.

So wie sie war, eingehüllt in die umwerfende Jacke von Dimka, ließ sie sich in den breiten Sitz fallen und presste ihre Handtasche an die Brust. In der Tasche befanden sich ihre Papiere und die dreihundert Dollar, die Semjon Prokopjewitsch ihr ausgehändigt hatte, außerdem noch ein Ro-

man mit dem Titel «Das Zeichen des Unheils», den sie sich von Tanja geliehen hatte. Den kleinen Rucksack mit ihren Kleidern hatte die Stewardess unter den Sitz ihres Vordermannes geschoben. Warwara streckte prüfend ein Bein aus – ja, der Rucksack war an seinem Platz.

Warwaras Nachbar, der sich hinter einer Zeitung verschanzt hatte, zuckte zusammen und nieste laut.

«Gesundheit», murmelte Warwara.

«Danke», kam die Antwort aus der Zeitung.

«Die Jacke», fragte die Stewardess fröhlich und riss über Warwaras Kopf einen weißen Kasten auf, «hineinlegen?» Das Wort «hineinlegen» betonte sie dabei tschechisch auf der ersten Silbe.

«Nein, nein», wehrte Warwara ab und lächelte bemüht. «Das mache ich später selbst.»

«Im Flugzeug warm», informierte die Stewardess sie. «Sehr.»

Aber Warwara wollte sich nicht von ihrer geliebten Jacke trennen. Sie sah so hübsch darin aus, direkt zum Anbeißen.

Die Zeitung erzitterte, und ihr Nachbar nieste noch einmal.

Vermutlich erkältet, dachte Warwara. Hoffentlich steckt er mich nicht an.

In einer Tasche ihres Rucksacks hatte sie eine Tube Oxolinsalbe, die Tanja ihr für alle Fälle zugesteckt hatte. Warwara bückte sich und begann, nach der Salbe zu suchen. Das war nicht leicht, denn der Rucksack lag auf der falschen Seite, und zuerst musste sie die Tasche finden und dann die Salbe.

Aus dem Lautsprecher ertönte eine Stimme. Warwara suchte immer noch und hörte erst auf, als der Lautsprecher

sich auf Russisch dafür entschuldigte, dass «die Mitglieder unserer Crew nicht Russisch sprechen». Da der Lautsprecher das in perfektem Russisch sagte, verstand Warwara erst gar nicht, was gemeint war.

Dann setzte sich das Flugzeug in Bewegung.

Hinter dem runden Bullauge wurde es ganz hell, Warwara erblickte den Flughafen, die anderen Flugzeuge – riesige Maschinen, die vorbeiglitten, von ihnen getrennt wurden, weil sie auf der Erde zurückbleiben mussten, sie aber sich bereitmachten, abzuheben.

Der lange, kräftige Rumpf des Flugzeugs bebte kaum merklich, die Maschine bereitete sich auf ihre Arbeit vor, ließ gleichsam die Muskeln spielen, stimmte sich ein, und das war so … aufregend, dass Warwara sogar ein wenig rot wurde und sich schämte. Übrigens war die erste Klasse so komfortabel eingerichtet, dass sie sich fühlte, als sei sie völlig allein, nicht einmal ihr Nachbar mit seinem Niesen und seiner Zeitung störte sie.

Als das Flugzeug erst leicht bremste, dann plötzlich vorwärts stürmte und immer schneller wurde, dann schließlich einen Sprung in die Luft tat und die Luft es tatsächlich hielt – Tonnen von Stahl, Geräten, Maschinen, Menschen! –, als die Erde pfeilschnell nach unten sank, wie bei der rasanten Fahrt einer unsichtbaren Kamera, merkte Warwara, dass sie weinte – einfach so, ohne Grund, nur weil sie flog –, und es war ihr schrecklich peinlich.

Sie schnäuzte sich betont ungezwungen in ein Papiertaschentuch, wollte das zusammengeknüllte Tuch in die Tasche stecken, aber es tat ihr leid um die Jacke, und so behielt sie es in der Hand. Und schaute sich um.

Ihr Nachbar mit der Zeitung nieste schon wieder und schniefte jämmerlich auf.

«Gesundheit», wünschte Warwara munter.

Die Zeitung raschelte, rutschte knitternd herunter, ein glatt rasiertes Gesicht tauchte auf und Augen, die aussahen wie schwarz umrandet.

Das war doch nicht möglich!

«Arbeiten Sie in einem Heim für Katzen?», fragte ihr Nachbar zänkisch.

«Wieso?», fragte Warwara wie verzaubert.

«Seitdem Sie hier Platz genommen haben, muss ich niesen», knurrte er und griff wieder nach seiner Zeitung. «Ich bin allergisch gegen Tierhaare.»

Das war er wieder. Der Mann aus der Limousine, der ihr fünfhundert Rubel hatte zustecken wollen und seinen Chauffeur vorwurfsvoll «Witja!» gerufen hatte, als der Warwara «Alte» genannt hatte.

Warwara errötete bis über beide Ohren.

Hatte er sie erkannt? Oder nicht?

Erinnerte er sich noch? Oder nicht?

Hinter der Zeitung wurde erneut geniest.

«Verflucht!»

Die Lämpchen im Gang flackerten auf – man durfte die Gurte lösen und aufstehen. In der Türöffnung erschien die Stewardess.

Ein braun gebrannter, behaarter Arm langte aus der Zeitung heraus und drückte auf einen Knopf im Paneel. Die Stewardess näherte sich rasch, aber mit Würde.

«Wasser», bat Iwan Alexandrowitsch «Ohne Kohlensäure. Schnell.»

«Sofort, Pan.»

Ihr Nachbar schob seine Zeitung zusammen und stand auf. Sie starrte ihn neugierig an.

Er war ein großer Mann – hochgewachsen und breit.

Schultern, Hände, alles war ausgesprochen ... monumental. Ein leichter Wollpullover, helle Jeans, aus dem Pullover schaute der Kragen eines schwarzen Hemdes. Warwara las gern Hochglanzmagazine und wusste, dass man das «Country Style» nannte, und kannte auch die Preise. Der billigste «Country Style» war kaum unter fünfhundert Dollar zu haben.

Er kramte ziemlich lange im Gepäckfach herum, dann kam er wieder zum Vorschein, in der Hand irgendein Medikament. Er sah Warwara an, sein Gesicht verzog sich, rasch wandte er sich ab und nieste wieder.

«Claritin», sagte er und fuchtelte ihr mit der glänzenden Verpackung vor der Nase herum. «Gegen allergische Reaktionen.»

«Ich arbeite nicht im Tierheim», erklärte Warwara. «Ich habe noch nicht einmal eine Katze zu Hause. Allerdings hat mein Nachbar drei Hunde. Kaukasische Hirtenhunde. Sie reiben sich ständig an mir.»

«Reiben sich?», fragte ihr Nachbar. «An Ihnen?»

Er quetschte sich eine Tablette auf die Hand, schluckte sie mit dem herbeigebrachten Wasser hinunter und schaute wieder Warwara an.

«Sagen Sie», fragte er plötzlich erstaunt, «sind Sie das nicht, die mein Chauffeur neulich fast ins Jenseits befördert hätte?»

«Ja, das bin ich», gab Warwara zu.

«Na, und wie ist Ihr Befinden?»

«Danke, gut», versicherte sie. «Und Ihres?»

«Meins ist schlecht», gestand er, verzog wieder das Gesicht und nieste. Er holte ein Tuch aus der Tasche und putzte sich damit die Nase. «Haben Sie vor, sich ein wenig zu erholen?»

«Ich mache eine Dienstreise», erklärte Warwara stolz. «Nach Tschechien.»

«Nach Tschechien fliegt das ganze Flugzeug», sagte Iwan aus dem Taschentuch. «Es wäre seltsam, wenn Sie mit diesem Flugzeug nach Singapur wollten.»

Ein Grobian und Flegel, dachte Warwara enttäuscht.

Übrigens konnte er ja nicht wissen, dass sie zum ersten und wahrscheinlich auch zum letzten Mal in ihrem Leben ins Ausland flog und sich schrecklich danach sehnte, mit irgendwem ihr Entzücken, ihren Stolz, ihre Vorfreude und ihr Glück zu teilen.

Freude und Glück, trotz allem, was in der letzten Nacht passiert war.

«Und was tun Sie da?»

«Wo?», fragte Warwara begriffsstutzig.

«Auf Ihrer Dienstreise.»

«Ach so ... ich habe einen Auftrag, nichts Besonderes. Den werde ich ausführen, das ist alles. Ich fliege auch nur für vier Tage. Eigentlich sogar nur für zwei, wenn man den Hin- und Rückflug nicht rechnet. Ich war noch niemals im Ausland», gestand sie plötzlich, weil sie es einfach nicht mehr für sich behalten konnte. «Ich freue mich so schrecklich darauf, das alles mal zu sehen!»

Iwan sah sie aufmerksam an – ihre Wangen hatten sich gerötet, ihr alberner Pony sah auf einmal gar nicht mehr so albern aus. Er ertappte sich dabei, dass er lächelte.

Es gehörte nicht zu seinem Plan, sie anzulächeln.

«Wein, Whisky, Sekt für die Pani?»

«Nehmen Sie Rotwein», riet er ihr. «Der ist nicht ganz so scheußlich wie das übrige Zeug.»

«Rotwein», wiederholte Warwara. «Und warum ist das Übrige so scheußlich?»

«Weiß ich auch nicht. Ist einfach so. Im Flugzeug gibt es immer nur so ein erbärmliches Gesöff.»

Warwara probierte den Wein, und er kam ihr erstaunlich schmackhaft vor. Der Duft von Weintrauben, schwarzen Johannisbeeren, Wermut und Sonne lag darin. Ihr Nachbar nahm keinen Wein, er bat um Tomatensaft und noch etwas Wasser.

Ein echter Aristokrat!

«In welchem Hotel wohnen Sie?»

«Das weiß ich nicht genau.»

«Wie, das wissen Sie nicht?», fragte er verblüfft. «Sie wissen nicht, wohin Sie fahren?»

Warwara musste lachen.

«Man hat mir überhaupt erst gestern gesagt, dass ich fahre. Ich habe einen Zettel, da steht alles drauf. Ich weiß nur, dass ich von einer Firma namens ‹Euro-Lloyd› abgeholt werde.»

«Na, aber ob es in den Bergen oder unten im Tal ist, werden Sie doch wissen?»

«Was?»

Er seufzte und putzte sich wieder die Nase.

«Ihr Hotel.»

«Nein, weiß ich nicht. Es heißt wie irgendein Komponist. Smetana. Nein. Dvořák, ja, genau, das war's!»

«Das ist ein gutes Hotel», bemerkte Iwan Alexandrowitsch.

«Waren Sie schon mal dort?»

«Im vergangenen Jahr. Ich liebe Karlsbad. Übrigens wohne ich auch jetzt im ‹Dvořák›. Ich kann Sie sogar mitnehmen», bot er galant an.

Ihr gefiel das Wörtchen «sogar» nicht, und sie lehnte höflich und entschieden ab.

Er begriff nicht, worüber sie sich ärgerte, sah aber, dass es so war. Aus irgendeinem Grund gefiel sie ihm – mit ihrem albernen Pony, ihren rosigen Wangen, ihrer Pfirsichhaut und ihrem wunderbaren Lächeln. Er hatte schon lange niemanden mehr so lächeln sehen, so natürlich und völlig unbefangen.

Im Gang erschien wieder die Stewardess mit dem Rollwagen.

«Jetzt gibt es Mittagessen», erklärte Iwan. «Oder Frühstück. Kommen Sie, ich packe Ihre Jacke weg. Oder wollen Sie sie beim Essen anbehalten?»

Warwara zog die Jacke aus und reichte sie ihm, nicht ohne Bedauern, weil sie wusste, dass sie ohne Jacke längst nicht so gut aussah wie mit. Jetzt würde er sie ansehen und merken, wie dick sie war.

Er nahm das Kleidungsstück und ließ es zu Boden fallen.

«Verzeihung!» Schnell und geschickt glitten seine Finger durch die Taschen. Nichts. Leer. Wie viele Taschen waren das überhaupt? Er bückte sich tiefer und zählte. Fünf. Und im Inneren?

Als er die Jacke im Fach verstaute, kontrollierte er auch noch die Innentaschen. Auf den ersten Blick war nichts zu finden.

Genauer gesagt, das, was er suchte, war nicht zu finden.

Er setzte sich wieder auf seinen Platz und lächelte ihr zu.

«Nehmen Sie Fleisch. Huhn schmeckt nicht besonders, und der Fisch ist sowieso ungenießbar. Die Tschechen können einfach keinen Fisch zubereiten. Nur in Prag und auch nur Zander.»

«Kann man von Karlsbad aus nach Prag fahren?»

«Man kann, aber wenn Sie nur zwei Tage haben, würde ich nicht fahren. Zwei Tage sind zu wenig.»

«Natürlich, das ist zu wenig», stimmte Warwara zu. «Aber ich fürchte, ich werde sonst nie mehr …»

Ihr Blick fiel auf die russische Zeitung, die er in die Tasche des Sitzes vor ihr gesteckt hatte, und sie verstummte mitten im Satz.

Von einem Foto in der Zeitung schaute sie Pjotr Borissowitsch Ligo an – der Tote aus dem Büro.

Warwara schloss für einen Moment die Augen und sah dann noch einmal hin. Pjotr Borissowitsch war immer noch da.

Es hat geklappt, begriff Iwan. Sie hat ihn erkannt.

«Ich gehe mir die Hände waschen», murmelte er speziell an sie gerichtet und stand auf. Aus den Augenwinkeln sah er noch, wie sie die Zeitung herauszog.

Der Artikel war überschrieben «Der Raubzug des Jahrhunderts» und berichtete davon, dass vom Bankkonto des weltberühmten Werbefilmers Pawel Bely nicht mehr und nicht weniger als eine halbe Million Schweizer Franken verschwunden waren. Die nicht weniger berühmte Schweizer Firma Nestlé hatte bei der Agentur von Pawel Bely einen neuen Werbeclip – Gerüchten zufolge sogar mehrere – in Auftrag gegeben, und die Dreharbeiten sollten in diesen Tagen beginnen. Das zu diesem Zweck im Voraus angewiesene Geld hatte bereits auf dem Konto der Agentur gelegen, und natürlich hatte niemand alle paar Minuten überprüft, ob es noch da war. Den Verlust hatte man also erst heute, das heißt gestern, bemerkt. Das Geld war irgendwohin überwiesen worden und seitdem verschwunden. Weder die Finanzbehörde noch die Steuerfahndung hatten bisher eine Spur des Geldes gefunden.

Unter dem Foto von Pjotr Borissowitsch Ligo stand eine Unterschrift, aus der hervorging, dies sei der berühm-

te Künstler und Werbefilmer Pawel Bely. Mit keinem Wort wurde erwähnt, dass er schon tot war.

Mit angehaltenem Atem starrte Warwara die Fotografie an.

Natürlich, das war er.

Sie hatte ihn so viele Male zum Chef gebracht und ihm so oft Kaffee serviert, dass sie ihn sofort erkannte. Ganz sicher war er das, er und niemand anders!

Warwara überflog den Artikel noch einmal und schob die Zeitung dann unter ihren Sitz. Später wollte sie sie in ihren Rucksack stecken, ihrem Nachbarn würde es sicher nicht auffallen.

Ihre Hände waren eiskalt geworden und ihre Wangen ganz heiß.

Was hatte das zu bedeuten?

Vor einigen Wochen war bei ihnen in der Firma ein ruhiger, unaufdringlicher kleiner Mann aufgetaucht, hatte gesagt, er heiße Pjotr Borissowitsch Ligo und der Chef – Albert Anatoljewitsch – erwarte ihn. Der Chef hatte ihn augenblicklich empfangen. Dann kam Pjotr Borissowitsch regelmäßig, und der Chef empfing ihn ebenso regelmäßig und prompt.

Und vorgestern war Pjotr Borissowitsch im Zimmer des Chefs gestorben.

Der Chef war zu diesem Zeitpunkt nicht in seinem Büro gewesen und erst wieder aufgetaucht, als Ljudka Galkina ihn geholt hatte. Warwara hatte gehört, wie Pjotr Borissowitsch im Zimmer des Chefs auf und ab gegangen war, folglich konnte er nicht gestorben sein, bevor der Chef sich auf den Weg in die Rechtsabteilung gemacht hatte. Als Warwara ins Zimmer gekommen war, hatte Pjotr Borissowitsch auf dem Fußboden gelegen, neben ihm der Monitor und die Tasta-

tur. Der Computer war nicht ans Stromnetz angeschlossen gewesen, was bedeutete, der Chef hatte aus irgendeinem Grund gelogen, als er gesagt hatte, sein Besucher arbeite am Computer. Der Notarzt hatte einen Gehirnschlag oder etwas Ähnliches diagnostiziert.

Am folgenden Tag war Warwara überstürzt auf eine Dienstreise geschickt und Dimka in ihrer Wohnung niedergeschlagen worden.

Heute nun erfuhr sie, dass Pjotr Borissowitsch Ligo am Leben war, Pawel Bely hieß und dass man ihm – Peanuts! – eine halbe Million Schweizer Franken gestohlen hatte.

Was hatte das alles nur zu bedeuten?!

«Guten Appetit», sagte ihr Nachbar und nahm wieder Platz. Sie zuckte zusammen, als hätte er ihr ein Elektrokabel an den nackten Hals gelegt.

«Danke.»

«Haben Sie schon probiert?»

«Eh … noch nicht.»

«Noch Wein für die Pani?»

«Whisky», sagte Warwara plötzlich, «und Coca-Cola. Mit Eis.»

«Übrigens», sagte Iwan liebenswürdig, «in Karlsbad haben fast alle russischen Herrscher und Herrscherinnen gekurt. Es gibt sogar ein kleines Denkmal für Peter den Großen. Man fährt mit der Drahtseilbahn hinauf. Die Station heißt ‹Hirschsprung›. Es gibt dort ausgezeichnetes Bier, und man trifft immer ein paar Landsleute. Die Familie Romanow …»

Sie hörte ihm ganz eindeutig nicht zu.

«Was ist los?», fragte er scherzend. «Wollen Sie nicht über Herrscher und Herrscherinnen sprechen?»

«Nein», sagte Warwara. Ihr Kopf schmerzte, und in ihrem Gehirn drehte es sich hartnäckig.

«Schade. So ein wundervoll bourgeoises Thema. Sehr en vogue.»

Du dickfelliger, selbstverliebter Bock, ärgerte sich Warwara plötzlich. Was drängst du dich auf? Was willst du von mir? Halt doch wenigstens im Flugzeug den Mund, es dauert ja nicht mehr lange! Gleich landen wir, und dann stehen dir alle Karlsbader Kurortmiezen zur Verfügung, sowohl die einheimischen wie die importierten, also lass mich in Ruhe.

Noch vor zehn Minuten hatte sie sich so über diese Reise gefreut, darüber, dass sie in ein berühmtes Kurbad flog, dort in Dimkas schicker Jacke herumspazieren und im Hotel «Dvořák» wohnen würde. Die dreihundert Dollar hatten ihr das Herz erwärmt, obwohl sie sich nichts dafür kaufen wollte.

Alles hatte sich geändert, nachdem sie in der Zeitung «Kommersant» das Bild von Pjotr Borissowitsch Ligo gesehen hatte. Oder vielmehr von Pawel Bely.

Sie musste herausfinden, wer bei ihr im Büro gestorben war, denn gestorben war ja jemand. Sie musste herausfinden, was der Chef damit zu tun hatte. Sie musste herausfinden, wieso man den Chef so dringend in die Rechtsabteilung gerufen hatte, gerade als Pjotr Borissowitsch sich anschickte, das Zeitliche zu segnen. Sie musste in Erfahrung bringen, wer ihr die Wohnungsschlüssel aus der Tasche gestohlen und wieso man Dimka niedergeschlagen hatte. Ob es eine Verbindung zwischen Dimka und dem Werbefilmer Bely gab? Kannte er ihn? War er mit ihm befreundet? In denselben Kindergarten gegangen? War er direkt von Scheremetjewo zu Warwara gefahren? Warum hatte er seinen Eltern nicht vorher Bescheid gesagt, dass er käme?

Nein. Das konnte nicht sein. Dimka hatte nichts damit zu tun.

«Das Fleisch ist nicht übel», verkündete ihr Nachbar zufrieden. Er nieste nun nicht mehr, schniefte nur noch ein bisschen. Offenbar hatte sein Wundermittel geholfen.

Sie musste dringend etwas essen. Essen war ein ausgezeichnetes Beruhigungsmittel.

Das Fleisch war tatsächlich gut, die kleinen Kartoffeln heiß, die Butter eiskalt und die Sauce zum Blumenkohl scharf und süß. Den Whisky, den sie sich dazu bestellt hatte, trank Warwara in einem Zug aus.

Iwan schaute sie von der Seite an, sah, wie sich ihr weißer Hals bewegte und ihr zartes, rosiges Ohr, und dachte plötzlich daran, dass es schon einen Monat her war, dass er das letzte Mal mit einer Frau zusammen gewesen war. Oder sogar noch länger. Und es hatte ihm damals noch nicht einmal besonderen Spaß gemacht. Lera war zwanzig, hielt sich für einen Vamp und tat alles, um auch ihn davon zu überzeugen. Er war auf das Spiel eingegangen – was hätte er auch sonst tun sollen! –, aber es hätte ihm viel besser gefallen, wenn sie sich etwas weniger bemüht hätte, ihn mit ihrer sexuellen Unwiderstehlichkeit zu beeindrucken.

Er wurde auf einmal verlegen wie ein Schüler.

«Ja», sagte das Objekt seiner plötzlichen Begierde neben ihm, «das ist wirklich sehr lecker. Bekommt man im Flugzeug immer so ein Frühstück?»

Er musste lachen.

«Auf internationalen Flügen ja. Innerhalb von Russland, soweit ich weiß, nur auf den Langstreckenflügen.»

«Sie fliegen wohl viel?»

«Ja.»

«Ins Ausland?»

«Sowohl ins Ausland wie auch durch Russland.»

«Sie sind Geschäftsmann», konstatierte Warwara. «Sie handeln mit Öl, Gas, Aluminium und sibirischem Holz.»

«Ich bin Geschäftsmann, aber ich handele weder mit Öl noch mit Gas, noch mit Holz.»

Sie wartete, dass er sagen würde, womit er tatsächlich handelte, aber er sagte es nicht. Na, dann eben nicht. Was gingen sie schon seine Geschäfte an!

«Und Sie?»

«Ich bin Sekretärin», sagte Warwara, und er staunte, dass sie nicht log. «Beim Generaldirektor der Holding ‹Moskauer Zeit›. Sie haben sicher schon davon gehört.»

«Habe ich», bestätigte er.

«Sehen Sie. Ich habe gleich nach dem Studium dort angefangen. Natürlich wollte ich eigentlich Karriere machen, hatte große Pläne, zumal das damals auch noch gar keine Holding war, sondern einfach eine Zeitung. Alles andere kam erst später dazu – die Zeitschrift, das Fernsehen. Ich fing also an zu arbeiten, wurde Redakteurin und …»

«Was?», fragte er. Das versprach interessant zu werden.

«Meine Mutter wurde krank», sagte sie betrübt. «Sie war sehr lange krank. Da konnte ich natürlich nicht auf Dienstreisen gehen, ich musste sie ja pflegen! Und so wurde ich Sekretärin. Und bin es bis jetzt geblieben. Aber es tut mir nicht leid, wissen Sie! Es ist nämlich eigentlich eine sehr interessante Arbeit, und man trifft viele interessante Menschen!»

«Und man hat ein Verhältnis mit dem Chef.»

Er wartete gespannt, was sie darauf wohl sagen würde.

Sie fing an zu lachen. Er wunderte sich.

«Wenn Sie meinen Chef sehen könnten! Ich hatte erst einen anderen, aber den hat man in den Ruhestand kompli-

mentiert. Der jetzige ... grauenvoll. Er ist sicher zwei Jahre jünger als ich. Ewig unzufrieden, ewig schlecht gelaunt, jeden Tag kommt er zu spät, sagt Besprechungen ab und lässt die Leute drei Stunden im Vorzimmer warten. Seine Post liest er fast gar nicht. Stattdessen liest er Zeitschriften über Autos und Schusswaffen! Übrigens schläft er wirklich mit seiner Sekretärin, aber natürlich nicht mit mir, sondern mit meiner Vorgesetzten. Die ist aber auch wunderschön und sehr dünn. Oje, ich fürchte, das ist völlig uninteressant für Sie.»

Iwan lauschte ihr so aufmerksam, wie er bei den Dienstbesprechungen nicht einmal seinen Stellvertretern zuhörte.

«Das heißt, Sie schlafen nicht mit ihm, weil Sie nicht schön und nicht dünn genug sind», resümierte er. «Eine interessante Einstellung.»

«Aber das ist doch nicht der Grund!», entrüstete sich Warwara. «Ich mag einfach keine unfähigen, launischen, dreisten Männer. Ein Vorgesetzter, der seine Angestellten nur aus dem Grund beleidigt, weil er es *kann*, bringt mich zur Weißglut. So einer denkt, ihm sei alles erlaubt, weil er gut aussieht und viel Geld hat. Dabei ist er nur schlecht erzogen, und das Geld hat er auch nur durch die Beziehungen seiner Eltern oder sonst wen!»

«Na, na», meinte Iwan besänftigend. «Sprechen Sie jetzt vom Verfall der bürgerlichen Sitten?»

«Ach was», Warwara winkte so heftig ab, dass sie mit der Hand fast seine Nase streifte, «was ist das schon für ein Bürgertum? Dieses Kroppzeug! Meine Büroleiterin hat sich einen Pelzmantel gekauft. Für fünfzehntausend Dollar. Es sei ihr gegönnt, aber unsere Putzfrau, Tante Katja, hat schon seit drei Monaten keinen Lohn mehr bekommen. Wir zahlen einfach nicht, und Tante Katja wartet, ihr Mann hat

sich das Bein gebrochen. Und den Stenotypistinnen erzählt die Chefin, dass die Kostüme von Chanel wieder teurer geworden sind. Wissen Sie, wie viel eine Stenotypistin verdient?! Einmal war der Direktor von ‹Uralmasch› bei uns. Er musste etwas mit dem Chef besprechen. Er kam in einem zerknitterten Anzug, die Zigarette in der Hand, und seine Aktentasche war so vollgestopft mit Papieren, dass sie nicht zuging. Der Chef war natürlich noch nicht da, er kam zu spät, wie immer. Also hat sich der Direktor zu mir ins Vorzimmer gesetzt und fünfzehn Minuten, so lange, wie er gewartet hat, gearbeitet – telefoniert, geschrieben, wieder telefoniert. Dann ist er aufgestanden und hat gesagt: ‹Richten Sie Albert Anatoljewitsch einen herzlichen Gruß aus, aber ich habe sehr viel zu tun. Meine Firma ist sehr groß. Sie heißt Uralmasch.› Und dann ist er gegangen. Das hat doch Stil!»

«Sie haben mich überzeugt», sagte Iwan. «Aber was kümmert uns eigentlich Ihr Chef!»

«Das sagt meine Mutter auch immer – was kümmert dich der Kerl, beachte ihn doch gar nicht.»

«Sie leben bei Ihrer Mutter?»

«Nein. Sie ist zusammen mit meinem Vater aufs Land gezogen, in die Nähe von Pskow, nachdem sie wieder gesund geworden ist. Mein Vater hat dort schon vor langer Zeit ein Haus gekauft, und als er in Rente ging, hat er es renoviert und ausgebaut, und sie sind dorthin gezogen. Mama braucht frische Luft, sie hat ein schwaches Herz, und Papa braucht sowieso nichts weiter als ein Haus. Ich fahre oft zu ihnen, besonders im Sommer. Meine Freundin hat einen Shiguli, und dann fahren wir alle zusammen. Sie, Wassja, das ist ihr Sohn, und ich. Früher ist auch noch ihr Mann mitgekommen, aber dann haben sie sich scheiden lassen.

Mama weiß gar nicht, dass ich ins Ausland fahre», sagte sie stolz. «Ich muss unbedingt ein Geschenk für sie kaufen.»

«Ich zeige Ihnen ein gutes Souvenirgeschäft in Karlsbad», versprach er, und Warwara stutzte überrascht. Wollte er sie wiedersehen?

Aber sie war doch nur eine übergewichtige Sekretärin, und er trug «Country Style», duftete wunderbar, und seine grauen, aufmerksamen Augen wirkten unter den dichten, geraden Wimpern fast schwarz. Und dann stand in der Zeitung, dass Pawel Bely eine halbe Million Schweizer Franken verloren hatte, und Warwara war fest überzeugt, dass sie das irgendwie etwas anging.

Das Licht im Gang blinkte, und die Anzeige «Bitte das Rauchen einstellen und sich anschnallen» leuchtete auf. Warwara war plötzlich ganz betrübt.

Das Flugzeug senkte sich, und das Wunder ging zu Ende.

Zu dumm. Sie war gar nicht dazu gekommen, diese drei Stunden richtig zu genießen.

Fünfundzwanzig Minuten später berührte das Flugzeug mit seinen Rädern den grauen Beton, bremste mit aller Kraft, und als sie das winzige, saubere Flughafengebäude sah, die grünen Wiesen, die Gabelstapler, ein lichtes Wäldchen und dahinter das Kreuz einer tschechischen Kirche, wusste Warwara, sie war in einem fremden Land angekommen. Der Bordlautsprecher teilte mit, die Außentemperatur betrage zwölf Grad plus.

«Na, wie ist es», fragte sie ihr Nachbar, als er ihre Jacke herausnahm, «fahren Sie mit mir zum Hotel?»

«Nein danke.» Sie fühlte sich plötzlich sehr befangen.

UNTER DEM WEISSEN FLAUM des üppigen Frotteebademantels fühlte Warwara sich leicht und unwiderstehlich. Von den Zehennägeln bis zu den aufgesteckten Haaren voller Vorfreude auf dieses erste morgendliche Vergnügen, trat sie in die helle, hallende Leere des Schwimmbades. Das blaue Wasser lag glatt und reglos in dem funkelnden Marmorbecken. Die Glasfront der Halle gab den Blick frei auf einen graubraunen Berg mit Adern aus weißem Schnee, während sich auf dieser Seite der Scheibe eine exotische Pflanze ihres Lebens freute.

Warwara atmete tief ein – vor Glück und weil sie in diesem fast schon tropischen Paradies ganz allein war, weil sie in dem breiten, bequemen Bett so wohlig geschlafen hatte, weil der schneeweiße Bademantel so geräumig und so lang war und sie ihn nicht jeden Augenblick über die herausguckenden Knie und hervorquellenden Brüste ziehen musste.

Das hellblaue Wasser im funkelnden Marmorbecken plätscherte sanft, als seufze es leise auf, und Warwara seufzte mit ihm.

Das Schwimmen tat ihr gut. Warwara hatte nie Zeit und Geld genug für eine Dauerkarte für das Schwimmbad gehabt, aber sie liebte Wasser über alles. Gestern hatte sie sich fest vorgenommen, möglichst früh aufzustehen, um sich nicht mit allen anderen im Becken drängeln zu müssen. Sie hatte sich einen Wecker unters Kopfkissen geschoben und vorm Einschlafen noch lange auf das Rauschen des breiten, seichten Flüsschens unter ihrem Fenster gelauscht. Sie war eingeschlummert, hatte gründlich verschlafen und sich über die Maßen gewundert, als sie sah, dass das Schwimmbad auch um diese Zeit noch völlig leer war.

Eine Zeit lang ließ sie sich einfach vom Wasser schaukeln.

Wann würde sie wohl noch einmal ganz allein in einem Schwimmbad mit warmem blauem Wasser sein und sich wie eine Schlossherrin mit eigenen Ländereien fühlen? Warwara prustete energisch, tauchte unter, blieb eine Weile unter Wasser, damit die Haare richtig nass wurden, tauchte dann wieder auf, schüttelte sich wie ein nasser Hund und tauchte erneut, schwamm bis ganz zum Grund und betrachtete dort das gleichmütige Gesicht der Mosaiknixe. Ihr schien, als erwidere die Nixe ihren Blick, und sie warf den Kopf zurück und schaute nach oben, durch die blaue Masse, auf der helles, glitzerndes Licht lag.

Prustend und spritzend tauchte Warwara auf und holte tief und geräuschvoll Luft, wie ein Pottwal, der zu lange in der Tiefe geblieben war, drehte sich auf den Rücken und begann mit leichten Beinbewegungen zu schwimmen. Dann tauchte sie wieder, um unter Wasser von Wand zu Wand zu schwimmen. Sie war ein wenig außer Atem, als sie am Beckenrand geräuschvoll an die Oberfläche kam.

«Guten Morgen!»

Warwara schaute entsetzt in Richtung der Stimme und erblickte unter Wasser merkwürdig geformte, behaarte Beine und eine lustige karierte Badehose.

«Gu-guten Morgen.»

Er hatte sie also beobachtet, wie sie wie ein Pottwal getaucht war. Hatte gehört, wie sie, auf dem Rücken liegend, gesungen hatte. Gesehen, wie sie Wasser gespuckt hatte, wie ihr die Haare am Kopf festgeklebt waren und wie sie im seichteren Teil des Beckens herumgehüpft war und sich das Wasser aus den Ohren geschüttelt hatte.

Warwara stöhnte auf, als hätte sie Zahnschmerzen.

«Verzeihung?»

«Nichts.» Hastig versuchte sie, ihre Haare zu ordnen,

und wurstelte sie nervös hinter die Ohren. Er schaute ihr interessiert zu.

Heute Morgen hatte sie im Hotelzimmer ein Loch in ihrem Badeanzug zugenäht. Weiß der Kuckuck warum, aber an den Seitennähten tauchten ständig kleine Löcher auf. Der Badeanzug war alt und wartete längst auf seinen wohlverdienten Ruhestand, aber Warwara konnte sich einfach nicht von ihm trennen. Erstens war er schwarz und machte sie folglich schlanker, zweitens … Jeder weiß schließlich, einen Badeanzug in der richtigen Größe zu finden ist genauso schwer, wie ein Pferd zu kaufen, das auf den Hinterbeinen läuft. Nämlich fast unmöglich. Und teuer. Und deshalb war ihr Badeanzug alt und hatte ein sorgfältig geflicktes Loch.

Verflucht.

Nicht, dass er sie interessierte, dieser Typ. Absolut nicht. Nicht das kleinste bisschen.

Aber trotzdem war es ärgerlich, dass er sie in diesem blöden Badeanzug gesehen hatte, spuckend wie ein Pottwal.

«Sind Sie gut angekommen?», fragte er ziemlich gleichgültig. «Hat die Firma ‹Euro-Lloyd› Sie abgeholt?»

«Ja, danke», antwortete Warwara. «Und Sie?»

«Ich habe hier einen Wagen», sagte er, als hätte sie gerade das wissen wollen. «Er steht bei einem Freund in der Garage. Er hat mich abgeholt, wir haben zu Mittag gegessen, und dann bin ich spazieren gefahren, in die Berge. Ich liebe es, einfach so ins Blaue zu fahren.»

«Ich auch», gestand Warwara plötzlich. «Und wie. Meine Freundin hat ein Auto. Sie fährt uns manchmal spazieren. Uns – das heißt Wassja und mich. Wassja …»

«Ist der Sohn Ihrer Freundin», kam er ihr zuvor. «Ich weiß.»

Warwara wurde verlegen.

«Wie wär's?», schlug er plötzlich vor und wies mit dem Kopf aufs Wasser.

«Was?»

«Wer am schnellsten ist. Oder wer zuerst ankommt. Hin und zurück. Na?»

«Einverstanden», stimmte Warwara mit finsterer Entschlossenheit zu, als hätte er ihr einen Zweikampf auf Leben und Tod vorgeschlagen. «Zählen Sie.»

Er zählte: «Eins, zwei, drei», und Warwara stürzte sich ins Wasser. Sie hatte keine Zeit zu schauen, wo Iwan Alexandrowitsch blieb und was er machte. Sie stellte sich ganz auf den Wettkampf ein, kontrollierte ihre Atmung – nach jedem vierten Armschlag einmal nach rechts ausatmen. Schnell war sie am Ende des Bassins angelangt und drehte um, indem sie sich unter Wasser kräftig mit den Beinen abstieß. Sie tauchten beide gleichzeitig aus dem Wasser auf und schauten einander an. Warwara schob sich die Haare hinter die Ohren.

«Sie sind eine erstklassige Schwimmerin», sagte er schwer atmend und wischte sich das Wasser vom Gesicht. «Wirklich erstklassig. Ich habe Sie nicht eingeholt, obwohl ich mich sehr bemüht habe.»

«Doch, Sie haben mich eingeholt.»

«Aber überholt habe ich Sie nicht», verbesserte er sich. «Los, nochmal. Hin und zurück und dann noch einmal hin und zurück.»

«Gut», stimmte Warwara zu.

Diesmal tauchte sie eine Sekunde nach ihm am Beckenrand auf. Iwan keuchte so heftig, dass sein breiter Brustkasten bebte. Sein Gesicht war dunkelrot angelaufen.

Er blickte Warwara an und lachte: «Na, besten Dank. Sie

wollten dem Alten einen Gefallen tun. Haben mich gewinnen lassen. Das werde ich Ihnen nie vergessen.»

«Ich habe lange nicht mehr trainiert», erklärte Warwara etwas gekränkt.

Sie hatte überhaupt nicht vorgehabt, ihm einen Gefallen zu tun. Warum denn auch?

Über ihrem Kopf bewegte sich etwas, ein Schatten huschte vorbei, und weiter vorn plumpste ein großer Körper in das ruhige Wasser.

«Ich gehe jetzt», sagte sie zu Iwan. «Danke für die Gesellschaft.»

«Ich schwimme noch ein bisschen», erwiderte er wie zuvor mit gleichgültiger Liebenswürdigkeit.

Warwara war schon fast aus dem Becken gestiegen, als plötzlich ein grauhaariger Deutscher mit Bierbauch und dem Äußeren eines Ebers unmittelbar vor ihr aus dem Wasser auftauchte, entrüstet auf sie einredete, mit dem Finger in die Luft stach und ganz rot anlief.

Warwara erschrak. Sie konnte kein Deutsch und wusste nicht, was er von ihr wollte, er aber regte sich immer mehr auf und wollte schon auf sie losgehen. Sie schaute zurück aufs Bassin. Iwan schwamm, das Wasser spritzte, und Warwara begriff, dass sie von dort keine Hilfe erwarten konnte.

«Ich spreche nur Englisch», sagte sie. «How can I help you?»

«Are you from Russia?»

«Yes.»

«Raschen Schwein!», brüllte der Deutsche in allen Sprachen gleichzeitig, und Warwara wich zurück. «Schwein, Schwein!»

Dann begann er zu reden, die Worte verwechselnd, und

Warwara wurde klar, dass sein ganzer Zorn sich nur darauf bezog, dass sie ohne Badekappe geschwommen war.

«Ja», sagte sie auf Englisch, «aber hier gibt es ja Regeln. In den Regeln steht nirgends etwas über Badekappen. Ich habe sie extra vorher gelesen.»

«Everybody knows», unterbrach der Deutsche sie. «Jeder weiß, dass man nur mit Badekappe ins Schwimmbad darf. Auch wenn das nicht in den Regeln steht. Alle wissen das, nur die ungebildeten russischen Schweine nicht!»

«No rules», konterte Warwara scharf, «no questions. Excuse me!»

Und sie stieg aus dem Wasser, den Bierbrauer mit der Schulter energisch beiseite schiebend. Iwan beobachtete sie neugierig von weitem. Der Bierbrauer lief dunkelrot an, zeterte ihr noch eine Weile hinterher, schnaubte, schwenkte die Arme und schwamm seine Bahnen.

Ein prima Mädchen ist sie, dachte Iwan plötzlich. Gar nicht so schutzbedürftig, wie es auf den ersten Blick scheint.

Sie hatte eine zarte Haut, ein wundervolles Lächeln, rosige Ohren und eine fröhliche Art. Ihm fielen alle seine einsamen Nächte ein, und er wusste auf einmal, mit ihr würde es etwas Besonderes sein, nicht so wie mit den anderen. Er schämte sich ein wenig für seine Gedanken, musste gleichzeitig aber auch über sich lachen. Denn er hatte ja gar nichts Derartiges vor. Sie gefiel ihm, das war alles. Schon im Flugzeug hatte sie ihm gefallen, auch wenn das nicht in seine Pläne passte.

Iwan tauchte direkt vor dem Deutschen auf – der fuhr zurück und brummelte etwas Unverständliches –, zog sich am Beckenrand hoch und kletterte aus dem Wasser. Ohne Warwara hatte er keine Lust mehr zu schwimmen.

Iwan ging durch den schmalen Flur, wobei er auf dem Teppich nasse Spuren hinterließ, und öffnete eine weiße Tür. Hinter der Tür erstreckten sich viele Meter lang Mosaiken, Glasscheiben, Bastmatten, beheizte Steinliegen, gläserne Kabinen mit verschiedenen Vorrichtungen für Fitness und Entspannung: die Sauna. Es roch intensiv nach erhitztem Holz und dem im Whirlpool gluckernden Wasser. Es fehlten nur noch nackte Sklavinnen, die silberne Tabletts mit Obst trugen.

Iwan grinste, während er ein Handtuch vom Stapel nahm.

Er logierte immer in diesem Hotel, wenn er in Karlsbad war, aber noch kein einziges Mal war ihm in der Sauna der Gedanke an nackte Sklavinnen gekommen.

Ich werde mir eine Dauergeliebte anschaffen, beschloss Iwan. Ich werde sie zu Hause wohnen lassen und alles mit ihr tun, was ich will und wann ich will.

Höchst zufrieden mit dieser angenehmen Entscheidung, öffnete er eine dicke Tür aus dunklem Glas, aus der ihm trockene Kiefernhitze ins Gesicht wehte, trat in einen kleinen, halbdunklen Raum und spürte freudig, wie die Hitze ihn einhüllte, als wickle ihn jemand sanft in ein heißes Laken. Plötzlich bewegte sich seitlich neben ihm etwas, und er blickte sich unwillig um.

«Frohes Schwitzen!», wünschte Warwara verlegen, zerrte sich hastig ein weißes Tuch um den Körper und versuchte, sich in irgendeiner Ritze zu verkriechen. «Sie sind aber nicht sehr lange geschwommen.»

Natürlich.

Lag es nun daran, dass er noch vor einer Minute von nackten Sklavinnen geträumt hatte – sie, diese verflixte Warwara, war ja der Anlass für seinen Traum gewesen, mit ihrem eng

anliegenden schwarzen Badeanzug und ihren üppigen Formen! –, jedenfalls wurde er plötzlich böse.

«Bleiben Sie nur ruhig liegen», sagte er kalt.

Er stieg über Warwaras Beine und legte sich auf die beheizte Holzbank, mit dem Gesicht zur Wand. Sofort fühlte er sich heiß und schläfrig. Das Blut in seinem Kopf begann zu pochen.

Warwara zog das Laken heimlich noch etwas höher. Sie war schrecklich nervös. Er war wirklich zur Unzeit hereingeplatzt, gerade als sie es sich gemütlich gemacht hatte!

«Nennen Sie mich Iwan», tönte es plötzlich von oben. «Aber nicht Wanja. Das mag ich nicht.»

Er gähnte plötzlich und verstummte. Warwara drehte ihren Kopf, und ein riesiger Schweißtropfen tropfte von ihrer Nase.

Entsetzlich. Schlimmer ging es nicht mehr.

Nicht nur dass sie nackt war – Warwara schloss kurz die Augen –, sie war außerdem noch rot und verschwitzt. Und gleich würde sie aufstehen und hinausgehen müssen, ohne feststellen zu können, ob er sie ansah oder nicht!

Es gab nur einen Ausweg – so lange wie möglich hier liegen zu bleiben und erst *nach* ihm hinauszugehen.

Aus dem Augenwinkel sah Iwan, wie sie sich auf der Liege unter ihm zu schaffen machte, und wusste, sie tat das, weil sie ganz konfus und verlegen war. Der Bierbauch, der sie angeschnauzt hatte, sie sei ein «russisches Schwein», hatte sie weit weniger aus der Fassung gebracht.

Das Wesen der Frauen ist unergründlich. Unergründlich und rätselhaft. Rätselhaft und unlogisch. Unlogisch und …

«Trinken Sie Bier?»

Die Verlegenheit unter ihm wuchs.

«Also, nicht dass ich … Ja. Ich trinke Bier.»

«Dann lade ich Sie in eine Bierkneipe auf dem Berg ein. Neben Peter dem Großen.»

«Eine Bierkneipe?», fragte Warwara zaghaft zurück.

«Heute Nachmittag», fügte er gereizt hinzu. Sie schwieg auf so vielsagende Weise, dass er sich wie ein Idiot vorkam. «So gegen drei. Na, was gibt's da zu schnaufen?»

«Ich …» Ach, komme, was da wolle! «Vielen Dank. Mit Vergnügen.»

«Ausgezeichnet. Wenn Sie nichts anderes vorhaben, können wir auch noch einen Spaziergang durch den Park machen. Es gibt hier einen riesigen, sehr schönen Park. Ich werde ein Foto von Ihnen machen, mit der Kolonnade im Hintergrund. Möchten Sie vor der Kolonnade fotografiert werden?»

«Gern», sagte Warwara.

Das Foto würde sie ihrer Mutter schicken.

«Ach ja», fiel ihr ein, «ich muss auch noch ein Geschenk kaufen.»

«Für Ihren Chef?»

Warwara hob den Kopf und spähte vorsichtig nach oben. Außer einem aufgestützten Arm, einer braun gebrannten Seite und einem haarigen Bein war nichts zu sehen.

«Wieso für meinen Chef? Ein Geschenk für Mama, und für Papa auch.»

«Für Mama und Papa», wiederholte Iwan. «Ich verstehe.»

Warwara brauste auf: «Kaufen Sie Ihren Eltern keine Geschenke? Ist das in der Welt des Big Business nicht üblich?»

«Ich zeige Ihnen ein Souvenirgeschäft», versprach er ihr in besänftigendem Ton. «Wollen Sie Andenken kaufen oder vernünftige Geschenke?»

Hätte sie genug Geld gehabt, hätte sie für ihre Eltern und für Tanja und Wassja alle vernünftigen und unvernünftigen Geschenke der Welt gekauft, aber sie hatte nur die dreihundert Dollar Reisespesen, und sie wollte auf keinen Fall alles ausgeben.

Die trockene Glut versengte ihr die Füße, unter dem Haar war ihr heiß, und Warwara begriff, dass sie, allen guten Vorsätzen zum Trotz, auf keinen Fall noch länger liegen bleiben konnte. Iwan wandte den Kopf sowieso nicht herüber, und so fasste sie sich ein Herz.

«Ich hab genug für heute», piepste sie, das Laken straff um den Körper ziehend. «Ich gehe …»

«Alles Gute», wünschte er ihr, ohne sich umzudrehen.

Warwara trippelte zur Tür, lief erleichtert die breiten, runden Stufen hinunter und sprang unter die Dusche.

In den Spiegeln konnte sie sich in ihrer ganzen märchenhaften Schönheit bewundern – ein flammend rotes Gesicht, wirre nasse Haare, die an den Seiten in verschiedene Richtungen abstanden und oben auf dem Kopf wie angeklebt aussahen. Brust, Hüften, Bauch – alles sehr voluminös und über und über mit lustigen roten Flecken übersät.

Was konnte man da nur machen?! Weshalb war Wika Gorina schlank und leicht, aber sie, Warwara Laptewa, sah aus wie eine Kaufmannsfrau auf einem Gemälde von Kustodijew?

Übrigens sagte man ja, es gäbe Männer, denen gerade solche Frauen gefielen.

Auf einmal wurde Warwara sehr zornig auf sich, weil ihr klar wurde, wie sehr sie sich wünschte, zu den oben erwähnten Männern möge auch Iwan Alexandrowitsch gehören.

Sie trocknete sich hastig ab, schlüpfte in den Bademantel

und merkte zu spät, dass es gar nicht ihr Mantel, sondern ein fremder war. Sie sahen alle gleich aus, diese Hotelbademäntel, und erst als sie in der Tasche etwas Hartes ertastete, das sich als Handy herausstellte, begriff sie, dass es nicht ihr Mantel war. An der Garderobe hatten nur zwei Bademäntel gehangen, das bedeutete, dieser musste Iwan gehören. Sie riss ihn sich so rasch vom Leib, als habe ihn ein Aussätziger getragen, schielte verstohlen auf die dunkle Tür zur Sauna, hängte ihn zurück an den Garderobenhaken und strich ihn glatt, damit man nicht sah, dass ihn jemand berührt hatte. Dann zog sie ihren eigenen an und beeilte sich, in ihr Hotelzimmer zu kommen.

Die Sauna und das Schwimmen hatten ihr großen Appetit auf das Frühstück gemacht.

SIE RANNTE IN IHR ZIMMER, warf die Zimmerschlüssel auf den Tisch, schloss die Tür zum Balkon, der auf den rauschenden kleinen Fluss hinausging, und lief ins Badezimmer, zum Föhn.

Stopp.

Etwas hieß sie innehalten. Sie steckte das sofort munter losbrummende Plastikrohr zurück in die Halterung. Blickte sich im Spiegel an. Der Spiegel war so riesig, dass der Raum gut doppelt so groß wirkte.

Ihr Rucksack. Er lag nicht mehr so da, wie sie ihn zurückgelassen hatte. Nicht von ungefähr löcherte Tanja sie bei den Fernsehkrimis immer mit Fragen. Warwara erinnerte sich immer an Details.

Der Rucksack hatte in der Nische auf der rechten, nicht auf der linken Seite gelegen. Wer hatte ihn umgedreht und wozu?

Sie stürzte zurück ins Zimmer und schaute sich um.

Der Umschlag, den sie in die Moskauer Straße bringen sollte, lag an seinem Platz. Er schien ihr allerdings etwas verschoben, und die «Regeln für die Hotelgäste» lagen jetzt unter dem Umschlag, nicht daneben.

Sonst schien alles in Ordnung zu sein.

Aber wer war in ihrem Zimmer gewesen, während sie sich im Schwimmbad und in der Sauna vergnügt hatte?

Warwara bekam solche Angst, dass ihre Beine nachgaben. Was war hier nur los? Sie setzte sich geschwächt aufs Bett und schob verstört ihre nassen Haare hinter die Ohren.

Wer konnte nur in ihrem Hotelzimmer gewesen sein? Und wozu?

Iwan Alexandrowitsch, ihr einziger Bekannter hier, hatte den ganzen Morgen mit ihr zusammen verbracht – zuerst im Schwimmbad, dann in der Sauna. Ins Schwimmbad war er allerdings erst nach ihr gekommen …

Was wusste sie überhaupt über ihn, außer dass er einen sündhaft teuren Wagen fuhr und einen unhöflichen Chauffeur namens Witja hatte? Warum hatte er ausgerechnet in ihrem Flugzeug gesessen und war am selben Tag nach Karlsbad geflogen wie sie? Wieso hatte er ihr die Zeitung mit dem Artikel über den bestohlenen Werbefilmer Pawel Bely zugeschoben? Oder hatte er das gar nicht absichtlich getan?

Nein, so ging das nicht. Sie musste einen klaren Kopf bewahren.

Vielleicht war es nur das Zimmermädchen gewesen, das sauber gemacht hatte.

Warwara lief zur Tür und riss sie weit auf. Am Ende des langen, friedlich stillen Korridors stand ein Rollwagen. Weit und breit war niemand zu sehen.

Warwara ergriff ihren Schlüssel, trat auf den Korridor hinaus, schloss ihre Tür sorgfältig ab, zog noch einmal prüfend am Türgriff und ging rasch auf den Rollwagen zu.

Sie war fast angekommen, als ihr ein kleines Persönchen in grauem Arbeitskittel in den Weg lief. Warwara hätte es fast umgerannt.

«Pardon, Pani!»

«Nein», sagte Warwara und dachte noch rechtzeitig daran, ein Lächeln aufzusetzen. «Ich muss mich entschuldigen. Haben Sie Zimmer zweihundertzwei schon geputzt? Jetzt eben?»

«Zweihundertzwei?», fragte die Frau zurück und guckte besorgt. «Putzen? Diese Minute?»

«Nein, nein», sagte Warwara hastig. «Ich meine, haben Sie heute schon Zimmer zweihundertzwei geputzt? Heute? Geputzt?»

«Dieser Tag?», fragte die Frau und überlegte. Warwara hatte den Eindruck, dass ihr Interesse dem Zimmermädchen nicht besonders gefiel. «Nein. In eine Stunde. Eilig machen?»

«Nein, nein, danke», murmelte Warwara. «Vielen Dank, ist nicht nötig. Ich habe nur so gefragt.»

«Nur so?»

«Hm … Um wie viel Uhr fangen Sie an zu arbeiten?», fragte Warwara, obwohl ihr klar war, dass das Zimmermädchen alle diese Erkundigungen verdächtig finden musste. «Arbeitszeit? Wann?»

«Sechs Uhr, ja», antwortete das Zimmermädchen feindselig. «Zuerst Korridor. Dann Zimmer.»

Bis halb acht hatte Warwara sich in ihrem Zimmer aufgehalten. Zu diesem Zeitpunkt war das Zimmermädchen noch im Korridor gewesen.

«Nummer zweihundertzwei hat niemand betreten?»

Sie verstand nicht oder tat so, als ob sie nicht verstünde.

«Pani», sagte sie, «Pani geht weg.»

«Und nach mir ist niemand hineingegangen?» Warwara legte sogar flehend die Hände auf die Brust – bitte, denken Sie nach.

«Ich nichts gesehen.»

«Wirklich nicht?»

Das Zimmermädchen seufzte ungeduldig. Wahrscheinlich musste man ihr irgendein Geldstück geben, so machten die Leute im Film es ja auch immer. Warwara hatte allerdings keine Geldstücke dabei.

«Telefon», sagte das Zimmermädchen unerwartet und tippte mit dem Finger auf die geöffnete Tür hinter sich mit der Aufschrift «Personal». «Ich hören und gehen und reden. In Korridor nicht gucken.»

Das Telefon hatte geklingelt, begriff Warwara. Sie war zum Telefon gegangen und wusste nicht, was in dieser Zeit im Korridor passiert war.

«Hat Pani Problem?»

Und was für eins, dachte Warwara, wenn du wüsstest!

«Danke, alles ist gut. Entschuldigen Sie.»

Das Zimmermädchen schaute ihr enttäuscht nach – offensichtlich hatte sie wirklich auf ein Geldstück gehofft.

Zerstreut föhnte sich Warwara die nassen Haare und entwirrte sie mit der Bürste.

Wenn man in ihrem Zimmer etwas gesucht hatte, warum hatte man sich keine Mühe gegeben, alles so zu hinterlassen, wie es vorher ausgesehen hatte? Oder ließ sich da jemand von ihrem Aussehen täuschen und hielt sie für hoffnungslos beschränkt? Wenn es so war, dann hätte sie ihren Kopf

darauf verwettet, dass ihr geliebter Chef nicht weit entfernt war.

Aber was konnte der Chef damit zu tun haben? Er war ja in Moskau geblieben. Ja, und was gab es bei ihr schon zu finden, wo sie nur einen schäbigen kleinen Rucksack dabeihatte, in dem sich zwei Blusen, ein sauberer BH, ein Badeanzug, eine Tube Oxolinsalbe und ein Pyjama mit einer verschossenen Rose auf der Brust befanden!

Warwara zog sich ihren Rollkragenpulli über, ergriff den Rucksack und kippte den ganzen Krempel heraus. Sie stülpte den Rucksack um, schüttelte ihn und betastete sorgfältig das Futter. Nichts. Nur das zerknitterte Papier eines längst verspeisten Bonbons fiel heraus.

Aber irgendwer war in ihrem Zimmer gewesen und hatte hier herumgewühlt. Irgendwer hatte den Rucksack auf die andere Seite gelegt, irgendwer hatte ihren «Auftrag» in die Hand genommen und verschoben.

Auch in ihrer Handtasche fehlte nichts, das kostbare Kuvert mit den Hundertdollarnoten inklusive. Warwara öffnete den Umschlag und zahlte die Scheine – drei Stück, alles in Ordnung.

Sie musste nachdenken, aber gerade jetzt war keine Zeit zum Nachdenken. Wenn sie das Frühstück nicht verpassen wollte, musste sie sich beeilen.

Sie war schon an der Tür, da klingelte das Telefon auf dem Nachttisch. Warwara blieb stocksteif stehen und starrte es an.

Niemand konnte sie in Karlsbad im Hotel anrufen. Kein Mensch auf der ganzen Welt.

«Ja. Ich höre.»

Eine unbekannte Stimme sagte knatternd etwas auf Deutsch und hielt dann inne, als erwarte sie eine Antwort.

«Entschuldigung», sagte Warwara, «ich spreche kein Deutsch.»

Die Stimme ratterte einen langen Satz heraus, es klang, als würden Steine über einen Bergweg hüpfen. Dann verstummte sie einen Moment und sagte zum Schluss liebenswürdig: «Auf Wiedersehen.»

«Bye-bye», verabschiedete sich Warwara.

Hatte sich da jemand verwählt?

Doch dieser Anruf brachte sie plötzlich auf einen Gedanken. In einer Seitentasche ihres Portemonnaies befand sich eine Fünfdollarnote, die ihr Dimka zum Abschied zugesteckt hatte: «Nimm. Unterwegs fehlt einem oft etwas Kleingeld.»

Warwara hatte schon sagen wollen, auch große Scheine könne man oft gut gebrauchen, sich dann aber noch rechtzeitig zurückgehalten und das Geld dankbar angenommen. Sie hatte es bis jetzt sorgsam gehütet, aber nun fand sie, es gebe keinen anderen Ausweg. Sie steckte den Schein in ein Fach ihrer Handtasche und ging in den Korridor hinaus.

Der Rollwagen stand wie zuvor in einiger Entfernung.

«Verzeihung, Pani», rief Warwara und steckte den Kopf durch die weit offene Tür eines fremden Zimmers. Auf ihren Ruf erschien das Zimmermädchen von vorhin mit fragendem Gesichtsausdruck. Als es Warwara erblickte, wurde seine Miene säuerlich.

«Hier», sagte Warwara und holte den Schein aus der Tasche. «Das ist für Sie. Danke für Ihre Hilfe.»

«Danke schön», sagte das Zimmermädchen aus irgendeinem Grund auf Deutsch. Die Dollarnote blitzte kurz in der Luft auf und verschwand. Warwara folgte ihr mit dem Blick.

«Ach ja», sagte sie, als besänne sie sich plötzlich, und das Zimmermädchen, das sich schon umdrehen wollte, um zu gehen, blieb augenblicklich wieder stehen. «Wer hat Sie eigentlich angerufen?»

Das Zimmermädchen hob fragend die Brauen.

«Wer hat Sie angerufen, als Sie mit Ihrer Arbeit anfingen? Sie sagten, das Telefon hätte geklingelt. Wer hat denn angerufen?»

«Ah!» Nun begriff sie. «Hat niemand angerufen. War Fehler. Ja.»

Höchst verdächtig. Was, wenn jemand hinter der Flurecke gestanden und angerufen hatte, um das Zimmermädchen gerade so lange in dem Raum für das Personal festzuhalten, wie es nötig war, um in Warwaras Zimmer zu gehen?

Nur – wozu das alles?

Warwara hatte nicht einmal eine Vermutung. Sie nahm sich vor, alles noch gründlich zu überdenken. Aber erst einmal würde sie anständig frühstücken.

DIE KLEINE STADT SAH AUS, als hätte sie sich jemand ausgedacht, wie aus einem Märchen. Im Reiseführer hatte Warwara gelesen, dass der große Corbusier Karlsbad eine «Obsttorte» genannt hatte wegen der Häuschen in Rosa, Hellblau und Sahneweiß mit all den Schnörkeln, die tatsächlich aussahen wie aus Creme geformt. Die Häuschen klebten am Berg, einige neu und schick, andere älter und dunkler. Ihre mit schmiedeeisernem Gittergeflecht verzierten Balkone hingen über winzigen Gassen. Die Autos zockelten im Schneckentempo hinter den gemächlich schlendernden Passanten her. Ein seichtes Flüsschen namens

Teplá rauschte quer durch die Stadt und an Warwaras Hotelzimmer vorbei. Auf den buckligen, wie aus Spitzen gewirkten kleinen Brücken standen dicke deutsche Männer und dünne deutsche Frauen und fütterten die Enten. Manchmal schnappte sich die Brotstückchen ein vom satten und sicheren Leben ganz schwerfällig gewordener Fisch, und die Deutschen johlten entzückt. Eine lackierte Kutsche, vor die ein glatt gestriegeltes Pferd gespannt war, stand am Rand des Bürgersteigs unter einer kahlen Kastanie. Warwara streichelte dem Pferd über die weiche Schnauze und konnte sich nur mit Mühe vor den Angeboten für eine Spazierfahrt retten.

Ringsum standen Hotels und dazwischen Juwelierläden, deren Auslagen im Licht der Sonne so funkelten, dass einem die Augen wehtaten. Alle blieben stehen und schauten, und auch Warwara blieb stehen und schaute – einfach so. Sie wollte nichts kaufen, darum ging es nicht – es sah einfach alles so schön aus, so festlich glitzerten die bunten Steine hinter den blanken Glasscheiben, so selbstzufrieden glänzten die Atlaskissen, so edel schimmerte der dunkle Samt, dass sie sich von dem Anblick gar nicht losreißen konnte.

Warwara musste Geld wechseln, um Geschenke zu kaufen, und ihr stand ja auch noch der Besuch der Bierkneipe mit Iwan bevor. Natürlich hoffte sie, dass er für sie beide bezahlen würde, aber trotzdem musste sie vorbereitet sein, um nicht in eine peinliche Situation zu geraten. Das letzte Mal hatte Dimka sie zu einem Rendezvous eingeladen, damals war alles klar und einfach gewesen, aber wie es diesmal sein würde, konnte Warwara sich beim besten Willen nicht vorstellen. Sie war überzeugt, dass sich Iwan zu Tode langweilte und deshalb mit dem vorliebnahm, was zur Verfügung stand, sprich – mit Warwara.

Über helle Marmorstufen stieg sie zu einem niedrigen Seitenflügel hoch, in dem sich die Wechselstube befand. Ein liebenswürdiger Jüngling warf geschickt ein paar fremdartige Geldscheine mit unbekannten Bildern in eine Glasschale und nahm dafür ihre Dollars entgegen. Warwara verstaute die Scheine sorgfältig in ihrem Portemonnaie und beschloss, sich die Bilder darauf später unbedingt genauer anzuschauen. Sie wandte sich schon zum Gehen, blieb aber vor der Tür stehen und schaute sich um.

Auf der einen Seite war ein Modegeschäft, doch die im Schaufenster ausgestellten Sachen ließen Warwara kalt. Mode interessierte sie nicht.

Auf der anderen Seite war ein Friseur. Im Innern standen nur zwei Sessel, einer war frei, der andere besetzt. Man konnte nicht sehen, wer ihn besetzte, aber über dem weit nach hinten geneigten Kopf flatterte ein flinkes, elfenzartes Geschöpf, zwitscherte etwas, lief mal auf die eine, mal auf die andere Seite und holte aus seiner Gürteltasche allerlei funkelnde Instrumente, von denen nicht ein einziges aussah wie eine Schere. Dieses Geflatter, Geplauder, Gefunkel, die reich dekorierten Schaufenster, der runde Glastisch mit einer stehengelassenen Kaffeetasse, der kristallene Aschenbecher, die flirrende Sonne und sogar der Geruch dieses Friseurladens waren so verlockend, dass sie sich nicht von der Stelle rühren konnte.

«Madame?»

Was für eine Madame? Wo war eine Madame?

Ach, sie war die Madame! Jemand sprach sie an. Du lieber Himmel, sie hatte sich ja gerade erst daran gewöhnt, eine Pani zu sein, und jetzt stellte sich plötzlich heraus, sie war auch noch eine Madame!

«Pardon, Madame, möchten Sie sich frisieren lassen?»

«Nein», sagte Warwara erschrocken und wich zurück. «Nein, nein, danke.»

Beim Zurückgehen blieb sie mit dem Fuß an einer Samtkordel hängen, die zwischen zwei schimmernden Ständern herabhing. Die Kordel sperrte die Stufen nach unten ab. Warwara verlor das Gleichgewicht, zog die Kordel hinter sich her, die Ständer begannen zu schwanken und stürzten mit fürchterlichem Poltern und Scheppern um, rollten und hüpften die Stufen hinunter.

«Madame!»

Aus allen Türen, von denen es plötzlich unerwartet viele gab, schauten alarmierte Leute heraus, aufgeschreckt von ihren friedlichen Beschäftigungen, und starrten Warwara an. Der Jüngling aus der Wechselstube und die Dame, die Warwara direkt vor ihrem schmachvollen Sturz angesprochen hatte, rannten herbei, um ihr aufzuhelfen, zogen sie an den Armen hoch, sagten irgendetwas, sie aber wehrte sie ab, rot wie ein Krebs, entschuldigte sich und wäre fast in Tränen ausgebrochen.

Die Ordnung war rasch wiederhergestellt. Die Ständer mit der Kordel wurden wieder aufgepflanzt, und Warwara geleitete man hinter die Glasfront auf ein weißes Ledersofa. Sie ging mit, weil sie nicht länger im Mittelpunkt der teilnahmsvollen Aufmerksamkeit stehen und sich wie eine Idiotin vorkommen wollte.

«Kaffee? Kräutertee?»

Warwara schüttelte den Kopf – nichts, sie brauchte gar nichts! Ein wenig schmerzte die Seite, auf die sie gefallen war. Sie würde eine Weile sitzen bleiben, bis der Schmerz nachließ, und dann unauffällig hinausgehen. Die Dame von eben tauchte auf, hinter ihr ein junger Mann in dun-

kelblauem Overall. Hinten an seinem Overall waren ein Helm und ein Handy befestigt. Die Dame sagte laut und ärgerlich etwas zu ihm. Sie gingen durch die Glastür nach draußen, und sie zeigte ihm die Stelle, wo Warwara gestürzt war.

Vor Warwaras Nase erschienen eine große Tasse Kaffee, ein Schälchen mit Zitrone, eines mit Zucker und ein Milchkännchen.

«Für die Pani», erklärte das Mädchen, das das alles gebracht hatte. «Kaffee!»

Die ärgerliche Dame kehrte von draußen zurück.

«Okay», sagte sie zu Warwara und lächelte.

«Okay», stimmte Warwara zu.

Sie schauten einander an. Anders als die Mehrheit der Tschechen sprach diese Dame offensichtlich kein Russisch. Auf ihrem Gesicht malte sich Verwirrung.

«Ich spreche nur Englisch», sagte Warwara, überzeugt, dass ihr das nicht helfen würde. Englisch konnte hier niemand. Doch die Dame wurde sehr lebhaft, begann sofort draufloszuschwatzen und setzte sich zu Warwara.

«Wie gut, dass Madame Englisch spricht! Das ist ein großes Glück. Hier gibt es viele Amerikaner, und es ist merkwürdig, dass die meisten Leute hier kein Englisch können. Madame spricht sehr gut. Sie haben sich doch nicht weh getan? Das ist eine sehr gefährliche Stelle, ich habe Viktor gesagt, er soll sich etwas überlegen, damit nicht noch mehr Leute fallen. Probieren Sie den Kaffee.»

Warwara probierte ihn.

Musik spielte, die Sonne schien, und die Seite schmerzte kaum noch.

Alles war gut.

«Ich muss gehen», sagte Warwara. «Danke.»

Die Dame schreckte zusammen: «Sind Sie sicher, dass Sie das schon können?»

Warwara musste lachen.

«Natürlich! Haben Sie vielen Dank und entschuldigen Sie die Störung!»

Die Dame nahm sie plötzlich bei der Hand.

«Ihr Haar», sagte sie, und Warwara griff sich unwillkürlich an den Kopf. «Wir frisieren Sie.»

«Nein!», schrie Warwara so laut auf, dass das elfenhafte Wesen, das hinter dem Sessel umherflatterte, sich nach ihr umdrehte.

«Warum nein?», fragte die Dame verwundert. «Ja! Ich selber werde Sie frisieren. Mir gehören drei Salons – hier, in New York und in Paris. Ich heiße Michelle Monroe. Und Madame?»

«Barbara», fiepte Warwara.

«Wunderbar», freute sich Michelle Monroe – worüber auch immer. «Sie werden zufrieden sein. Das hier», und sie tippte mit ihrem langen sonnengebräunten Finger auf Warwaras Haar, «is not in your line! Überhaupt nicht Ihr Stil. Ja, ja! Ich weiß, was Ihnen steht. Ich bin seit dreißig Jahren in diesem Metier.»

Dem Aussehen nach war Michelle Monroe ungefähr vierzig. Strähnen, die in verschiedene Richtungen abstanden, ein gebräuntes Gesicht, ein schwarzer Rollkragenpulli, eine schwarze Hose, Ringe an jedem Finger, ein aufmerksamer, fröhlicher Blick.

Wie alt mochte sie wirklich sein? Sechzig?

Auf Tschechisch rief sie nach einer Martinka, erhob sich rasch, verschwand für eine Weile und kam in einem schwarzen Überwurf zurück, der wie der Mantel eines Zauberers aussah, mit einem Gürtel gebunden wurde und mit kleinen

Taschen versehen war, aus denen blitzende Instrumente herausguckten.

«Hier herüber, Barbara. Bitte, kommen Sie.»

Heißes Wasser wurde ihr auf die Stirn gegossen, Martinkas energische Hände massierten ihre Kopfhaut. Sie saß sehr bequem, die Füße standen auf einer speziellen Fußstütze, die Arme lagen auf speziellen Armlehnen, die Zaubermixturen, die man ihr ins Haar rieb, dufteten zart und ungewöhnlich, und die Hauptsache, das Allerwichtigste – noch nie im Leben hatte jemand Warwara Laptewa so aufmerksam umsorgt!

«Nein», konstatierte Michelle, als sie Warwara betrachtete, nachdem diese wieder aufrecht saß. «Das ist überhaupt nicht Ihr Stil!»

Ihr ganzes Leben lang, seit der fünften Klasse, hatte Warwara ein und dieselbe Frisur getragen, die beim Friseur ihres Viertels den elegant und vornehm klingenden Namen «Carrée» trug – in der Stirn ein Pony, rechts und links vom Gesicht hing das Haar bis knapp über die Ohren glatt herunter. Seitlich waren die Haare mal länger, mal kürzer, der Pony immer gleich.

Als Erstes hielt ihr Michelle Monroe ein ganzes Haarbüschel von solcher Länge aus dem Gesicht, dass Warwara das helle Entsetzen packte.

Was wollte diese Frau aus ihr machen? Einen kahlgeschorenen Sträfling?

Offenbar spürte die Meisterin ihre Panik und Anspannung, denn sie sagte sanft: «Vertrauen Sie mir. Schließen Sie die Augen und stellen Sie sich die neue Frau vor, die Sie gleich sein werden.»

Aber Warwara dachte nicht daran, die Augen zu schließen. Sie klammerte sich fest an die Armlehnen und starrte

ängstlich in den Spiegel. Die Haare auf ihrem Kopf verschwanden mit jeder Sekunde mehr. Bald waren nur noch so katastrophal wenig übrig, dass Warwara unter ihrem schwarzen Umhang der Schweiß ausbrach.

Nicht nur dass sie zu dick war, nicht nur dass sie dumm war, jetzt würde sie dick, dumm und kahl sein!

«Diese Frisur müssen Sie gar nicht lange föhnen», girrte Michelle und fuhr fort, Warwaras Haare zu ruinieren. «Es geht ganz einfach. Form können Sie ihr mit der Bürste geben, sehen Sie, hier und hier. Und tragen Sie niemals» – hier presste sie ihre gebräunten Hände wie im Gebet an die magere Brust –, «niemals mehr lange Haare! Das können Sie sich nicht erlauben. Es passt nicht zu Ihnen. Sie sind sehr hübsch, aber auf ganz andere Art.»

Das kommt mir doch irgendwie bekannt vor, dachte Warwara düster. Wahrscheinlich kann ich mir jetzt tatsächlich nicht mehr erlauben, ohne Badekappe aus dem Haus zu gehen, wie es dieser Deutsche heute Morgen gefordert hat. Zumindest in den nächsten drei Monaten nicht.

Das Schneiden dauerte lange. Irgendwann wurde sie zu müde, um sich noch länger zu fürchten, und schloss die Augen. Jetzt konnte sie ja ohnehin nichts mehr ändern. Sie hätte sich gar nicht hinsetzen und Kaffee trinken sollen. Und noch dazu wusste sie gar nicht, wie viel Geld man ihr dafür abknöpfen würde. Wahrscheinlich galt es als besonders schick, wenn einen die Chefin selbst frisierte.

An ihrem Ohr klapperte die Schere angenehm, die Sonne wärmte, die Gedanken in ihrem Kopf drehten sich langsamer und langsamer, die gedämpfte Musik lullte sie ein, und Warwara lächelte, als sie sich daran erinnerte, wie sie einmal

Wassja ins Bolschoi-Theater zu einem Ballett mitgenommen hatte und er dort eingeschlafen war.

«Okay. Jetzt ist es gut. Sie dürfen gucken!»

Warwara setzte sich mit einem Ruck auf und öffnete die Augen.

Was in aller Welt war das? Das war doch nicht sie.

Aber nein, das war nicht möglich …

Mit einem leisen Ächzen erhob sie sich aus dem Sessel, bis sie Madame Monroe um einen Kopf überragte, und starrte sich im Spiegel an.

Ihre Haare waren verschwunden. Nur an den Schläfen und am Hals waren ein paar dünne lange Locken geblieben, anstelle der übrigen Haare hatte sie ein ganz kurzes glänzendes Pelzchen. Der Pony war auch nicht mehr da – auch hier nur der Pelz. Ihre neue Frisur wirkte zurückhaltend, vornehm und nur ein klein wenig neckisch.

Und mein Gott, wie schön sie aussah! Ihre Augen wirkten größer, ihre Wangen schmaler, die Nase hatte etwas Römisches bekommen und die Stirn sich geöffnet – nein, das konnte doch nicht sie sein!

«Danke», stammelte Warwara auf Russisch. «Vielen, vielen Dank!»

Madame Monroe lachte, die Elfe klatschte Beifall, das Mädchen hinter dem funkelnden Ladentisch sagte etwas und applaudierte ebenfalls.

«Ihr Stil», verkündete die Meisterin siegessicher, «sind kurze Haare, Jeans, T-Shirts, dicke Pullover und eine Harley-Davidson. Glauben Sie mir. Ich weiß, was ich sage.»

Warwara wusste im ersten Moment gar nicht, was eine Harley-Davidson war. Ein Motorrad? Aber sie und ein Motorrad – das ging doch gar nicht!

«Wie viel bin ich schuldig?»

Madame machte eine Handbewegung: «Ich gebe Ihnen Rabatt. Sie sind gestürzt. Die Arbeit mit Ihnen hat mir Spaß gemacht. Ich liebe gute Arbeit!»

Warwara bezahlte – auf einem knisternden weißen Zettel stand, wie viel sie zu bezahlen hatte, und sogar ihr war klar, dass es sehr wenig war. In Dollar war es eine geradezu lächerliche Summe.

«Danke», wiederholte sie sicher zum zwanzigsten Mal.

Sie betrachtete sich in jeder Schaufensterscheibe, und als sie ihr Hotel erreicht hatte, war ihr ganz schwindlig davon. Sie fuhr nach oben zu ihrem Zimmer – im Lift bewunderte sie sich wieder im Spiegel und fasste sich an die Ohren, die ungewöhnlich kalt geworden waren.

Also Jeans, Pullover und ein Motorrad?

Warwara lachte vor lauter Glück laut auf.

Tanja würde in Ohnmacht fallen, wenn sie die neue Warwara erblickte.

Sie warf ihre Handtasche aufs Bett, ging zum Spiegel, um sich noch ein wenig an ihrem Anblick zu ergötzen, und erstarrte.

Eine Gänsehaut lief ihr über den Rücken.

Der Umschlag, den sie in die Moskauer Straße bringen sollte, war von dem polierten Tisch verschwunden.

Warwara atmete aus und durchsuchte das ganze Zimmer.

Der Umschlag fort. Er war aus ihrem abgeschlossenen Hotelzimmer in Karlsbad verschwunden.

«WER BIST DU?», fragte direkt neben ihm eine seltsame Stimme, und Dimka wandte so abrupt den Kopf, dass ihm schwarz vor Augen wurde. Zwei Tage waren vergangen, die Kopfwunde war geheilt, aber vor den Augen wurde ihm immer noch schwarz.

Der Junge war etwa zehn. Er war mager, und seine Haare waren so rot wie die Pfifferlinge, die Dimka früher mit seinem Vater zusammen gesammelt hatte.

«Mama hat gesagt, du schläfst. Bist du ein Patient von ihr?»

«Ja», bestätigte Dimka.

«Und warum bist du nicht im Krankenhaus, wenn du ein Patient bist?»

Eine gute Frage, dachte Dimka.

«Ich bin erst kürzlich hergekommen. Von weit weg. Ein Certificate ... ein ärztliches Zertifikat habe ich noch nicht.»

«Aus Amerika, ich weiß», sagte der Junge und setzte sich auf die Tischkante. «Lebst du dort?»

«Ja.»

«Lebt man gut dort?»

«Ganz normal. Ich arbeite an einer Universität.»

«Du bist Lehrer?», fragte der Junge lang gedehnt und enttäuscht.

Na klar. Arnold Schwarzenegger wäre besser.

«Ich bin Professor», antwortete Dimka fröhlich. «Kurse für Fortgeschrittene. Erwachsene. Und wissenschaftliche Arbeit. Du verstehst?»

Der Junge schaute ihn nur an, ohne zu antworten.

«Und wer hat dich auf den Kopf geschlagen?»

«Keine Ahnung», musste Dimka zugeben. «Ich habe niemanden gesehen.»

«Und wenn du wen gesehen hättest?»

«Wenn ich wen gesehen hätte … ich weiß nicht.»

«Ich hätte dem Kerl eine gescheuert», erklärte der Junge entschieden. «Und wie ich dem eine gescheuert hätte!»

Dimka war sich keineswegs sicher, dass er demjenigen, der ihm in Warwaras finsterer Diele auf den Kopf geschlagen hatte, noch eine hätte scheuern können.

Von der Wunde zog es plötzlich wie ein kalter Luftzug über seinen ganzen Kopf, sogar die Ohren wurden kalt.

«Die Haare werden so schnell nicht nachwachsen», bemerkte der Junge. «Du siehst aus wie Fantomas. Den Film hab ich im Erholungsheim gesehen. Ziemlicher Stuss, finde ich, aber Opa hat er gefallen.»

«Mir gefällt er auch.»

Der Junge zuckte die Schultern.

«Mama hat gesagt, ich soll dir Frühstück machen. Kommst du mit? Ich hab nämlich Hunger.»

Dimka hatte gar keinen Hunger, aber er stand trotzdem auf.

«Ich will mich nur noch waschen.»

«Mama hat ein Handtuch für dich auf die Heizung gehängt», schrie der Junge aus der Küche. «Siehst du es?»

«Ja», rief Dimka zurück.

Ein Handtuch und Frühstück. In den beiden Tagen, die Dimka in dieser Wohnung verbracht hatte, hatte seine Wirtin kaum ein Wort mit ihm gesprochen.

Zweimal hatte sie den Verband gewechselt. Hatte ihn angewiesen, die Temperatur zu messen. Zum Einschlafen hatte sie ihm eine winzige weiße Tablette gegeben.

Die Ankunft des Jungen hatte Dimka verschlafen. Überhaupt schlief er wie ein Toter. Und wenn er nicht schlief, hatte er trübselige Gedanken.

So ein Pech – für ein paar Tage in die Heimat zu fahren

und sich gleich als Erstes einen Schlag über den Schädel einzufangen! Nur gut, dass seine Eltern nicht wussten, wie ihr geliebter Sohn seine knapp bemessene Zeit in Russland verbrachte. Gott sei Dank wussten sie ja nicht einmal, dass er in Russland war! Und um Warwara machte er sich auch Sorgen. Diese ganze Geschichte mit dem geheimnisvollen Einbrecher und ihrer Dienstreise – gleich am nächsten Tag! – kam ihm verdächtig vor.

Wenn er nicht schlief, dachte er darüber so viel nach, dass sein Kopf an der Stelle, an der sich die Naht befand, vor Anspannung fast barst. Er fürchtete wirklich, die Naht könne platzen.

Nein, wahrscheinlich war er immer noch nicht ganz in Ordnung, wenn seinem leidgeprüften Kopf solche Gedanken kamen.

«Setz dich», forderte ihn der Junge auf, als er sich in die Küche zwängte. Die Küche war winzig, noch kleiner als die von Warwara.

«Wie heißt du?»

«Wassja. Wie mein Opa. Den Namen habe ich zu Ehren meines Opas», erläuterte der Junge umständlich.

Zum Frühstück gab es Spiegeleier – zwei Eier für jeden – und ein Glas Milch. Sie aßen schnell und schweigend alles auf. Der Junge leckte seinen Teller ab und schaute dann suchend umher, was er noch essen könnte.

Es war nichts da.

«Joghurt mag ich gerne», sagte er nachdenklich. «Aber Mama kauft selten welchen. Zu teuer. Doktorwurst esse ich auch sehr gern. Opa bringt sie immer mit, wenn er uns mit Oma besuchen kommt. Jetzt geht es ihnen gut, sie bekommen immer pünktlich ihre Rente. Sie kaufen von ihrer Rente auch jedes Mal was für mich.»

Dimka schwieg.

Was der Junge erzählte, klang so erschütternd alltäglich, dass einem beim Zuhören angst und bange werden konnte.

Was war das für ein Land, dachte Dimka, in dem eine Ärztin ihrem Kind keinen Joghurt kaufen konnte? Das war kein Land, das war … eine Bananenrepublik oder schlimmer, wirklich!

Der Junge überlegte, wie er das lästige Geschirrspülen auf den Gast abschieben könnte. Geschirrspülen hasste er.

«Jetzt laufen im Fernsehen Trickfilme», schlug er schließlich vor. «Vielleicht kannst du das Geschirr spülen, und ich gucke so lange?»

Zu seiner Verwunderung stimmte der fremde Onkel augenblicklich zu.

Fürs Geschirrspülen brauchte Dimka zwei Minuten.

«Warum bist du nicht in der Schule?»

«Weil wir Ferien haben», erklärte Wassja. «Frühjahrsferien. Gibt es in Amerika keine Frühjahrsferien?»

«Doch, die gibt es. Sie heißen Osterferien. Bei uns … in Amerika», verbesserte er sich, «sind jetzt gerade Osterferien.»

«Und was hast du? Urlaub?»

«Urlaub.»

«Und im Urlaub bist du krank geworden?»

«Du weißt doch, man hat mir eins über den Schädel gezogen.»

«Mir letztes Jahr auch», sagte der Junge. «Auf der Rodelbahn. Mit einem Brett direkt auf die Birne.»

«Wieso?», fragte Dimka erstaunt.

Wassja schnaubte verächtlich: «Was heißt wieso?! Das war eine Prü-ge-lei!»

«Das erklärt natürlich alles», pflichtete Dimka ihm bei. «Hat deine Mama dich genäht?»

«Nein! Sie hat mir eine geklebt, damit ich mich nicht mehr prügele.»

«Logisch.»

«Was?»

«Hör mal», bat Dimka, «geh doch mit mir einkaufen. Ich wohne hier bei euch und kaufe gar nichts ein. Und ihr müsst mich doch ernähren.»

Der Junge sah ihn neugierig an.

«Gut, wenn du willst. Gleich nebenan ist ein Geschäft. Was willst du denn kaufen?»

«Weiß ich noch nicht», sagte Dimka. «Was zu essen. Vielleicht deine Doktorwurst.»

«Die ist aber teuer.»

«Macht nichts. Wir gucken mal.»

Um den Passanten nicht seinen zur Hälfte kahlgeschorenen Kopf mit dem Verband zu präsentieren, setzte er sich seine Skikappe auf. Der Junge zog sich umständlich an, schnaufte angestrengt, klopfte sich auf die Taschen, kontrollierte, ob er auch seine Fäustlinge eingesteckt hatte, band sich die Schuhe zu und ärgerte sich über die zu kurzen Schnürsenkel.

Im Treppenhaus war es kalt, feucht und schmutzig. Im Erdgeschoss standen Pfützen, es roch nach Katzen, Zigarettenkippen und Urin. Die Haustür ließ sich nicht schließen, die Sprechanlage – Tribut an eine zivilisiertere Lebensweise – war aus der Wand gerissen und die Kabel zusammengedreht. Überall sah man Schmierereien und widerwärtige Flecken, statt einer Klinke gab es nur eine Eisenkralle, wacklig an zwei Nägeln hängend.

Dimka hatte all das schon längst vergessen, und jetzt schämte er sich für seine Empfindlichkeit, für die Menschen, die sich in diesem nach Urin stinkenden Müllhaufen wohl fühlten.

Seine amerikanische Realität sah anders aus: eine verschlafene kleine Straße mit zweigeschossigen Häusern, Wiesen und Rosen, Autos, die man nicht abschließen musste, Rollschuhe, die in großen Haufen vor den Büros und Geschäften lagen, bis ihre Besitzer sie abends wieder mitnahmen, langhaarige Jugendliche in sauberen Shorts, für die es der Gipfel von Verwegenheit und Heldentum war, auf dem Skateboard bis zum Rand der Universitätstreppe zu fahren. Keinem von ihnen wäre es auch nur in den Sinn gekommen, Klinken von Haustüren zu reißen oder ins Treppenhaus zu pinkeln. Im vergangenen Jahr waren zwei Studenten der Universität verwiesen worden, weil sie auf dem Universitätsparkplatz Autospiegel abgeschraubt hatten. Der Vater des einen war Senator und gab danach ausführliche, zerknirschte Erklärungen vor der Presse und dem Senat über das schlechte Benehmen seines Sohnes ab.

«Können wir unsere Nation einem Mann anvertrauen, der dem eigenen Sohn nichts beigebracht hat?», ereiferte sich der «Texas Star», die Lokalzeitung.

Wahrscheinlich bin ich ein Spießer, dachte Dimka, während er sorgsam über die Pfützen stieg. Ich hasse die Armut, den Schmutz, die herausgedrehten Glühbirnen, das Genörgel, die Alkoholiker, die Randalierer, die Pfützen, in denen man bis zum Knie versinkt … Und ich hasse es auch, wenn eine Ärztin ihrem Jungen keinen Joghurt kaufen kann.

Das Geschäft war groß, jetzt am frühen Vormittag menschenleer und … teuer.

Dimka grinste.

Er erinnerte sich an dieses Geschäft noch aus «vorrevolutionären» Zeiten – grün gestrichene Wände, lange gelbe, mit toten Fliegen übersäte Insektenfänger, leere Aluminiumtheken, Heringsgestank, in der Ecke ein schmutziges Gur-

kenfass, aus dem es leckte. Neben der Kasse standen auf Drahtgestellen Milchtüten, löchrige Dreieckspackungen. Die beschädigten Packungen wurden billiger angeboten. Die Milchflüsse vermischten sich mit denen der Gurkenlake, die Leute sprangen hinüber, stolperten, die dicke Kassiererin brüllte, die für Pelmeni anstehende Schlange war so lang, dass sie die Abteilung mit dem schicken Namen «Kulinarija» fast sprengte.

«Hör mal», sagte neben ihm Wassja aufgeregt, «darf ich mal kurz weg?»

«Wohin?»

Er wurde verlegen.

«Weißt du, da, wo es Brot gibt, steht ein Automat mit Spielsachen. Wenn man fünf Rubel einwirft, kann man nach einem Spielzeug schnappen. Da ist so ein besonderer Schnapparm. Nur ich hab noch nie was geschnappt. Irka aus meiner Klasse hat mal fünf Tiere rausgeholt. Na, ich schätze, sie hatte einfach Glück. Darf ich?»

Aus seinem forschen Tonfall ging hervor, dass dieses Vergnügen zu den «verpönten» gehörte. Seine Mutter erlaubte ihm sicher nicht, den Automaten einfach so mit Fünfrubelstücken zu füttern.

«Du darfst», genehmigte Dimka. «Und die fünf Rubel?»

«Hab ich.» Wassja öffnete seine Faust. «Hat mir Opa geschenkt.»

Aha, jetzt ist mir klar, warum er unbedingt mit mir einkaufen wollte, dachte Dimka. Der Spielzeugautomat ist der Grund.

«Guten Tag», sagte er zu der Verkäuferin.

Das Sprechen fiel ihm noch schwer. Seit Ewigkeiten hatte er nicht mehr Russisch gesprochen, und an diese Art Geschäfte war er auch nicht mehr gewöhnt. Er hätte es lieber

einfacher gehabt – einen Einkaufswagen nehmen, ihn an kilometerlangen Regalen voller Lebensmittel vorbeirollen und bis obenhin vollpacken, der Kassiererin die Kreditkarte geben und dann ab mit all den guten Sachen ins Auto!

«Acht Joghurt», zählte er auf, «mit Himbeergeschmack. Acht Joghurt mit Erdbeergeschmack.»

Er war gerade bei der Doktorwurst angekommen, als sein kleiner Gefährte zurückkehrte. Seine Haltung war betont lässig und ungezwungen.

«Na, wie war's?», fragte Dimka.

Wassja winkte ab: «Opa gibt mir wieder was, dann spiele ich nochmal.»

«Darf es noch etwas sein?», fragte die Verkäuferin. Sie war hinter den auf der Theke aufgetürmten Lebensmitteln kaum noch zu sehen.

«Doktorwurst», sagte Dimka. «Magst du lieber die grobe oder die feine?»

Wassja zuckte die Schultern: «Egal.»

«Dann von beiden.»

Die Verkäuferin bewaffnete sich mit einem Messer. Wassja verfolgte sie mit seinem Blick.

«Schade», erklärte er plötzlich. «Der Affe hat so gut gelegen. Ein schöner Affe. Rosa.»

Dimka schaute auf ihn hinunter. Sein Rücken wölbte sich enttäuscht, und zwischen Mütze und Jacke guckte sein magerer Hals hervor.

«Ist das alles?»

«Ja, danke.»

«Gehört das alles uns?», fragte Wassja plötzlich verwundert. «Das kriegen wir doch gar nicht nach Hause!»

«Doch, das schaffen wir», beruhigte ihn Dimka. «Wir haben ja einen Rucksack.»

«Wofür brauchst du so viel Essen?»

«Um es zu essen. Wir beide gehen jetzt nach Hause und trinken Tee.»

«Du meinst, das können wir alles aufessen?», fragte Wassja zweifelnd. Die Verkäuferin fing an zu lachen. Dimka lächelte zurück.

«Er sieht Ihnen sehr ähnlich», sagte die Verkäuferin.

«Natürlich», stimmte Dimka zu und wollte den Rucksack auf die Schultern wuchten, da klimperte in einer der Taschen etwas.

«Halt», befahl Dimka, «es ist noch nicht alles verloren. Ich hatte meine Münzen aus der Wechselstube vergessen.»

Er steckte die Hand in die Rucksacktasche und grub die runden Metallstücke heraus. Der Junge riss die Augen auf.

«So viel Geld hast du?!»

«Das hat man mir anstelle von Dollars gegeben», erklärte Dimka. «Willst du nochmal?»

Der große quadratische Kasten war zur Hälfte mit billigem Spielzeug aus chinesischer Produktion gefüllt. An der Decke des Kastens bewegte sich eine Eisenhand mit elastischen Greifern, die man steuern konnte. Die Greifer packten das Spielzeug und zogen es zu einer Rinne, durch die es nach draußen fiel.

«Da», seufzte Wassja entzückt, «da ist er, siehst du?» Er schaute Dimka an, seine Augen leuchteten.

«Na, dann los», sagte Dimka und stellte den Rucksack auf den Boden. «Fang an.»

Die Eisenhand zuckte und kroch zitternd an der Decke entlang.

«Guck mal von der anderen Seite, kann ich jetzt zupacken?», rief der Junge. Dimka guckte.

«Na?»

«Ja, versuch's mal.»

Die Hand senkte sich langsam, die Greifer packten den heiß ersehnten Affen, schleppten ihn ein Stückchen mit und ließen ihn wieder fallen, wie eine Greisenhand, deren arthritische Finger nicht mehr richtig zufassen konnten.

«Wieder daneben», sagte Wassja nach kurzem Schweigen mit bemüht munterer Stimme. «Komm, wir gehen.»

Professor Dmitri Wolkow hatte keine eigenen Kinder. Er wusste nicht einmal, wie man mit Kindern umgeht. Dieses hier war ein fremdes Kind, der Sohn einer zänkischen Ärztin, die ihn mal Viehzüchter, mal Cowboy nannte und mit groben, kalten Händen seinen Kopf berührte. Aber in dem Moment, als der Junge sagte «Komm, wir gehen» und ihn am Ärmel zog, bemüht, den rosa Affen in dem Glaskasten nicht anzusehen, entschied Professor Wolkow, dies sei *sein Kind*.

Er konnte es sich nicht erklären. Er wusste nicht einmal, ob das ein gutes Kind oder ein schlechtes war, er hatte keine Ahnung, was für einen Charakter es hatte, was es liebte und was es nicht liebte. Der Professor hatte eigentlich niemals den Wunsch verspürt, Vater zu werden, aber in dieser einen Sekunde von geradezu unheimlicher Klarheit sah er alles so deutlich vor sich wie die Bilder in einer Laterna magica: Hier lernte der Junge gerade Skifahren und brach sich das Bein, da hatte irgendwer Geburtstag, und er fiel ins Schwimmbecken, da machte er seinen Führerschein und fuhr seine Eltern zum ersten Mal durch die Stadt spazieren, da stritten sie darüber, welche Universität er besuchen sollte, und er sagte ärgerlich: «Papa, immer meinst du, dass du recht hast!»

Dimka griff sich an die Stirn.

Die Bilder verschwanden, aber das Wissen blieb.

«Versuch's nochmal», schlug er vor. «Vielleicht hast du ja jetzt mehr Glück.»

«Schade um den Fünfer», murmelte Wassja, nahm die Münze aber doch. Er wollte diesen Affen so gern haben, er hatte schon lange ein Auge auf ihn geworfen.

Es glückte ihm auch diesmal nicht.

Dimka hatte genug Verstand, um nicht zu sagen – komm mit, ich kaufe dir im Laden fünf solcher Affen. Es ging schließlich darum, genau diesen einen Affen aus dem Glaskasten zu angeln.

«Na los, nochmal!»

«Aber sag Mama nichts davon …»

Den folgenden Versuch machte er selbst, und auch er ließ den Affen fallen. Er hatte ihn schon fast draußen, da rutschte er ihm doch noch weg, aber dafür hatte sein Professorenhirn augenblicklich begriffen, wie man es anstellen musste, damit der Affe nicht dauernd aus den tückischen Greifern fiel. Die folgenden Versuche dienten dazu, diese Theorie in die Tat umzusetzen, und endlich bekamen sie den Affen zu fassen, warfen ihn in die Rinne, und er fiel heraus, ein nagelneuer, sauberer, grellrosa Affe mit einer idiotisch grinsenden Schnauze.

«Klasse!», seufzte Wassja entzückt, während er den Affen liebevoll aus der Nähe betrachtete. «Hab ich dich doch noch gekriegt!»

Anschließend holten sie noch ein weißes Pferd, einen himbeerroten Hamster und, als Krönung ihrer Kollektion, ein schwer definierbares Tier von smaragdgrüner Farbe heraus.

Wassja beharrte darauf, es sei ein Erdhörnchen, Dimka war überzeugt, es handle sich um ein Stinktier.

«Das Erdhörnchen ist für Mama», bestimmte der Junge. «Oder besser das Pferd? Und Oma bekommt den Hamster,

Opa sagt immer, sie sähe aus wie ein Hamster, wenn sie kaut. Und dann lacht sie. Nein, Mama kriegt das Pferd und ich das Erdhörnchen.»

Den rosa Affen, der Professor Wolkow seine Zukunft gezeigt hatte, steckte sich Wassja unter die Jacke und kontrollierte von Zeit zu Zeit, ob er noch da war.

Das Gespräch über Erdhörnchen und Hamster dauerte bis zur Haustür, Dimka hörte kaum noch hin.

«Papa», sagte Wassja plötzlich und blieb stehen. Dimka, der etwas rascher vorausgegangen war, blieb ebenfalls stehen und blickte ihn fragend an. «Mama hat gar nicht gesagt, dass er kommt ... Papa!», schrie er und lief unsicher los. «Hallo! Wieso bist du denn hier?»

Dimka musterte den Mann. Er hatte einen dicken Bauch, obwohl er noch jung war. Eine nicht allzu saubere Jeans stützte den karierten Wanst, der von einer weit offenen Jacke eingerahmt wurde.

«Hallo», sagte der Mann zu Wassja, und es versetzte Dimka einen schmerzhaften Stich, als er sah, wie der Mann dem Jungen besitzergreifend das Haar zauste.

«Sieh mal.» Wassja hielt seinem Vater den Affen unter die Nase. «Den hab ich gewonnen. Und außerdem noch ein Pferd, einen Hamster ...»

«Hat deine Mutter dir das Geld gegeben?»

Der Junge wurde verlegen.

«Nein.» Er sah sich nach Dimka um, der zu ihnen trat. «Er hat es mir gegeben. Dima.»

«Dima-a?», fragte der Mann gedehnt.

«Hallo», sagte Dimka. «Ich heiße Dmitri Wolkow.»

«Und ich bin Alexander der Große», versetzte der Mann. Wahrscheinlich sollte das witzig sein. Dimka schwieg höflich.

«Papa, guck doch, was für ein toller Affe!»

«Lass mich in Ruhe! … Und wo kommst du her, Dmitri Wolkow?»

Der Junge erschrak plötzlich. Er erschrak so heftig, dass Dimka seine Angst spüren konnte, als wäre es seine eigene.

«Papa», stammelte er, «wieso bist du gekommen? Mama hat gar nichts davon gesagt …»

«Sie wird es dir schon noch sagen!», schnaubte der Mann Unheil verkündend.

Und plötzlich packte er Dimka bei der Jacke und zog ihn zu sich heran. Das war unklug von ihm, denn Dimka war viel größer und schwerer als er und hatte außerdem nicht damit gerechnet, dass der Mann ihn bei der Jacke fassen würde, daher machte er unwillkürlich einen zu großen Schritt nach vorn und stieß so heftig gegen den anderen, dass dieser fast in eine Pfütze gefallen wäre.

Dimka fing ihn auf, aber der Mann riss sich los.

«Papa!», schrie Wassja aufgeregt.

Dimka wandte sich nach ihm um – er hielt mit beiden Armen den Affen unter seiner Jacke fest, das sommersprossige, blasse kleine Gesicht war angsterfüllt. Der Mann nutzte die Gelegenheit, dass Dimka sich umschaute, und packte ihn wieder bei der Jacke, diesmal so heftig, dass der Reißverschluss krachte.

«Hau ab, du elender Scheißkerl!», krächzte er. «Was hast du hier zu suchen? Oder bist du lebensmüde? Warte nur, dir verpass ich ’nen Einlauf, nicht schlechter, als meine Ex das kann! Und lass meinen Wassja in Ruhe! Stolziert hier mit meinem Sohn durch die Gegend! In diesem Haus wissen alle, das ist mein Sohn, und du stolzierst dreist mit ihm rum! Wenn ich morgen wiederkomme, bist du verschwunden, ein für alle Mal!»

«Papa, hör auf! Papa, hör doch endlich auf!»

Papa ließ Dimkas Jacke los und packte seinen Sohn beim Kragen.

«Und du sauberes Früchtchen kriegst 'ne Extraabreibung! Wieso nennst du diesen Scheißkerl Dima? Wenn ich dich nochmal mit ihm erwische, schlage ich dich tot! Kapiert? Hast du das kapiert?!»

Er schüttelte seinen Sohn heftig, der Verschluss der Jacke ging auf, und der rosa Affe fiel heraus, direkt in die Pfütze. Mit vor Schreck starren Augen sah der Junge, wie das saubere rosa Fell sich in dem schmutzigen Wasser vollsog, öffnete den Mund und begann zu heulen. Er heulte nicht sehr laut, nur mit einem kleinen Ton, und bückte sich merkwürdigerweise nicht, um seinen Affen zu retten. Er stand einfach nur da und heulte.

«Wassja», rief Dimka. «Hör auf. Er ist weg.»

Er hob den Affen aus der Pfütze und drückte das braune Wasser aus ihm heraus.

«Wassja», wiederholte er, «alles ist okay.»

Aber der Junge heulte immer weiter.

Dimka kauerte vor ihm nieder und schaute ihm in die Augen.

«Wassja, das ist alles … dummes Zeug.»

«Nei… nei-ein», brachte Wassja schließlich, von Schluchzern unterbrochen, hervor. «Und der A-affe ist hin …»

«Wir waschen ihn. Das geht ganz einfach. Mit heißem Wasser und Haarshampoo. Ich habe zwar keine Haare, aber dafür Shampoo. Deine Mama hat mich kahl gemacht.»

«Du re-redest so komisch», sagte Wassja plötzlich, und Dimka schien es, als klinge seine Stimme wieder etwas normaler. «Bist du denn kein Russe?»

«Ich lebe schon seit vielen Jahren in Amerika», sagte

Dimka und betrachtete ihn aufmerksam. «Wie oft ... randaliert dein Vater so?»

«Nicht sehr oft», antwortete Wassja, den Blick auf den Affen in Dimkas Hand gerichtet. «Mama sagt, dass er erst in der letzten Zeit so geworden ist, vorher war er ganz normal. Und Opa sagt, das kommt daher, weil er ein Faulenzer ist. Weißt du wirklich, wie man ihn sauber bekommt?»

«Natürlich!», versicherte Dimka.

«Dann lass uns gehen», bestimmte Wassja. «Wir müssen Mama anrufen. Wenn du wüsstest, wie die früher rumgeschrien haben, bevor sie geschieden waren! Grässlich! Ich konnte gar nicht schlafen. Jetzt ist es nicht mehr so schlimm. Sogar wenn Papa betrunken ankommt. Dann jagt Mama ihn weg, und basta. Und sie sagt, Gott sei Dank, dem schulden wir nichts mehr. Ein toller Kerl bist du, hast keine Angst vor ihm gehabt. Aber ich habe schreckliche Angst, wenn er brüllt. Wenn Mama brüllt, finde ich das nur blöd, aber wenn er brüllt, kriege ich Angst. Opa sagt ...»

DER MANN BEOBACHTETE sie konzentriert, bis sich die Haustür hinter ihnen schloss.

Er hatte in jener anderen Wohnung nichts gefunden und war nun wirklich ratlos.

Alles hatte so gut geklappt, bis sich diese dicke Kuh und ihr zugereister Freund eingemischt hatten. Schade, dass er keine Zeit mehr gehabt hatte, um zu kontrollieren, ob er noch am Leben war oder schon tot. Hätte er genug Zeit gehabt, dann wäre dieser Kerl jetzt tot, und er selber hätte bedeutend weniger Arbeit.

Wenn sie seine Anweisungen nicht ausführten, musste er einen von ihnen töten. Schon um den anderen zu erschre-

cken. Zu Tode erschrockene Menschen lassen sich gut dirigieren.

Außerdem war ja auch noch das Kind da! … Er lächelte.

Alles wird gut. Ich bekomme, was ich will, auch wenn alles nicht so glatt gelaufen ist.

Jetzt würde er erst einmal zwei Tage verstreichen lassen.

IN DER SCHLANGE «zurück zu Mütterchen Russland» wurde Warwara so müde, dass sie sich kaum noch auf den Beinen halten konnte. Sie gähnte ununterbrochen, fror, zog sich die Ärmel von Dimkas Jacke über die Hände und dachte mit Schrecken daran, wie sie in ihre Straße kommen sollte. Von Scheremetjewo ging ein Schnellbus – eigentlich sehr bequem, aber erst mal musste sie mitten in der Nacht die Haltestelle finden!

Sie erwartete nicht, dass jemand sie abholte, aber trotzdem wurde sie ein wenig traurig, als sie sich ihren Weg durch die dicht gedrängte Menge der Wartenden bahnte. Sie hätte sich so sehr gewünscht, dass jemand nach ihr Ausschau hielt, mit einem zerdrückten Blumensträußchen in der Hand. Jemand, dem sie von Karlsbad erzählen konnte und von all ihren ungewöhnlichen Erlebnissen.

Und jemand, der ihre neue Frisur bewunderte!

Als sie an ihre Haare dachte, fiel ihr sofort wieder ein, was für ein Gesicht Iwan gemacht hatte, als er sie aus dem Lift hatte kommen sehen.

Selbst wenn es im Leben Warwara Laptewas niemals mehr romantische – haha! – Erlebnisse geben sollte, die Erinnerung daran, wie verblüfft er geschaut hatte, würde ihr noch auf dem Totenbett das Herz erwärmen.

«Wo kommt denn das her?», fragte er, sobald sie nahe

genug war. «Und was hattest du da vorher? Eine Perücke? Gegen die Kälte?»

Er war in Karlsbad geblieben, sie war abgeflogen.

Ohne Umschlag und mit einem nicht ausgeführten Auftrag.

Der Verlust des Umschlags hatte ihr so sehr die Stimmung verdorben, dass sie nicht einmal mehr Andenken kaufen mochte. Nur für Wassja hatte sie ein kleines Glasauto erstanden, auf einem gläsernen Untersatz, in einer runden Schachtel mit Schleife.

Der Chef würde sie erschlagen. Oder wenn nicht erschlagen, dann zumindest feuern.

Was mochte nur darin gewesen sein, in diesem Umschlag? Und warum hatte man alles andere, einschließlich der dreihundert Dollar, nicht angerührt und nur diesen Umschlag gestohlen?

Und wer könnte ihn gestohlen haben?

Feinde des Chefs? Dann hätte sie vielleicht gar nicht so falsch gelegen mit ihrer ersten Idee von den Geheimplänen für eine Torpedofabrik oder eine Raketenbasis.

Warwara schüttelte den Kopf. Der Rucksack hing ihr so schwer am Arm, als wären Gewichte darin.

Sie richtete sich auf und zwang sich, ihren schläfrigen Kopf gerade zu halten.

Iwan Alexandrowitsch war über ihr neues Aussehen völlig verblüfft gewesen. Lange Zeit war er sprachlos gewesen. Das Reden hatte sie übernehmen müssen. Munter hatte sie drauflosgeschwatzt, und einmal, mitten im Redefluss, hatte sie ihm einen Blick zugeworfen, und er war errötet. Sie hatte es mit eigenen Augen gesehen. Seine Haut war sonnengebräunt, aber er wurde so rot, dass sie es bemerkte. Danach schwatzte sie doppelt so lebhaft weiter und ließ ihn über-

haupt nicht mehr zu Wort kommen, weil es ihr so peinlich war, dass sie ihn quasi unerlaubt beobachtet hatte.

Überhaupt hatte sie sich ganz falsch benommen, unnatürlich und sehr dumm.

Woher hätte sie auch wissen sollen, wie man sich einem Mann gegenüber benehmen muss, mit dem man eine tschechische Bierkneipe besucht! Und später, auf dem Rückweg, hatte er sie immer wieder zu einem Spaziergang im Park gedrängt, aber sie hatte nicht gewollt, weil sie fürchtete, nach dem Bier bald dringend ein «stilles Örtchen» zu benötigen – gab es überhaupt eins im Park, und wenn es eins gab, wie sollte sie ihm erklären, wohin sie wollte?

Übrigens war Warwara überzeugt, dass sie Iwan rein zufällig über den Weg gelaufen war und es sich eigentlich gar nicht lohnte, darüber nachzudenken, welchen Eindruck sie auf ihn gemacht hatte.

Er hat dich schon wieder vergessen. Und du musst dasselbe tun.

Aber das war gar nicht so leicht.

Iwan blieb bei ihr bis zu ihrer finsteren Haltestelle, blieb bei ihr im Schnellbus, in dem sie sich so wunderbar aufwärmen konnte, blieb bei ihr, während sie über den kleinen, halb abgetauten Weg ging, blieb bei ihr, als sie im Lift stand, und sein Eau de Cologne verdrängte den Geruch nach Hunden und Feuchtigkeit, blieb bei ihr, bis sie sich durch die Milchglastür gezwängt und ihre Schlüssel herausgeholt hatte.

Erst direkt vor ihrer Wohnungstür verschwand er. Löste sich einfach in Luft auf.

Warwara stieß ihre Tür auf, tastete nach dem Lichtschalter und versuchte gleichzeitig, auf die Zeitung zu treten, die vorsorglich auf dem Boden ausgelegt war. Dabei stieß sie

mit dem Fuß gegen irgendetwas und wunderte sich noch darüber – es durfte eigentlich nichts auf dem Boden ihrer Minidiele liegen, die nicht viel größer als ein Kleiderschrank war.

Das Licht flammte auf.

Ganz langsam, wie in Zeitlupe, hob Warwara die Hand zum Mund.

Ihre Wohnung war zerstört.

Einmal hatte sie einen Film über den Bürgerkrieg gesehen. Denikins Stabsquartier nach der Ankunft der Roten Armee. Es hatte genauso ausgesehen wie ihre Wohnung. Sogar die Tapeten waren von den Wänden gerissen und hingen herunter wie schmutzige Zungen.

Bücher. Geschirr. Wäsche. Irgendwelcher Plunder aus den Einbauschränken. Ihr Mantel mit den Hundehaaren. Töpfe und Pfannen. Gläser aus dem Kühlschrank.

Alles war herausgerissen und umgeworfen, sogar die Sofas waren von den Wänden abgerückt.

Warwara schloss die Augen und hielt sich an der Wand fest.

Nur nicht umfallen, sagte jemand besorgt in ihrem Kopf.

Ich falle nicht um, widersprach sie ärgerlich, ich bleibe nur eine Weile stehen. Um zu mir zu kommen.

So stand sie eine Weile und machte dann die Augen wieder auf. Alles sah noch so aus wie vorher, aber diesmal war sie auf den Anblick vorbereitet.

Aus ihrem Hotelzimmer in Karlsbad hatte man den Umschlag gestohlen.

Was hatte man nur in ihrer Wohnung in Moskau gesucht?

War der Mann wiedergekommen, der vor vier Tagen Dimka niedergeschlagen hatte? Oder was hatte das alles zu bedeuten?

Ein leichter Arzneigeruch schwebte über dem Trümmerfeld aus durcheinandergeworfenen Sachen. Wahrscheinlich hatte man auch zwischen ihren Medikamenten gesucht.

Ihr Schlüssel. Am letzten Tag im Büro war ihr der Schlüssel abhanden gekommen.

Dimka hatte nicht in der unverschlossenen Wohnung bleiben können, und Tanja hatte ihn mit zu sich genommen. Das heißt, der Mann war zurückgekehrt, weil er nun nicht mehr fürchten musste, auf Dimka zu stoßen. Das heißt, er hatte gewusst, dass weder Dimka noch Warwara da waren. Er hatte die Wohnung mit ihrem Schlüssel geöffnet und dann systematisch ihr Privatleben zerstört – ihre Sachen durchwühlt, die Tapeten abgerissen, die Handtücher auf den Boden geworfen, in die Schränke gegriffen.

Das heißt, er hatte die Wohnung beobachtet! Oder sie selbst?!

Vielleicht beobachtete er sie auch jetzt?

Warwara schrie leise auf. Sie schaute sich um, als fürchte sie, aus der Wand trete gleich ein Bandit mit Fernglas heraus.

Mit zitternder Hand knipste sie das Licht wieder aus, fummelte irgendwie den Schlüssel ins Schloss, sperrte die Wohnung ab und rannte zum Lift.

«GEBEN SIE ZURÜCK, was Ihnen nicht gehört» stand in gewöhnlicher Computerschrift auf dem weißen Blatt Papier. «Postfach 280, Moskau. Frist: zwei Tage.»

Tanja brühte Tee auf und schaute immer wieder ungehalten auf das Blatt. Es war ein wenig zerknittert an der Stelle, wo es mit einer Stecknadel an den Kunstlederbezug von Tanjas Wohnungstür geheftet worden war.

«Was soll das heißen?», fragte sie sich selbst und wurde noch ärgerlicher. «Was gehört mir nicht? Was soll ich zurückgeben?! Weiß der Teufel! Und Sie haben uns auch gerade gefehlt!», sagte sie zu Dimka, der als Antwort auf ihre Tirade teilnahmsvoll auf seinem Stuhl hin und her rutschte. «Womit habe ich Sie nur verdient!»

Genau dasselbe, mit ebendiesen Worten, hatte er auch gerade gedacht, nur andersherum. Mit seiner erzürnten Wirtin wollte er aber nicht streiten. Sie war böse, und zwar mit Recht.

«Und wieso haben Sie derart viel zu essen gekauft?», fuhr sie in einem Atemzug fort. «Wir können das alles gar nicht verbrauchen, es wird verderben, und ich hasse es, wenn Essen verdirbt!»

«Nein», beruhigte Dimka sie.

«Was – nein?»

«Es wird nicht schlecht werden. Ihr Sohn und ich ... wir essen alles auf, Sie werden schon sehen.»

«Natürlich, wenn man sich fest vornimmt, alles zu essen, dann kann man es auch essen und den Kühlschrank gleich mit dazu! Aber es war überhaupt nicht nötig, so viel zu kaufen! Und diese idiotischen Tiere! Stimmt das überhaupt, dass er sie aus dem Kasten geholt hat?!»

«Es stimmt», antwortete Dimka und lächelte. «Großes Ehrenwort!»

«Er selber?»

«Er selber. Ich habe es probiert, aber ohne Erfolg. Wassja hat es geschafft.»

Der Name ihres Sohnes klang seltsam aus dem Munde des fremden Mannes, und Tanja wurde plötzlich traurig.

«Danke», sagte sie unerwartet. «Er wollte unbedingt was aus diesem Kasten. Das war schon eine fixe Idee von ihm!

Aber ich habe kein Geld zu verschenken, und Zeit, um dort mit ihm herumzustehen, habe ich auch nie. Seit einer Woche redet er von nichts anderem als von diesem Affen.»

«Es ist aber auch ein ganz außergewöhnlicher Affe.» Dimka lächelte wieder. «Er wollte unbedingt zu uns, zu niemandem sonst.»

«Möchten Sie Zucker in den Tee?»

«Ja, danke.»

«Und mein Mann?», fragte Tanja nach einer kurzen Pause. «War er sehr rabiat?»

«Nicht allzu sehr. Alles okay. Der Junge hatte Angst, hat sich aber schnell wieder beruhigt.»

«Er ist daran gewöhnt.»

«Er sagte, früher sei es schlimmer gewesen. Jetzt ist es schon besser geworden, hat er gesagt.»

«Na und?!», fragte Tanja erbost. «Was geht Sie das an?! Sind Sie überhaupt verheiratet?!»

«Nein», gab Dimka zu.

Er wusste genau, ganz tief in seinem Inneren, dass seine Ehe stabil, dauerhaft und glücklich sein würde.

Vielleicht würde er seiner Frau nicht alle Reichtümer der Welt zu Füßen legen. Vielleicht würde er nicht des Nachts ihre Fußspuren im Garten küssen. Vielleicht würde er keine Verse und Serenaden für sie schreiben und – wer weiß? – vielleicht nicht einmal einen von ihm entdeckten Stern nach ihr benennen.

Dafür würde er sie stark, treu und ruhig lieben und niemals an ihr zweifeln, und sie würde niemals an ihm und an ihrer Entscheidung für ihn zweifeln müssen, und sie würden haben, was sie beide brauchten, was jeder normale Mensch braucht.

Eine Familie.

«… und wenn Sie nicht verheiratet sind, können Sie da gar nicht mitreden! Versuchen Sie mal, mit so einem Menschen zu leben, wie es mein Exmann ist!»

«Ist er … ein schlechter Mensch?», unterbrach Dimka sie.

Tanja blieb stehen und holte ein paarmal Luft, so unerwartet kam diese Frage.

«Also, das eigentlich nicht. Nein, er ist nicht schlecht. Sehr nervös, aber das liegt daran, dass er keine Arbeit hat. Er ist Ingenieur, hat an einem guten Institut studiert, aber jetzt braucht ihn niemand. Und er kann sich nicht anpassen, verstehen Sie? Nichtstun liegt ihm nicht, lernen will er auch nicht mehr. Eine andere Arbeit gibt man ihm nicht, und er bemüht sich auch nicht besonders, eine zu bekommen. Mein Vater hat ihm seinen Wagen überlassen, aber er hat ihn die ganze Zeit kein einziges Mal gewartet, Vater hat alles selbst gemacht und macht es noch. Na, aber trinken tut er immerhin nicht.»

«Das ist doch ein großes Glück», erklärte Dimka bestimmt.

«Was?» Tanja verstand nicht.

«Dass er nicht trinkt. Ein Glück.»

«Stellen Sie sich vor», sagte Tanja herausfordernd. «Und was für eins. Er vertrinkt seine Sachen nicht, prügelt sich nicht, ist abends zu Hause. Das ist in der heutigen Zeit …»

«Es ist in allen Zeiten gleich», sagte Dimka ruhig, «Wassja hat Angst vor seinem Vater. Er weint. Ich habe es selbst gesehen. Ihr Mann hat seinen rosa Affen auf den Asphalt geworfen. Und Sie sagen, er könne sich nur nicht anpassen?» Dieses Wort sprach er betont langsam aus, Silbe für Silbe. «Sie sind Ärztin. Sie sind eine erwachsene, kluge, energische Frau, und Sie nennen ihn – nicht angepasst!»

Es klang wie ein Vorwurf, als habe sie ihn tief enttäuscht, und Tanja starrte ihn mit aufgerissenen Augen an. Vor Zorn waren seine Ohren feuerrot geworden, und aus seinen Elefantenäuglein war alle Gutmütigkeit verschwunden.

«Ich war zu ihm heute sehr … höflich und sanft», sagte er, und seine Nasenflügel blähten sich. «Ich habe versucht … to keep control … mich zu beherrschen. Next time werde ich nicht so höflich sein. Heute war Wassja bei mir, und ich wollte nicht, dass er noch mehr Angst bekommt!»

Tanja schwieg.

Niemand außer ihr selbst hatte jemals versucht, ihr Kind zu beschützen. Als sie sich scheiden ließ, wären ihre Eltern vor Kummer fast gestorben. Nicht weil die Tochter nun ihr Kind allein aufziehen musste, sondern weil sie «unmenschlich» gehandelt hatte, indem sie die Scheidung einreichte.

«Sie müssen sich den Rest der Haare schneiden lassen», sagte Tanja, einfach um irgendetwas zu sagen. «Sie sehen reichlich wild aus. Natürlich, Cowboys lieben vermutlich exotische Frisuren …»

«Ich bin kein Cowboy», unterbrach er sie ziemlich scharf. «Ich bin Physiker. Ja, das werde ich auch tun, sobald Sie mir den Verband abnehmen.»

Wieder schwiegen sie.

«Womit haben Sie den Affen gewaschen?»

«Mit Shampoo. Haarshampoo. Ich dachte, Waschpulver ist nicht geeignet.»

«Ach, was musste uns der auch noch in die Quere kommen!», rief Tanja zornig. «Immer hat er mich im Verdacht, ich hätte mir einen Liebhaber zugelegt! Hundertmal habe ich ihm gesagt – das geht dich nichts an! Ich lebe, wie ich

will! Aber er liegt mir dauernd damit in den Ohren. Und dieser verrückte Zettel an der Tür! Ich verstehe gar nicht richtig, was damit gemeint ist. Und Sie? Verstehen Sie es?»

«Da wir Industriespionage vermutlich ausschließen können», erklärte Dimka lächelnd, «ist höchstwahrscheinlich Warwara damit gemeint.»

«Was heißt ausschließen?», unterbrach ihn Tanja. «Wieso Spionage? Haben Sie etwa Geheimmaterial mitgebracht?»

«Ich habe überhaupt kein Material mitgebracht», antwortete Dimka ärgerlich. «Nicht einmal meinen Computer habe ich mitgenommen, damit der russische Zoll mir keine dummen Fragen stellt und der amerikanische später auch nicht. Spionage ist blühender Quatsch.»

«Unsinn», verbesserte ihn Tanja zerstreut. «Blühender Unsinn. Und was hat Warwara damit zu tun, wenn Sie nichts damit zu tun haben?»

«Ich wurde ja in ihrer Wohnung niedergeschlagen.»

«Aber der Zettel ist an meine Tür geheftet worden! Wenn es um Warwara ginge, hätte er doch an ihrer Tür hängen müssen!»

Das Telefon klingelte, und Tanja griff energisch zum Hörer.

«Tanja», sagte Warwara, «ich rufe von der Metrostation ‹Oktoberfeld› an. In drei Minuten bin ich bei dir. Ist Dimka da?»

«Ja. Ist was passiert? Wo bist du? Seit wann bist du zurück? Das ist Warwara», sagte Tanja erklärend zu Dimka. «Sie kommt jetzt gleich. Ist alles in Ordnung bei dir?»

«Nein», sagte Warwara knapp.

Als sie zehn Minuten später an Tanjas Wohnungstür klingelte, öffnete die Freundin so schnell, als hätte sie schon hinter der Tür gewartet.

Dann aber trat sie ganz verdattert einen Schritt zurück und sagte: «Zu … zu wem wollen Sie?»

«Hallo», grüßte Dimka aus der Diele. «Was ist passiert?»

«Schläft Wassja?», fragte Warwara rasch und zog Dimkas Jacke aus. «Ich habe ihm ein Auto mitgebracht, aus Glas. Man kann dort viele Glassachen kaufen, sehr schöne.»

Tanja ächzte und wich noch weiter zurück: «Laptewa, bist du das?!»

Warwara richtete sich auf und blickte Tanja an wie eine Geisteskranke. Die Rückkehr mit der neuen Frisur war offenbar ein noch größerer Triumph, als sie gehofft hatte, nur war ihr das jetzt im Moment völlig egal.

«Ich brauche erst mal Tee. Möglichst heiß, möglichst viel.»

«Was hast du mit dir gemacht?!»

«Mir die Haare schneiden lassen.»

«Wie?!»

«Ich weiß es selbst nicht. Tanja, nicht jetzt, das erzähle ich dir alles später.»

«Was ist passiert?», wiederholte Dimka.

«Passiert», wiederholte Warwara. «Natürlich, es ist passiert!»

«Ja, aber was?» Tanja schrie fast. «Dimka, was hat sie?»

«Ich war zu Hause», sagte Warwara. «Ich bin nach Hause gekommen, in meine Wohnung gegangen und …»

«Was?», fragte Tanja und griff sich ans Herz.

«Alles ist kaputt.» Warwara ließ sich schwer auf einen wackligen Küchenschemel sinken, verbarg ihr Gesicht in den Händen und begann endlich zu schluchzen, wild und laut. «Sogar die Tapeten sind abgerissen. Im Wohnzimmer … alle Sachen … auf dem Fußboden … alles durcheinander … ich weiß nicht, was ich tu-un soll!»

«Trink», befahl Tanja und hielt ihr ein kleines Glas unter die Nase. «Rasch, runter damit!»

Warwara trank und bekam prompt Schluckauf.

«Und dort … in Karlsbad … ist der Umschlag … der Umschlag, den ich übergeben sollte … aus meinem Zimmer gestohlen worden … und ich … ich habe nichts übergeben können! Albert Anatoljewitsch wird mich umbringen! Und zu Hause … ist alles kurz und klein geschlagen … ich bin … v-verloren. V-völlig verloren!»

«Was ist bei dir zu Hause gestohlen worden?», fragte Dimka plötzlich ganz ruhig, und Warwara hörte sogar auf zu hicksen. «Hast du festgestellt, was gestohlen wurde?»

«Nein», antwortete Warwara. «Ich weiß nicht. Ich … ich war so erschrocken, dass ich nichts …»

«Und was in diesem Umschlag war, weißt du auch nicht?»

«Nein. Irgendetwas Festes.»

«Eine Diskette?»

«Nein, nein! Eine Zeitschrift oder so was Ähnliches! Keine Diskette, so viel ist sicher. Etwas Großes.»

«Tanja», kommandierte Dimka, «zeig ihr unsere – wie sagt man – Proklamation. Nein, unser Flugblatt.»

«Was?», fragte Tanja verdutzt. «Ach so … ja. Das haben Dima und Wassja bei uns an der Wohnungstür gefunden.»

«Geben Sie zurück, was Ihnen nicht gehört», las Warwara laut vor. «Postfach 280. Moskau. Frist: zwei Tage.»

«Möchtest du Tee oder Kaffee?»

«Tee. Möglichst stark, Tanja. Das war an deiner Tür befestigt?»

«Ja, sag ich doch. Dima und Wassja waren einkaufen, und als sie zurückkamen, hing diese … Botschaft an der Tür. Ich

weiß nicht, was das bedeutet. Dimka sagt, es hätte sicher mit dir zu tun.»

«Du lieber Gott», murmelte Warwara heiser. «Was mir nicht gehört? Ich habe doch nichts Fremdes ... Nie im Leben ...»

«Vielleicht der Umschlag», mutmaßte Dimka, «den du übergeben solltest und der dir gestohlen wurde? Vielleicht sind sie nach dem scharf?»

«Auf den», verbesserte Tanja. «Oder hinter ihm her.»

«Aber wer?», flüsterte Warwara gehetzt. «Wer ist hinter ihm her? Ich bin doch keine Spionin! Ich arbeite doch nicht in der Rüstungsindustrie! Und mein Chef auch nicht!»

«Laptewa, Spione arbeiten nicht nur in der Rüstungsindustrie», sagte Tanja belehrend. «Heutzutage verdingen sich Hinz und Kunz als Spione. Im Fernsehen reden sie jeden Abend von Spionen. Erst gestern haben sie einen entlarvt. Er hat den Japanern Informationen darüber verkauft, wo in unserem Hafen die Laternen stehen. Oder die öffentlichen Toiletten, ich erinnere mich nicht mehr genau.»

«Tanja, du bist ein Schaf», erklärte Warwara mit zitternder Stimme. «Ich bin in eine fürchterliche Sache hineingeschlittert, und du redest von Hafentoiletten!»

«Soll ich dir Würstchen warm machen?», bot Tanja an. «Wiener Würstchen? Na?»

«Ja, gern.»

«Zwei oder drei?»

«Zwei. Nein, drei.»

«Die hat der Cowboy gekauft», sagte Tanja plötzlich in einem sonderbaren Ton, halb giftig, halb vergnügt. «Ich komme nach Hause, und in unserem Kühlschrank sieht es aus wie im Fleischkombinat. Das nehmen Sie alles mit nach Amerika, hören Sie, Cowboy?»

«Ich höre», sagte Dimka. «Aber mitnehmen werde ich nichts.»

«Im selben Flugzeug wie ich war der Mann, der mich damals angefahren hat. Erinnerst du dich noch, Tanja?»

«Natürlich», sagte Tanja, plötzlich ganz aufmerksam.

«Er saß im Flugzeug direkt neben mir, und dann haben wir auch im selben Hotel gewohnt.»

«Er hat dich verfolgt!», ächzte Tanja. «Natürlich! Das ist die Erklärung! Er hat dich absichtlich angefahren, und jetzt verfolgt er dich!»

«Wozu?»

«Er hat dich angefahren, um herauszubekommen, wo du wohnst, er hat dich doch nach Hause gebracht! Dabei hat er dir aus dem Mantel die Schlüssel geklaut, danach ist er in deine Wohnung gekommen, hat Dimka gesehen, ihm eins über den Kopf gegeben und sich aus dem Staub gemacht. Dann ist er mit dir zusammen nach Karlsbad geflogen, ist dir gefolgt und hat den Umschlag gestohlen, aber wahrscheinlich war nicht das drin, was er gesucht hat, oder nicht alles, und dann hat er sich gesagt, dass es bei dir in der Wohnung sein muss, ist dort eingedrungen – die Schlüssel hatte er ja! – und hat dort alles kaputtgeschlagen!»

«Er konnte gar nichts kaputtschlagen, weil er in Karlsbad war», sagte Warwara mit gerunzelter Stirn. «Er konnte sich wohl kaum von dort nach Moskau versetzen und anschließend wieder zurück!»

«Dann hat er einen Helfershelfer! Der Chauffeur! Er hat doch damals nicht selbst am Steuer gesessen!»

«Und was ist ‹es›?», fragte Warwara. «Was ist dieses ‹es› in meiner Wohnung?!»

«Ich hab keine Ahnung.»

«Ich auch nicht. Es gibt überhaupt kein ‹es› in meiner Wohnung! Und ich habe nicht die leiseste Vorstellung, worum es hier geht!»

Tanja stellte einen Teller mit drei dünnen, appetitlich dampfenden Würstchen und einer dicken Scheibe Schwarzbrot vor Warwara auf den Tisch. Warwara merkte plötzlich, wie ausgehungert sie war, so hungrig, dass sie nicht einmal warten konnte, bis die Freundin ihr eine Gabel brachte. Sie ergriff ein Würstchen mit der Hand, legte es auf das Brot und biss ein großes Stück davon ab. Es war sehr heiß und sehr lecker.

«Möchtest du Senf?»

«Uhum.»

Tanja holte ein braunes Glas aus dem Kühlschrank, dachte kurz nach, schnitt dann noch eine Scheibe Brot ab, bestrich sie mit Senf und biss hinein.

Dmitri Wolkow von der Universität Texas starrte ungläubig von einer zur anderen.

«Nein», sagte Warwara kauend, «lass uns mal logisch vorgehen.»

«Genau», stimmte Tanja zu.

«Also. Von Dimkas Ankunft in Moskau hat niemand gewusst, nicht einmal seine Eltern. Sie wissen bis jetzt nicht, dass er in Moskau ist. Er ist hier angekommen, hat sie nicht zu Hause angetroffen und ist dann zu mir gegangen. Ich bin zur Arbeit gefahren, er hat sich schlafen gelegt, und jemand hat ihn überfallen. Richtig?»

«Richtig», bestätigte Dimka.

Tanja hatte inzwischen ihr Senfbrot verspeist, schnupperte an dem Tee, hielt die Kanne gegen das Licht und schickte sich an, frischen aufzubrühen.

«Dass Dimka in meiner Wohnung war, wussten nur wir

drei. Ich habe niemandem etwas davon gesagt. Dimka hat geschlafen. Tanja, hast du jemandem …»

«Patientin, Sie halluzinieren», sagte Tanja. «Natürlich nicht! Ich hätte auch gar nicht gewusst, wem! Ich habe den ganzen Tag gearbeitet!»

«Na also. Das heißt, Dimka hat nichts damit zu tun. Er ist da versehentlich hineingeraten.»

«Das ist eine offensichtliche Tatsache», äußerte Dimka. «Dazu braucht man keine Logik.»

«Das ist keine offensichtliche Tatsache», widersprach Warwara. «Nicht Dimka war wichtig, sondern meine Wohnung. Dim, um wie viel Uhr bist du … hm … ist das alles passiert, erinnerst du dich?»

Dimka schüttelte den Kopf. Nach langen Flügen fiel es ihm immer schwer, sich zu orientieren, und im Augenblick des Überfalls war er noch in so einem Zustand gewesen und hatte natürlich nicht auf die Uhr geschaut.

«Mal angenommen, jemand hat in meiner Wohnung etwas gesucht. Jemand aus meiner Firma, weil die Schlüssel mir höchstwahrscheinlich auf der Arbeit gestohlen wurden. Dieser Jemand kommt, sieht Dimka, der eigentlich nicht in meiner Wohnung sein dürfte, gibt ihm einen Schlag auf den Kopf und flieht.»

«Wieso musste er … mir eins auf den Kopf geben, wenn er anschließend flieht?»

Warwara überlegte eine Weile.

«Wahrscheinlich hast du ihm einen Schrecken eingejagt. Vielleicht dachte er, er hätte dich getötet, und bekam es mit der Angst zu tun. Wie auch immer, er konnte die Wohnung jedenfalls nicht durchsuchen. Und kam ein anderes Mal wieder.»

«Und das hier?» Tanja wies mit dem Kopf auf den Zet-

tel. «Was sollst du zurückgeben?! Postfach 280! Wenn der Cowboy damit nichts zu tun hat, was soll das dann hier an meiner Wohnungstür?!»

«Ich weiß nicht», antwortete Warwara irritiert. «Keine Ahnung. Vielleicht glaubt er ja, Dimka hätte dieses Ding an sich genommen? Vielleicht beobachtet er uns und weiß, dass Dimka jetzt hier ist?»

«Genau!», verkündete Tanja böse. «Gerade gestern war noch eine Sendung über Spione im Fernsehen. Alles war ganz genau wie bei uns. Vielleicht rufe ich mal bei der Sendung an? Die haben einen Moderator, der hat wirklich was drauf. Vielleicht kann der sich einen Reim darauf machen?»

Warwara schaute sie an. Tanja nahm mit lautem Geschepper Becher aus dem Regal. Sie ärgerte sich immer, wenn sie etwas nicht verstand oder aufgeregt war.

«Das ist die eine Seite der Ereignisse», fuhr Warwara fort und nahm Tanja einen Becher aus der Hand. Sie schenkte sich Tee ein, dunkelrot und sehr stark. «Es gibt noch eine andere Seite. Pjotr Borissowitsch Ligo ist am Donnerstag im Büro meines Chefs gestorben. Ich habe ihn gefunden. Der Chef war gerade weg, er kam erst wieder, nachdem Ljudka Galkina ihn geholt hatte. Dieser Pjotr Borissowitsch ging noch im Zimmer umher, nachdem der Chef schon fort war, ich habe ihn ja gehört. Der Arzt sagte, er habe irgendwelche Spasmen im Gehirn gehabt, das heißt, er ist von selbst gestorben.»

«Möge er in Frieden ruhen», sagte Tanja.

«Ja», pflichtete Warwara ihr bei. «In Frieden. Mein Nachbar im Flugzeug hatte eine Zeitung. Die hat er, glaube ich, absichtlich so liegengelassen, dass ich sie sehen musste. Dimka, gib mir mal meinen Rucksack.»

«Du meinst den Mann, der dich angefahren hat?», erkundigte sich Tanja.

«Ja.» Warwara öffnete den herbeigebrachten Rucksack und begann eilig darin zu graben. «Ach, da ist ja auch das Auto für Wassja. Tanja, wirf die Schachtel nicht weg, wir können sie später noch für Geschenke benutzen … Da ist sie nicht … O mein Gott, der Badeanzug ist ja noch ganz nass! Hier ist sie. Die Zeitung vom Freitag. Hier ist der Bericht.»

Tanja nahm Warwara ungeduldig die Zeitung aus der Hand, Dimka stand von seinem Schemel auf und sah ihr über die Schulter. Eine Zeit lang lasen beide, dann schauten sie sich verständnislos an. Dimka nahm ihr die Zeitung weg und fing noch einmal von vorn an.

«Ja, und? Hier steht, dass man irgendeinem reichen Typen das Geld vom Konto geräumt hat! Das kommt doch alle Tage vor!»

«Ja, aber dieser Typ ist unser Pjotr Borissowitsch Ligo, der Tote!»

«Wie – Pjotr Borissowitsch?», fragte Tanja verdattert. «Hier steht doch, dass er …»

«Bely, Pawel Grigorjewitsch», las Dimka betont langsam und deutlich vor. «Hier wird nirgends erwähnt, dass er tot ist.»

«Du bringst da irgendwas durcheinander, Laptewa», meinte Tanja und beugte sich zu Warwara hinüber, um ihre Stirn zu befühlen. Warwara stieß ihre Hand ungeduldig zurück. «Diese ganzen mysteriösen Ereignisse haben dich wahrscheinlich …»

«Red keinen Unsinn, Tanja», widersprach Warwara. «Du weißt, dass ich nicht zu Wahnvorstellungen neige. Das hier ist Pjotr Borissowitsch Ligo. Der Mann, der vorigen Donnerstag im Büro meines Chefs gestorben ist.»

«Die Zeitung ist vom Freitag», sagte Dimka. «Und in dem Artikel ist von einem ganz anderen Mann die Rede. Einem, der noch am Leben ist. Das kann doch alles nicht sein.»

«Es kann nicht sein, aber es ist trotzdem so», brummte Warwara. «Und ich glaube, mein Nachbar aus dem Flugzeug, dieser Iwan Alexandrowitsch, weiß irgendetwas und hat mir die Zeitung absichtlich zugesteckt.»

Es gab noch etwas anderes im Zusammenhang mit Iwan Alexandrowitsch, aber das wollte Warwara Tanja und Dimka nicht erzählen. Darüber wollte sie zuerst selbst nachdenken.

Allein. Ohne die beiden.

Denn es war etwas ganz Unglaubliches und sehr Schreckliches.

«Wart mal», sagte Tanja, «warte, warte. Alles hat nach dem Tod dieses Wer-auch-immer-er-ist bei euch in der Firma angefangen.»

«Genau», nickte Warwara. Der Tee in ihrem Becher war kalt geworden und sah braun und trübe aus. Ihr war ebenso braun und trübe zumute. «Jemand ist gestorben, und wir wissen nicht genau, wer es eigentlich war. Dimka wird niedergeschlagen, mich schickt man auf Dienstreise, im Flugzeug taucht neben mir der Typ auf, der mich mit seinem Auto angefahren hat, im Hotel stiehlt man mir den Umschlag, und als ich zurückkomme, ist von meiner Wohnung fast nichts mehr übrig.» Ihre Stimme rutschte ab, aber sie fing sich wieder. «Und so nebenbei stellt sich heraus, dass irgendwo in der Nähe eine halbe Million gestohlene Schweizer Franken herumflattern.»

«Man wird uns alle ermorden», sagte Tanja in ruhigem Ton. «Schon für tausend Rubel werden Morde begangen, und hier geht es immerhin um eine halbe Million Franken!»

«Die haben aber doch mit uns nichts zu tun», meinte Dimka vorsichtig.

«Das wissen aber nur wir», sagte Warwara und betrachtete versonnen den kalten Tee in ihrem Becher. «Jemand anders glaubt offenbar, dass sie doch etwas mit uns zu tun haben. Dass wir zurückgeben müssen, was uns nicht gehört.» Und sie tippte auf das Blatt mit dem Computertext.

«Die halbe Million?», fragte Dimka überrascht. «Du meinst, die ist damit gemeint?!»

«Aber sicher, was sonst», antwortete Warwara so munter, als sei er ein unvernünftiger Lausebengel und sie seine Kinderfrau. «Und wir haben nur eine Chance – wir müssen herausfinden, wo diese halbe Million wirklich ist und ob es sie überhaupt gibt.»

«Ich muss Wassja zu meinen Eltern schicken», meinte Tanja nachdenklich, «solange noch Ferien sind.»

«Dimka, dich schicken wir besser auch zu deinen Eltern», sagte Warwara. «Hier gehen merkwürdige Dinge vor …»

«Ich bin nicht Wassja», unterbrach sie Dimka. «Mich könnt ihr nicht so einfach wegschicken!»

«Doch, das können wir, und Sie werden ein braver Junge sein und gehen», mischte sich Tanja ein. «Wer soll denn hier auf Sie aufpassen?»

«Ich kann selbst auf mich aufpassen und auf Sie noch dazu», erklärte Dimka und wurde ein wenig rot. «Und ich entscheide selbst, wann und wohin ich … mich schicke!»

«Morgen im Büro», sagte Warwara, ohne auf ihr Geplänkel zu achten, «schreibe ich einen Brief, dass wir nicht wissen, wovon überhaupt die Rede ist. Möglichst jämmerlich und möglichst umständlich formuliert. Den schicke ich an das Postfach 280. Und dann versuche ich herauszufinden, wer dieser Pjotr Borissowitsch Ligo war und wieso man

über ihn schreiben kann, er heiße Pawel Bely, und warum er nicht tot ist, wo er doch in Wirklichkeit tot ist …»

«Das herauszufinden ist Aufgabe der Polizei!», schrie Dimka. «Nicht deine!»

«Kommen Sie zur Besinnung, Cowboy», sagte Tanja spöttisch. «Hier gibt es so was wie eine funktionierende Polizei nicht.»

«Ich bin kein Cowboy», zischte Dimka durch die Zähne.

«Und das Fenster», murmelte Warwara, und die beiden schauten sie an. «Warum war das Fenster offen? Wer hat es geöffnet? Und warum war der Computer nicht angeschaltet, obwohl der Chef gesagt hat, sein Besucher arbeite am Computer?»

Nach dem Besuch der tschechischen Bierkneipe hatte sie sich von Iwan verabschiedet und war aufgebrochen, um die Moskauer Straße zu suchen, in die sie den Umschlag hätte bringen sollen.

Aber ein Haus mit der Hausnummer 20 gab es in der Moskauer Straße nicht. Die Straße hörte bei Nummer 16 auf.

Selbst wenn sie den Umschlag noch gehabt hätte – sie hätte ihn nirgends und niemandem übergeben können.

IM BÜRO FÜR PASSIERSCHEINE hatte Ljuba Dienst. Mit ihr verstand sich Warwara sehr gut. Eigentlich verstand sich Warwara mit allen gut, außer mit den eigenen Vorgesetzten, aber so, wie die Lage nun mal war, konnte Warwara nichts daran ändern.

«Ljubascha», flötete sie mit schmeichelnder Stimme und steckte ihren rundum erneuerten Kopf durch das kleine Glasfenster, «grüß dich. Ich wollte dich bitten …»

«Eijeijei!», staunte Ljuba und vergaß sogar, ihren Kaffee zu trinken. «Was ist denn mit dir passiert?! Du siehst ja geradezu fantastico aus!»

Ljuba liebte brasilianische Fernsehserien und drückte sich oft etwas eigenartig aus.

«Wie hast du das gemacht? Wo haben sie dir das gemacht? Das ist ja der helle Wahnsinn, wie gut du aussiehst! Bist du vielleicht verlie-iebt?» Und sie drohte Warwara mit ihrem zierlichen Fingerchen.

Obwohl Warwara eigentlich «in Geschäften» gekommen war und «in Geschäften» ihren Kopf durch das Glasfensterchen gesteckt hatte – Ljubas aufrichtigem Entzücken über ihre neue, märchenhafte Schönheit konnte sie nicht widerstehen. Also fasste sie sich an ihre frisch geschnittenen Haare, reckte den Kopf etwas weiter vor – noch ein Stückchen mehr, und sie hätte festgesteckt – und weihte Ljuba rasch in die Geschichte ihrer Verwandlung ein. Die ganzen Merkwürdigkeiten verschwieg sie allerdings.

Ljuba lauschte verzückt und rief nur von Zeit zu Zeit aus: «Wie im Kino, nein wirklich, wie im Kino!»

«Ljubascha», bat Warwara, nachdem sie ihre Geschichte erzählt hatte, «darf ich mir mal die Abschnitte der Passierscheine aus der letzten Woche ansehen? Wir müssen einem der Besucher einen Brief schicken, und ich habe vergessen, wie sein Nachname geschrieben wird. Der Chef erschlägt mich, wenn ich ihn falsch schreibe.»

«Komm rein», lud Ljuba sie ein und öffnete die Seitentür zu ihrem Aquarium. «Aber beeil dich, gleich fängt der Massenansturm an. Nein, wirklich, wie gut dir das steht! Und diese Löckchen! Einfach todschick!»

Warwara lächelte, stellte ihre Handtasche auf dem Fußboden ab und setzte sich seitlich neben das gelbe Tischchen,

auf dem Ljuba immer ihre Kaffeekanne und ein paar Tassen stehen hatte.

«Nur von der letzten Woche?», fragte Ljuba. «Oder von den letzten beiden Wochen?»

«Erst mal nur von der letzten», sagte Warwara. «Du schreibst doch immer den vollen Namen auf?»

«Selbstverständlich. Auch in den Passierschein selbst schreibe ich den vollständigen Namen. Familienname, Vorname, Vatersname. Früher haben wir nur die Initialen geschrieben, aber dann, als Rachmanow entlassen wurde und für ihn dieser ... wie heißt er doch ... kam, der, von dem sie erzählen, er hätte früher für den Geheimdienst gearbeitet ...»

«Owsjannikow», soufflierte Warwara. Sie hörte kaum hin und blätterte die Abschnitte rasch durch.

«Genau. Owsjannikow. Ich weiß noch, was das für ein Chaos war! Er hat sofort ganz andere Saiten aufgezogen, und jetzt schreiben wir immer alles aus ...»

Ljubas Stimme rauschte gleichsam an Warwara vorbei. Sie las die Namen und wunderte sich, wie viele Leute letzte Woche die Media-Holding «Moskauer Zeit» besucht hatten.

Stopp. Da war er. Sie hätte es fast überlesen und musste zwei Abschnitte zurückblättern.

Ligo, Pjotr Borissowitsch. Die Angaben aus seinem Pass und eine Telefonnummer.

Die Nummer kam ihr merkwürdig bekannt vor, und ihr wurde plötzlich klar, dass es die Nummer ihres eigenen Vorzimmerapparates war.

«Ljubascha, gib mir mal einen Zettel, ich will mir das notieren.»

«Du hast ihn also gefunden?»

«Ja. Was im Pass steht, schreibst du auch auf?»

«Ja, oder was sie mir sonst zeigen. Manche geben mir ihren Führerschein. Neulich war der Sohn von Olga da, du weißt schon, die Verwaltungschefin, der Knabe hält mir sein Studienbuch vor die Nase. Ich sag ihm, was soll ich denn damit, zeig das lieber deiner Mutter, ich brauche deinen Pass! Und er sagt, den hab ich aber nicht dabei, und ich sage ihm …»

«Vielen Dank, Ljubascha», unterbrach Warwara sie. «Du hast mich gerettet. Machst du Mittagspause?»

«Du weißt doch selbst, wie unsere Mittagspause aussieht!»

«Na, egal. Ich ruf dich an, wenn der Chef mal ausgeflogen und die Luft rein ist, dann trinken wir gemütlich einen Kaffee bei mir. Abgemacht?»

«Danke», sagte Ljuba gerührt. «Sonst sitze ich ja nur den ganzen Tag hier und führe meine Unterwassershow auf. Vielleicht sollte ich mir das nächste Mal selbst einen Passierschein ausstellen? Ich bin schon so dran gewöhnt.»

«Nicht nötig», sagte Warwara und zwängte sich aus dem Aquarium hinaus. «Geh einfach so. Die können auch mal ohne dich auskommen.»

Also Pjotr Borissowitsch Ligo und nicht Pawel Grigorjewitsch Bely. Wenn Ljuba es so aus seinem Pass abgeschrieben hatte, bedeutete das, der Pass war auf den Namen von Pjotr Borissowitsch ausgestellt. Und das hieß, es war auch Pjotr Borissowitsch, der gestorben war.

Aber wer war dann dieser Pawel Bely, dem man die halbe Million Schweizer Franken gestohlen hatte?

Ihr zum Beispiel, Warwara Laptewa, hatte man kürzlich fünfhundert Rubel gestohlen, und sie hatte sich darüber schrecklich geärgert, ganz zu schweigen davon, dass das Loch, das dieser Diebstahl in ihr Budget gerissen hatte, rie-

sig war. Was für ein Loch mochte wohl eine halbe Million Franken ins Budget von Herrn Bely gerissen haben?!

Vielleicht hatte er seinen Tod nur simuliert? Hatte beschlossen, das Geld einzusacken und sich vor allen, die danach suchen würden, zu verstecken? Da gäbe es wohl keine bessere Methode als die, vor den Augen mehrerer Dutzend Menschen zu «sterben». Und letztlich wusste niemand, was mit der Leiche von Pjotr Borissowitsch geschehen war.

Warwara öffnete die Tür zu ihrem bis jetzt noch leeren Vorzimmer, verstaute Dimkas kostbare Jacke sorgfältig im Schrank und schaute ins Büro ihres Chefs. Dort war es ruhig und sauber – keine Zigarettenkippen, kein blauer Dunst, kein Parfum, kein Fernsehgemurmel.

Es war die beste Zeit des Tages. Noch bimmelte das Telefon nicht wie verrückt, noch stand niemand bei ihr im Vorzimmer, der Chef hatte sie noch kein einziges Mal im Falsett angekeift: «Raus mit Ihnen, raus!», Ilaria sie noch nicht beleidigt, noch war niemand wütend und mit hochrotem Kopf aus dem Büro des Chefs herausgestürmt, niemand hatte den halben Tag auf ihrem weißen Ledersofa gesessen und darauf gewartet, empfangen zu werden, und seinen Ärger darüber an Warwara ausgelassen.

Sie besprühte nachdenklich das Alpenveilchen aus einer leuchtend orangefarbenen Flasche. In der Flasche war irgendein Gift, das das Veilchen über alles liebte und von dem es ungewöhnlich gut wuchs.

Was sollte sie dem Chef nur sagen, wenn er sie nach dem «Auftrag» fragte? Dieser Gedanke hatte Warwara schon eine schlaflose Nacht beschert, und sie hatte unausgesetzt über mögliche Antworten nachgedacht. Neben ihr wälzte sich seufzend Tanja, die auf dem Sofa nicht gut liegen konn-

te. Es war schmal und alt, es ächzte und knarrte, sobald Warwara die kleinste Bewegung machte, deshalb versuchte sie, sich gar nicht zu bewegen, sondern lag nur still da und grübelte.

Möglich waren zwei Varianten.

Die erste: Die Adresse auf dem Umschlag hatte nicht gestimmt. Entweder war die Straße falsch gewesen oder die Hausnummer. Die Adresse hatte ihr Ilaria diktiert, gut möglich, dass sie sich geirrt hatte. Ilaria brachte dauernd Telefonnummern, Adressen und Namen durcheinander.

Die zweite: Der Chef hatte die erste beste Adresse genannt, die ihm in den Sinn gekommen war. Oder, falls er früher schon einmal in Karlsbad gewesen war, hatte er sich mehr oder weniger genau an eine Adresse erinnert. Aber bei der Hausnummer hatte er sich vertan. Dieses Haus gab es in der Moskauer Straße nicht und hatte es nie gegeben.

Und wozu dieser ganze Aufwand mit ihrer Dienstreise – noch dazu so überstürzt, dass man für das Visum ein Foto aus ihrer Personalakte nehmen musste? Warum musste man sie so weit wegschicken und so viel Geld für ein Ticket erster Klasse und ein Viersternehotel bezahlen?!

Wenn der Briefumschlag echt gewesen war, wer hatte ihn dann gestohlen? Warum war er nicht sofort entwendet worden, als man zum ersten Mal in ihr Zimmer eingedrungen war? Und wenn er echt war und wichtig, warum existierte dann die Adresse nicht, wo sie ihn hätte abgeben sollen?!

Wie sollte sie sich verhalten, damit der Chef sie nicht auf der Stelle feuerte, sobald er von dem Verlust des Briefumschlags erfuhr?

Oder wusste er es vielleicht schon?

In der Küche goss Warwara nachdenklich etwas Wasser

aus einem Kanister in den Teekocher und holte sich einen großen weißen Becher.

Als Ljudka und sie den toten Pjotr Borissowitsch gefunden hatten, hatte Warwara sie weggeschickt, den Chef suchen. Wo hatte sie ihn gefunden? In der Rechtsabteilung? Er hatte Warwara gesagt, er ginge in die Rechtsabteilung. Warwara hatte sich darüber gewundert – er teilte ihr sonst nie mit, wohin er ging. Warum dieses Mal?

Im Vorzimmer klappte die Tür, und Warwaras Herz verwandelte sich augenblicklich in ein Stück Trockeneis, das ihr in den Magen rutschte und dort unbeweglich liegen blieb.

«Hallo-o!», rief es aus dem Vorzimmer. «Warwara, bist du da?»

Uff. Nein, noch nicht ganz verloren.

«Hier bin ich», rief sie so freudig zurück, dass Ignat Brashnikow sich etwas wunderte. «Ich bin eben erst gekommen.»

Sie schaute aus der Küche heraus, und er wunderte sich noch mehr.

«Du siehst irgendwie anders aus», sagte er und musterte sie. «Hast du abgenommen?»

Warwara lachte.

«Ich habe mir die Haare schneiden lassen, Ignat. Ganz kurz. Zum ersten Mal im Leben.»

«Genau», stellte er freudig fest. «Genau, es ist die Frisur. Aber ein bisschen merkwürdig siehst du schon aus.»

«Nicht merkwürdig, sondern modisch», verbesserte ihn Warwara. «Weshalb kommst du?»

«Saizew schickt mich, er will wissen, was mit eurer Technik los ist.»

«Unserer Technik? Welcher Technik?» Warwara begriff nicht.

«Na, mit den Computern, die beim Zoll festsitzen. Albert hatte Saizew versprochen, die Sache zu klären. Und deshalb bin ich hier.»

«Garantiert hat er gar nichts geklärt», sagte Warwara überzeugt. «Wahrscheinlich hat er die Sache einfach vergessen. Obwohl – ich glaube, es ist sogar eine entsprechende Anweisung vom Präsidenten gekommen …» Sie griff in die Dokumentenmappe, hielt dann aber inne. «Ich suche sie heraus und lege sie ihm vor. Am besten wäre es allerdings, die Verwaltung würde sich darum kümmern. Euer Saizew sollte zur Gromowa gehen, damit die die Sache in die Hand nimmt. Vielleicht bewegt sich dann mal was von der Stelle.»

«Komm doch demnächst mal zum Kaffee zu uns», lud Ignat sie unverhofft ein. Das macht die neue Frisur, dachte Warwara.

«Wo ist eigentlich meine ‹Compuland›?», fragte sie im Oberlehrerinnentonfall zurück. «Oder meinst du, ich hätte sie vergessen?»

Ignat zog es vor, diese Frage zu überhören.

«Bei uns reden heute Morgen alle wieder nur von eurer Leiche», sagte er und senkte dabei die Stimme. «Hör mal, Warwara, weiß man immer noch nicht, woran er gestorben ist?»

«Wieso, das wusste man doch», flüsterte Warwara ärgerlich zurück. «Kaum war der Notarzt gekommen, wussten es alle.»

«Und wo war der Chef?» Ignats Augen funkelten, er rückte etwas näher an Warwara heran, um ja nichts zu verpassen. «Vielleicht hat ihn der Chef …»

«Der Chef hat nichts damit zu tun! Er ist von selbst gestorben, da könnt ihr so viel reden, wie ihr wollt! Ihr seht

einfach zu viele Krimis im Fernsehen! Der Chef war doch gar nicht in seinem Büro.»

«Schade, dass ich nichts gesehen habe», sagte Ignat, und in seiner Stimme schwang ehrliche Enttäuschung. «Den ganzen Tag hab ich Esel im Büro gesessen, nicht mal zum Mittagessen bin ich gegangen. Nichts habe ich mitgekriegt. Als ich abends rauskam, waren alle anderen längst im Bilde und eure Leiche bereits abtransportiert ...»

«Ich wüsste schon gerne, was das für ein Mann war und woher er kam», sagte Warwara nachdenklich.

«Du, wieso denn das?», wunderte sich Ignat. «Du hast ihn doch schon hundertmal gesehen!»

«Gesehen schon», bestätigte Warwara. «Aber ...»

Da ging die Tür auf, so unverhofft und sacht, als hätte jemand schon eine ganze Weile dahinter gestanden und gelauscht und es jetzt nicht mehr länger ausgehalten.

«Guten Morgen, Warwarotschka», begrüßte Ilaria sie süß. Ignat nickte sie nur kurz zu. «Herzlich willkommen in der Heimat. Notieren Sie doch bitte für heute Punkt fünfzehn Uhr Dobrynin, Igor. Den Vatersnamen habe ich vergessen.»

Sie rauschte an Warwara und Ignat vorbei in ihr Zimmer. Ihr leichter, heller Frühlingspelz wehte zusammen mit einer Wolke von Parfum hinter ihr her. Ilaria schwärmte für alle Arten von Pelzen, für Winter-, Herbst- und Frühjahrspelze. Hätte es Sommerpelze gegeben, sie hätte auch für diese geschwärmt.

«Und aus der Verwaltung ist angerufen worden», sprach Ilaria von ihrem Zimmer aus weiter. «Jemand soll mal dort vorbeischauen. Gehen Sie doch bitte hin. Und um zwei ist eine Besprechung mit den Produzenten der Unterhaltungssendungen. Schreiben Sie das bitte auf?» Sie schaute unerwartet durch die Tür. Warwara schrieb nichts auf. «Was ist

los? Wenn Sie es vergessen, wird Albert Anatoljewitsch mit Ihnen unzufrieden sein.»

«Adieu», murmelte Ignat, der schon an der Tür stand.

«Warwarotschka, warum treiben sich bei Ihnen im Vorzimmer eigentlich ständig irgendwelche … Außenstehenden herum?», fragte Ilaria mit einem Blick auf Ignats Rücken. Der Rücken spannte sich an, als wären im Innern Seile angezogen worden, und Ignat schlüpfte hinaus.

«Das ist kein Außenstehender», erklärte Warwara ruhig. «Das ist ein Programmierer aus der Elektronikabteilung. Viktor Wassiljewitsch Saizew hat ihn geschickt, er sollte sich erkundigen, wieso der Zoll unsere Technik festhält. Albert Anatoljewitsch …»

«Albert Anatoljewitsch wird sich gewiss nicht mit der Technik und dem Zoll befassen!», rief Ilaria maßvoll entrüstet. Vor dem Spiegel richtete sie den schneeweißen Kragen über ihrem schwarzen Blazer und schüttelte ihr silberblondes Haar.

«Die Verwaltung will die Sache überprüfen», log Warwara, «und Albert Anatoljewitsch hat Saizew persönlich versprochen, sich darum zu kümmern.»

«Ich weiß nicht», meinte Ilaria unzufrieden. «Ich werde nachfragen. Saizew könnte doch in so einem Fall selbst herkommen. Im Vorzimmer des Generaldirektors sollten sich keine Programmierer aufhalten, Warwarotschka! Das müssen wir beide, Sie und ich, doch verstehen.»

Die Elektronikabteilung fiel in den Zuständigkeitsbereich des Generaldirektors, des hochgeschätzten Albert Anatoljewitsch also, und Warwara fand, es sei das gute Recht eines Programmierers, sich in seinem Vorzimmer aufzuhalten – genauso wie alle übrigen Mitarbeiter der Firma, wenn sie ein Anliegen an den Chef hatten.

«Wenn die Sawina anruft, stellen Sie sie nicht durch», ordnete Ilaria abschließend an. «Wenn Martynow dran ist, verbinden Sie ihn mit mir.»

«Gut.»

«Und machen Sie mir einen Kaffee. Albert Anatoljewitsch kommt heute später. Nach zwölf.»

Um zehn Uhr morgens war mittwochs immer Dienstbesprechung.

Hatte er das vergessen? Oder abgesagt?

Warwara schaute auf Ilarias Rücken.

«Und … die Dienstbesprechung?», fragte sie zaghaft.

«Ach, mein Gott, ja», seufzte Ilaria. «Rufen Sie einfach alle an und sagen Sie, die Dienstbesprechung fällt heute aus!»

Bis zehn blieben noch zwanzig Minuten. Die Mitarbeiter, die aus den Filialen kamen, waren schon unterwegs. Handys hatten nicht alle. Das heißt, sie würden erst bei ihrer Ankunft erfahren, dass der Chef nicht da war und die Dienstbesprechung nicht stattfand, Warwara würde sich alle Kommentare anhören, alle Vorwürfe hinunterschlucken und hundertmal um Verzeihung bitten müssen, als sei sie persönlich daran schuld, dass der Chef schon wieder alles vergessen hatte!

Überdies wirkte Ilaria an diesem Morgen ausgesprochen schlecht gelaunt. Normalerweise war sie morgens immer in höchst leutseliger Stimmung.

Hatte sie vielleicht gehört, worüber Warwara mit Ignat geredet hatte? Konnte man vom Flur aus hören, was im Vorzimmer gesprochen wurde? Und was hatte sie gegen Ignat?

Und warum fragte sie nicht nach dem «Auftrag»?

Vorsicht, Warwara! Das könnte heiß sein. Sogar sehr heiß.

Aus der Kaffeekanne stieg ein aromatisch duftendes

Wölkchen, Warwara ergriff das Tablett und trug es zu Ilaria hinüber.

«Was haben Sie eigentlich da auf dem Kopf?», fragte Ilaria gleichgültig und tat sich eine Zitronenscheibe in ihre Tasse. «Vergessen Sie die Verwaltung nicht. Und schließen Sie die Tür. Ich muss telefonieren.»

Warwara machte die Tür fest hinter sich zu und setzte sich auf ihren Platz. Sie faltete das Blatt Papier auseinander, auf dem die Angaben aus Pjotr Borissowitschs Pass standen.

Sie musste herausfinden, woher er gekommen war.

Warwara starrte das Blatt an und dachte nach. Auf ihrem Monitor funkelten die Lichter von Paris bei Nacht. Ilaria mochte es nicht, wenn Wolken auf dem Computer schwebten oder sich bunte Ringe drehten. Und so musste auch Warwara sich damit anfreunden, obwohl sie niemals in Paris gewesen war und dieses bunte, sorglose Geglitzer sie bei der Arbeit störte.

Stopp. Ja, natürlich.

Im Computer gab es einen Terminkalender. Der Chef liebte seinen Kalender über alles, weil es «richtig» war, im Computer einen von der Sekretärin aufgestellten Terminplan zu haben.

Außer dem Terminkalender gab es noch die Dateien «Heute eingegangene Anrufe» und «Verbinden» sowie «Nicht verbinden». Diese Dateien wurden ständig auf den neuesten Stand gebracht.

Warwara öffnete rasch den Terminkalender – eine Tabelle, die sich über viele Seiten erstreckte: Datum, Uhrzeit, Name, Anliegen, Resümee, – «absagen», «empfangen», «erlauben», «nachhaken». Es gab auch ausführlichere Formulierungen, zum Beispiel «nach oben abschieben». Oder «endgültig vergessen».

Ende Februar oder Anfang März, das war die Zeit, in der Pjotr Borissowitsch zum ersten Mal bei ihnen im Vorzimmer aufgetaucht war. Da war die Datei, sie hätte am liebsten vor Vergnügen in die Hände geklatscht.

Ligo, Pjotr Borissowitsch, elf-null-null. Firma «Electronics Plus». Kein Anliegen, kein Resümee.

Das bedeutete, die Geschäfte des Chefs mit Pjotr Borissowitsch waren persönlicher und zwielichtiger Art.

So persönlich, dass er nicht einmal notierte, welche Stellung Pjotr Borissowitsch bei der Firma «Electronics Plus» innehatte. Zum Beispiel hier, neben dem Namen Inna Krutowa, stand in Klammern «Exehefrau», als wisse er nicht oder könne möglicherweise vergessen, dass sie seine Exfrau war. Neben dem Namen von Pjotr Borissowitsch aber stand gar nichts.

Nur gut, dass wenigstens der Name der Firma genannt war. Sie wusste zwar noch nicht, wie sie diese Firma finden sollte, aber versuchen konnte sie es. Im Internet zum Beispiel. Oder bei der Auskunft anrufen …

Das Telefon zirpte, auf dem Apparat leuchtete ein rotes Auge auf – Warwara wurde von Ilaria angerufen.

Mit der einen Hand nahm Warwara den Hörer ab, mit der anderen schloss sie rasch die Datei mit dem Kalender. Gott sei Dank, geschafft!

«Warwarotschka, haben Sie schon alle benachrichtigt, dass es keine Dienstbesprechung gibt?»

«Noch nicht.»

«Gut so, Albert Anatoljewitsch kommt nämlich doch noch», teilte Ilaria vergnügt mit. «Langsam zu arbeiten kann manchmal auch nützlich sein, nicht wahr, Warwarotschka?»

Warwara schwieg.

«Setzen Sie Kaffee auf. Albert Anatoljewitsch will sicher

sofort eine Tasse Kaffee. Und die Verwaltung? Haben Sie das etwa schon wieder vergessen?»

«Die Gromowa ist jetzt nicht da», sagte Warwara trocken und kniff sich mit aller Kraft ins Knie, um wegen solcher Lappalien nicht zu explodieren. Sie schob ihren Rock hoch und schaute nach – am Knie war schon ein rotes Mal zu sehen. «Sie kommt um halb elf. Immer.»

«Trotzdem sollten Sie nachfragen. Es könnte ja sein, dass sie ausgerechnet heute früher gekommen ist. Nichts auf die lange Bank schieben, Warwarotschka, die Arbeit will angepackt werden!»

Die Tür wurde aufgerissen, und der Chef kam in einem langen Sommermantel hereingestürmt. Warwara legte den Hörer auf die Gabel und erhob sich grüßend.

«Guten Morgen!»

«Mor'n!», knurrte der Chef.

Sobald er Warwara erblickte, veränderte sich der Ausdruck seines Gesichts. Warwara war es unangenehm, dass durch ihre Schuld der erste, frühlingshafte Gesichtsausdruck sogleich wie weggeblasen war.

«Suchen Sie mir die Unterlagen für die Dienstbesprechung heraus», befahl der Chef, ohne sie anzusehen. «Und machen Sie Kaffee. Rufen Sie Dobrynin an und sagen Sie ihm, ich sage alles ab. Wo ist das Programmschema?»

Warwara hatte keine Ahnung, wo das Programmschema war.

Sie war zwei Tage nicht in der Firma gewesen, und beim letzten Mal hatte, als sie einen Moment unaufmerksam gewesen war, Wladislawa auf die Rückseite des Schemas den Plan ihrer neuen Wohnung skizziert. Auf dem Plan waren Pfeile eingezeichnet und Schilder aufgemalt: «Gästetualette», «Privattualette».

Diese «Tualetten» fielen ihr jetzt im unpassenden Augenblick wieder ein. Warwara bückte sich schnell, um ihr Kichern hinter dem Schreibtisch zu verbergen.

«Was machen Sie da?», fragte der Chef drohend. «Wieso ist das Programmschema in Ihrem Schreibtisch?! Ich habe Ihnen doch hundertmal gesagt, es hat bei mir zu sein! Wissen Sie das immer noch nicht?!»

«Doch, doch», versicherte Warwara schnell und mit gedämpfter Stimme und richtete sich wieder auf. «Nur bin ich heute erst zurückgekommen …»

«Besser, Sie wären überhaupt nicht wiedergekommen!», sagte der Chef voller Widerwillen. «Sagen Sie Lara, sie soll zu mir kommen. Und nun machen Sie endlich Kaffee!»

Wieder klappten die Bürotüren, auf der Telefonanlage glühten zwei rote Wolfsaugen auf – kaum in seinem Büro, rief er sofort bei Ilaria an.

Und mit keiner Silbe hatte er nach dem Umschlag gefragt, der ihr aus ihrem Zimmer im Hotel «Dvořák» in Karlsbad gestohlen worden war.

ABENDS RIEF SIE TANJA AN.

«Du bist noch in der Firma?», fragte ihre Freundin entsetzt. «Es ist acht Uhr!»

«Der Chef ist erst eben aus dem Haus», erwiderte Warwara und reckte und dehnte sich ausgiebig, als hätte ihr der Chef den ganzen Tag im Nacken gesessen und sei jetzt endlich heruntergesprungen. «Ilaria hat er mitgenommen. Ich bin allein.»

«Komm sofort nach Hause», befahl Tanja. «Was denkst du dir bloß? Draußen ist es stockfinster, wie willst du von der Haltestelle zu uns kommen!»

«Tanja, wir sind hier nicht in der Taiga!»

«In der Taiga will keiner was von uns», antwortete Tanja ernst. «Aber hier – wer kennt sich da noch aus.»

«Bevor du gehst, ruf mich an, ich hole dich dann ab.»

Warwara wäre fast vom Stuhl gefallen.

«Und fahr auf keinen Fall zu dir nach Hause! Die Wohnung steht offen!»

«Ich habe in der Mittagspause ein neues Schloss gekauft», sagte Warwara. «Ich frage meinen Nachbarn, der setzt es mir sicher ein.»

Sie hatte keine große Lust, an ihre verwüstete Wohnung zu denken. Den ganzen Tag hatte sie den Gedanken daran, dass sie nun kein Zuhause mehr hatte, energisch verdrängt. Nur Wände und Decke waren übrig, alles andere war kaputt, durcheinandergeworfen, von fremden, widerwärtigen Händen begrapscht. Wie sollte sie das alles wieder in Ordnung bringen? Wie sollte sie weiterleben mit dem Wissen, dass ihre Wohnung keine Festung war, dass jeden Augenblick ein Fremder eindringen konnte, rücksichtslos und schrecklich, um ihr eins über den Schädel zu ziehen, so wie er es bei Dimka getan hatte, um in ihren Sachen herumzuwühlen und sich ab zu, die widerlichen gelben Zähne fletschend, nach ihr umzuschauen?!

Warwara wischte sich den Schweiß von der Stirn.

«Warum sagst du nichts?», fragte Tanja im Hörer. «Willst du nicht zu mir kommen? Von mir aus kannst du auch im Hotel übernachten, aber geh bloß nicht zurück in deine Wohnung!»

«Wer spricht hier von Hotel!», brummte Warwara. «Was macht Dimka? Wie geht es seinem Kopf?»

«Mit dem Kopf haben offenbar so einige Leute Probleme, nicht nur er», antwortete Tanja in einem Ton, der nichts

Gutes verhieß. «Seiner ist ganz okay. Den Verband habe ich abgenommen. In zwei Tagen kann er heim zu Mama und Papa und danach wieder in sein famoses Texas.»

«Was hast du nur immer mit ihm, Tanja?» Warwara musste das einfach fragen. «Was geht er dich überhaupt an?»

«Nichts geht er mich an, überhaupt nichts», sagte Tanja so scharf, dass Warwara augenblicklich davon überzeugt war, dass er sie sehr viel anging. «Heute hat er mir hundert Dollar aufgedrängt. Für Unterkunft und Essen, hat er gesagt. Ich hätte ihn am liebsten auf der Stelle erschlagen, aber dann … habe ich es genommen.»

«Und das hast du völlig richtig gemacht», beeilte sich Warwara zu sagen. «Schließlich nagt er nicht gerade am Hungertuch, hundert Dollar sind für ihn nicht viel Geld, und du kannst sie gut gebrauchen.»

«Natürlich kann ich sie gebrauchen», sagte Tanja, und Warwara merkte plötzlich entsetzt, dass sie weinte. «Wassja hat keine Jacke, und seine Schuhe sehen schrecklich aus, und für hundert … Dollar … kann ich …»

«Tanja», rief Warwara, «Warum heulst du? Was ist passiert?!»

«Ni-nichts», schluchzte Tanja. Sie schluchzte nur ganz leise, und Warwara dachte, wahrscheinlich ist Wassja irgendwo in der Nähe. «Alles … in Ordnung. Er bringt Wassja gerade das schriftliche Dividieren bei. Mit Päckchen.»

«Dimka?!», fragte Warwara verblüfft. «Wassja?!»

«Ja doch», sagte Tanja so betrübt, als würde der Professor aus Amerika ihrem Sohn das Rauchen beibringen. «Und vorher haben sie den halben Tag Schiffeversenken gespielt. In der ganzen Küche liegen diese Zettel mit den Kreuzchen herum! Und er hat ihm gesagt, ‹es gibt einen einfachen Algorithmus›, kannst du dir das vorstellen?»

«Ja und?», fragte Warwara vorsichtig. «Was ist daran schlimm? Warum heulst du?»

«Er wird abfahren», seufzte Tanja tief auf, «und dann ist Wassja wieder allein! Wenn doch nur einmal, nur ein einziges Mal sein Vater mit ihm Schiffeversenken gespielt hätte! Niemals! Einfach nie! Und … er … tut mir so leid, mein Wassja. Er nimmt diesen idiotischen Affen sogar mit ins Bett! Und er kann jetzt mit Päckchen dividieren! Ich hab nie im Leben schriftlich dividieren können, aber er bringt es ihm im Handumdrehen bei!»

«Tanja», sagte Warwara verwirrt, «nun warte doch erst mal ab und weine nicht. Vielleicht fügt sich ja alles zum Guten.»

«Nichts fügt sich», erwiderte Tanja traurig und putzte sich die Nase. «Das weiß ich nur zu gut. Bei mir fügt sich nie etwas zum Guten. Achte nicht auf mich. Ich bin bloß so traurig, weil Wassja mir leidtut und weil dein Dimka …» Und sie lächelte. Warwara konnte richtig hören, wie sie lächelte.

«Was?»

«Ich erinnere mich noch an ihn», sagte Tanja. «Wie er damals war. Ich hab ihn oft gesehen, wenn er zu dir kam. Wir haben damals immer über ihn gelacht – er war so ungelenk, so groß, so blond und wurde ständig rot.»

«Genau.» Warwara lächelte auch. Mit der Schulter den Hörer festhaltend, zeichnete sie Gesichter auf ein Blatt.

«Aber wir mussten ja unbedingt einen Märchenprinzen haben», sagte Tanja plötzlich so nachdrücklich, dass Warwara innehielt. «Einen Märchenprinzen! Mein Gott, warum hat uns dummen Gänsen damals niemand erklärt, dass wir uns diesen Dimka hätten schnappen sollen, um mit ihm über alle sieben Berge zu laufen und ihn wie unseren Augap-

fel zu hüten, damit ihn uns niemand wegnimmt – dann wäre jetzt alles gut! Päckchenrechnen! Warum hat meine Mutter mir das nicht gesagt? Warum musste ich diese … diese hinterletzte Niete heiraten und zehn Jahre meines Lebens mit ihm vergeuden? Und die ganzen Jahre hat er nur auf dem Sofa gelegen, Bier gesoffen und Eishockey geguckt! Aber weißt du noch, wie toll er Gitarre spielen konnte? Und Jeans hatte er von ‹Levi's›, keine indischen wie alle anderen! Und bei Frost lief er so flott ohne Mütze herum! Ein Prinz! Aber dein Dimka …»

«Er ist nicht mein Dimka», unterbrach sie Warwara. «Meiner Meinung nach ist er immer noch niemandes Dimka.»

«Was hat das schon für eine Bedeutung!», erwiderte Tanja matt. Offenbar hatten die Tränen und die Erinnerungen sie erschöpft. «Jetzt ist sowieso nichts mehr zu ändern. Obwohl, weißt du, heute habe ich zum ersten Mal im Leben bedauert, dass es keine Zeitmaschine gibt. Zurück in die Vergangenheit. Nicht einmal als Oma starb, habe ich das bedauert. Aber heute schon. Dann würde ich meinem Prinzen auf seine Gitarre spucken und stattdessen Dimka den Kopf verdrehen. Vor zehn Jahren war ich noch eine andere, da hätte ich das locker gekonnt. Und Wassja hätte einen richtigen Vater und nicht diesen … Sesselfurzer. Einen Vater, der ihm Mathe erklärt und Schwimmen beibringt, und abends würden wir Tee trinken … und Piroggen essen, und … wir würden … Urlaub … am Meer … machen, er würde Geld verdienen … für Schuhe und … Skier …, und ich … ich könnte … noch ein Mädchen … bekommen … Schiffeversenken …»

«Tanja», sagte Warwara energisch, «hör jetzt auf zu heulen! Was ist nur mit dir los?!»

«Päckchenrechnen!», schrie Tanja und legte auf.

«Päckchenrechnen», wiederholte Warwara still.

Ihr Märchenprinz war ein gründlicher Reinfall gewesen, da hatte Tanja recht.

Die Geschichtslehrerin in der Schule, die gleichzeitig auch «Ethik und Psychologie des Ehelebens» unterrichtete, hatte immer nur irgendwelche banalen Sprüche zitiert – von der Art, man müsse nicht einander anschauen, sondern gemeinsam in die gleiche Richtung blicken. Warwara hatte sich das immer so vorgestellt wie auf dem Plakat, auf dem «Arbeiter und Kolchosbäuerin», die Hand wie einen Schutzschild über die Augen gelegt, ihren Adlerblick in die Ferne richten. Laut «Ethik und Psychologie» sollte man sich gegenseitig respektieren, unterstützen und gemeinsame Interessen pflegen. Welche Interessen die gemeinsamen sein könnten, verschwieg die Wissenschaft vom Ehe- und Familienleben. So blieb es unklar, ob Tanja sich für Eishockey und Bier interessieren oder ob ihr «Liebster» plötzlich eine Vorliebe für Medizin entwickeln und im Fernsehen «Emergency Room» mit George Clooney sehen sollte.

Wassja tat ihr am meisten leid, der kleine Kerl mit seinem mageren Hals, seiner sommersprossigen Nase, seinen Ängsten und seinem Traum, am Sonntag «mit Papa und Mama» in den Zoo zu gehen.

Wie einfach – mit Papa und Mama.

Und wie schwierig. Fast unmöglich.

«Dimka», sagte Warwara plötzlich laut, und ihre Stimme hallte hohl in der Stille des großen Raums. «Ich bitte dich. Ich bitte dich sehr. Nimm sie mit in dein Houston, ich komme auch zur Taufe, wenn deine Tochter geboren wird. Geh mit Wassja in den Zoo. Und versohl ihm den Hintern, wenn er Faxen macht. Vergiss nicht, wenn du morgens zur Arbeit

gehst, Tanja vorher zärtlich zu umarmen. Sie wird ihr Leben für dich geben, du wirst keinen Kummer kennen!»

Um sich zu beruhigen, stand Warwara rasch auf und marschierte so zügig durchs Vorzimmer, dass der Luftzug, der hinter ihr herwehte, die Palme im Kübel schwanken ließ. Dann schaltete sie den Fernseher ein, um sich nicht völlig allein zu fühlen.

Schon besser. Nun musste sie noch die Firma «Electronics Plus» finden. Tanja hatte sie abgelenkt.

Da klingelte das Telefon. Vor Schreck verschüttete Warwara Kaffeepulver auf den weißen Tisch.

«Vorzimmer Krutow, guten Abend.»

«Ich hab vergessen zu fragen», sagte Tanja und schniefte, «hast du den Brief abgeschickt? Postfach Nummer soundso?»

«Zweihundertachtzig. Hab ich. Ich habe geschrieben, wir hätten keine Ahnung, wovon die Rede ist, und so weiter.»

«Sehr gut. Sonst wäre mir wirklich angst und bange. Und geh nicht allein, hörst du! Ruf mich an, ich komme zur Haltestelle!»

Warwara legte auf.

Einen Brief abzuschicken, ohne dass Ilaria etwas davon mitbekam, war schwierig. Warwara hatte ihn deshalb am Computer von Olga Gromowa geschrieben, als die in der Mittagspause war, und alle Spuren vernichtet.

Warwara fegte das Kaffeepulver sorgfältig vom Tisch in einen Becher – schließlich sollte der gute Kaffee nicht verlorengehen! –, und setzte sich an den Computer. Neben ihr lag ein dickes, zerfleddertes Exemplar der «Gelben Seiten» als schwere Artillerie in der Hinterhand. Wenn das Internet nicht half, würde sie dort suchen.

Das Internet ließ sie nicht im Stich. Nach ein paar Minuten hatte Warwara eine Firma «Electronics Plus» gefunden, die sich mit der Entwicklung von Computerprogrammen und der Gestaltung von Websites befasste. Es gab viele Firmen, die einfach «Electronics» hießen, eine ganze Reihe «Electronic», unüberschaubar viele namens «Plus», aber «Electronics Plus» gab es nur die eine.

Warwara schaute sich die Homepage eingehend an, klickte auf alle Buttons, in der Hoffnung, Pjotr Borissowitsch Ligo ausfindig zu machen, aber im Verzeichnis der Firmenleitung tauchte er nicht auf.

Wenn er nicht dort angestellt war, wo sollte sie dann suchen? Und vor allem, *warum* hatte niemand sie gefragt, ob sie ihren dringenden, wichtigen Auftrag erfüllt hätte?!

Hätten sie doch nur gefragt und ihr für ihre Pflichtvergessenheit den Kopf gewaschen.

Alles wäre besser gewesen, als den Auftrag einfach zu vergessen.

Warwara ging im Vorzimmer hin und her, vorbei an der Palme und dem Alpenveilchen auf dem Blumenständer. Der Fernseher brabbelte im Hintergrund.

Vielleicht sollte jemand sie dort sehen? Jemand, den sie nicht persönlich kannte, der aber wusste, wie sie aussah? Vielleicht sollte der Umschlag aus ihrem Hotelzimmer gestohlen werden, und genau das war der ganze Plan gewesen?!

Und welche Rolle spielte Iwan? Wozu hatte er sie in die tschechische Bierkneipe auf dem Berg geführt, wo lauter lärmende Deutsche saßen, wo die fetten Tauben einem direkt auf den Tisch flogen und die Spatzen sich auf der Balustrade zankten? Hatte er etwas mit den Ereignissen der letzten Zeit zu tun? Warum hatte sein Auto sie gerade an dem Tag

angefahren, an dem Pjotr Borissowitsch Ligo im Büro ihres Chefs gestorben war?

«... bis jetzt nicht bekannt», hörte sie plötzlich die geschulte Stimme des Fernsehsprechers. «Die Leitung der Bank ‹Industriekredit›, die die Überweisung des Geldes durchgeführt hat, lehnt jeden Kommentar zu den Ereignissen ab ...»

Warwara stürzte ins Büro, schnappte sich die Fernbedienung vom weißen Ledersofa und starrte wie gebannt auf den Bildschirm.

«Ich weiß gar nicht, was ich dazu sagen soll», erklärte dort gerade ein höchst lebendiger Pjotr Borissowitsch Ligo. Warwara tastete mit der Hand hinter sich und setzte sich auf das Sofa. «Wie kann man noch von attraktiven Investitionsmöglichkeiten für westliches Kapital sprechen, wenn bei uns am helllichten Tag solche Summen vom Konto verschwinden können und niemand – ich wiederhole, niemand! – weiß, wie das passiert ist!»

«Und die Vertreter der Justizbehörden?», warf der Journalist ein.

«Ich hatte bereits mehrere Treffen mit Vertretern der Justizbehörden, aber vorläufig bewegt sich noch gar nichts.» Und Pjotr Borissowitsch lächelte unangenehm. Ein Untertitel wurde eingeblendet, aus dem hervorging, dass Pjotr Borissowitsch Pawel Bely hieß und Inhaber der Werbeagentur «Weißer Globus» war.

«Und Sie selbst? Haben Sie sich schon eine Meinung dazu gebildet, wer hinter dieser ... Angelegenheit stecken könnte?»

«Spielen Sie auf irgendwelche Machenschaften der Konkurrenz an?» Wieder lächelte Pawel Bely. Sein Lächeln sah nun ausgesprochen gruselig aus. «Nein, ich weiß nicht, wer

dahinterstecken könnte. Es ist allzu irreal. Außerdem habe ich nicht vor, den Behörden ins Handwerk zu pfuschen und ihre Arbeit zu tun.»

Der Korrespondent wandte sich von dem unfreundlichen Chef der Werbeagentur «Weißer Globus» ab, nuschelte seinen Namen ins Mikrofon – «Alexej Kanawin exklusiv für ...», und das Fernsehstudio tauchte auf, wo hinter einem Tisch ein intellektuell aussehender junger Mann mit Brille thronte – der Moderator.

«So sehen also die Probleme aus, mit denen sich unsere russischen Geschäftsleute herumschlagen müssen», bilanzierte er. «Sollte das Geld nicht gefunden werden, so wird dieser Fall wohl dereinst zu den sogenannten Jahrhundertverbrechen gerechnet werden, wie sie die Kriminalschriftsteller seit den Zeiten Agatha Christies so sehr lieben.»

Musik ertönte, Zifferblätter und Kreise drehten sich, die Sendung ging zügig weiter und überließ Pawel Bely seinem Schicksal. Oder Pjotr Borissowitsch Ligo?

Nachdenklich stellte Warwara den Fernseher leiser.

Pjotr Borissowitsch Ligo war gestorben, das hatte sie mit eigenen Augen gesehen.

Pjotr Borissowitsch Ligo lebte, das hatte sie auch mit eigenen Augen gesehen.

Das hieß, entweder war das nicht Pjotr Borissowitsch gewesen oder er war nicht gestorben.

Die berühmten Detektive in der Literatur unterschieden sich alle voneinander – die einen spielten Geige, die anderen züchteten Blumen, wieder andere häkelten Schals für ihre Neffen oder schmierten sich Pomade in den Schnurrbart –, aber in einem Punkt waren sie alle der gleichen Ansicht.

Man musste der Reihe nach alle Möglichkeiten ausschließen, und die, die zum Schluss übrigblieb, wie unwahr-

scheinlich auch immer sie scheinen mochte, war des Rätsels Lösung.

Zuallererst musste Warwara feststellen – lebte Ligo noch oder war er tot, war er es selbst oder war er es nicht.

Sie ging zum Fenster und schob den Vorhang zurück. Dann hob sie den Kopf und schaute hinauf. Der Fenstergriff war hoch oben, leicht kam man an ihn nicht heran.

SICH FÜR EINE WEILE von der Arbeit loszueisen stellte sich als gar nicht so einfach heraus. Warwara hatte geglaubt, der Chef würde sie augenblicklich ziehen lassen und froh sein, wenn sie ihm eine Weile nicht unter die Augen kam.

Aber dem war gar nicht so.

«Und was soll ich ohne Sekretärin machen?», fragte er säuerlich. In den Händen drehte er eine Nippsache von Tiffany, die unerträglich funkelte, obwohl es draußen grau und trübe war und Bindfäden regnete. «Selbst ans Telefon gehen?»

«Albert Anatoljewitsch, ich bin höchstens eine Stunde weg.» Sie legte bittend die Hände zusammen, genau wie Madame Monroe, als sie sie anflehte, nie wieder lange Haare zu tragen.

«Jetzt ist doch noch Mittagspause. Es ist wirklich sehr wichtig für mich!»

«Für Sie ist es wichtig!», schnaubte der Chef. «Und für mich ist es wichtig, dass meine Angestellten zur Arbeit erscheinen! Was ist das für eine Mode, am helllichten Tag herumzubummeln!»

Du Blödmann, empörte sich die sonst eher zurückhaltende Warwara innerlich. Hast du noch nie was von Arbeitsrecht gehört? Da steht alles schwarz auf weiß, Arbeitszeiten,

Pausenzeiten, alles. Du gehst doch auch gleich in deine Privatküche, stopfst dir das Mittagessen rein, das Wladislawa für dich zubereitet hat, aber wenn ich ein einziges Mal im Jahr eine Stunde frei haben möchte, faselst du mir was von Herumbummeln vor!

«Lara ist ja noch hier», sagte Warwara hörbar missgelaunt. «Sie kann doch die Anrufe beantworten.»

«Lara ist Büroleiterin!», schrie der Chef im Falsett. «Wieso muss sie Anrufe beantworten?! Wieso muss sie überhaupt die ganze Zeit Ihre Arbeit erledigen?!»

Die ganze Zeit! Das war ja wohl eine gewaltige Übertreibung.

Die Nippsache von Tiffany funkelte drohend auf.

«Gehen Sie!» Der Chef wedelte mit der Hand. «Gehen Sie schon, ich werde darüber nachdenken, was ich mit Ihnen ...»

Er wird mir kündigen, dachte Warwara. Länger kann er mich nicht ertragen.

Ilaria rannte an Warwara vorbei ins Büro des Chefs und warf nicht einmal einen Blick in ihre Richtung – vermutlich würde sie jetzt mit dem Chef erörtern, wann Warwara entlassen werden sollte. Gleich nach ihr kam die Gromowa mit einem Brief vom Präsidenten.

«Hallo», sagte sie mit sorgenvoller Miene zu Warwara. «Ich hätte dich fast nicht wiedererkannt mit deiner neuen Frisur! Sie steht dir richtig gut, du siehst ganz verändert und sehr hübsch aus! Ist er im Büro?»

«Mit Ilaria.»

«Warjenka, richte ihm doch bitte aus, ich sei da gewesen. Ich habe dringende Post. Heute Abend gehe ich zum Präsidenten, und dein Chef soll sich vorher diesen Brief ansehen, in meiner Gegenwart. Sagst du ihm das?»

«Natürlich!»

Die Jacke zog sie nicht extra wieder aus. Sie öffnete die schwere erste Tür und stand im Windfang. Die zweite Tür zum Büro war nur angelehnt.

«... wenn du nicht weißt, was sie gesehen hat!», sagte Ilaria laut. «Alik, Liebling, so geht es nicht! Stell dir vor, du entlässt sie jetzt, und plötzlich kommt sie auf die Idee und ... steckt es irgendwem. Was sollst du dann tun?»

Warwara blieb wie angewurzelt im Windfang stehen. In der Jacke war ihr sehr warm, aber jetzt spürte sie plötzlich ein Frösteln.

«Nein», sagte langgezogen und nachdenklich ihr unsichtbarer Chef. «Sie würde wohl kaum ... Eine solche Idiotin habe ich wirklich noch nie erlebt ... Nein, die dürfte wohl kaum ...»

«Trotzdem, trotzdem!», rief Ilaria lebhaft. «Besser, wir haben sie unter Kontrolle. Vorläufig. Halt durch, Schnucki. Wenigstens noch ein kleines Weilchen!»

«Aber ich kann sie nicht ertragen!», brauste der Chef auf. «Lässt sich auf eine Dienstreise schicken, um einen Brief abzugeben! Wie kann man so bescheuert sein, das alles zu schlucken und nicht daran zu ersticken!»

«Trotzdem, Alik.» Ilaria senkte die Stimme, und Warwara hielt ihr vor Hitze oder vielleicht auch vor Kälte brennendes Ohr dichter an den Türspalt. «Wir müssen sowieso etwas unternehmen, aber denk erst nach ...»

«Die ist gerade zum Chef reingegangen», sagte die Gromowa im Vorzimmer laut zu irgendwem. «Sie hatte schon ihre Jacke an und wollte vermutlich gleich weg, also ist es, denke ich, jetzt schon zu spät.»

Warwara wich von der Tür zurück, wischte sich die feuchte Stirn ab, holte Luft und klopfte entschlossen an. Ihr war schwarz vor den Augen.

«Albert Anatoljewitsch», sagte sie und blieb auf der Türschwelle stehen, «die Gromowa aus der Verwaltung ist hier. Sie hat einen dringenden Brief vom Präsidenten und bittet darum, sie jetzt gleich zu empfangen.»

Während sie sprach, hob der Chef die Brauen, zog sie höher und höher, bis sie so hoch oben saßen, dass nicht viel gefehlt hätte, und sie wären ihm auf den Hinterkopf gerutscht.

«Was soll das heißen? Sie können doch nicht einfach eintreten, wenn ich mit meiner Mitarbeiterin spreche!», legte er los. «Seit wann arbeiten Sie hier? Warum rufen Sie nicht vorher an, statt hier einfach einzudringen?!»

«Weil die Gromowa mich darum gebeten hat», erklärte Warwara und kontrollierte genau jedes ihrer Worte.

Keine Angst. Das ging schon in Ordnung. Die Gromowa würde er nicht draußen stehenlassen, den Mumm hatte er nicht. Und Warwara hatte sie anmelden müssen, das war jedem klar, auch ihm. Also war alles okay. Halt durch. Halt noch einen Augenblick durch. Gleich kannst du nach draußen an die frische Luft. Frische Märzluft im Überfluss und Märzhimmel und ausgelassene Märzspatzen.

Schließlich winkte der Chef kurz mit seiner blassen, aristokratischen Hand – sollte sie reinkommen, die Gromowa. Und wechselte dabei einen bedeutungsvollen Blick mit Ilaria.

«Geh rein, Olga», sagte Warwara. «Er hat's erlaubt.»

«Da war gerade so ein Knabe», sagte die Gromowa schon im Gehen. «Aus der Computerabteilung, glaube ich. Er hat nach dir gefragt. Ich habe ihm gesagt, er soll später wiederkommen. Geht das in Ordnung?»

«Ja.»

«Du bist doch nicht krank?», fragte die fürsorgliche Ol-

ga Gromowa, als sie schon fast im Zimmer des Chefs stand. «Deine Wangen brennen ja wie im Fieber!»

«Ich gehe gleich raus an die frische Luft», antwortete Warwara und lächelte. «Dann wird alles wieder gut.»

«Aber dehnen Sie Ihren Spaziergang nicht allzu lange aus», bemerkte Ilaria spitz, während sie Olga ins Büro ließ und mit ihrem bezauberndsten Silberlächeln anstrahlte. «Ich habe sehr viel Arbeit, Warwarotschka.»

Endlich trat Warwara nach draußen auf die Straße und schritt durch den tauenden Schnee über den Asphalt.

Natürlich hatten die beiden von ihr gesprochen. Sie zwang sich, die feige Stimme zum Schweigen zu bringen, die ihr zuflüsterte, dass sie vielleicht etwas nicht richtig verstanden hätte, dass es vielleicht doch nicht um sie gegangen sei.

Es stimmte also. Sie hielten sie für ein dummes Schaf, wussten aber nicht, was genau sie gesehen hatte. Was konnte sie denn gesehen haben, das den beiden einen solchen Schrecken einjagte?

Sie hatte damals als Erste das Büro betreten, als dort etwas krachte und sie geglaubt hatte, der Besucher sei vom Stuhl gefallen. Ljudka hatte gesagt, wir müssen nachsehen, und Warwara war hineingegangen.

Pjotr Borissowitsch Ligo hatte auf dem Boden gelegen, mit dem Gesicht auf dem Teppich, tot. Neben ihm der Monitor und die Tastatur.

Warwara schaute sich um und ließ sich vorsichtig auf der erstbesten feuchten Bank nieder. Die Handtasche hielt sie fest an sich gedrückt.

Danach hatte sie festgestellt, dass der Computer nicht ans Stromnetz angeschlossen war. Das Fenster hatte offen gestanden. Übrigens wusste sie bis jetzt nicht, wer es wie-

der zugemacht hatte, und auch nicht, ob das wichtig war. Außer mit Tanja hatte sie mit niemandem über ihre Beobachtungen gesprochen. Was also hatten die beiden gemeint, der Chef und Ilaria? Was konnte sie gesehen haben?

Warwara schloss die Augen und versuchte, sich zu erinnern – an jede Bewegung, jeden Laut. Es gab gar nicht besonders viel, woran sie sich hätte erinnern können, aber sie strengte sich trotzdem an.

Nein. Nichts.

Und Karlsbad?

Er hatte gesagt: Lässt sich auf eine Dienstreise schicken, um einen Brief abzugeben! Wie kann man so bescheuert sein, das alles zu schlucken und nicht daran zu ersticken!

Das hieß, sie hatte irgendeinen Köder geschluckt, obwohl sie offenbar nicht allzu sicher gewesen waren, dass sie das tun würde.

Warwara öffnete die Augen.

Es blieb ihr nur noch wenig Zeit. Das Büro der Firma «Electronics Plus» befand sich nicht weit entfernt in Sokol, aber sie durfte ja nicht länger als eine Stunde wegbleiben. Vierzig Minuten hatte sie jetzt noch zur Verfügung. Warwara erhob sich schwer von der Bank. Zumindest wollte sie noch herausfinden, ob Pjotr Borissowitsch Ligo in dieser Firma gearbeitet hatte oder ob auch das eine Lüge war.

In einem alten Gebäude mit vielen verschiedenen Eingängen waren in einem Seitenflügel lauter Geschäftsbüros untergebracht. Warwara stieg nach oben in den zweiten Stock. Auf jeder Etage erkundigte sie sich, ob sich hier die Firma «Electronics Plus» befinde, und man schickte sie immer weiter nach oben. Die Treppe war recht sauber, und auf den Absätzen zwischen den Etagen standen schäbige Stühle, aus deren Polstern der Schaumstoff quoll, daneben Konserven-

dosen, die als Aschenbecher dienten. Neben einer solchen Dose hatten sich magere junge Leute in langen Jacken und überweiten Hosen versammelt, die ihnen, wie es jetzt Mode war, schlotterig von den blassen Hinterteilen herabhingen. Sie rauchten und redeten unverständliches Zeug. Sie konnten nichts anderes sein als Computergenies, und Warwara lobte sich für ihren Scharfblick, als sie an der dunklen Tür ein Messingschild entdeckte: «Electronics Plus».

Die Show kann beginnen, sagte sie zu sich selbst und drückte entschlossen auf den Klingelknopf.

Auf das Klingeln, das man hinter der Tür deutlich hören konnte, reagierte niemand. Warwara wartete eine Weile und klingelte noch einmal.

«Einfach drücken», rief ihr eins der Genies vom Treppenabsatz zu. «Ist alles offen!»

Warwara drückte.

Der Korridor war lang und schmal, ein umgebauter Wohnungsflur. Keine Palmen, keine Läufer, keine sanfte, indirekte Wandbeleuchtung. Stattdessen viele weit geöffnete Türen, aus denen laute Gespräche drangen. Musik lief, und aus dem Treppenhaus zog der Zigarettenqualm herüber.

«Zu wem wollen Sie?», fragte ein Mädchen, das mit einem Kaffeefilter in der Hand in den Korridor schaute. «Wenn Sie zur Rechtsberatung wollen, die sitzen eine Etage höher, im dritten Stock!»

Und weg war sie. Warwara kam nicht einmal mehr dazu, den Mund zu öffnen, um zu sagen, dass sie keine Rechtsberatung brauchte.

Aus dem Treppenhaus strömten die jungen Genies herein, drängten sich, laut trampelnd und lachend, an Warwara vorbei und verschwanden um die Ecke. Warwara stand noch an immer an derselben Stelle.

«Zu wem wollen Sie?» Ein kahlköpfiger Jüngling mit Brille tauchte plötzlich vor ihr auf. «Die Juristen sind im dritten Stock!»

«Nein, ich ...», begann sie, aber der junge Mann warf ihr nur einen wilden Blick zu, als sei er ganz entsetzt, dass sie sprechen konnte, und war ebenso schnell verschwunden, wie er aufgetaucht war.

Zum Teufel. So konnte sie ja bis heute Abend hier herumstehen!

«Zu wem wollen Sie?»

Fast hätte Warwara gelacht. Sie drehte sich um. Vor sich erblickte sie direkt auf Augenhöhe einen üppigen Busen, eingezwängt in ein grobmaschiges Fischernetz. Unter dem Netz guckte naiv ein weißer Büstenhalter hervor. Warwara legte den Kopf in den Nacken und schaute nach oben. Dort erblickte sie eine umwerfende Schönheit mit knallroter Brille.

Warwara war einen Meter fünfundsiebzig groß. Die Schönheit überragte sie um zwei Köpfe.

«Guten Tag», schnatterte Warwara hastig drauflos. «Ich will nicht zur Rechtsberatung und muss nicht in den dritten Stock! Ich komme wegen der Stelle.»

Die Schönheit stutzte.

«Als Sekretärin», sagte Warwara beruhigend. «Auf Ihrer Internetseite war eine Annonce, dass Sie eine Sekretärin suchen. An wen muss ich mich wenden?»

Die Schönheit überlegte und schob hoch oben in ihrer schwindelnden Höhe die blauschwarzen Haare hinters Ohr. Warwara tat von der unbequemen Haltung der Hals weh.

«Wahrscheinlich an Arseni», meinte die Schöne schließlich. «Kommen Sie, ich bringe Sie hin.»

Vorbei an unzähligen Türen, hinter denen Dutzende von Computern flackerten und summten, vorbei an einer schmalen schwarzen Treppe und einem halb geöffneten Kabuff, in dem sich verschämt ein altersschwaches Toilettenbecken verbarg, vorbei an den Aufschriften «Vorsicht, Lebensgefahr» und «Nach dem Verlassen der Rolltreppe geradeaus gehen», vorbei an einer Ecke, in der die Genies von vorhin immer noch herumgackerten, gelangten sie in ein halbdunkles quadratisches Zimmer, aus dem zwei Türen führten – eine nach links und eine nach rechts.

«Hier ist jemand für Arseni», verkündete das Mädchen, obwohl das Zimmer leer war. «Wegen einer Stelle. Fedka, war das deine Idee, dass Arseni eine Sekretärin braucht?»

Aus der linken Tür hörte man jemanden schnaufen und rufen: «Na und?!»

«Schon gut», antwortete das Mädchen.

Dann beugte sie sich etwas zu Warwara hinunter und sagte mit einer bis zum Kontraalt gesenkten Stimme: «Beachten Sie sie nicht weiter. Nicht dass sie direkt verrückt wären, aber ganz bei Trost sind sie auch nicht.»

«Wer?», fragte Warwara erschrocken.

Das Mädchen winkte mit der Hand irgendwo in Richtung Timbuktu.

«Arseni und Fedka. Unser Direktor und sein Stellvertreter. Sie wollten doch zu Arseni?»

Warwara war sich gar nicht mehr sicher, ob sie zu Arseni wollte.

«Gehen Sie zu ihm, gehen Sie nur», ermunterte das Mädchen sie und schritt, die knochigen Hüften schwenkend, hinaus. An der Tür blieb sie auf einmal stehen, als sei ihr noch etwas eingefallen.

«Wenn Sie möchten, koche ich Ihnen einen Kaffee», bot

sie an und schien über ihren Vorschlag selbst erstaunt zu sein. «Tee kann ich auch machen.»

«Lieber Tee», stotterte Warwara.

«Komm zu mir, süße Glafira», hörte man es ganz in der Nähe singen. «Wenn es dunkelt, komm zu mir. Bring mir mit ein Stückchen Käse, das verzehr ich dann mit dir!»

Danach wurde wieder alles still. Das Mädchen war verschwunden, als wäre es nie da gewesen.

Warwara stand allein in dem halbdunklen Zimmer. Eine freie Sitzgelegenheit gab es nirgends, auf allen Stühlen stapelten und türmten sich gewaltige Mengen von Papier.

«Na?!», schrie plötzlich wieder jemand hinter der linken Tür. «Na?! Ist doch super!»

Warwara zuckte heftig zusammen. Die Stille, die folgte, kam ihr sehr abrupt vor. Sie hatte eine Fortsetzung erwartet. Aber es gab keine Fortsetzung.

Warwara stand noch eine Weile unsicher herum, schaute auf ihre Uhr und ging dann entschlossen auf die linke Tür zu, hinter der der lärmende Geist hauste. Doch statt eines Geistes kam ein riesenhaftes Wesen aus der Tür gesprungen, das aussah wie eine Kreuzung zwischen einem Gorilla und einem Braunbären.

«Hu!», schrie Warwara auf.

Die Kreuzung zwischen Gorilla und Braunbär hätte sie fast umgerannt.

«Ah!», schrie der Halbgorilla mit munterer menschlicher Stimme. «Sie sind noch hier! Gut! Arseni, Besuch für dich!»

Er packte Warwara am Arm und zog sie hinter sich her – vermutlich in seine Höhle, als Nahrung für seine Jungen.

«Nein, sehen Sie doch nur», rief er aus und puffte Warwara dabei wiederholt so heftig in die Seite, dass sie fast das Gleichgewicht verlor. «Sehen Sie doch nur, wie toll sie das

hingekriegt haben, diese Halunken! Ja, so muss es sein! Sonst schreien sie nur immer – Modul, Modul! Aber was heißt hier Modul, wenn es kein Modul ist, sondern Scheiße!»

Und der Halbgorilla spuckte energisch auf den Boden. Dann schaute er Warwara erwartungsvoll an, offenbar hoffte er, sie würde ebenfalls ausspucken.

«Ich komme wegen der Stellenanzeige», sagte sie stattdessen schüchtern. «Ich bin Sekretärin.»

«Hab ich verstanden, verstanden!», trötete der Halbgorilla freudig und sprang mit den Armen fuchtelnd durchs Zimmer. «Nein, sagen Sie, ist das nicht gekonnt?! Na? Da muss man doch sofort eine rauchen gehen!! Auf der Stelle! Ich habe nicht mehr geraucht seit …» Hier blickte er auf die Uhr an seinem behaarten Handgelenk. Schüttelte den Arm und schaute noch einmal. «Stehen geblieben. Ach, hol sie der Teufel! Haben Sie Zigaretten?»

«Nein», antwortete Warwara. «Ich rauche nicht.»

«Recht so!», billigte der Halbgorilla dröhnend. «Ich rauche auch fast gar nicht! Nur mal hin und wieder eine! Arseni!!! Besuch für dich!»

«Wer?», schrie jemand aus der Ferne.

«Wer sind Sie?», fragte der Halbgorilla Warwara vertraulich und beugte sich fürsorglich zu ihr hinunter.

Warwara blinzelte, als sie in seine hervorquellenden Augen blickte.

«Ich bin Sekretärin», wiederholte sie. Ob es vielleicht etwas nützte, wenn sie behauptete, eine berühmte Schlagersängerin zu sein? «Ich komme auf die Anzeige hin.»

«Aber natürlich!», besann sich der Gorilla und brüllte wieder: «Arseni!!!»

«Was ist denn?», fragte diesmal jemand ganz in der Nähe. «Was wollt ihr bloß immer alle von mir?»

Und schon kam mit dem Kopf voran ein junger Mann ins Zimmer gestolpert, rund zehn Jahre jünger als Warwara und mindestens zwanzig Jahre jünger als der überschäumende Halbgorilla. Er hatte saubere, halblange Haare, die hinter die Ohren gestrichen waren, eine teure Brille, ähnlich der, die Dimka trug, einen grauen Pullover mit aufgekrempelten Ärmeln und Schuhe mit dicken Sohlen.

Und wo stand seine Harley-Davidson? Unterm Fenster?

«Guten Tag», sagte der junge Mann und schüttelte Warwara die Hand. Seine Finger waren trocken und kräftig, am schmalen Handgelenk trug er eine flache silberne Uhr. «Arseni Trojepolski. Entschuldigen Sie, dass ich Sie habe warten lassen. Sie sind Sekretärin?»

«Ja», nickte Warwara.

«Ich brauche fluent English und Computerkenntnisse auf dem Niveau eines durchschnittlichen Nutzers. Es darf auch ein eher beschränkter Nutzer sein. Haben Sie das?»

«Was?», fragte Warwara. Der Knabe gefiel ihr irgendwie.

«Englisch und Computer.»

«Wo? Zu Hause?»

«Was?», fragte er zurück und zog kaum merklich die dunklen Brauen zusammen.

«Ich habe zu Hause einen Computer», informierte ihn Warwara.

Er lachte, und der Gorilla fiel röhrend ein.

«Nein, wir haben genug eigene. Können Sie damit umgehen?»

«Ja.» Es sah ganz so aus, als wolle er sie tatsächlich einstellen. So was Verrücktes.

«Sehr geehrter Herr Schulz, bitte schicken Sie uns wie vereinbart die Bestätigung Ihres Auftrags. Übersetzen Sie.»

Warwara übersetzte.

«Die Situation auf dem Markt verändert sich in Abhängigkeit von den Ölpreisen. Übersetzen Sie.»

Wieder übersetzte Warwara und schaute dabei unverwandt in das frische und sehr junge Gesicht.

«Super», sagte ihr neuer Arbeitgeber konzentriert. «Ein Schreibtisch kommt in das Zimmer da drüben.» Er deutete mit dem Finger auf die Wand. «Drei Telefonanschlüsse. Ich stell dir den allerbesten Computer rein. Verträge, Bestellungen, den ganzen Papierkram – das machst du. Wir sagen doch ‹du› zueinander, ja? Der Buchhalter ist ein Externer, aber ganz vernünftig. Wir zahlen Steuern, schließlich wollen wir keinen Ärger mit dem Finanzamt. Hier weiß sowieso keiner, wie man erfolgreich Steuern hinterzieht. Am Montag wird der ganze Müll hier weggeräumt, darum brauchst du dich nicht zu kümmern. Den Schreibtisch kaufst du selbst, such dir einen aus, der dir gefällt, nur keinen allzu teuren. Im Sommer wird bei uns renoviert, dann werden wir sowieso alles ändern, in so einer Absteige können wir nicht länger hausen, das verscheucht uns ja die Kunden.»

Seine langen Finger strichen mit einer bezaubernden und sehr männlichen Bewegung eine dichte Haarsträhne hinters Ohr. Warwara seufzte leise auf.

«Fedka, sag bitte Polina, diese Leute … die die Fenster putzen … sollen kommen. Man muss sich ja fürchten, die Vorhänge aufzuziehen. Dieser Flügel hat lange leer gestanden», erklärte er an Warwara gewandt. «Wir sind erst vor kurzem eingezogen, als die Aufträge immer mehr wurden. Jetzt sieht es hier natürlich nicht so toll aus, aber nach der Renovierung wird es besser sein. Ja, das Gehalt! Die ersten drei Monate fünfhundert, dann siebenhundert.»

«Was … fünfhundert?» Warwara begriff nicht.

«Dollar», sagte Arseni. «Oder was hast du gedacht? Yen?

Urlaub bekommst du im Sommer, wenn sowieso renoviert wird. Anfangen kannst du am Montag, vorher hat es keinen Sinn, du kannst ja nirgends sitzen.»

«Vielleicht kann ich … noch darüber nachdenken?», fragte Warwara schuldbewusst.

«Von mir aus», sagte Arseni großzügig. «Wo arbeitest du jetzt?»

«In der Holding ‹Moskauer Zeit›.»

«Kenne ich», sagte der Knabe rasch. «Bei denen sieht alles natürlich ein bisschen vornehmer aus als bei uns. Aber wir sind immerhin auch schon sechs Jahre im Geschäft. Ich habe angefangen, als ich zwanzig war.»

Also doch nicht zehn Jahre jünger. Nur vier, dachte Warwara schnell. Er sieht nur so jung aus, weil er auf sein Äußeres achtet.

«Also drum, falls du Angst hast, dass es uns morgen schon nicht mehr gibt – keine Sorge. Überleg aber nicht zu lange, du gefällst mir.»

«Du mir auch», antwortete Warwara leise.

Lieber Himmel, war es möglich, dass sie einen netten Chef bekam? Ohne hysterisches Händezittern und rote Flecken im Gesicht, ohne Falsettgeschrei und widerwärtiges Schnaufen, ohne Wladislawa mit ihren Hühnerbrüstchen, ohne ständiges Geseufze über Warwaras Dämlichkeit, ohne Diskussionen über ihre Fehler und Versäumnisse – ohne all das?!

«Entschuldige», sagte Arseni und schaute sich nach seiner Tür um. «Ich habe jetzt gerade ziemlich viel um die Ohren. Denk nicht zu lange nach, ja? Hier ist meine Visitenkarte. Wenn ich nicht hier bin, erreichst du mich übers Handy. Ruf an, okay? Fedka, komm rüber zu mir. Ach ja, wie heißt du?»

«Warwara Laptewa.»

«Bis dann, Warwara.»

«Bis dann.»

Sie schaute den beiden nach – Tarzan und Cheetah.

Wieso hatte sie versprochen anzurufen? Sie hatte sich doch gar keine neue Arbeit suchen wollen!

«Habt ihr schon alles besprochen?», fragte eine Stimme von oben, und Warwara stieß wieder mit der Nase an den Fischernetzbusen. «Ich bringe den Tee.»

«Kann ich ihn vielleicht trotzdem noch trinken?», fragte Warwara kläglich. Sie hatte eigentlich gar keine Zeit mehr, sie sah die Minuten wie Wassertropfen fallen – immer schneller. Aber sie konnte doch nicht gehen, ohne irgendetwas herausgefunden zu haben!

Aus dem Zimmer, in das Tarzan-Arseni seinen Cheetah-Fedka geschleppt hatte, ertönte plötzlich lautes Geschnatter, dessen Tempo sich rasch steigerte, wie ein Schwungrad, das sich immer schneller dreht: «... hundertmal habe ich dir gesagt, das ist nicht deine Aufgabe, Feda! Wir haben hier dreiundzwanzig Angestellte! Dreiundzwanzig! Und du beschäftigst dich drei Tage lang mit irgend so einem Modul!»

«Aber wie schön es geworden ist! Umm-mz!» Warwara hatte den Eindruck, dass Feda das Modul küsste. «Wer sonst macht dir so was, na? Wirklich, guck doch nur, ist es nicht toll!!»

«Hör gar nicht hin», sagte das Mädchen in Richtung Tür. «Die kabbeln sich ständig. Fjodor ist der kreative Kopf, Arseni der große Manager. Na, und da gibt er ihm natürlich manchmal Zunder.»

Warwara stellte sich augenblicklich vor, wie Arseni Fedja Zunder gab.

«Gehen wir besser zu mir. Hier kann man wirklich nicht in Ruhe Tee trinken!» Und das Mädchen schaute sich im Raum um, als wundere es sich, wie es an einen so ungemütlichen Ort geraten konnte. «Arseni will alles hier verschönern, damit es so aussieht wie in den großen Firmen. Aber uns gefällt es auch so, ohne Schönheit. Bei zu viel Schönheit kommen bloß alle möglichen Deppen angekrochen.»

«Natürlich!», sagte der plötzlich aus seinem Büro aufgetauchte Arseni laut. Warwara fuhr zusammen und schaute sich um. Mit dem Kinn den Deckel aufhaltend, stopfte Arseni Papiere in eine gewaltige Aktentasche. Eine glänzende schwarze Strähne rutschte hinter seinem Ohr hervor und hing an seiner Wange herunter. «Ihr seid wie die Schaben, im dicksten Dreck geht es euch am besten.»

Er lächelte Warwara flüchtig zu, und sie wurde rot wie ein Schulmädchen.

Wie peinlich.

«Polina, wie sieht es mit ‹Europa› aus? Laut Vertrag sind die Termine ...»

«Weiß ich längst», unterbrach das Mädchen ihn respektlos. «Ich hab schon fast alles neu gemacht. Komm mal vorbei und guck's dir an. Das ist eine Website, eine wahre Augenweide!»

«Der eine nennt sein Modul eine Augenweide und du deine Website! Mir reicht's, ich bin weg. Sag den Jungs, in einer Stunde bin ich zurück und puste allen die Gehirngänge durch. Tschüs!»

«Tschüs», antworteten Warwara und Polina disharmonisch. Der Chef zog eine Jacke an, ergriff seine Aktentasche, fischte einen Schlüsselbund aus der Jacke, betrachtete ihn, steckte ihn wieder zurück und zog einen anderen her-

aus. Der gefiel ihm augenscheinlich besser, weil er, gewissermaßen abschließend, Warwara anlächelte und dann entschwand.

Solche Chefs gibt es nicht, dachte Warwara. Es gibt sie einfach nicht. Das ist ein Irrtum der Natur.

«Besteht die Firma wirklich schon sechs Jahre?», fragte sie plötzlich das Mädchen.

«Ja doch», erwiderte es etwas erstaunt und schob mit dem Hinterteil die Tür zum Korridor auf, die Arseni eben zugeschlagen hatte. «Er war der jüngste Webdesigner von Moskau. Damals hatte noch niemand von so einem Beruf auch nur gehört. Grinja Sisow war auch dabei, die drei haben in der Garage zusammen angefangen – Fedja, Grinja und Arseni. Aber jetzt ... jetzt ist es eine normale Firma.» Und ihr Busen wogte, als täte es ihr leid, dass Arseni, Fedja und Grinja nicht Konkurs gegangen waren, sondern im Gegenteil eine normale Firma gegründet hatten.

In ihrem Zimmer war es hell und sauber. Viele Computer, drei riesige Monitore und ein kleinerer, ein Bücherregal voller Lexika und Handbücher, eine kränkliche Topfblume, zwei unterschiedliche Stühle und ein Sessel.

«Du kannst dich gern in den Sessel setzen», bot die Gastgeberin großzügig an. «Er ist bequem. Ich habe extra einen ausgesucht, in dem man lange sitzen kann.»

Warwara dankte und setzte sich auf einen Stuhl. Das Mädchen klappte auf die Hälfte zusammen und machte es sich im Sessel gemütlich. Die rote Brille befand sich nun auf der Höhe von Warwaras Nase.

«Also, fang ruhig bei uns an», sagte das Mädchen und nahm einen Schluck Tee. «Die Jungs sind ganz in Ordnung, auch wenn sie alle ’ne Meise haben. Bezahlen tun sie anständig. Was sie versprechen, zahlen sie auch. Das war eine gu-

te Idee von Fedka, eine Tippse zu suchen. Eine Sekretärin, meine ich», korrigierte sich das Mädchen.

Warwara lächelte.

«Und wie viele Leute arbeiten hier insgesamt?»

«Hast du doch gehört. Dreiundzwanzig.»

«Wechseln sie häufig?»

«Unterschiedlich. Eigentlich nicht so oft. Nur wenn wirklich mal ein kompletter Esel dabei ist, wird er gefeuert, oder er kündigt selbst. Wir sind ja alle recht klug», erklärte sie ganz ernsthaft, «mit uns hat man's nicht leicht. Wir sind klug, fleißig, machen Karriere, und zum Däumchendrehen haben wir keine Zeit. Wer hierherkommt und nur seine Zeit absitzt, den entlässt Trojepolski binnen einer Woche. Er hat eine feine Nase für so was.»

«Hör mal», sagte Warwara, während sie fast körperlich fühlte, wie die Zeit verrann, «kannst du dich vielleicht an einen gewissen Pjotr Ligo erinnern, der für euch gearbeitet hat?»

«Ja, ich erinnere mich», sagte das Mädchen gleichmütig. «Aber der ist tot. Hast du ihn gekannt?»

«Wir haben im selben Haus gewohnt», log Warwara rasch. «Was … hat er denn hier gemacht?»

«Er war ein Schaumschläger», erklärte das Mädchen. «Willst du noch Tee, dann mache ich uns frischen?»

«Warum ein Schaumschläger?»

«Darum.» Sie zuckte die Schultern. «Weil er nichts konnte. Polina, sagt er zu mir, ich muss eine Datenbank knacken. Hilf mir, Polina, sagt er. Und ich sage ihm – wenn das so ist, dann tu es gefälligst selbst. In solchen Dingen muss sich jeder selbst helfen. Hinterher ist es doch so: Ich knacke die Datenbank, und Trojepolski schmeißt mich raus! Ich will aber nicht, dass Trojepolski mich rausschmeißt! Trojepolski

schickt mich in die Schweiz, zur ‹Inform-2002›! Wieso soll ich da für irgendwen irgendwas knacken und weiß noch nicht mal, was?»

«Was für eine Datenbank?», fragte Warwara ohne besonderes Interesse.

«Ach, was weiß ich!» Polina winkte ab. «Ich kenn mich damit nicht aus. Er war überhaupt ziemlich unangenehm. Ein Schaumschläger, ich sag's ja! ‹Sie haben einen sehr schönen Busen, Polina› – so was sagt er mir! Reicht mir gerade bis zur Taille und redet von meinem Busen! Na, nun ist er ja tot.»

«Ich weiß», sagte Warwara. Wer wusste das wohl besser als sie! «Und es ist nicht bekannt, woran er gestorben ist?»

«Doch, doch, das ist bekannt. An irgendwas Langweiligem. Herzinfarkt oder so was Ähnliches …»

Als langweilig konnte sie den Tod von Pjotr Borissowitsch Ligo beim besten Willen nicht bezeichnen.

«Er war ein einfacher Programmierer?»

«Wieso?» Die rote Brille funkelte spöttisch auf. «Hat er etwa behauptet, er sei der Chef? Er war ein ganz durchschnittlicher kleiner Angestellter, und wenn man durchschnittlicher als durchschnittlich sein kann, dann war er es!»

«Hat er … lange bei euch gearbeitet?»

«Weiß der Teufel. Bin ich die Personalabteilung? So zirka drei Monate werden es gewesen sein. Warum willst du das alles wissen? Wart ihr beide etwa mehr als nur gute Nachbarn?»

«Nein, nein, da war nichts», sagte Warwara entsetzt. «Es interessiert mich nur einfach.»

«Komm lieber zu uns arbeiten», lud das Mädchen sie ein. «Aber verknall dich nicht in Arseni. In ihn verknallen sich alle. Nach einer Weile geht es vorüber, aber nicht sofort und nicht bei allen.»

«Und bei dir?», erkundigte sich Warwara neugierig. Ein interessantes Gespräch war das, wenn man bedachte, dass sie sich erst wenige Minuten kannten.

«Längst passé», erklärte das Mädchen, und Warwara glaubte ihr nicht.

«Danke», sagte Warwara.

Es tat ihr leid, dass sie gehen musste, und sie fürchtete sich davor, zu Ilaria und ihrem Chef zurückzukehren, noch dazu mit einer solchen Verspätung!

Also war Pjotr Borissowitsch Ligo nur ein Angestellter gewesen. Bevor er gestorben war, hatte er noch versucht, irgendeine Datenbank zu knacken, aber allein hatte er es nicht geschafft.

Was konnte Warwaras Chef – ein Aristokrat und Vorgesetzter durch und durch – mit einem Programmierer zu schaffen haben?! Mit einem ganz gewöhnlichen Programmierer, der es nicht einmal schaffte, eine Datenbank zu knacken?!

Nachdenklich blieb sie vor einer Bude stehen und kaufte sich eine dicke Bockwurst in einem runden Brötchen. Sie kam sowieso zu spät. Sie würde auf jeden Fall einen Rüffel bekommen, und die Bockwurst sah so lecker aus. Außerdem schob der Verzehr der Bockwurst den Augenblick der Rückkehr noch etwas hinaus und versöhnte sie gewissermaßen damit.

Das erste Mal war Pjotr Borissowitsch Ligo bei ihr im Vorzimmer am ersten März aufgetaucht, das heißt vor knapp einem Monat. Das hatte Warwara gestern im Terminkalender nachgesehen. Dann war er regelmäßig gekommen und hatte immer ziemlich lange beim Chef gesessen. Dann war er noch einmal gekommen und gestorben.

Sie kaute nachdenklich. Der Mann im Auto beobachtete sie unverwandt.

Er hatte ihr so viel Zielstrebigkeit gar nicht zugetraut – sie hatte die Firma ausfindig gemacht, und noch dazu so schnell! Jetzt musste er rasch und unauffällig alle Spuren seiner Anwesenheit in dieser Firma beseitigen, aber das war leicht. Sie konnte nicht wissen, wen sie dort suchen musste, folglich würde sie ihn nicht finden.

Dieser verdammte Dreckskerl musste Spuren hinterlassen haben, wie hätte sie sonst herausfinden können, wo er gearbeitet hatte? Wo hatte er seine Schleimspur wohl noch gezogen und welche unangenehmen Überraschungen würden ihm beim nächsten Mal drohen?

Dieser blöde Stümper! Was der verbockt hatte, musste er jetzt geradebiegen. Der Teufel hatte ihn geritten, sich mit einem solchen Idioten zusammenzutun.

Er trat aufs Gaspedal und brauste mit einem solchen Schwung durch eine Pfütze, dass er eine alte Frau vollspritzte, die sofort wütend zu krakeelen begann, ihr braunes Mäntelchen schüttelte und ihm drohend hinterhergestikulierte. Er konnte im Rückspiegel sehen, wie sie mit den Armen fuchtelte.

Warwara hatte ihr Brötchen verspeist und stand auf. Jetzt beeilte sie sich, und der Mann im Auto wusste, wohin sie so eilig lief, deshalb war es sinnlos, sie weiter zu beobachten.

Er musste sich schleunigst etwas einfallen lassen.

Bis jetzt hatte er «es» nicht finden können, aber hatte er auch richtig gesucht?!

Er würde das Postfach kontrollieren, und wenn seine Warnung nicht verstanden worden war, würde er sie noch einmal warnen, zum letzten Mal.

Er war kein solches Weichei wie Ligo, er würde nicht tausendmal ein und dasselbe wiederholen.

Warwaras Jacke und ihre neue Frisur tauchten noch ein-

mal kurz in der Menge vor der Metrostation auf und verschwanden wieder, und er wechselte von der rechten auf die mittlere Spur. Es amüsierte ihn, dass sie von nichts wusste und nichts ahnte. Mit Genugtuung dachte er daran, was er alles mit ihr machen könnte, was er wollte und wann er wollte.

Zum Beispiel heute Abend. Oder morgen.

Sollte sie ruhig Detektiv spielen, sollte sie Informationen sammeln und versuchen, mit ihrem Spatzenhirn zu begreifen, was geschehen war. Sie würde ja doch nichts finden. Er hielt sich im Schatten und würde aus dem Schatten nicht hervortreten, obwohl er sich eingestand, dass er nur allzu gern gesehen hätte, wie ihr pausbäckiges Gesicht lang und länger wurde, wenn sie erfuhr, wer er war. Er würde Geduld haben. Das war seine Stärke – geduldig abzuwarten, sich zu verstecken, den Dummy an der Nase herumzuführen. In dieser ersten Partie war sie, Warwara, der Dummy, und die erste war noch nicht beendet.

Wäre dieses Weichei Ligo nicht gewesen, hätte er die erste Partie schon längst abgeschlossen, jetzt aber musste er, statt sich stolz über die gut erledigte Arbeit zu freuen, einer kleinen Sekretärin nachjagen, die unbedingt Detektiv spielen wollte!

Ihn, den anderen, fürchtete er nicht. Der war ja noch eingeschüchterter und verwundbarer als das Weichei. Eingeschüchterte Menschen waren leicht lenkbar, das wusste doch jeder. Er würde noch eine Weile im Hinterhalt sitzen und dann herausspringen und mit allen abrechnen.

Übrigens würde er seine Drohung bald wahr machen. Letztendlich war das der erfreulichste Teil seines Plans, eine nette kleine Zerstreuung, die er sich wirklich gönnen durfte. Als Belohnung.

Je lauter sie um Gnade flehen würde, desto süßer wäre die Belohnung. Er lächelte.

Aber er durfte auch nicht übers Ziel hinausschießen. Sie sollte ja nicht sofort sterben. Zuerst sollte sie zurückgeben, was ihr nicht gehörte.

NATÜRLICH GAB ES JEDE MENGE ÄRGER – giftige Bemerkungen von Ilaria, scheele Blicke von Wladislawa, die sich an diesem Tag in ein schneeweißes Strickkostümchen mit Nerzkragen geworfen hatte. Die Bockwurst mit Brötchen, die sie an der Imbissbude verspeist hatte, rechtfertigte die in sie gesetzten Hoffnungen nicht und verbesserte ihre Stimmung nicht im Geringsten.

Am Abend trottete Warwara völlig vernichtet nach Hause, mit einer zentnerschweren Tasche, in der sich eine Schreibmaschine befand, und mit einer übers Ohr gerutschten Mütze auf dem Kopf.

«Ihnen haben wir es zu verdanken», hatte der Chef geschrien, und sein Gesicht hatte sich dabei mit tuberkulöser Röte bedeckt, «Ihnen haben wir es zu verdanken, dass unsere Filiale jetzt ohne Dokumente dasteht! Wussten Sie etwa nicht, dass diese Formulare noch ausgefüllt werden müssen?!?!»

Kein Mensch begriff den Zweck dieser Formulare, die aus einem unbekannten Grund unbedingt mit der Schreibmaschine ausgefüllt werden mussten und ungefähr einmal im Jahr alle zusammen an die Filialen geschickt wurden. Es war einfach Tradition – an alle Filialen mit der Schreibmaschine ausgefüllte «Formulare» zu schicken. Niemand wartete auf sie, niemand brauchte sie, aber die Tradition wurde gewahrt, und Warwara füllte sie von Zeit zu Zeit aus und

beglückte irgendeine Filiale damit. Ausgerechnet heute hatte sich der Chef an diese Formulare erinnert und verlangt, dass sie sie unverzüglich ausfüllte. Bis zum Abend schaffte sie es nicht, aber trotzdem scheuchte der Chef sie aus dem Büro, weil sie, wie er behauptete, nicht befugt sei, sich in seiner Abwesenheit in der Nähe von Geheimpapieren aufzuhalten.

Und so fuhr sie mit der Schreibmaschine im Gepäck zu Tanja.

An ihre eigene Wohnung dachte sie erst wieder, als sie die Treppe zu ihrer Freundin hinaufstieg – der Lift funktionierte nicht. Sie wäre beinahe in Tränen ausgebrochen.

Mein Gott, ihr armes kleines Zuhause, wo jetzt das Chaos herrschte und die Tapeten in Fetzen herunterhingen wie schmutzige Zungen!

Wann würde sie dorthin zurückkehren können? Wann alles in Ordnung bringen, sauber machen, wischen und um Verzeihung bitten, dass sie so schlecht auf ihr Heim aufgepasst hatte?

«Was ist denn mit dir los?», fragte Tanja sofort, als sie Warwaras Gesicht erblickte. Sie hörte sogar auf zu kauen. «Was ist passiert?»

«Nichts als Ärger», sagte Warwara. «Und bei euch?»

«Bei uns ist alles in Ordnung», sagte Tanja fröhlich. «Wir machen seit zwei Tagen nichts anderes, als schriftlich zu dividieren.»

«Hallo», grüßte Dimka verlegen. Hinter ihm drückte sich Wassja in die winzige Diele, gab Warwara mit abwesendem Gesichtsausdruck einen Kuss auf die Wange und zog Dimka am Arm: «Komm doch, lass uns weiterspielen. Mein Pferd holt sich gleich deine Königin oder deinen König.»

«Königin», verbesserte Dimka und schaute dabei Warwara an. «Den König holt man sich nicht. Den König setzt man matt.»

«Ja, dann komm doch endlich! Ich will jetzt matt setzen! Muss man das laut tun? Mit Mikrofon?»

«Es geht auch ohne Mikrofon. Bist du in Ordnung?», fragte er Warwara.

«Völlig!», versicherte Warwara und zog seine Jacke aus. «Völlig fertig. Fix und fertig.»

«Wassja, hör auf mit dem Gequengel», rief Tanja, und Dimka blickte sie vorwurfsvoll an.

«Er quengelt nicht. Er hält sich an unsere Abmachung. Wir haben abgemacht, noch eine Partie zu spielen. Dann gibt's Tee. Und dann ab ins Bett.»

«Ich werd hier noch verrückt», bemerkte Tanja und zog Warwara am Arm hinter sich her. «Soll ich dir Wasser in die Wanne lassen, während Wassja sich um seinen König kümmert? Da kannst du eine Weile einweichen und dich entspannen.»

«Wodka wäre mir lieber als Wasser», meinte Warwara.

«Wodka kannst du auch haben, aber für eine ganze Wanne reicht es nicht. Geh zuerst in die Wanne, danach kriegst du Wodka.»

«Umgekehrt.»

«Was?»

«Zuerst gibt's den Wodka», sagte Warwara bestimmt. «Dann in die Wanne. Dann Tee. Und dann ab ins Bett.»

«Und die Maschine?»

«Was für eine Maschine?»

«Die Schreibmaschine, die du angeschleppt hast?»

«Ach ja», besann sich Warwara. «Also noch nicht ab ins Bett, sondern ran an die Schreibmaschine und Formulare

ausfüllen. Wie ich diese Tätigkeit liebe, Tanja – Formulare ausfüllen!»

«Was ist denn passiert?»

«Eigentlich nichts Besonderes», antwortete Warwara und ließ sich auf einem wackligen Hocker nieder. Auf den Küchenhockern pflegte Wassja immer zu kippeln, und von Zeit zu Zeit brachen die Beine weg und fielen zusammen mit dem Sitzenden zu Boden. «Ich habe mir heute eine Stunde freigenommen und war dann zwei Stunden lang weg. Na, als ich wiederkam, hat er mir eine Standpauke gehalten, und was für eine. Feuern wird er mich, Tanja. Ganz bestimmt.»

Tanja stellte ihr einen Teller mit einem Berg Bratkartoffeln und zwei strammen Würstchen hin.

«Iss. Und wieso hast du dir freigenommen?»

«Ich wollte unbedingt herausfinden, wo mein Toter gearbeitet hat. Es ist eine Computerfirma, wie sich herausgestellt hat. Ich habe mit ihrem Chef gesprochen ...»

Sie sah wieder den dunkelhaarigen Arseni vor sich – sein glattrasiertes Gesicht, seine langen Finger, die Brille und diese unnachahmliche Geste, mit der er eine glänzende Haarsträhne hinters Ohr schob, den hellen Pullover, und sie spürte seinen Duft, sauber und warm.

Und da sagte Tanja, es gäbe keine Prinzen, man müsse sie vergessen. Aber wie stellte man das an, wenn schon fünf Minuten Gespräch im Korridor genügten, um ...

«Und wie hast du es geschafft, gleich den Chef zu sprechen?»

Warwara blickte Tanja schuldbewusst an, als hätte die Freundin sie bei etwas Anstößigem ertappt.

«Ich habe gesagt, ich käme wegen einer Stellenanzeige. Da haben sie mich zum Chef geführt. Er ist etwa fünfundzwanzig und sieht aus wie ... Stell dir vor, Tanja, er hat

mich sofort genommen!» Warwara hörte auf zu essen, und ihre Augen strahlten. Tanja setzte sich ihr gegenüber und stützte die Wange in die Hand, gespannt auf das, was nun kam. «Er hat mich eingestellt. Hat gefragt, ob ich am Computer arbeiten kann, und dann gesagt: Übersetzen Sie. Irgendeinen banalen Satz. Ich habe übersetzt. Und er hat gesagt: Alles in Ordnung, du gefällst uns.»

«Sicher sind das irgendwelche Hochstapler», sagte Tanja misstrauisch.

«Darum geht es doch gar nicht!», entgegnete Warwara und schaute auf ihren Teller, auf dem noch ein letztes Stück Wurst lag. Sie steckte es sich entschlossen in den Mund. «Ich will ja nicht wirklich bei ihnen arbeiten! Ich wollte nur etwas über meinen Toten erfahren.»

«Ja, und?»

«Er hat tatsächlich dort gearbeitet und war nur ein ganz gewöhnlicher Programmierer. Ich habe mit einem Mädchen dort gesprochen, sie heißt Polina, und sie hat gesagt, er hätte versucht, irgendwelche Datenbanken zu knacken, es aber allein nicht geschafft und sie um Hilfe gebeten. Na, sie hat abgelehnt, und nochmal hat er sich nicht an sie gewandt.»

«Und was heißt das, irgendwelche Datenbanken knacken?»

«Sich Zugang zu vertraulichen Informationen zu verschaffen, ohne die Erlaubnis dafür zu haben, und zwar zu Informationen, die sich auf einem Computer befinden, der ans weltweite oder an ein lokales Netz angeschlossen ist», erklärte Dimka und zwängte sich in die Küche. «Darf ich mich zu euch setzen?»

«Du darfst», gestattete Tanja. «Was macht Wassja?»

«Er räumt das Schachspiel weg.»

«Heiliger Bimbam!», brummte Tanja. «Der Tee kommt sofort. Und welche Datenbanken wollte er knacken?»

«Das weiß ich nicht. Sie wusste es auch nicht. Oder sie wollte es mir nicht sagen. Ich habe nur erfahren, dass er gar kein guter Programmierer war. Und jetzt verstehe ich überhaupt nicht mehr, welche gemeinsamen Geschäfte mein Chef mit irgendeinem erbärmlichen Programmierer aus so einer kleinen Firma haben konnte. Was wollte er überhaupt bei uns?»

«Und dein Chef – kennt der sich gut aus mit Computern, Internet und diesen Sachen?»

«Keine Ahnung hat er davon, Dimka!», sagte Warwara ärgerlich. «Er weiß, wie man den Computer einschaltet und ausschaltet, aber eine E-Mail zu schreiben ist für ihn schon ein Problem. Wenn jemand nichts von Computern versteht, dann ist das mein Chef!»

«Hätte der … Verstorbene ihn vielleicht beraten können?»

«Beraten lässt man sich doch wohl logischerweise von einem Spezialisten, aber dieser Ligo war ja kein großer Spezialist. Außerdem haben wir unseren eigenen Computerservice, eine sehr große Abteilung. Da gibt es jede Menge Spezialisten.»

«Aber wenn es um eine vertrauliche Beratung ging?»

«Um Ehescheidung und Gütertrennung?», mischte sich Tanja ein. «Darüber berät man sich nicht am Arbeitsplatz, wo die Wände Ohren haben. Wassja, nun komm endlich her und trink deinen Tee!»

«Wieso Ehescheidung?», fragte Dimka verdutzt. «Doch nicht so was. Zum Beispiel, wie man E-Mails verschickt. Das konnte er doch nicht, oder?»

«Das kann er auch jetzt noch nicht», sagte Warwara.

«Wenn ich nur wüsste, wieso dieser Ligo immer kam, dann würde ich auch den Rest rauskriegen. Hör mal, Dimka, ist es eigentlich schwierig, von einem Konto Geld zu stehlen?»

«Was meinst du damit? Eine Bank auszurauben?»

«Ich weiß nicht», sagte Warwara, stand vom Hocker auf und setzte sich gleich wieder. «Von einem Bankraub war dort eigentlich nicht die Rede.»

«Wo?»

«In dem Zeitungsartikel. Den hab ich euch doch gezeigt!», sagte sie, schon ein wenig ungeduldig. «Und gestern im Fernsehen war auch noch ein Bericht darüber. Pawel Bely, Chef der Agentur ‹Weißer Globus›. Ihm ist doch eine halbe Million ausländisches Geld gestohlen worden.»

«Für das er einen Werbespot drehen sollte», warf Tanja giftig ein. «Einen Werbespot für eine halbe Million – um die Ohren hätte ich ihm den Spot gehauen! Wie kann man so viel Geld für irgendeinen idiotischen Werbespot ausgeben!»

«Große Firmen», mischte sich Dimka plötzlich in professoralem Ton ein, «investieren viel Geld und viel Mühe in die Entwicklung von Marken und deren Einführung auf dem Markt. Ohne Geld kann man kein Bild schaffen. Wenn die Leute sich aber kein Bild von der Ware machen können, kaufen sie die Ware nicht. Das ist ein Gesetz. Da kann man nicht einfach sagen, denen geht's zu gut, die sticht der Hafer.»

«Kann man doch», murmelte Tanja störrisch.

«Nein, Tanja. Das kann man nicht. Es stimmt nicht.»

«Na gut, dann stimmt es eben nicht», erklärte Tanja. Das kam so unerwartet, dass Warwara fast vom Hocker gefallen wäre.

Tanja stritt sich gewöhnlich bis zur Heiserkeit, um ihren

kostbaren Standpunkt zu verteidigen. Sie gab niemals klein bei.

«Du hast gesagt, dass dieser Pawel Bely dein Toter ist», fuhr Tanja hastig fort und sah Warwara dabei an.

«Ja. Oder sein Doppelgänger. In der Zeitung und im Fernsehen hieß es, ihm sei Geld gestohlen worden, aber von einem Banküberfall war nicht die Rede.»

«Um jemandem Geld zu stehlen, muss man es nicht im Koffer wegschleppen», sagte Dimka. «Man kann es auch vom Konto stehlen. Die Kreditkarte fälschen. Zahlungen fälschen. Das ist gerade sehr in Mode.»

«Wo? Bei euch in Amerika?» Tanja hielt ihm einen Becher vor die Nase.

«Überall. In Amerika ist es nur einfacher, weil es dort mehr Möglichkeiten dafür gibt.»

«Amerika – das Land der unbegrenzten Möglichkeiten», verkündete Tanja etwas unpassend. «Wassja, wo bleibst du denn?»

«Das heißt, theoretisch kann man mithilfe eines Computers Geld vom Konto abheben, so meinst du das, Dimka?»

«Nicht nur theoretisch. Auch praktisch.»

«Aha.»

Warwara stand vom Hocker auf und setzte sich gleich wieder, weil es keinen Platz zum Umhergehen gab – die ganze Küche war mit Möbeln und Menschen vollgestopft, dabei wäre sie so gern ein wenig auf und ab gegangen.

«Das heißt also, mein Chef und der verstorbene Programmierer haben eine halbe Million Franken von einem Konto gestohlen.»

«Wie?», schrie Tanja verblüfft. «Wenn er dieser Jemand ist, wieso stiehlt er dann sein eigenes Geld? Noch dazu gemeinsam mit deinem Chef?»

«Warte», bat Warwara, «ich verstehe es selbst nicht. Aber ist das nicht die einzig mögliche Erklärung? Das Geld ist verschwunden, und niemand weiß, wohin. Der Chef freundet sich mit einem unbekannten Programmierer an. Er selbst versteht nichts von Computern. Die Bank haben sie nicht überfallen, also haben sie es einfach vom Konto abgehoben. Wer hätte das tun können, wenn nicht ein Programmierer?»

«Aber warum hat man dann dich mit hineingezogen?», rief Tanja. «Haben wir die halbe Million Franken etwa gestohlen?! Und überhaupt, dieser Tote – ist er denn überhaupt wirklich tot oder vielleicht doch nicht?»

«Ich weiß es nicht.» Warwara schüttelte den Kopf, und der Hocker unter ihr ächzte. «Ich überlege schon die ganze Zeit, wie man das überprüfen könnte. Ich kann ja nicht gut ins Leichenschauhaus gehen und sagen: Gebt mir alle Unterlagen zu Pjotr Borissowitsch Ligo, ich möchte sie begutachten lassen, weil ich glaube, dass er noch putzmunter und lebendig ist.»

«Aber wenn Ligo dieser Pawel Bely ist, dann heißt das doch, er hat sich das Geld im Grunde selbst gestohlen, oder nicht?»

«Vielleicht hat er das wirklich getan. Vielleicht wollte er dafür keinen Werbespot drehen, sondern nur das Geld kassieren. Er hat den Diebstahl organisiert und durchgeführt und dann den ehrenwerten Geschäftsmann markiert – den Journalisten vorgejammert, dass es auf der Welt nur noch Gauner gibt. Das wäre doch möglich?»

«Aber wozu brauchte er deinen Chef? Oder ist das sein Freund aus Kindertagen?»

«Ich weiß es doch auch nicht!», schrie Warwara plötzlich. «Ich habe keine Ahnung!» Sie beruhigte sich etwas und fuhr

fort: «Aber heute habe ich zufällig den Chef belauscht. Er war außer sich vor Angst, ich könnte irgendetwas gesehen haben. Ilaria musste ihn beruhigen. Ich habe eine Leiche gesehen, und das war ganz bestimmt eine Leiche. Aber sonst habe ich gar nichts gesehen.»

«Du bist kein Arzt», sagte Tanja plötzlich. «Woher weißt du, dass das ganz bestimmt eine Leiche war? Hast du ihm vielleicht den Puls gefühlt? Oder in die Pupillen geschaut?»

«Nein», murmelte Warwara verdattert. «Das nicht. Es war mir auch so ... klar.»

«Aha», meinte Tanja, «es war dir klar. Vielleicht denkt dein Chef, du hättest eine halbe Million Franken in der Tasche?»

«Wieso eigentlich nicht?», fragte Dimka. «Wenn er nun genau das denkt? Wenn er hinter alldem steckt?»

Warwara und Tanja schauten einander an.

«Er hätte seinen Besucher ermorden können. Aber vielleicht wusste er nicht, wohin der Besucher das Geld überwiesen hat. Vielleicht ist er aus irgendeinem Grund der Meinung, dass du es hast. Logisch?»

«Der Chef? Ermorden?», fragte Warwara zweifelnd. «Neihein ... Nein!»

«Warum nicht? Ist er dafür zu anständig?»

«Er ist ein ziemlich übler Mensch. Aber er ist auch ein schwacher und unsicherer Mensch. Er könnte niemanden töten.»

«Das ist jetzt aber eine Frage der Philosophie», wandte Dimka ein, «nicht der Logik.»

«Gut, bleiben wir bei der Logik. Er hat ihn nicht umbringen können, weil der Verstorbene noch im Büro hin und her ging, nachdem der Chef schon weg war. Klar? Ich habe

ihn selbst gehört. Eine andere Tür zum Büro gibt es nicht, zurückzukommen, ohne dass ich es gesehen hätte, war unmöglich.»

Dieses Argument verfehlte seine Wirkung auf Dimka nicht.

«Und du warst die ganze Zeit im Vorzimmer?»

«Ununterbrochen. Ich verlasse meinen Platz niemals, wenn der Chef Gäste hat. Er will dann ständig irgendwas von mir haben – mal Kaffee, mal Papiere, mal müssen Kopien gemacht werden ...»

«Und wenn der Tote einfach nur die Verbindung zwischen deinem Chef und dieser Computerfirma war? Wenn der Diebstahl ein kollektives Werk war?», fragte Dimka ziemlich unrussisch.

Der Chef und Arseni?!

Warwara verschluckte sich an ihrem Tee und musste lange husten. Tanja klopfte ihr leicht auf den Rücken, und sie stieß mit der Nase fast gegen den Tisch.

Nein, das war unmöglich.

Der langhaarige junge Prinz konnte doch kein Verbrecher sein.

Warwara war dort gleich eine Stelle angeboten worden, man hat sie geduzt und ihr Tee gekocht, und der Chef hatte sie dreimal mit seinem männlichen Lächeln angelächelt.

Aber natürlich folgte daraus keineswegs zwingend, dass Arseni kein Verbrecher sein konnte.

«Hol dich der Teufel, Dimka», brummte Warwara verstimmt. Sie wusste, dass sie darüber jetzt Tag und Nacht nachdenken würde.

«Es ist doch nur eine Vermutung», wandte er ein und lächelte gutmütig. «Meine Vermutung.»

Tanja zwängte sich zur Küchentür hinaus und verschwand. Warwara brach ein Stück von einem Kringel ab, der appetitlich aus einem Körbchen hervorschaute.

Man durfte nicht von Prinzen träumen und gleichzeitig vorm Schlafengehen Würstchen, Kartoffeln und Kringel essen! Wika Gorina aß zum Abendbrot bestimmt nur ein Salatblättchen und trank dazu Kräutertee.

«Habe ich dich verärgert?»

«Aber nein», sagte Warwara vergrätzt. «Dimka, kann man den Tod vielleicht simulieren? Sich so verstellen, dass niemand etwas merkt, und anschließend aufstehen und weggehen?»

«Ich weiß nicht. Das müsstest du Tanja fragen oder meine Mutter. Aber wozu sollte er simuliert haben?»

«Damit alle glauben, er sei tot, aber in Wirklichkeit ist er noch am Leben.»

«In den Nachrichten ist von deinem Toten nicht berichtet worden, in der Presse auch nicht. Er stirbt, und am nächsten Tag taucht er wieder im Fernsehen auf? Das ist aber eine ziemlich kurze Simulation. Seltsam. Und auf dem Foto in der Zeitung sieht er auch nicht gerade aus … als sei er kürzlich gestorben. Oder?»

Das Foto, fiel Warwara plötzlich ein – ja, natürlich!

Sie rannte in die winzige Diele – sie war noch kleiner als ihre eigene –, zerrte den Rucksack hervor und holte die Zeitschrift heraus, die schon ziemlich zerknittert und mitgenommen aussah. Sie breitete die Zeitung auf dem Küchentisch aus und begann fieberhaft zu blättern.

Dimka schaute ihr interessiert zu.

«Hier!», quiekte Warwara und tippte mit dem Finger auf das Bild des Geschäftsmanns Bely. «Hier!!!»

«Ja, das habe ich schon gesehen», sagte Dimka.

«Nein, das hast du nicht gesehen! Das ist überhaupt nicht Pjotr Borissowitsch Ligo! Das ist Pawel Grigorjewitsch Bely! Ein ganz anderer Mann.»

«Woraus folgt das?»

«Hier, hier, daraus!» Und Warwara klopfte auf das Foto. «Siehst du?»

«Ja», bestätigte Dimka. «Ein Mann sitzt am Schreibtisch und schreibt.»

«Genau!», brüllte Warwara noch lauter. «Er schreibt, und ich bin ein Trottel, ein kompletter Trottel!»

«Warum?»

«Weil er den Füller in der linken Hand hält», sagte Warwara und ließ sich auf den Schemel fallen, als sei sie völlig entkräftet. Der Schemel knarrte drohend und neigte sich leicht zur Seite. «Er schreibt also mit der linken Hand. Aber mein Toter ist Rechtshänder! Das weiß ich genauso sicher wie dass ich Warwara Laptewa heiße. Das kann es nicht sein. Das ist jemand anders.»

«Lei-ser!», zischte plötzlich Tanja neben ihnen. «Warum brüllt ihr denn so? Wassja schläft. Er braucht keinen Tee mehr, er ist auf dem Fußboden neben dem Schachspiel eingeschlafen. Meine Güte, sonst dauert es immer mindestens eine Stunde, bis ich ihn im Bett habe! Und jetzt ist er ganz von selbst eingeschlafen ...»

«Wir müssen ihn ins Bett tragen», sagte Dimka besorgt und stand auf. «Auf dem Fußboden ist es viel zu kalt, er kann dort nicht liegen bleiben.»

«Nein, das ist nicht Pjotr Borissowitsch», murmelte Warwara wie im Fieber.

Dimka und Tanja schauten sie an. Sie schaukelte auf dem Schemel hin und her.

Knacks! Die Beine des Schemels rutschten plötzlich seit-

lich weg, es krachte, und Warwara saß auf dem Fußboden, mitten in einem Haufen gelbgrüner Holzsplitter.

«Das ist nicht Pjotr Borissowitsch», wiederholte sie vom Fußboden aus.

ES WAR NUR NOCH EIN GANZ KURZES STÜCK zu gehen – um die Ecke auf den schmalen Weg, wo der Schnee mittlerweile abgetaut war, durchs Gebüsch bis zum Asphalt, und von dort war die Haustür schon zum Greifen nah.

Warwara marschierte entschlossen zurück nach Hause. Am Morgen, noch vor sieben Uhr, hatte sie ihren Nachbarn abgefangen, der gerade mit seinen Hunden vom morgendlichen Jogging heimgekehrt war, und ihn gebeten, das Schloss auszuwechseln. Der Nachbar hatte es ihr versprochen. Er konnte Warwara gut leiden – sie trank nicht, lebte solide und stahl keine der unter der Decke versteckten Konserven. Auf sie konnte man sich hundertprozentig verlassen.

Warwara trug das Schloss bei sich, eingewickelt in ölverschmiertes Papier. Sie hatte trotzdem Angst, die Nacht allein in ihrer Wohnung zu verbringen. Ein Schloss war ja schön und gut, aber immerhin hatte irgendwer Dimka so heftig auf den Kopf geschlagen, dass Tanja erst heute die Fäden ziehen konnte, und diesen Schlag hatte er nun mal in ihrer Wohnung verpasst bekommen. Gut, mit einem neuen Schloss war es nicht mehr ganz so unheimlich, und noch länger konnte sie wirklich nicht auf Tanjas Sofa schlafen, wo sie sich kaum an der Nase zu kratzen wagte, weil es bei der kleinsten Bewegung hektisch zu krächzen begann.

Außerdem wurde es auch höchste Zeit, dass die beiden Gelegenheit bekamen, sich einmal ungestört über ihr zukünftiges glückliches Leben auszusprechen.

Denn dass sie ein glückliches Leben vor sich hatten, stand für Warwara außer Zweifel.

Das war ihr klar geworden, nachdem Dimka mit Wassja einkaufen gewesen war und Tanja sie danach angerufen und geweint hatte, weil sie keine Zeitmaschine besaß. Sie hatte es an der Art gemerkt, wie Dimka beim Frühstück den Blick von Tanja abwandte und Tanja selbst ihn überhaupt nicht anschaute und nur in betont giftigem Ton mit ihm sprach. Dann fühlte Warwara sich überflüssig.

Aber es war ja auch gut so. Sollte doch wenigstens Tanja Glück haben. Sie brauchte es nötiger als sie, denn sie hatte ja auch noch Wassja.

Hinter ihr hupte es, und sie trat zur Seite, um den Wagen vorbeizulassen.

Tanjas Mutter würde vermutlich nicht allzu erfreut sein, wenn ihre Tochter nach Texas gehen würde, aber sie war eine kluge und optimistische Frau. Ihr Vater Jewgeni Wassiljewitsch war sowieso eine Seele von Mensch.

Sie begriff gar nicht so schnell, wie es passierte.

Sie begriff nicht einmal, was eigentlich passierte.

Jemand riss sie so heftig zur Seite, dass sie strauchelte. Sie wollte sich an den dunklen Gerten des Gebüschs festhalten, aber ihre Hand griff ins Leere, und sie fiel, stürzte auf die Knie, und von der Seite und von hinten wurde sie geschlagen. Der Schmerz zuckte vom Kopf in den Hals und in die Wirbelsäule, durchbohrte ihren ganzen Körper, und unwillkürlich spreizte Warwara ihre Finger, weil sie den Schmerz nicht ertragen konnte. Das Päckchen mit ihrem neuen Türschloss fiel auf die Erde.

Auf die schwarze, feuchte Frühlingserde mit den kleinen braunen Grasinseln vom letzten Jahr. Warwara sah sie deutlich vor sich.

Aber dann konnte sie plötzlich gar nichts mehr sehen, und das war schrecklich, viel schrecklicher als der Schmerz im Rückgrat. Sie stöhnte auf, versuchte, sich loszureißen, warf den Kopf wild hin und her, aber da wurde sie schon wieder geschlagen, und wieder betäubte der aufflammende Schmerz für einen Augenblick alle übrigen Gefühle. Dann spürte sie auf ihrer Haut, die sich langsam vom Schmerz erholte, einen Stofflappen.

Sie war nicht erblindet. Man hatte ihr die Augen verbunden, damit sie nichts sehen konnte.

Eine Tür schlug zu, und ein Auto fuhr mit knatterndem Motor los, es klang beruhigend normal und alltäglich. Das Radio sang vom Himmel Londons, und der Fahrer pfiff dazu.

Die Panik begann im Bauch, wuchs an wie ein Tsunami, überschwemmte Herz, Hals und Kopf. Warwara bekam keine Luft mehr. Sie röchelte und verzog krampfhaft den Mund, über den man ihr ein Klebeband geklebt hatte. Ihre Arme waren auf den Rücken gefesselt. Sie konnte nur durch die Nase atmen, aber die Panik verstopfte ihr die Nase wie mit langen Eisennägeln, sie schnappte verzweifelt nach Luft, begann um sich zu treten, auf dem Sitz hin und her zu rollen, und wahrscheinlich wären ihr die Augen aus den Höhlen gequollen, wären sie nicht mit dem Stofflappen umwickelt gewesen. Der Fahrer pfiff noch eine Weile vor sich hin, dann verstummte er, und der dann folgende Schlag auf den Kopf war der schmerzhafteste bisher.

«Lieg still», sagte er, und sie begriff nicht.

Das konnte doch nicht reden! *Das*, was sie so schmerzhaft schlug, durfte nicht reden, wie alle Menschen reden, mit den gleichen Worten! Aber es redete, und es machte ihr schreckliche Angst.

Solche Angst, dass sie fast wieder gewimmert hätte, aber sie hielt das Wimmern gerade noch rechtzeitig in der Kehle zurück, damit dieses *Es* sie nicht noch einmal auf den Kopf schlug.

Die Fahrt dauerte lange. Ihre mit einem Strick auf dem Rücken gefesselten Arme schmerzten heftig und wurden allmählich kalt. Die Kälte verstärkte den Schmerz noch.

Ihr ganzer Körper zitterte – die Beine hingen unangenehm verdreht vom Sitz herunter, es gab nichts, woran sie sich hätte festhalten können, und sie rutschte dauernd vom Polster gegen etwas Glitschiges, Glänzendes, das ihr wie die Haut einer Schlange vorkam. Jedes Mal zuckte sie dann krampfhaft mit dem Kopf, bemüht, eine Position zu finden, in der ihre Wange diese Schlangenhaut nicht berühren musste, fand sie, um dann aber gleich wieder abzurutschen.

Unter dem Lappen, mit dem ihre Augen verbunden waren, konnte sie einen schmalen, schimmernden Streifen erkennen und außerdem noch etwas Gelbes oder vielleicht auch Grünes, denn das Licht änderte sich die ganze Zeit – sie wurden überholt und ließen andere Autos vorbei. Das Leben ringsum stand nicht still!

Alles war wie immer – ein gewöhnlicher Frühlingsabend, und die eine Hälfte ihres Gehirns begriff das, die andere aber weigerte sich zu verstehen und schrie ihr zu, dies sei das Ende der Welt und gleichzeitig auch ihr eigenes.

Der Wagen hielt an, und Warwara stieß mit der Nase an den Vordersitz, so heftig, dass es blutete.

Der Fahrer machte sich vorn leise zu schaffen, er hatte es nicht eilig und pfiff wieder vor sich hin. Die Klappe des Handschuhfachs klackte, Schlüssel klirrten, eine Tür klappte. Die Tür, die sich hinter Warwaras Kopf befand, wurde aufge-

rissen, es roch nach Straße und der nahen Erde. Er zerrte sie aus dem Auto. Sie stöhnte auf, und er schlug sie.

«Still!», befahl er dicht neben ihr. «Schrei nicht rum, dann wird es nur schlimmer!»

Was kann noch schlimmer sein, schoss es Warwara durch den Kopf, und da sagte er in ganz alltäglichem Ton, wie eine Antwort auf ihre Gedanken: «Ich bring dich um.»

Eine Zeit lang hielt er sie an den Haaren fest, als müsse er nachdenken, dann stieß er sie plötzlich mit aller Kraft vorwärts. Ungebremst prallte sie mit Knien und Gesicht auf die Erde. Die Erde drang ihr in die Nase, Warwara bekam keine Luft und glaubte, nun müsse sie sterben.

Aber sie wollte nicht.

Die Tränen spülten ihr die Erde aus der Nase, und sie schnaufte abgerissen. Aber was war das für ein Glück – Luft zu bekommen, atmen zu können!

«Steh auf», sagte ihr Peiniger und stieß sie in die Seite. «Los, steh auf!»

Und nun stieß er sie nicht mehr, sondern schlug sie. So stark, dass es Warwara herumriss. Zu ihm hin – auf die nicht geschlagene Seite. Gleich wird er wieder zuschlagen, begriff sie, kam irgendwie in die Hocke, kroch, ohne etwas sehen zu können, auf allen vieren und versuchte, nicht die Balance zu verlieren, aber da zog er sie auch schon mit einem Ruck hoch, bis sie stand.

«Vorwärts», befahl er fröhlich. «Marsch.»

Zwei- oder dreimal stolperte sie und stieß mit dem Kopf an etwas Hartes, einmal gab er ihr einen Stoß, aber sie konnte sich auf den Beinen halten, dann jedoch schubste er sie so stark, dass sie das Gleichgewicht verlor und auf etwas Festes fiel, an dem er sie rasch und routiniert festband – die Beine gegrätscht, die Arme auf dem Rücken.

«So-o», sagte er prüfend in gedehntem Ton, und etwas polterte laut, wie ein Eimer, der über den Boden rollt. Warwaras Körper krampfte sich vor Angst zusammen. Sie konnte ihn nicht sehen und wusste nicht, was er vorhatte.

Wasser rauschte, und Warwara horchte angespannt. Schritte, Eimerklappern, das Knarren von Holzdielen. Er war zurückgekommen.

Sie konnte sich nicht bewegen, geschweige denn Widerstand leisten. Er konnte alles mit ihr tun, wozu er Lust hatte. Sie war kein Mensch mehr. Sie war nur Materie, eine Anhäufung lebendiger, in Erwartung des Schmerzes angstvoll zitternder Zellen. Kein menschliches Gefühl war ihr geblieben außer klebrigem Entsetzen.

«Ich werde dich jetzt schlagen», verkündete ihr Peiniger, «und dann nehme ich das Klebeband ab und stelle dir eine Frage. Du wirst mir antworten. Wenn die Antwort nicht richtig ist, werde ich dich wieder schlagen.»

Warwara ruckte wie wild hin und her. Aber es gab kein Entkommen. Er schlug sie abrupt ins Gesicht, direkt auf den Wangenknochen unters Auge.

Ihr Kopf knirschte, splitterte und brach auseinander, die Bruchstücke flogen in alle Richtungen …

Im nächsten Moment schien es ihr, als sei der Schmerz, der sich an der Stelle bildete, wo ihr Kopf gewesen war, viel größer als der Kopf, als blase er sich auf wie ein schwarzer Gummiball.

Ein Schwall eiskalten Wassers ergoss sich über sie, irgendetwas zerrte heftig an der Haut um ihren Mund, bis die Haut riss.

«A-ahh!», zischte es aus ihrem zerrissenen Mund. Offenbar hatte sie die ganze Zeit geschrien, aber das Klebeband hatte den Schrei daran gehindert, nach außen zu dringen.

«Wo ist das Geld?»

Alles Zischen war heraus, ihr Mund war leer.

«Ich frage dich, wo ist das Geld?»

Sie schüttelte den Kopf, und durch diese Bewegung fügten sich seine Laute plötzlich zu Worten, und ihr wurde klar, dass er wissen wollte, wo das Geld war.

«Auch gut», stellte er fest, und das Klebeband wurde ihr wieder auf den Mund gedrückt. Bevor ihr noch bewusst wurde, was das bedeutete, schlug er sie schon wieder – mit der flachen Hand mitten ins Gesicht.

Wieder wurde das Band ruckartig abgezogen, wieder zerriss es ihren Mund, und ihr schien, als ströme etwas aus ihm heraus und fließe über ihre Arme.

«Ach, du Miststück», zischte er, «jetzt versaust du mir auch noch die Schuhe!»

Es gab eine kurze Unterbrechung und irgendwelches Hin und Her, dann wieder: «Wo ist das Geld? Das Geld, du Schlampe!»

Warwara warf den Kopf hin und her und stöhnte. Was ihr aus dem Mund gequollen war, hinderte sie daran, auch nur einen verständlichen Laut hervorzubringen.

«Das Geld! Wo hast du es versteckt?! Du hast das Geld weggenommen! Du hast wohl gedacht, ich merke nichts davon, du fette dumme Schlampe!»

«Ich … ich … habe … kein …»

«Wo hast du es hingetan? Hast du es jemandem gegeben?» Er packte sie bei den Haaren und schüttelte sie. «Wem? Deiner Freundin? Oder diesem Dreckskerl? Ich schlage beide tot, aber mein Geld kriege ich zurück! Und den Rotzbengel nehme ich mir auch noch vor! Wo ist das Geld?»

«Ich … weiß nicht. Wir … wir haben … kein Geld.»

«So, ihr habt kein Geld», wiederholte er vergnügt. «Na, dann eben nicht.»

Und wieder klebte das Band über Warwaras Mund.

Diesmal schlug er sie in die Rippen. Das Schlagen machte ihm Mühe, sie merkte es an der Art, wie er ihr direkt ins Gesicht pustete.

Dann fragte er wieder, und sie schüttelte nur immerzu den Kopf und stöhnte. Das Klebeband baumelte seitlich herunter, sie spürte seine schlangenhaften Bewegungen.

Gerade als sie dachte, alles sei nur ein nächtlicher Albtraum nach zu vielen Kartoffeln und Würstchen und sie würde jetzt gleich in ihrem Bett oder auf Tanjas Sofa erwachen, da übergoss er sie mit Wasser, und alles fing von vorne an. Der Schmerz kehrte zurück, so heftig, dass sie nichts dagegen tun konnte, er war überall, er war Warwara, und Warwara selbst gab es nicht mehr – nur Schmerz und Angst, die nach ihrem eigenen Erbrochenen roch.

Wie lange es dauerte, wusste sie nicht.

Auf einmal band er ihre Beine los und zog sie hinter sich her, wobei er heftig an ihren gefesselten Armen riss. Sie schmerzten nicht mehr. Warwara spürte sie gar nicht mehr.

Sie stieß gegen irgendetwas, fiel auf die Knie und stand wieder auf, denn als sie fiel, versetzte er ihr einen Fußtritt in die Rippen.

Wahrscheinlich brachte er sie jetzt fort, um sie zu töten, denn was hatte es für einen Sinn, sie derart zu prügeln, wenn er sie am Leben lassen wollte.

«Halt! Bleib stehen, du Miststück!»

Eine Tür klappte, ein Motor begann zu brummen.

«Los, rein mit dir!» Er packte sie an den Haaren und zwängte sie irgendwo hinein, und sie begriff, es war ein

Auto. Dann fesselte er ihr die Beine zusammen, und sie fühlte sich wie in einem Kokon.

Wieder Türenschlagen, Gepolter, Geraschel, ein kurzes Klicken und – ein munteres Lied aus dem Autoradio.

Warwara lag mit der Wange wieder auf diesem Glatten, Glänzenden, versuchte aber nicht mehr, den Kopf zu heben oder wegzudrehen. Ein gelber Aufkleber scheuerte auf ihrer Haut, und von dieser Berührung wurde ihr erneut übel.

Nach einer endlos langen Zeit hielt das Auto an.

Gott sei Dank, dachte Warwara. Gleich wird er mich umbringen, und alles hat ein Ende.

Sie musste nur noch kurze Zeit aushalten, nur so lange, bis er sie tötete.

«Gib mir das Geld zurück, du Schlampe», zischte er. «Ich habe dich gewarnt. Und sag das denen mit dem Rotzbengel auch. Entweder das Geld oder …»

Bremsen quietschten, etwas knackte trocken, und Warwara wurde aus dem Auto geworfen. Mit dem ganzen Körper prallte sie auf den Asphalt, rollte herum, der Motor heulte auf, und sie kniff unter der Binde mit aller Kraft die Augen zusammen, überzeugt, er werde sie mit dem Auto überfahren.

Der Motorenlärm entfernte sich, und sie verstand noch gar nicht, warum sie nicht tot war.

Die Sekunden fielen auf den Asphalt und zerschellten mit gläsernem Klang. Oder war das Wasser, das irgendwo tropfte?

«Warwara?!»

Seltsame Geräusche ertönten, es hörte sich an wie das Trampeln von schweren Füßen. Sie krümmte sich zusammen und zog die zerschlagenen Knie an die Brust.

Wahrscheinlich hätte sie gewimmert, wenn sie es noch gekonnt hätte. Wahrscheinlich hätte sie sogar versucht fortzukriechen, wenn sie gewusst hätte, wie.

«Warwara! Verdammte Scheiße …»

Das Klebeband wurde von ihrem Mund gezogen. Warwara zuckte unwillkürlich mit dem Kopf.

«Atme! Atme! Mach den Mund auf! Los!»

Sie erkannte die Stimme nicht, aber *diese Stimme* klang anders – wie eine menschliche Stimme, wie alle anderen menschlichen Stimmen aus Warwaras früherem Leben.

Ihre Arme wurden losgebunden, zuckten und fielen kraftlos herunter.

«Warte, ich kriege das nicht auf! Halt still, beweg dich nicht! Nun halt doch still! Und vergiss nicht zu atmen.»

Der Lappen, mit dem man ihr die Augen verbunden hatte, kam ins Rutschen, und Warwara erblickte ein Stück schwarzen Himmel und den gelben Kreis einer Laterne.

«Halt noch ein Weilchen aus. So, hier hast du ein Tuch, wisch dir den Mund ab.»

Aber sie konnte nichts festhalten, ihre Arme hingen herab wie welke Lianen.

Die Augenbinde war verschwunden, mit Mühe fixierte sie ihren Blick und erkannte … Iwan.

«Ruhig, ruhig», sagte er rasch. «Ich binde dir jetzt die Beine los. Dann versuchst du aufzustehen. So ein verdammter Mist!»

Er machte sich irgendwo unten zu schaffen, sie sah seinen kurz geschnittenen Hinterkopf, aber nicht seine Hände, und wusste nicht, was geschah.

«Nein», sagte er. «Bleib hier sitzen. Ich hole das Auto.»

Das Auto?!

«Nein», stöhnte sie auf. «Nein, nein!»

«Ruhig, ruhig.» Er fasste sie bei den Ohren und drückte sie mit der Stirn an seine Jacke. Sie versuchte sich loszureißen und warf den Kopf hin und her. «Ich hole das Auto, und wir fahren ins Krankenhaus.»

«Ich will nicht … ins Auto.»

«Ich bin sofort zurück.» Er ließ sie los und stand schnell auf.

Sie sah nicht, wohin er ging, ihr war alles egal. Sie schaukelte auf dem Asphalt hin und her und fühlte nichts als Schmerz – überall.

Wieder brummte der verhasste Motor, kam näher und näher, und sie begriff, dass sie sich retten musste, weglaufen, sie wollte schon auf den Knien fortkriechen, aber er hielt sie fest.

«Steh auf. Steh auf!» Seine Hände tasteten sie rasch ab, vom Hals bis zu den Fußknöcheln. «Deine Beine sind heil. Steh auf, du kannst es. Ich werde dich nicht tragen.»

«Ich will nicht …», ächzte Warwara. «Ich will noch sitzen bleiben … hier …»

«Nein. Du wirst hier nicht sitzen bleiben. Nun steh schon auf, verdammt nochmal!»

Und sie stand auf. Sie hielt sich an irgendetwas fest, offenbar an ihm, und – stand auf.

«Jetzt komm. Nur einen Schritt. Los.»

Sie machte tatsächlich einen Schritt, obwohl sie geschworen hätte, um nichts in der Welt mehr laufen zu können, und er drehte sie herum und drückte sie etwas hinunter.

«So. Steig ein. Vorsichtig. Lass dich einfach fallen.»

Wie weh ihr alles tat, wie entsetzlich weh.

Er hob ihre Beine in den Wagen und schlug die Tür zu. Sie lehnte sich mit der Schläfe an das kalte Metall und at-

mete mit offenem Mund. Der Motor brummte, das Radio grölte auf Französisch von Liebe, alles war genauso wie in *jenem* Auto.

Oder war *dieses* Auto in Wirklichkeit *jenes*?

«Was ist passiert?», fragte Iwan, und sie riss mühsam die Augen auf. «Erinnerst du dich? Wer hat dich so ... so zugerichtet?»

«Ich weiß nicht», presste sie hervor. «Ich habe nichts gesehen. Meine Augen waren verbunden. Wohin ...»

«Nirgendwohin. Ins Sklifossowski.»

«Ich will nicht ins Krankenhaus», murmelte sie und bewegte sich auf dem breiten Sitz seitwärts, dabei rutschten ihr die Beine weg und verhedderten sich ineinander. «Ich brauche kein Krankenhaus, ich muss nach Hause. Ich ... will eine Weile liegen. Liegen muss ich.»

«Ins Krankenhaus musst du!», brüllte er plötzlich. «Du kannst nicht nach Hause! Das ist dummes Zeug!»

«Ich will nach Hause», murmelte sie. «Ich gehe nicht ins Krankenhaus. Nach Hause.»

Es herrschte eine Weile Schweigen, das Radio quäkte nach der französischen Liebe etwas von einer «Verspätung des Fluges Riga–Moskau bis sechs Uhr morgens».

Warwara war doch auch erst vor kurzem irgendwohin geflogen, aber da hatte es keine Verspätung gegeben.

«Gut», sagte Iwan Alexandrowitsch neben ihr, tauchte gleichsam direkt aus ihrer Erinnerung an dieses Flugzeug auf. «Dann eben nach Hause.»

Das Auto stoppte, wendete und gewann rasch an Tempo.

Er brachte sie in eine völlig unbekannte Gegend. Eine menschenleere, stille Gegend, glitzernd wie das abendliche Paris auf dem Monitor ihres Computers. Über die schmale Straße fuhren einzelne Autos.

Vorsichtig, aber mit festem Griff, half er ihr beim Aussteigen. Sie fasste sich unwillkürlich an die Rippen auf der rechten Seite.

«Ebendarum hätte man ins Krankenhaus gemusst!», knurrte er böse, als antworte er jemandem, der versucht hatte, mit ihm zu streiten. «Los. Geh.»

Mitten auf dem Bürgersteig war plötzlich eine kleine grüne Wiese. Warwara schüttelte vorsichtig den Kopf, dieses Grün vor ihren Augen quälte sie, aber die Wiese wollte nicht verschwinden, sie existierte tatsächlich, Warwaras Füße gingen über sie. Drei breite Stufen mit abgerundeten Ecken, eine Schiebetür aus klarem Glas, in das Warwara beinahe hineingelaufen wäre, ein Fußboden in hellem Beige, und mitten auf dem Fußboden seltsamerweise ein Kronleuchter. Warwara schloss die Augen, öffnete sie wieder und begriff, dass der Kronleuchter sich nur in den glänzenden Fliesen widerspiegelte.

«Iwan Alexandrowitsch?!»

«Alles in Ordnung. Holen Sie den Lift.»

«Soll ich Ihnen helfen?» Die Stimme klang nur mäßig beunruhigt und betont unaufdringlich.

«Ich komme allein klar, danke.»

«Soll ich vielleicht einen Arzt verständigen?»

«Je nach Lage der Dinge werde ich Sie anrufen. Vielleicht muss tatsächlich ein Arzt geholt werden.»

«Ich brauche keinen Arzt», murmelte Warwara.

«Natürlich», pflichtete ihr Iwan schnell bei. «Du brauchst keinen, aber ich brauche einen. Ich habe Migräne.»

«Du hast eine Allergie», sagte Warwara plötzlich. «Gegen Katzen.»

Darüber musste er lachen. Vorsichtig bugsierte er sie zum Lift.

«Gleich sind wir zu Hause, nur noch ein bisschen Geduld.»

Warwara wurde es leichter ums Herz. Im Vergleich zu der Todesangst schien alles andere nebensächlich, sogar die Rippen, die sie beim Atmen behinderten – die ganze Zeit hatte sie Angst, ihre Splitter könnten sich in ihre Lungen bohren.

«So. Jetzt bleib ruhig stehen.»

Über den Kopf, denn der Reißverschluss hatte sich verklemmt und ließ sich nicht öffnen, zog er ihr Dimkas Jacke aus, die jetzt unrettbar verdorben war.

Hier war das Licht sehr hell, wie in einem Operationssaal, und Warwara musste die Augen schließen, weil sie zu tränen begannen. Überall waren Licht und glänzende Fliesen.

Als er anfing, ihr die Strumpfhose auszuziehen, kam sie plötzlich zur Besinnung, ruderte mit den Armen und versuchte ihn wegzuschubsen.

«Was hast du?», fragte er. «Bist du völlig verrückt geworden? Ich hab deinen Hintern schon mal gesehen, beruhige dich.»

«Ich kann das selbst», piepste Warwara.

«Gut», stimmte er zu. «Mach es selbst.»

Und er fuhr fort, ihr die Strumpfhose herunterzuziehen. Als er es geschafft hatte, warf er sie in einen Korb – Warwara verfolgte ihren Flug mit den Augen – und begann, ihre Beine abzutasten, wobei er sie von verschiedenen Seiten schmerzhaft zusammendrückte.

«Lass das! Das tut weh!!»

«Natürlich tut es weh», bestätigte er böse. «Deine Knochen sind heil. Leg dich hin, ich will mir deine Rippen ansehen.»

«Wohin?»

Vorsichtig führte er sie. Mit nackten Füßen machte sie kleine Schritte. Hinter ihr stand eine niedrige Liege, die aus schmalen Holzlatten zusammengesetzt war. Warwara legte sich darauf.

Seine großen Hände drückten der Reihe nach zudringlich und gleichzeitig sehr professionell auf ihre Rippen, gingen dann über zum Hals, befühlten die angeschwollenen Stellen, berührten ihren Kiefer – sie stieß unwillkürlich klappernd die Zähne aufeinander –, mit den Daumen drückte er auf ihre Halswirbel.

Warwara öffnete die Augen.

«Bist du Arzt?»

«Früher war ich mal Arzt», sagte er. «So schlimm scheint es nicht zu sein, zumindest auf den ersten Blick ... Natürlich wäre es besser, wenn du geröntgt würdest! Du hast viele Prellungen, die meisten auf der rechten Seite, warum auch immer. Aber die Rippen sind heil, die Zähne auch. Das Auge wird natürlich anschwellen. Die Haut an der Lippe ist aufgerissen, aber man braucht sie nicht zu nähen. Nimm ein Bad, und während du in der Wanne liegst, sehe ich nach, ob ich irgendwo ein Schmerzmittel für dich habe. Im Moment sind die Schmerzen nicht so stark, aber wenn das Adrenalin abgebaut wird, kommen sie sicher wieder.»

Erst in diesem Moment sah Warwara plötzlich, dass sie vollkommen nackt auf der niedrigen hölzernen Liege lag und ein ihr fast unbekannter Mann in Jeans und offener langer Jacke vor ihr kniete und routiniert ihren Hals und ihre Schlüsselbeine abtastete. Alles andere hatte er schon befühlt.

«Ruhig, ruhig», herrschte er sie an, als sie sich halb aufrichtete und seine Hände wegstieß. «Alles ist in Ordnung.»

Er griff in einen Schrank und warf ihr ein riesiges Bettlaken aus Frottee zu.

«Darin kannst du dich einwickeln, wenn du's für nötig hältst.»

Warwara wickelte sich das Laken hastig um den Körper und war froh, dass es so groß war und ausreichte, um die ganze Warwara zu bedecken, mit allen blauen Flecken und Schrammen und der aufgeschürften Haut.

«Und jetzt ins Wasser mit dir. Steh auf und halt dich an mir fest.»

Ächzend wie eine alte Frau, zog sich Warwara hoch und humpelte «ins Wasser». Wasser war mehr als genug da. Die Wanne hatte solche Ausmaße, dass man sie über eine Treppe betreten musste. Das Wasser sprudelte und gluckste.

«Den Druck kann man verringern, um deine Rippen zu schonen», sagte Iwan. «Steig rein.»

Er drehte sich um, denn er begriff, dass Warwara sich in seiner Gegenwart um keinen Preis aus dem Laken wickeln würde, auch wenn das albern war.

Nach zehn Minuten in dieser wundervollen Wanne fühlte sich Warwara körperlos. Der Schmerz war verschwunden, die Gedanken, die Angst, die Scham. Geblieben waren nur Ruhe, Frieden, Müdigkeit und das Rauschen und die Bewegung des warmen Wassers.

Dann kam Iwan, inzwischen ohne Jacke, und brachte ihr ein Glas mit irgendeinem Getränk – ein scheußlich schmeckendes Zeug – und zog sie aus dem Wasser. Sie hatte schon wieder vergessen, dass sie sich eigentlich schämen und verhüllen musste, deshalb konnte er ihr heraushelfen, sie abtrocknen und ihr einen Bademantel anziehen.

«Komm, ich gebe dir eine Spritze, und du erzählst mir, wo du so nett die Zeit verbracht hast.»

«Ich brauche keine Spritze.»

«Du brauchst offenbar überhaupt nichts», sagte er er-

zürnt. «Am besten ging es dir wohl in der Pfütze mit dem Klebeband überm Mund.»

Es würgte sie plötzlich, fast hätte sie sich übergeben müssen. Sie atmete tief durch und hielt sich mit den Händen am Rand des Waschbeckens fest. Schweiß trat ihr auf die Stirn.

Es blieb ihr nichts anderes übrig, als auch noch die erniedrigende Spritze zu ertragen – den hochgerafften Bademantel, die alberne Pose, den Geruch von Alkohol, das Klirren der Ampulle, das Warten auf den Schmerz mit zusammengekniffenen Augen, das hastige Herunterziehen des Bademantels, nachdem die Prozedur vorbei war.

«Bleib liegen.»

«Ich … möchte lieber sitzen, Iwan.»

«Na gut, dann bleib sitzen. Ich mache dir jetzt was zu essen.»

«Ich …»

«Ich weiß, ich weiß. Du willst nichts essen. Du musst aber trotzdem essen. Hat man dich jemals schon so geschlagen?»

«N-nein», sagte Warwara stockend.

«Mich schon», erklärte er. «Deshalb weiß ich besser als du, was in einer solchen Situation zu tun ist. Du wirst jetzt etwas essen und dich dann hinlegen. Zur Nacht spritze ich dir noch ein Schlafmittel.»

«Ist denn jetzt nicht Nacht?»

Er schaute auf seine Uhr.

«Zehn vor zehn. Ist das schon Nacht oder noch nicht?»

«Ich muss nach Hause. Ich muss Tanja warnen. Er … hat gesagt, er wird uns alle umbringen, und Tanja hat doch den Jungen.»

Iwan, der schon am Herd stand, blickte sich nach ihr um und schaute sie an, sagte aber nichts.

«Kann ich sie vielleicht anrufen?»

Er brachte ihr das Telefon.

«Hör mal, Warwara», sagte er, als er dicht vor ihr stand, und betrachtete sie forschend. Sie konnte seine Haut sehen, die durch die Bartstoppeln bläulich wirkte, die Fältchen um die Augen, die dichten, geraden Wimpern. «Wir wollen das lieber gleich klären, damit wir uns später nicht darüber streiten. Nach Hause wirst du nicht fahren, du bleibst hier. Warnen musst du niemanden. Heute wird er wohl kaum noch jemanden überfallen. Du würdest die Leute nur nervös machen, sonst nichts.»

Aus irgendeinem Grund will er nicht, dass ich anrufe, dachte Warwara. Wovor hat er Angst? Will er mich nicht unbeaufsichtigt lassen?

Von einem Augenblick auf den anderen überschlugen sich die Gedanken in ihrem Kopf.

Wieso war er plötzlich vor ihrem Haus aufgetaucht? Jetzt erinnerte sie sich nämlich, dass sie ihr Haus gesehen hatte. Der Unbekannte, der sie überfallen hatte, hatte sie direkt vor ihrem Hauseingang auf die Straße geworfen. Wieso war Iwan gerade dort gewesen? Oder hatte *er* sie aus dem Auto geworfen, war dann um die Ecke gefahren und zurückgekommen, um sie zu retten?!

Die Sache stinkt, dachte Warwara und konnte den üblen Geruch geradezu physisch wahrnehmen.

Was sollte sie jetzt tun, nachdem er sie in seine Höhle gelockt hatte?

Wie konnte sie herausfinden, ob er es gewesen war, der sie geschlagen hatte oder nicht? Wie feststellen, ob es sein Auto gewesen war oder nicht?

Seine Schuhe. Sie musste sich seine Schuhe anschauen. Sie hatte sich auf die Schuhe ihres Peinigers erbrochen,

dafür hatte er sie ja besonders schmerzhaft gesc'
Warwaras Kopf brauste es. Sie musste sich Iwan.
schauen. Er dürfte wohl noch keine Gelegenheit ge.
ben, sie zu säubern.

Sie schaute auf seine Füße. Er war barfuß.

«Und du hast nichts erkannt – weder die Stimme noch sonst irgendwas?», fragte er plötzlich. Er hatte gespürt, dass sie ihn ansah, obwohl er mit dem Rücken zu ihr stand.

«Nein», antwortete Warwara heiser. «Entweder kenne ich ihn nicht, oder er hat … durch ein Tuch oder eine Mütze gesprochen.»

«Aber es war ein Er, keine Sie?»

«Ich glaube schon. Obwohl ich nicht so genau hingehört habe. Es ist schwer, auf die Stimme eines Menschen zu achten, der einen … schlägt.»

Er schaute sie an.

«Bitte ohne herzzerreißende Einzelheiten», warnte er sie spöttisch, «und blutige Details.»

Warwara war augenblicklich gekränkt.

Also wirklich.

Er kümmerte sich um sie. Ohne ihn wäre sie vermutlich nachts in der Pfütze vor dem Eingang zu ihrem eigenen Haus gestorben. Aber sie wollte auch, dass er Mitleid mit ihr hatte, dass er ihren Beleidiger verfluchte, Rachepläne schmiedete, irgendwelche erhabenen und hohlen Phrasen sprach – kurzum, sich so benahm, wie es im internationalen Kino allgemein üblich ist.

Stattdessen sagte er nur «bitte keine Details» und machte sich wieder an seinen Bratpfannen zu schaffen!

Und warum war er barfuß?

«Trink.»

«Was ist das?» Sie schnupperte vorsichtig.

«Grapefruitsaft, mein Liebling», erklärte er mit übertriebener Herzlichkeit. «Wodka bekommst du von mir nicht. Ich habe dir ein schmerzstillendes Mittel gespritzt, das sich mit Alkohol nicht so gut verträgt. Vielleicht legst du dich wieder hin?»

«Wo sind denn meine Kleider?», fragte Warwara.

Das Trinken war mühsam. Das Glas war sehr hoch, ihr Hals schmerzte und knackte verdächtig, wenn sie den Kopf zurücklegte.

«Ich habe keine Ahnung», antwortete er nach kurzem Nachdenken. «Wahrscheinlich im Bad. Morgen kommt Anna Semjonowna und wird alles finden.»

«Anna Semjonowna – ist das deine Frau?»

Er lachte.

«Anna Semjonowna ist meine Hausangestellte.»

Warwara nahm den letzten Schluck Saft aus ihrem Glas. Dafür musste sie den Kopf ganz weit zurückbeugen, und als sie das getan hatte, blieb sie in dieser Stellung sitzen – mit zurückgelegtem Kopf und offenem Mund.

Es gab keine Decke über ihr. Es gab nur ein Dach aus Glas – hoch, hoch oben. Das Dach hatte eine seltsame, gebrochene Form, spitze Ecken und unerwartete Vertiefungen. Vom spitzen Ende einer dieser Vertiefungen hing ein Kronleuchter herab – ein Sturzbach aus funkelnden Tropfen, miteinander verflochten und von feinem Messing umrankt. Der rauschende Bach versiegte ungefähr auf der Höhe der oberen Etage, wo sich eine Galerie aus hellem Holz befand, die von Säulen getragen wurde. Von der Galerie gingen mehrere Türen ab – hell wie der Fußboden und das Geländer –, dann verschwand sie hinter einer der vielen scharfen Ecken. Wo kein Glas war, gab es roten Ziegelstein,

darin eingelassen waren gotische Lämpchen und spitzbogige Fenster.

Warwara riss sich mit erheblicher Willensanstrengung von der Betrachtung der Decke los, senkte den Kopf – im Hals knackte es wieder – und schaute sich um.

Natürlich, das war ja gar kein Zimmer, das war ein weitläufiger Saal mit einem Kamin, mit breiten, niedrigen Fenstern und Spiegeln in Bronzerahmen. Zwei dunkle Sofas, ein langer Tisch, Stühle mit hohen Rückenlehnen, eine geschwungene Treppe. Zur anderen Seite hin veränderte der Saal seine Form – Warwara hatte schon gemerkt, dass gerade Formen in diesem Haus nicht besonders geschätzt wurden –, verengte sich und wurde zu einem Korridor, von dem mehrere identisch aussehende Holztüren abgingen. Hinter einer von ihnen musste das Bad sein. Sie hätte sich daran erinnert, wenn sie eine Treppe hochgegangen wären.

In diesem Saal hätten sich die Ritter der Tafelrunde versammeln können. Er wirkte trotz seiner Größe wohnlich und gemütlich.

Die «Küche» war vom übrigen Raum durch einen langen Tisch in Art einer Theke abgetrennt. Auf der Seite, auf der Warwara saß, gab es einen blitzblanken Marmorfußboden, Schränke und Regale aus dunklem Holz, marmorne Tischplatten in derselben Farbe wie der Fußboden, einen Superherd, der aussah wie eine aus Steinen gebaute Feuerstelle, und einen barfüßigen Mann in Jeans und schwarzem T-Shirt.

«So», verkündete der Mann. «Alles fertig. Soll ich es dir schneiden, oder kannst du das selbst?»

«Du … du wohnst hier?»

«Wie?»

Warwara wies mit der Hand zuerst nach oben, dann zur

Seite, dann nach hinten. Er folgte ihrer Hand mit seinem Blick.

«Du wohnst hier?»

«Ja», gab er zu.

«In einem Schloss?»

«Hier war früher die Haustechnik untergebracht und ein Taubenschlag», sagte er und stellte einen Teller vor sie hin. «An den großen Esstisch bitte ich dich nicht, damit du keine überflüssigen Bewegungen machen musst. Damals konnte man hier nicht aufrecht gehen, nur auf allen vieren kriechen. Erst jetzt ist ein Schloss daraus geworden.»

«Hast du dir das alles selbst ausgedacht?»

«Nein, natürlich nicht. Das hat ein Architekt für mich gemacht. Ein sehr guter Architekt. Andrej Danilow. Schon mal gehört?»

Warwara schüttelte den Kopf. Sie hatte noch niemals Schlösser gebaut und deshalb auch noch nie die Hilfe eines Architekten benötigt.

Einmal allerdings hatte sie zusammen mit Tanja Fliesen im Badezimmer verlegt, und sie hatten sich sogar ein Muster ausgedacht – drei blaue Fliesen, eine weiße, drei blaue, eine weiße. Warwara mochte das Muster sehr. Wenn sie in der Wanne lag, betrachtete sie immer die Fliesen.

«Und wie viele Zimmer gibt es hier?»

Er kaute weiter und schaute sie nur an, ohne ihr zu antworten. Wahrscheinlich fragte man so etwas in seinen Kreisen nicht. Wahrscheinlich hätte sie ihn nach der architektonischen Lösung des Deckenproblems fragen sollen oder etwas Ähnliches.

«Sehr schön», sagte Warwara nach kurzem Schweigen. «Und wo ist die Tür nach draußen?»

Er wies mit dem Kopf hinter sie, und sie schaute sich um.

Die Wohnungstür unterschied sich in nichts von den übrigen, leichtsinnig hellen aus Holz. Auf dem Fußboden unter der Treppe lag unordentlich zusammengeknüllt Warwaras – Dimkas! – Jacke.

Warwara rutschte vorsichtig von ihrem Stuhl und humpelte, gefolgt von Iwans misstrauischem Blick, zur Tür.

Das leichtsinnige Aussehen täuschte – die Tür war aus schwerem Metall, fast schon gepanzert. Sie hob ihre Jacke auf, untersuchte sie von allen Seiten und hängte sie dann an die Garderobe. Seine Schuhe, die der eigentliche Grund für ihren Abstecher zur Wohnungstür gewesen waren, lagen daneben.

Es waren helle Schuhe aus Wildleder, so makellos sauber, als kämen sie direkt aus dem Geschäft.

Warwara seufzte tief auf.

«Was guckst du?», fragte er dicht hinter ihr. Sie fuhr zusammen und trat beiseite, aber er hatte schon gemerkt, dass sie seine Schuhe betrachtet hatte.

«Was ist?», fragte er wieder und schaute ebenfalls auf die Schuhe. «Hast du seine Füße gesehen?»

«Nichts habe ich gesehen», murmelte Warwara unaufrichtig und kehrte an den Tisch zurück, zu ihrem Teller mit dem kalt werdenden Fleisch.

«Ich habe dich bestimmt nicht geschlagen und dir den Mund zugeklebt», sagte er angewidert.

«Und wieso warst du dann vor meinem Haus?»

«Ich … habe auf dich gewartet.»

«Wozu?!»

«Tja», sagte er, «ich wollte dich wiedersehen. Du hast mir gefallen, und ich wollte dich …»

«Das ist doch Unsinn», unterbrach Warwara ihn müde. «Was soll der Quatsch? Ich bin doch keine fünfzehn mehr,

dass ich auf solche Tricks hereinfallen würde. Als ich dich im Flugzeug gesehen habe, wusste ich sofort, dass du irgendwas von mir wolltest!»

«Nichts wollte ich», sagte er störrisch.

Er hätte sich jetzt rasch irgendein Ablenkungsmanöver ausdenken müssen, aber ihm fiel so schnell nichts ein. Sie brachte ihn aus dem Konzept und hinderte ihn daran, normal zu denken.

Ihre Haut war so rosig und zart, und auf dieser Haut traten die scheußlichen dunklen Blutergüsse besonders deutlich hervor. Die kurzen weichen Haare glänzten. Ihre Wangen waren bleich, unter den Augen hatte sie grüne und blaue Flecken, aber trotzdem wirkte sie irgendwie frisch wie ein Herbstapfel.

Herbstäpfel hatte Iwan immer besonders geliebt.

«Woher wusstest du, wo ich wohne?»

Das war einfach, da brauchte er nichts zu erfinden.

«Wieso woher?», fragte er erstaunt. «Ich habe dich doch nach Hause gefahren, als du dich vor mein Auto geworfen hast.»

«Ich habe mich nicht vor dein Auto geworfen!»

«Doch, das hast du, und ich habe dich nach Hause gebracht.»

«Und wieso hast du auf mich gewartet?»

«Ich wollte dich wiedersehen», knurrte er.

Das war nicht wahr, und das wussten sie beide.

«Wie heißt du?»

Er grinste spöttisch und blickte auf seine Hände, die auf der marmornen Tischplatte lagen.

«Ich heiße Iwan Alexandrowitsch Bersenjew. Willst du meinen Pass sehen?»

«Wieso bist du nach Karlsbad geflogen?»

«Um Urlaub zu machen.»

«Du bist aber schnell wieder abgereist.»

«Du bist doch noch schneller abgereist.»

«Und du hast dort einen Freund, in Karlsbad?»

«Ja.»

«Warum hast du nicht bei ihm gewohnt, sondern im Hotel?»

«Ich mag keine fremden Häuser», brummte er. «Im Hotel fühle ich mich wohler.»

«Warum hast du den Umschlag aus meinem Hotelzimmer gestohlen?»

Sie hatte ihr Netz ausgeworfen, und er schaffte es erst im letzten Moment, den Trick zu erkennen und sich zu bremsen. Eine Sekunde später, und er hätte geantwortet, wie in dem Kinderspiel, wo zehn unwichtige Fragen gestellt werden und in der elften gefragt wird, wo der Schatz vergraben ist.

Hol's der Teufel, so viel Raffinesse hätte er ihr gar nicht zugetraut.

Sie gefiel ihm, weil sie einem Herbstapfel ähnelte, er mochte den Ausdruck gutmütiger Neugier in ihrem Gesicht, die Fähigkeit, verlegen zu werden, den Sinn für Humor, die kurzen Haare.

Aber er hatte nicht gedacht, dass sie so schlau sein könnte.

«Iwan, du warst es, der den Umschlag aus meinem Zimmer gestohlen hat.»

«Welchen Umschlag? Wie kommst du darauf?»

«Ich hatte einen Umschlag mitgebracht. Ich sollte ihn in der Moskauer Straße im Haus Nummer zwanzig abgeben. Deswegen war ich ja überhaupt auf diese Dienstreise geschickt worden – um den Umschlag zu übergeben. Ganz,

ganz dringend. Morgens lag der Umschlag noch an seinem Platz, obwohl jemand in meinem Zimmer gewesen war und etwas gesucht hatte.»

«Wieso glaubst du das?»

«Mein Rucksack lag nicht mehr an derselben Seite wie vorher, und die ‹Regeln für die Hotelgäste› waren verschoben. Aber das Stubenmädchen hatte noch nicht aufgeräumt. Ich habe es auf dem Korridor abgefangen und gefragt. Beim zweiten Mal war der Umschlag verschwunden. Wieso hast du ihn weggenommen?»

«Weißt du, was darin war?», fragte Iwan.

«Ich habe nicht die leiseste Ahnung. Gestern hat mein Chef mit seiner Assistentin gesprochen, und ich habe sie belauscht. Sie haben gesagt, dass nur eine solche Idiotin wie ich alles schlucken und nichts bemerken konnte.»

«Was denn schlucken?»

«Ich weiß es nicht, Iwan! Aber ich will wissen, wieso du den Umschlag gestohlen hast.»

«Aber warum denn ich?», fragte er mit gemäßigter Entrüstung. «Warum bist du überzeugt, dass ich ihn gestohlen habe?»

Warwara rutschte langsam vom Hocker, ging zu dem mannshohen Kühlschrank, der hinter einem Holzpaneel versteckt war, machte die Tür auf und nahm die hohe Flasche mit dem Saft heraus.

«Den hätte ich dir auch bringen können», brummte Iwan, der sie erstaunt beobachtet hatte.

«Erstens. Im Flugzeug hast du neben mir gesessen, ein ziemlich unwahrscheinlicher Zufall. Zweitens. Du hast mir die Zeitung zugeschoben, und zwar so, dass ich sie nicht übersehen konnte. Drittens. Ich war noch niemals im Ausland und kenne niemanden in Karlsbad. Meine Dienstreise

wurde an nur einem Tag organisiert, selbst das Foto für das Visum musste man aus meiner Personalakte nehmen, weil man keine Zeit hatte, mich zu suchen. In Karlsbad gibt es niemanden, der mich kennt. Also bleibt nur mein netter Nachbar aus dem Flugzeug, der im selben Hotel wie ich gewohnt hat, der Mann mit der Allergie gegen Katzenhaare, der mich am Abend zuvor mit seinem Auto angefahren hatte. Er geht mit mir über dieselben Hotelflure, es ist ein Leichtes für ihn festzustellen, dass ich im Schwimmbad bin, das Stubenmädchen abzulenken, die Schlüssel von ihrem Rollwagen zu nehmen und mein Zimmer zu durchsuchen. Ja, und viertens!» Warwara besann sich. «Im Schwimmbad bin ich doch vor dir aus dem Bassin gestiegen, dieser blöde Dickwanst hat mich noch wegen einer Badekappe belästigt. Erinnerst du dich daran?»

«Ja.»

«Ich habe deinen Bademantel auf dem Stuhl zur Seite geschoben. In der Tasche war ein Handy.»

«Na, und?»

«Iwan, nicht einmal die neuesten unter den neuen Russen gehen mit Handy ins Schwimmbad! Man würde es dort ja sowieso nicht hören, bei all dem Wasser ringsum. Und selbst wenn man das Klingeln hört, dann sofort und rechtzeitig aus dem Bassin rauszuspringen, das ist nicht realistisch. Und die Zeit.»

«Was ist mit der Zeit?»

«Es war ungefähr acht Uhr morgens Ortszeit. Nach Moskauer Zeit ungefähr sechs. Bekommst du deine Geschäftsanrufe etwa schon um sechs Uhr früh?»

Er schwieg und schaute sie neugierig an.

«Siehst du. Und trotzdem hast du es mitgenommen.»

«Und wozu habe ich es mitgenommen?»

«Um das Stubenmädchen anzurufen, das gerade im Korridor war. Du hast sie angerufen, sie ist in ihre Kammer ans Telefon gegangen, du hast die Schlüssel genommen, meine Zimmertür aufgeschlossen und bist hineingegangen. Mein Gott, in diesen Hotels ist das Personal so gut geschult und höflich, du hättest sie so lange festhalten können, wie du wolltest, und wenn es eine halbe Stunde gewesen wäre. Aber warum hast du den Umschlag nicht sofort genommen? Warum bist du ein zweites Mal gekommen?»

«Weil ich nicht James Bond bin», sagte er ärgerlich. «Ich hatte keine Ahnung, wohin du ihn getan haben könntest. In deiner Jacke war nichts. Beim ersten Mal habe ich deinen Rucksack durchsucht. Da war auch nichts. Dann dachte ich, du trägst ihn vielleicht immer bei dir, aber ins Schwimmbad warst du ja nur im Bademantel gegangen und hattest ihn sicher nicht in die Manteltasche gesteckt. Erst nachträglich ist mir eingefallen, dass auf dem Tisch ein Umschlag gelegen hatte! Dieser blöde Umschlag! Nur deswegen musste ich noch einmal wiederkommen, als du spazieren gegangen warst.»

Warwara fasste sich an die Wangen.

Von der Erkenntnis, dass sie richtig geraten hatte, wurde ihr ganz schlecht. Viel schlechter als noch vor fünf Minuten. Iwan beobachtete sie aufmerksam und mit ernstem Gesicht.

«Was war in dem Umschlag?»

«Du weißt es nicht», sagte er halb fragend, halb konstatierend.

Warwara schüttelte den Kopf.

Er stand vom Stuhl auf und ging fort. Warwara schenkte sich Wasser aus einer bauchigen grünen Flasche ein und trank es in einem Zug aus.

«Trinkwasser ist im Kühlschrank», sagte er hinter ihr. «In dieser Flasche ist das Gießwasser für die Blumen. Mit Dünger.»

Warwara fing wild an zu husten. Iwan trat neben sie, warf den wohlbekannten Umschlag auf den Tisch und schnupperte an dem schmalen grünen Flaschenhals.

«Hör auf», sagte er zu Warwara. «Anna Semjonowna hat hier noch keinen Dünger hineingetan.»

Warwara hörte augenblicklich auf zu husten.

Der Umschlag lag neben ihr, so vertraut, als sei ein alter Freund zurückgekehrt. Warwara zog an einer Ecke. Er war geöffnet, an einer Seite aufgeschnitten. Warwara schaute hinein, steckte dann ihre Hand in den Umschlag und zog eine dicke Zeitschrift heraus.

Es war eine Ausgabe des «Boten für Funk und Fernsehen» vom November vergangenen Jahres.

Sonst nichts. Absolut nichts. Kein Brief, kein Zettel, nichts.

«Was soll das heißen?», fragte sie Iwan. «Was ist das für ein Unsinn?»

«Das ist kein Unsinn, sondern eine Zeitschrift vom letzten Jahr», erklärte Iwan. «Diese Zeitschrift hast du nach Karlsbad gebracht und solltest sie persönlich jemandem in der … wie hieß die Straße?»

«Moskauer Straße 20», sagte Warwara tonlos. Sie wusste nicht, was sie erwartet hatte, aber keinesfalls den «Boten für Funk und Fernsehen» vom letzten November.

«Ich verstehe das nicht», piepste sie kläglich. «Ich verstehe überhaupt nichts mehr. Ich habe eine alte Zeitschrift ins Ausland gebracht?!»

Iwan gab keine Antwort.

Ihre Verblüffung wirkte ehrlich und echt, fast hätte er ihr

geglaubt. Aber er war auf der Hut – sie war nicht so einfältig, wie man auf den ersten Blick glauben mochte. Sie hatte begriffen, dass nur er den Umschlag genommen haben konnte, obwohl er überzeugt gewesen war, dass sie nicht darauf kommen würde.

Warwara berührte ihre Wange und das Auge. Die Wange fühlte sich sehr dick an und das Auge seltsam klein. Warwara drückte die grüne Flasche gegen die Wange.

«Aber was hast du gesucht? Wozu hast du mein Zimmer durchwühlt? Oder brauchtest du den ‹Boten für Funk und Fernsehen› so dringend?»

Iwan schwieg.

«Tee oder Kaffee?»

«Weiß ich nicht, ist mir egal. Was hast du gesucht?»

Er drehte sich um und schaute sie an.

«Die Kreditkarte.»

«Was … was für eine Kreditkarte?»

«Die Kreditkarte, auf der die halbe Million Schweizer Franken liegen», sagte er langsam und deutlich. «Also was nun, Tee oder Kaffee?»

Merkwürdigerweise war ihr bis zu dem Augenblick, in dem er das Wort Kreditkarte aussprach, gar nicht in den Sinn gekommen, dass es immer noch um die Schweizer Franken ging.

Geben Sie zurück, was Ihnen nicht gehört – Postfach … Wo ist das Geld, du Schlampe?! Unter solchen Bedingungen werden die Investoren aus dem Westen niemals … So eine Idiotin gibt es nicht nochmal, die alles schluckt und nichts … und den Rotzbengel kriege ich auch noch …

Der Tisch mit der grünen Flasche rutschte zur Seite und nach unten, ihr Magen dafür nach oben, die Ziegelstein-

wand begann zu bersten und einzubrechen, und sie begriff, dass sie fiel, dass sie gleich zwischen Glassplittern und Holzbalken zermalmt werden würde.

Eisige Kälte überschwemmte sie und verjagte den Albtraum.

Sie lag mit dem Gesicht in einer flachen Schüssel mit Eis, und Iwan hielt sie fest an den Schultern gepackt. Sie wand sich und wollte sich losreißen.

«Sachte, sachte», sagte er schnell und zog sie aus der Schüssel heraus. «Ganz ruhig.»

Mit einer Hand ihre Schulter festhaltend, wischte er ihr energisch das Gesicht ab und betrachtete sie prüfend. Offenbar gefiel ihm nicht, was er erblickte, denn er drückte sie mit solcher Kraft nach unten, dass sie mit dem Gesicht ihre Knie berührte.

«Lass mich los.»

«Sofort. Atme erst mal durch.»

«So bekomme ich überhaupt keine Luft.»

«Doch, bekommst du.»

Er hielt sie noch eine Weile fest und nahm dann seine Hand weg.

«Na bitte», sagte er befriedigt. «So ist es besser.»

«Woher weißt du davon?»

«Wovon?»

«Von den Schweizer Franken.»

«Pascha Bely ist ein Freund von mir.»

Warwara begriff nicht sofort, von wem er sprach, und als es ihr klar wurde, war sie nicht einmal besonders überrascht.

«Bist du … ein Privatdetektiv?»

«Nein!», antwortete er ärgerlich, erstaunt, dass sie so etwas Dummes fragen konnte. «Wieso zum Teufel sollte ich ein Privatdetektiv sein!»

«Aber warum suchst du dann … nach seiner Kreditkarte?»

«Ich suche nicht *seine* Kreditkarte. Ich suche die Kreditkarte, auf der sich das Geld befindet.»

«Warum bist du denn der Meinung, es sei auf einer Kreditkarte?»

«Weil man es von Paschas Konto gestohlen hat und es nirgends wieder aufgetaucht ist. Höchstwahrscheinlich gibt es ein Konto, auf das man es überwiesen hat, und eine Kreditkarte, über die man es bekommen kann. Diese Karte suche ich. Also was nun? Tee oder Kaffee?»

«Tee. Oder Kaffee. Hast du sofort gewusst, dass es gestohlen wurde?»

«Was heißt sofort?»

«Na, hast du es schon an dem Tag gewusst, an dem du mich angefahren hast?»

Er überlegte einen Moment.

«Erstens hat dich mein Chauffeur angefahren, nicht ich, und zweitens, ja, ich habe es gewusst. Aber angefahren hat er dich zufällig.»

«Solche Zufälle gibt es nicht!»

«Doch, es gibt sie. Wir sind gefahren. Du bist gekommen. Ein Zufall.»

«Warum hast du geglaubt, dass ich etwas mit diesen Franken zu tun habe?»

Wieder dachte er eine Weile nach.

«Sagen wir so: Ich wusste, dass der Mann, der deinen Chef besucht hatte, etwas damit zu tun haben musste. Und du warst die Letzte, die diesen Mann lebend gesehen hatte.»

«Damit meinst du Pjotr Borissowitsch Ligo?», fragte Warwara mit konzentriert gerunzelten Brauen.

«Nun ja.»

«Und dieser Pjotr Borissowitsch ist nicht dein Freund Pawel Bely?»

Iwan goss ihr Tee in einen großen roten Becher und berührte unerwartet ihre Wange.

«Tut das weh?»

«Ja. Iwan, warum sind sie sich so ähnlich? Ich habe tagelang darüber nachgedacht, wer eigentlich im Büro meines Chefs gestorben ist. Ich dachte sogar schon, es sei überhaupt niemand gestorben. Ich dachte, er … er hätte seinen Tod nur simuliert, um dann wieder aufzuerstehen und zu Pawel Bely zu werden.»

«Und zu welchem Schluss bist du gekommen?»

Sie blickte ihn an. Seine Miene war seltsam ernst.

«Niemand ist von den Toten auferstanden. Auf dem Foto in der Zeitung, die du mir zugesteckt hast, hält Pawel Bely den Füller in der linken Hand, und mein Toter schrieb mit rechts. Das habe ich mehrmals gesehen. Es sind zwei verschiedene Männer.»

«Bravo», lobte Iwan. «Du bist ein kluges Kind. Natürlich, es sind zwei verschiedene Männer. Zwillingsbrüder.»

Warwara stellte ihren Becher mit einem Knall auf die steinerne Tischplatte.

«Wie – Zwillingsbrüder?! Aber bei ihnen ist doch … alles verschieden! Verschiedene Vatersnamen, verschiedene Familiennamen!!»

«Pascha ist nach der Scheidung bei seiner Mutter geblieben. Petja beim Vater. Die Mutter hat wieder geheiratet, und der Stiefvater hat Pascha adoptiert, hat ihm seinen Namen gegeben und den Vatersnamen auch. Alles ganz einfach.»

«Das heißt, Pjotr Borissowitsch hat seinem eigenen Bruder das Geld gestohlen?»

«Warwara, vorläufig weiß ich gar nichts. Ich war überzeugt, dass du … dass du damit zu tun hast. Du bist ein bisschen sehr plötzlich ins Ausland gefahren. Ich dachte, du seist in diese ganze Geschichte verwickelt und hättest den Auftrag gehabt, die Kreditkarte fortzuschaffen, möglichst weit von Pascha und allen betroffenen Parteien entfernt. Aber wenn du nichts damit zu tun hast …»

«Ich habe nichts damit zu tun», sagte Warwara schnell.

«… und ich bin geneigt zu glauben, dass das stimmt», fuhr er fort, ohne innezuhalten, «dann bedeutet das, ich muss wieder ganz von vorn anfangen. Hol's der Teufel.»

«Warum hast du … oder dein Freund Pascha – warum habt ihr geglaubt, mein Toter hätte etwas mit dem Verschwinden des Geldes zu tun?»

Iwan runzelte die Stirn. Warwara schaute ihn unverwandt an.

«Weil sie schon seit Ewigkeiten verfeindet sind», sagte er schließlich. «Pascha ist erfolgreich, reich und berühmt. Petja ist ein Niemand. Petja schiebt die ganze Schuld daran auf seine Mutter, die sie damals getrennt hat. Aber das hat doch nichts damit zu tun.»

«Doch. Und warum glaubst du jetzt, dass nicht ich es war, die das Geld gestohlen hat?»

«Ich bin doch kein Idiot.» Er goss aufgebracht heißes Wasser in eine Tasse. Das Kaffeepulver schäumte auf, und der Kaffee floss über den Rand. «Ich habe auch gar nicht gedacht, du hättest es gestohlen. Ich dachte zwar, du wärst eine Akteurin in diesem Stück, hielt aber die Rolle, die du zu spielen hattest, nur für eine Nebenrolle. Hätte man dich heute nicht zusammengeschlagen, würde ich das immer noch glauben.»

«Besten Dank.»

«Bitte sehr.»

Er vertraut mir nicht, dachte Warwara. Und ich? Woher soll ich wissen, ob er die Wahrheit sagt?

Das Einzige, was man mit Gewissheit sagen konnte, war, dass das Geld tatsächlich gestohlen worden war und alle danach suchten: Pawel Bely, Iwan Bersenjew, die Ermittlungsbehörden und der unbekannte Schuft, der Warwara ins Gesicht und in die Rippen geschlagen hatte.

Sofort meldete sich ein dumpfer Schmerz in ihrer Seite, und Warwara fasste sich unwillkürlich dorthin.

«Komm, ich bringe dich ins Bett», sagte Iwan. «Morgen reden wir weiter.»

«Wie hast du herausbekommen, wer ich bin? Dass ich es bin, die die Leiche gefunden hat?»

Er hatte sie dort im Vorzimmer gesehen, als der ganze Tumult begonnen hatte, als von überall her die Neugierigen angelaufen kamen, als ihr Chef verstört durchs Büro gerannt war und ein blasses Mädchen den Notarzt gerufen hatte. Er war dort gewesen und hatte sie gesehen, aber das brauchte sie vorläufig nicht zu wissen.

Eines Tages würde sie alles erfahren. Natürlich nur, wenn er es für richtig hielt, dass sie es erfuhr.

Deshalb hatte er nur die Hälfte der Wahrheit gesagt. Das war besser, als sie anzulügen.

«Ich habe meinen Chauffeur losgeschickt, er sollte sich ansehen, wo die Frau arbeitet, die als Erste am Ort des Verbrechens war. Er hat mir gesagt, dass du die Frau bist, die er am Tag zuvor beinahe überfahren hatte, weil sie unbedingt bei Rot über die Straße latschen musste. Das waren seine Worte.

Nun komm. Du musst dich jetzt endlich hinlegen.»

Er führte sie über den Flur und öffnete eine der Türen –

es mochte die dritte oder die vierte sein. In dem Zimmer standen ein riesiges Bett, von dem er sofort den dunklen Überwurf wegzog, eine bauchige Kommode und zwei Lampen auf Kranichfüßen aus Messing. Eine ganze Wand nahm ein einziges Bild ein – es zeigte eine steinerne Brücke, eine Burg mit spitzen Türmen, eine Wetterfahne und einen großohrigen Troll mit einem Korb.

«Das Bad ist dort.» Er wies mit dem Kopf hinüber zur Wand. «Mein Zimmer liegt gegenüber. Wenn dir nachts schlecht wird, ruf mich.»

«Ruf mich, und ich werde kommen», rezitierte Warwara nachdenklich und betrachtete den Troll auf dem Bild. «Kommen auch durch böse Nächte ...»

Iwan lachte unerwartet laut auf und ging hinaus. Die Tür ließ er offen. Eine Minute später kam er wieder, in der Hand hielt er eine Spritze.

«Was?!», schrie Warwara auf. «Schon wieder?!»

«Schon wieder, mein Liebling», antwortete er. «Leg dich hin.»

Warwara legte sich hin, kniff die Augen zu und zog sich ein Kissen über den Kopf.

Sie mochte eingeschlafen sein oder vielleicht auch nicht, aber das Widerliche und Entsetzliche, was ihr an diesem Tag zugestoßen war, kroch plötzlich aus allen Ritzen.

Er band sie an einem Stuhl fest, verrenkte ihr die Arme und zog ihr auf demütigende Weise die Beine auseinander, goss ihr eiskaltes Wasser auf den Kopf, beleidigte sie und schlug ihr ins Gesicht, schnappte sich den kleinen und schlug auch ihn, befummelte Warwara auf der Suche nach der Kreditkarte mit seinen roten Metzger- und Mörderhänden, und Warwara wusste, wo die Karte war, hatte furchtbare Angst, sich zu verplappern, denn ihr war klar, sobald sie

es verriet, würde er sie umbringen, und auch Wassja und Tanja, und dann drohte ihr der langhaarige Arseni mit irgend etwas Glänzendem, und die halbverweste Leiche erhob sich vom Teppich im Büro des Chefs, und ihr Peiniger riss ihr die Augen heraus, und diese Augen sahen, getrennt von Warwara, einen gelben Aufkleber auf einem Hochglanzmagazin und sein Gesicht, das sie aber trotz aller Anstrengung nicht erkennen konnte.

Dann kam es ihr so vor, als sei sie an einem völlig unbekannten Ort erwacht, wo man sie als Geisel gefangen hielt, sie wollte weglaufen, sich retten, aber da stellte sich heraus, dass sie doch noch schlief, ringsum war es ruhig, dunkel und still, nichts Schreckliches, sie fühlte sich warm und schläfrig, erinnerte sich an eine funkelnde Sonne in blanken Fensterscheiben und an Madame Monroe, die sagte, Warwaras Stil seien kurze Haare, Jeans, T-Shirts und eine Harley-Davidson.

Warwara erwachte, weil ihr Arm heftig schmerzte.

Das war nicht ihr Zimmer und auch nicht das von Tanja. Das Bett war nicht ihr Sofa, die Gardinen vor den Fenstern nicht ihre, und die Fenster waren auch nicht ihre.

Das war nicht ihr Leben.

Und in diesem Leben, das nicht ihres war, gab es dicht neben ihr noch etwas Fremdes, und Warwara schielte vorsichtig zur Seite.

Zehn Zentimeter von ihrer Nase entfernt schlief seelenruhig der Schlossherr und schnarchte laut. Warwara brach augenblicklich der kalte Schweiß aus, so wie es sich für eine sittsame junge Dame gehört, die neben sich im Bett unverhofft einen Mann entdeckt, der auch noch auf ihrem Arm lag. Sie wusste beim besten Willen nicht, wie sie ihren Arm wieder frei bekommen sollte.

Warwara versuchte den Arm wegzuziehen und dabei möglichst leise zu atmen. Der Arm bewegte sich nicht von der Stelle. Iwan lag wie ein Bär mit dem ganzen Gewicht seines Körpers darauf.

Noch nie in ihrem Leben – nicht ein einziges Mal! – war Warwara Laptewa im selben Bett mit einem Mann aufgewacht. Sie hatte keine Ahnung, was in so einem Fall zu tun war.

Gleich würde er die Augen öffnen und sie vor sich sehen – mit einem blauen Auge, einer geschwollenen grünen Backe, mit ungeputzten Zähnen, ungekämmt und ungewaschen!

«Bitte rutsch ein wenig zur Seite», bat Warwara leise und zog wieder an ihrem Arm.

«Mmhum.»

Sie blieb noch eine Weile liegen und wartete. Als er sich überhaupt nicht bewegte, zog sie wieder.

«Rück beiseite», flüsterte sie und schaute ihm ins Gesicht, «nur ein kleines bisschen.»

«Mmhum.»

Die über Nacht gewachsenen Bartstoppeln verjüngten ihn, und sie dachte, dass er etwa siebenunddreißig Jahre alt sein müsste, vielleicht auch jünger. Seine unerschütterliche Selbstsicherheit ließ ihn älter wirken. Aber jetzt schlief er, und die Selbstsicherheit schlief ebenfalls, und da stellte sich heraus, dass er ein ganz junges Gesicht hatte, dichte kurze Haare, kräftige Pranken und einen schweren Körper, der auf Warwaras Arm drückte.

«Lass mich los!», bat sie nachdrücklicher und zog wieder. «Bitte.»

Da schlug er die Augen auf. Vollkommen klare graue Augen, die durch die dichten, dunklen Wimpern fast schwarz wirkten.

«Guten Morgen», sagte Warwara tapfer. «Darf ich bitte meinen Arm wegziehen?»

Eine Zeit lang lag er unbeweglich, als begreife er gar nicht, wovon sie sprach, und schaute sie nur an, ganz, ganz nah.

Warwara bekam es mit der Angst zu tun.

«Lass mich los», wiederholte sie und riss an ihrem Arm. «Ich muss mich waschen. Wie spät ist es? Ich muss zur Arbeit! Und wieso bist du …» Lieber Himmel, wie sollte sie ihn eigentlich anreden?! Gestern war gestern, heute war alles ganz anders! «Wieso sind Sie … bist du hier, du hast doch gesagt, dein Zimmer …»

Er lauschte ihr aufmerksam, dann legte er plötzlich den Arm auf ihren Rücken, zog sie an sich und drückte sie ganz fest. Die Schöße ihres Bademantels verrutschten, glitten auseinander, und er war ganz nah bei ihr, ein großer, unbekannter, fremder Mann – ihr Mann. Mit dem ganzen Körper konnte sie ihn gleichsam spüren – wie er atmete, sich bewegte, wie seine Haut roch, wie sich die langen, glatten Muskeln auf seinem Rücken, neben der Wirbelsäule, anfühlten, wie sein Herz schlug und das Blut durch die Adern pumpte. Warwara schien es, als sei das ihr Blut, das sein Herz antrieb. Mit seinem Bein, das hart wie ein Brett war, drückte er Warwaras Beine herunter. Er streichelte ihr über die Wange und dann über die Brust unter dem verrutschenden, auseinanderfallenden dicken Stoff des Bademantels.

Warwara schloss die Augen. Ihre ganze Haut spannte sich und wurde dünn und extrem empfindlich.

Mit den Spitzen seiner harten Finger berührte er ihre Brust, dann wieder die Wange.

«Ich habe Angst», sagte Warwara. «Und ich habe Angst vor dir. Fass mich nicht an.»

«Im Schwimmbad», sagte er schnell, «im Schwimmbad

habe ich gedacht, ich muss dich haben. Du hattest diesen schwarzen Badeanzug an und warst ganz nass. Ich habe alles auf der Welt verflucht.»

Warwara öffnete die Augen und schaute ihm in die Augen.

«Ich bin danach sogar joggen gegangen», gestand er, als sei das etwas Peinliches. «Nachdem ich den Umschlag aus deinem Zimmer geholt hatte. Was zum Teufel ist los mit mir, hab ich gedacht. Schließlich bin ich doch kein grüner Junge mehr ... Und dann kamst du mit kurzen Haaren, und da war es ganz um mich geschehen. Ich konnte dich kaum ansehen. Selbst wenn du die Kronjuwelen geklaut hättest, trotzdem will ich dich ...»

Warwara kniff wieder die Augen zusammen.

Er küsste sie auf den Mund, und das war schön. So schön, dass sie sich entspannte und dehnte und ihre Arme um seinen Hals schlang und seine Bewegungen fühlte. Ihr ganzer Körper wurde heiß, es wurde ihr zu warm unter der Decke, und sie wünschte sich, dass das alles nie aufhörte.

«Warten wir», flüsterte er ihr ins Ohr. «Warten wir bis heute Abend. Du hast überall Prellungen, und ich weiß nicht einmal sicher, ob deine Rippen alle heil sind. Und ich könnte nicht ... immer so vorsichtig sein.»

Und dann setzte er sich abrupt mit dem Rücken zu ihr auf und rieb sich das Gesicht.

Warwara bemühte sich nach Kräften, leiser zu atmen.

«Also», sagte er, ohne sich umzudrehen. «Wir müssen aufstehen.»

Er tastete unter der Decke umher, förderte karierte Boxershorts zutage, der ihm irgendwie heruntergerutscht sein mussten, als sie sich unter der Decke umarmten, und hob seine Jeans vom Fußboden auf.

«Du warst doch ... drüben», murmelte Warwara und be-

mühte sich, nicht in seine Richtung zu sehen. «Wie bist du hierhergekommen?»

«Ich hatte nichts Derartiges geplant», erklärte er brummig. «Aber du hast so laut gebrüllt, dass ich dachte, es sei besser, mich neben dich zu legen, statt alle fünf Minuten über den Korridor zu rennen.»

«Ich habe gebrüllt?», fragte Warwara ungläubig.

«Und wie. Du hattest Albträume.»

Nackt wie er war, ging er um das Bett herum, beugte sich herunter und küsste Warwara unters Auge.

«Übrigens, was ist das für eine Harley-Davidson, von der du geredet hast? Fährst du etwa Motorrad?», rief er durch die offene Tür zum Bad. Warwara griff sich in die Haare und zog mit aller Kraft daran.

Was war hier los? Das konnte alles doch nicht möglich sein.

Sie hatte sich gerade unter der Bettdecke mit einem nackten Mann geküsst, der jetzt im Bad war.

«Du kannst mein Badezimmer benutzen!», rief Iwan und schaute aus ihrem Bad heraus. Warwara sah ihn an und atmete tief durch. Er hatte sich ein Handtuch umgewickelt.

«Hast du gehört? Du warst gestern schon dort, es hat einen Whirlpool. Soll ich dir aufmachen?»

«Ja», murmelte Warwara und dachte: Immer schön bescheiden bleiben.

Das hatte ihre Geschichtslehrerin immer gesagt. Es war gewissermaßen ihre Lebensmaxime gewesen.

«Also was hat diese Harley-Davidson zu bedeuten?»

«Ach», Warwara lächelte verlegen, «das haben sie mir beim Friseur gesagt. Mein Stil, das seien Jeans, T-Shirts, Pullover und eine Harley-Davidson. Kannst du dir das vorstellen? Ich habe in meinem ganzen Leben noch keine Jeans

besessen, nicht mal in der Schule. Oma hat immer gesagt, Mädchen müssten Röcke tragen. Und eine Harley-Davidson habe ich noch nie gesehen. Was ist das eigentlich? Ein Motorrad?»

«Genau», bestätigte Iwan, «und zwar kein einfaches, sondern eins mit einem gewissen Charisma.»

Er blieb eine Weile stehen, schaute zu, wie das Wasser in weißen Wirbeln in der großen Wanne sprudelte, dann seufzte er schwer. Sie begriff und errötete.

Er legte ihr den Arm um die Schultern und zog sie fest an sich.

«Ich hätte nicht bei dir schlafen sollen», sagte er bedauernd, in einem Ton, als wäre er traurig, weil er als Letzter in der Schlange gestanden und das Brötchen nicht mehr bekommen hatte. «Männer sind so konstruiert, dass ich jetzt an nichts anderes mehr denken kann als nur daran, wie es sein wird.»

«Vielleicht wird ja gar nichts sein», murmelte Warwara.

«Aber sicher wird es!», versprach er. «Tun deine Rippen sehr weh?»

«Ja», gestand Warwara. «Aber atmen kann ich, Gott sei Dank.»

Da küsste er sie und ging in «sein» Bad zurück.

Warwara stürzte zum Spiegel und stöhnte auf – der Bluterguss war nicht zu übersehen, das Auge war ziemlich zugeschwollen, auch wenn es noch schlimmer hätte sein können, und überall, am ganzen Körper, hatte sie blaue Flecken – vom Hals bis zu den Knien und in allen Schattierungen schillernd.

Erst nachdem sie eine Weile in der Wanne gesessen und sich die Haare zurechtgezupft hatte, wie Madame Monroe es ihr gezeigt hatte, kehrte Warwara in die Welt zurück,

und erst jetzt wurde ihr bewusst, dass das Leben weiterging, dass heute ein Arbeitstag war, dass Tanja bestimmt schon hundertmal bei ihr zu Hause angerufen hatte, sie aber nicht ans Telefon gegangen war, und dass inzwischen wahrscheinlich die gesamte Moskauer Miliz, von Tanja alarmiert, auf dem Grund der Moskwa nach ihrer Leiche suchte!

Dann schaute Warwara auf die Uhr.

Sie schüttelte den Kopf, um sich von allen Spuren Iwans, seinen Küssen, seinem Geruch und seinem Geschmack, zu befreien, und schaute noch einmal hin – verstohlen wie eine Katze, die den Stör ihres Herrchens aufgefressen hat.

Es war elf Uhr. Um neun hätte sie zur Arbeit erscheinen müssen.

Sie war nicht zur Arbeit erschienen und hatte auch niemanden benachrichtigt – weder den Chef noch Ilaria, nicht einmal Olga Gromowa.

Es war aus. Ihr Leben war zu Ende. Man würde sie auf der Stelle hinauswerfen, und sie würde nicht mehr in Erfahrung bringen können, wer die halbe Million Franken von Pawel Belys Konto gestohlen hatte und auf welche Weise. Warwara war fest überzeugt, dass des Rätsels Lösung im Büro ihres Chefs zu finden sei und nirgends sonst.

Das Telefon lag noch auf der langen Theke in der Küche. Warwara ergriff es und wählte mit zitternden Fingern eine Nummer.

«Tanja, ich bin's», sagte sie, sobald abgehoben wurde. «Ich bin am Leben, alles ist in Ordnung, mach kein Geschrei.»

Das zu sagen war ungefähr genauso sinnvoll, wie einen Hurrikan zu bitten, das Festland zu verschonen.

Tanja wütete so lange und so heftig, dass Warwara das Telefon schließlich ans andere Ohr hielt. Sie schaute sich suchend um, entdeckte den Wasserkocher und stellte ihn auf seinen Untersatz. Es war nur wenig Wasser darin, aber sie wagte nicht, aus dem Hahn nachzufüllen. Bestimmt trank Iwan kein Wasser aus dem Wasserhahn.

«Wo bist du?», fragte der Hurrikan schwer atmend im Telefonhörer. «Im Untersuchungsgefängnis? Oder hält man dich als Geisel auf einer einsamen Datscha gefangen?»

«Ich bin gestern zusammengeschlagen worden», antwortete Warwara und blickte den Korridor hinunter. Keine Spur von Iwan. «Und der Mann aus dem Flugzeug und dem Hotel hat mich aufgelesen. Der Typ, der mich mit seinem Auto angefahren hat, du weißt schon. Ich bin bei ihm zu Hause.»

«Wo ... bist du?», fragte Tanja, und Warwara wurde klar, jetzt war sie auf einen Stuhl gesunken und griff sich mit ihrer molligen Hand ans Herz. «Bei wem zu Hause?»

«Ich erzähle dir alles nachher», flüsterte Warwara. «Wie lange arbeitest du heute? Bis zwei? Oder bis fünf?»

«Heute habe ich Aufnahme, da arbeite ich bis sechs. Was soll das heißen, gehst du denn nicht zur Arbeit?»

«Ich kann nicht zur Arbeit! Ich bin voller blauer Flecken! Ich komme zu dir, sobald ich kann, und erzähle dir alles.»

«Du bist wirklich ... zusammengeschlagen worden?», fragte Tanja mit zitternder Stimme.

«Wirklich. Tanja, bring Wassja heute Abend zu Olga Wassiljewna.» Olga Wassiljewna war Tanjas Mutter. «Er hat mir gedroht, er würde uns alle umbringen. Bring Wassja fort. Wir können ja heute Abend zusammen fahren.»

«Großer Gott», murmelte Tanja. «Aber was soll ich Dimka sagen? Er macht heute mit Wassja einen Ausflug ins

Planetarium, ich weiß nicht einmal, wann sie zurückkommen!»

«Dimka musst du alles so sagen, wie es ist», erklärte Warwara fest. «Er hat damit nichts zu schaffen. Das sind nicht seine Probleme.»

Tanjas Probleme waren es eigentlich auch nicht, und Warwara machte sich schwere Vorwürfe, dass sie ihre Freundin und deren Kind in diese «Geschichte» hineingezogen hatte.

«Also, Tanja», sagte sie. «Ich fahre jetzt gleich zu dir in die Poliklinik, und wir entscheiden, was zu tun ist.»

Anschließend rief sie in der Firma an.

Wladislawa nahm ab und zierte sich lange, als Warwara sie bat, Ilaria zu rufen.

«Lara, hier ist Warwara Laptewa. Ich bin krank geworden und kann heute nicht kommen», sprudelte sie rasch hervor. «Ich hole mir natürlich noch ein ärztliches Attest, das bestätigt, dass ich nicht einfach blaumache.»

Tanja würde es ihr ausstellen. Warwara war noch nie krank gewesen, sie brauchte auch keine zusätzlichen freien Tage, deshalb hatte sie Tanjas Dienste noch nie in Anspruch genommen, aber jetzt würde sie es tun, denn niemand sollte es wagen zu behaupten, Warwara Laptewa drücke sich vor der Arbeit!

«Nun gut», gurrte Ilaria ein wenig überrascht, «feiern Sie krank, wenn es denn sein muss. Albert Anatoljewitsch war sehr verärgert über Ihre Abwesenheit, aber wenn Sie einen wichtigen Grund dafür haben und ein entlastendes Dokument vorlegen können ...»

Warwara schnitt ihrem Spiegelbild in der Politur des Wandschranks eine Grimasse. Entlastendes Dokument!

«Aber erholen Sie sich nicht allzu lange», sagte Ilaria in

härterem Ton. Offensichtlich machte der Chef ihr Zeichen. «Wir haben jede Menge Arbeit, und Sie lassen uns im unpassendsten Moment im Stich. Wie immer.»

Der Wasserkessel begann zu rauschen – Warwara warf ihm einen Seitenblick zu –, gleichzeitig klappte die Wohnungstür, Schlüssel klirrten, und auf der Schwelle erschien eine Frau in mittleren Jahren mit einer großen Sporttasche. An der Leine hielt sie einen Hund von undefinierbarer Rasse.

«Geh rein. Geh rein, Tjapa. So, und jetzt stopp, ich wische dir erst mal die Pfoten ab. Stopp! Stopp, hab ich gesagt!»

Aber es war schon zu spät – Tjapa hatte Warwara hinter der Theke bemerkt, stürzte, die Stühle über den Haufen rennend, auf sie zu, sprang mit schmutzigen Pfoten an ihrem schneeweißen Bademantel hoch und hechelte ihr freudig ins Gesicht. Warwara streichelte verwirrt die heißen gelben Ohren.

«Guten Morgen», sagte die Frau kühl. «Ich bin Anna Semjonowna. Tjapa, pfui! Kommst du wohl her! Auf der Stelle!»

Aber Tjapa war überzeugt, dass Anna Semjonowna mit jemand anderem sprach, deshalb sprang sie fröhlich um Warwara herum.

«Hallo», begrüßte Warwara sie. Tjapa wedelte mit ihrem Straßenköterschwanz.

«Ich heiße Warwara Laptewa. Ich bleibe nicht.»

Sie wusste selbst nicht, warum sie das gesagt hatte, sie wollte wohl nur irgendwie ihre Stellung definieren.

«Aber Sie frühstücken doch sicher noch hier?», fragte Anna Semjonowna geschäftig. Ihr Ton klang schon etwas liebenswürdiger. «Ich mache jetzt gleich das Frühstück. Set-

zen Sie sich doch. Ich bringe Ihnen Mineralwasser, das ist sehr gesund vor dem Frühstück. Wir haben eine Bleiwasserkompresse, die können Sie auf Ihr blaues Auge legen. Einen Moment, ich hole sie. Ist Iwan Alexandrowitsch schon lange weg?»

«Ich glaube, er ist noch hier», stotterte Warwara und versuchte Tjapa, die ihr mit der Schnauze ins Gesicht wollte, beiseite zu schieben. «Guter Hund. Lustig siehst du aus mit deinen großen Ohren.»

Tjapa hatte tatsächlich überproportional große, abstehende Ohren, die sie wie eine Fledermaus aussehen ließen. Die Färbung ihres Fells – gelb, grau, braun, an den Seiten schwarz – bezeugte zweifelsfrei, dass sie ein waschechter, reinrassiger Straßenköter war.

«Pfui, Tjapa», sagte Anna Semjonowna noch einmal, obwohl allen klar war, dass Tjapa nicht im Traum daran dachte zu gehorchen. «Lass die Frau in Ruhe. Wir wollen jetzt frühstücken.»

Tjapa leckte Warwara rasch übers Gesicht, dann sprang sie flink von Warwaras Schoß und stupste mit ihrem großohrigen Kopf an ihre Hand – sie wartete darauf, dass Warwara endlich begreifen würde, dass sie mit ihr spielen sollte.

«Hier ist die Kompresse. Man hätte sie sofort auflegen sollen, dann wäre die Schwellung gar nicht so groß geworden. Aber egal, legen Sie sie halt jetzt drauf.»

«Danke», murmelte Warwara.

«Was möchten Sie zum Frühstück? Haferflocken? Ein Omelett? Quark? Joghurt? Schinken?»

Warwara wich zurück und wäre fast auf Tjapa getreten, worüber diese ganz begeistert war und fröhlich zu kläffen begann.

«Ich … weiß nicht. Vielen Dank. Ich habe Wasser aufgesetzt, aber Hunger habe ich überhaupt nicht.»

«Nun, essen müssen Sie trotzdem», erklärte Anna Semjonowna energisch. «Tee oder Kaffee?»

«Guten Morgen», hörte man Iwan von weitem sagen. «Pfui, Tjapa!»

Von einer Sekunde auf die andere verlor Tjapa das Interesse an Warwara und raste auf Iwan zu, mit den Krallen über das teure Parkett schlitternd, sprang und tobte und bellte im Überschwang ihrer Gefühle.

«Guten Morgen, Iwan Alexandrowitsch. Was soll ich zum Frühstück machen?»

«Haferflocken, Schinken, Marmelade, Toast und Kaffee», antwortete er, ohne zu überlegen, wie aus der Pistole geschossen. Er hockte sich nieder und kraulte Tjapa den gelben Bauch, und Tjapa zappelte vor Entzücken mit den Pfoten und grinste übers ganze Maul. Kaum war Iwan wieder aufgestanden, sprang sie in die Luft, fiel auf die Vorderpfoten und raste um den ovalen Tisch herum.

«Was für ein Hund!», sagte Anna Semjonowna fröhlich. «Das ist kein Hund, das ist eine Strafe Gottes.»

«Hast du angerufen?», fragte Iwan Warwara, ging auf sie zu und küsste sie.

Alles war so, wie es sein sollte – der morgendliche Begrüßungskuss, die frisch rasierte, angenehm duftende Wange, das Königsschloss, die freundliche Angestellte, Kaffeeduft und sogar der Hund im Hintergrund.

Ich muss sofort weg von hier, schoss es Warwara durch den Kopf. Mindestens bis zur kanadischen Grenze. Ohne auch nur einmal anzuhalten.

«Wie konnte ich das nur vergessen?», sagte Iwan, der von der kanadischen Grenze natürlich nichts ahnte. «Wir hätten

gestern die Bleiwasserkompresse auflegen sollen! Heute ist es schon zu spät. Hast du angerufen?»

«Ich … ja, ich hab angerufen», versicherte Warwara.

Ihr Herz hämmerte wie verrückt gegen ihre zerschlagenen Rippen. Sie musste fort. Sie würde später über alles nachdenken, aber hier durfte sie auf keinen Fall bleiben.

«Ich habe Tanja gesagt, dass ich zu ihr in die Poliklinik fahre. Sie macht dort heute die Aufnahme. Und meinen Chef habe ich auch angerufen.»

Iwan brummte unbestimmt.

«Frühstücken werde ich nicht mehr», erklärte Warwara tapfer und zog sich in Richtung Korridor zurück. Iwan, der mit hochgezogenen nackten Beinen auf einem hohen Stuhl saß, kaute an einem Toast und blickte sie erstaunt an. «Ich ziehe mich jetzt an und fahre los. Vielen Dank.»

«Was denn?»

«Wie – was denn?»

«Was ziehst du an?»

Warwara sah ihn hilflos an, auf ihrem Gesicht drückte sich wachsende Bestürzung aus, je mehr ihr die Bedeutung dieser Frage bewusst wurde. Iwan wandte sich ab.

Ihr Bestreben, möglichst schnell wegzukommen, machte ihn wütend.

Er hatte ihr ehrlich gesagt, dass er sie begehrte. Hatte etwa *das* solche Panik ausgelöst?!

«Und meine Kleider?»

«Es gibt keine Kleider. Im Bad kannst du besichtigen, was davon übrig geblieben ist. Na, die Jacke natürlich …»

«Iwan, ich kann hier nicht bleiben», brach es aus Warwara hervor, sobald die Hausangestellte im Korridor verschwunden war.

«Na, dann eben nicht», sagte er kalt. «Geh nur.»

Am liebsten hätte sie geweint. «Was ist? Verstehst du das nicht?»

«Nein», gab er knapp zurück. «Das verstehe ich nicht.»

Sie schluckte die aufsteigenden Tränen hinunter.

Wie sollte sie ihm nur sagen, dass sie fliehen, sich retten musste, denn sonst würde etwas geschehen, was ihr Leben für immer veränderte.

Sie passte nicht in sein Schloss, und er durfte, sollte mit ihr nicht sprechen, als ob er sich *wirklich* für sie interessiere, sie mit Küssen am Morgen begrüßen, ihre Brust streicheln, ihr irgendeine Fortsetzung versprechen und vor Tjapa kauernd den gelben Hundebauch kraulen, denn beim Anblick seiner streichelnden Hände wurde Warwara ganz schwindelig.

Das. Darf. Nicht. Sein.

«Ich habe Ihren Rock und Ihre Bluse in die Waschmaschine gesteckt», erklärte die zurückgekehrte Anna Semjonowna. «Anschließend kommt alles in den Trockner. Der Rock muss an ein paar Stellen genäht werden, und die Bluse sollten Sie wohl besser nicht mehr tragen.» Warwara wurde so rot, dass das blaue Auge noch dunkler anlief. Iwan trank seinen Kaffee und schaute sie nicht an. «Aber bis nach Hause kommen Sie in den Sachen schon noch. Die Jacke bringe ich in die Reinigung und lasse dort auch einen neuen Reißverschluss einsetzen. Bis heute Mittag ist alles in Ordnung.»

«Na, wunderbar», sagte Iwan gleichgültig. «Danke für das Frühstück. Ich muss los.»

Ohne Warwara noch einmal anzusehen, stellte er seinen Becher hin, kraulte Tjapa, die es sich unter seinem Stuhl bequem gemacht hatte, hinterm Ohr und ging hinaus.

Warwara stand auf und trat ans Fenster. Die Straße dort unten war ihr völlig unbekannt.

«Welche Straße ist das dort unten?» Sie zeigte mit dem Finger nach draußen.

Falls die Hausangestellte sich wunderte, so ließ sie es sich jedenfalls nicht anmerken.

«Die Sretenka. Kann ich Ihren Teller abräumen?»

«Tschüs», sagte Iwan kühl. Mein Gott, warum war er nur so böse? «Sieh zu, dass du in Zukunft nicht mehr in so eine Klemme kommst.»

«Iwan!»

«Was?»

Er trug einen langen Mantel, der ihm nicht besonders gut stand, denn er machte ihn kleiner und breiter, eine perfekt sitzende Hose und einen dunklen Pullover aus Grobstrick. Unter dem Pullover schaute der makellose Kragen eines Leinenhemds hervor.

«Iwan, und was … was wird aus der Kreditkarte?»

«Wie meinst du das?»

«Wie soll man sie nun suchen?»

«Ich weiß es nicht», sagte er liebenswürdig.

«Aber wenn er mich noch einmal überfällt, und ich habe keine Ahnung, wo die Karte ist?»

Er schwieg höflich.

«Ja», sagte Warwara verlegen, «ja, ich verstehe. Entschuldige. Und vielen Dank für alles!»

«Keine Ursache.»

Er ging, und Warwara blieb allein im Schloss zurück.

Ich muss warten, bis die Jacke zurück ist, dachte sie. Dann ziehe ich sie an, gehe auf die Straße, und bin wieder ein freier Mensch.

Das schaffe ich. Noch ist es dafür nicht zu spät.

Nur gut, dass sie noch gehen konnte, auch wenn ihr alle Rippen wehtaten und das blaue Auge offenbar immer mehr anschwoll. Sie konnte gehen und dabei nachdenken.

Warwara fand ihre dunkle Ecke. In einer Nische zwischen Treppe und Wand stand ein riesiger Sessel. Die Treppe schirmte den Blick auf die Einrichtung des Schlosses ab. Hier konnte sie in Ruhe nachdenken. Ohne ihre Ecke auch nur einmal zu verlassen, saß sie bis zur Rückkehr Anna Semjonownas in diesem Sessel.

Die Hausangestellte brachte ihr die erneuerte Jacke. Sie hatte auch noch eine Strumpfhose gekauft, was bei Warwara einen Anfall von Dankbarkeit hervorrief, vermischt mit Scham. Mehr schlecht als recht zwängte sich Warwara in ihre nach dem maschinellen Trocknen noch etwas klammen und zerknitterten Sachen und sagte tausendmal danke schön, bis sie endlich an der gepanzerten Tür stand. Tjapa und ihr Frauchen begleiteten sie wohlwollend und höflich zum Ausgang, und endlich war es überstanden.

Sie war gegangen.

Erst am Eingang zur Metro fiel ihr ihre Handtasche ein, die noch dort lag, neben der ausladenden Garderobe. In der Handtasche waren ihr Portemonnaie, eine Fahrkarte für die Metro und ein Krimi. Sie brach in Tränen aus und ging zu Fuß zu Tanja. Es war ein weiter Weg.

«Alles dreht sich um diese Kreditkarte! Wenn ich es richtig verstehe, haben Iwan und sein Freund Pawel Bely die Karte immer noch nicht gefunden. Sie haben den Verdacht, dass mein Toter das Geld gestohlen und die Karte, auf der es jetzt liegt, irgendwo versteckt hat.»

«Und wer hat ihn umgebracht?», fragte Tanja blinzelnd. «Dein Chef?»

«Weiß ich nicht», antwortete Warwara.

Sie lag auf einer Krankenhausliege, die am Fußende mit braunem Wachstuch bezogen war, und hielt eine wundertätige Kompresse an die Wange gedrückt. Tanja hatte gesagt: «Das blaue Auge bleibt dir sowieso noch erhalten, aber die Schwellung geht dadurch zurück.» Nun wartete Warwara darauf, dass die Schwellung zurückging.

«Das ist ja nur meine Vermutung, dass er umgebracht wurde», fuhr Warwara nachdenklich fort. «Außer mir scheint niemand sonst dieser Meinung zu sein. Iwan hat nichts davon gesagt, dass er es für Mord hält und nicht für einen natürlichen Tod.»

«Vielleicht ist er ja doch von selbst gestorben?»

«Und der Computer? Und das Fenster? Und wieso hat der Chef mir gesagt, er ginge zu den Juristen?! Übrigens muss ich das noch nachprüfen, ob er an diesem Tag wirklich bei den Juristen war. Ich frage einfach Lina Achmetowa, zu der er damals gehen wollte. Sie wird es mir sicher sagen.»

«Und wenn sie lügt?»

«Tanja, das ist doch keine internationale Verschwörung, in die alle Angestellten der Holding ‹Moskauer Zeit› verwickelt sind! Das heißt, ich hoffe es zumindest. Außerdem hält der Chef mich für einen ausgemachten Trottel, und in diesem Fall kommt mir das sehr gelegen. Er denkt bestimmt, ich wäre viel zu blöd, um irgendetwas nachzuprüfen.»

«Also hat dein Chef diesen Typ ermordet», beharrte Tanja, die klare Fakten bevorzugte. «Und auch gestern war es dein Chef, der dich so verdroschen hat. Oder Iwan?»

«Iwan nicht», sagte Warwara schnell. «Er kann es nicht gewesen sein. Er hatte saubere Schuhe. Als mir übel wurde, habe ich mich nämlich diesem … Typ über die Schuhe erbrochen.»

«Großer Gott», murmelte Tanja. Die Begründung stellte sie offenbar nicht recht zufrieden.

Gott im Himmel, was sollte sie nur tun, wenn es doch Iwan gewesen war?!

Aber Schluss damit. Sie würde ihn niemals wiedersehen, und das war richtig und vernünftig, und alles andere kam nicht in Frage. Dennoch: Er konnte, er durfte nicht ein solcher Schweinehund sein.

«Wenn es nicht Iwan war, dann war es also dein Chef», folgerte Tanja. «Aber wer hat deine Wohnung verwüstet? Und Dimka eins über den Schädel gezogen? Alles er?»

«Ich weiß es nicht», sagte Warwara langsam. «Ich verstehe das nicht. Entweder habe ich überhaupt keine Menschenkenntnis, oder es geht hier um etwas ganz anderes.»

Eine Frau mit liebreizendem Gesicht unter einer hohen Pelzmütze schaute zur Tür herein.

«Darf ich, Tatjana Wassiljewna?»

«Ja, nur noch eine Minute.»

«Mein Chef ist ein Schlappschwanz», erklärte Warwara. «Ich begreife überhaupt nicht, wie er auf diesen Posten gekommen ist, das kann nur Schiebung in ganz großem Stil gewesen sein. Er hält sich für eine höchst bedeutende Persönlichkeit, aber er hat von nichts eine Ahnung und schreckt vor jeder Entscheidung zurück wie der Teufel vorm Weihwasser. Er ist bei uns nur … aus kosmetischen Gründen, verstehst du? Hier muss jemand anders am Werk gewesen sein, ein zu allem entschlossener Verbrecher. Sogar Ilaria könnte das besser als unser Albertchen. Wirklich.»

«Ilaria hat dich zusammengeschlagen?», fragte Tanja verwundert.

«Vielleicht hat sie jemanden angeheuert? Wäre doch möglich?»

Tanja zuckte ihre fülligen Schultern, verschwand hinter dem Wandschirm und wusch sich die Hände.

«Du sagst selbst, das ist keine internationale Verschwörung. Wen soll sie angeheuert haben? Einen Killer, wie im Kino?»

Warwara dachte nach. «Ja, du hast recht», seufzte sie schließlich. «Ein Killer ist im Firmenbudget nicht vorgesehen.» Es hat doch nun wirklich keinen Sinn, jemanden für Geld anzuheuern, um *mich* zu töten. Das ist dummes Zeug.»

Die Tür wurde wieder einen Spaltbreit geöffnet, und Tanja rief mit ihrer befehlsgewohnten Doktorstimme: «Einen Moment noch!»

«Wenn dieser Jemand glaubt, ich hätte das Geld, heißt das, er hat in meiner Wohnung auch nach diesem Geld gesucht», fuhr Warwara nachdenklich fort. «Natürlich hat er nichts gefunden, weil ich das Geld ja nicht habe. Daraufhin hat er diesen Zettel geschrieben, wir sollten das Geld zurückgeben, und an deiner Tür befestigt.»

«Wieso eigentlich an meiner Tür? Sind wir etwa beobachtet worden?»

«Bestimmt», sagte Warwara immer noch ganz in Gedanken. «Als wir Dimka zu dir gebracht haben, in der Nacht, weißt du noch? Gut möglich, dass man uns dabei beobachtet hat. Dieser Jemand ist gekommen, hat Dimka niedergeschlagen und dann vorm Hauseingang abgewartet, wie sich die Dinge weiterentwickeln würden. Er ist uns bis zu deiner Wohnung gefolgt und am nächsten Tag wiedergekommen, als ich auf Dienstreise war.»

«Und woher wusste er von deiner Dienstreise?»

Warwaras wundertätige Kompresse fiel zu Boden. Langsam richtete sie sich auf der schmalen Liege auf und schwang die Beine herunter.

«Von der Dienstreise wussten mein Chef und Ilaria. Sie haben sich diese Reise ja überhaupt erst ausgedacht, offenbar nur zu dem Zweck, mich so weit fortzuschicken, dass ich nicht unerwartet zurückkommen konnte, verstehst du? Wenn sie mich zum Beispiel nach Kolomna geschickt hätten, hätte ich ja jeden Augenblick zurück sein können! Die Fahrkarte tauschen, mit dem Bus statt mit der Bahn fahren oder etwas in der Art. Aus dem Ausland konnte ich nicht früher zurückkommen. Also müssen die beiden es gewesen sein, die meine Wohnung so zugerichtet haben. Völlig ungestört.»

Warwara griff sich an den Kopf.

«Möchtest du vielleicht Baldrian?», fragte Tanja.

Warwara hörte gar nicht zu. «Und die Schlüssel! Meine Wohnungsschlüssel waren doch verschwunden! Wir haben doch noch überlegt, wo man sie mir wohl gestohlen hat, im Bus oder auf der Arbeit! Natürlich, sie haben mir die Schlüssel geklaut! Es passt alles zusammen!»

«Ich gebe dir doch lieber etwas Baldrian», sagte Tanja hartnäckig. «Ist ja toll, wenn alles passt. Aber jetzt ist es erst mal die Hauptsache, dass sie uns in Ruhe lassen. Du weißt nicht zufällig, was dieser Mann dir gespritzt hat?»

«Nein.» Warwara versuchte, Ordnung in ihre Gedanken zu bekommen, und Tanja störte sie dabei.

«Er muss dir ein echtes Wundermittel gespritzt haben, wenn du einen solchen Fußmarsch hierher geschafft hast.» Sie schnaufte aufgebracht und riss die Tür zum Flur weit auf. «So, jetzt können Sie reinkommen!»

Warwara stand von der Liege auf und schlüpfte in die geöffneten Stiefel.

«Geh hier rein», sagte ihre Freundin und öffnete eine weiße Tür, die in ein winziges Untersuchungszimmer führte.

«Mach das Licht an und leg dich eine Weile hin. Da ist der Lichtschalter. Du kannst dir auch Wasser heiß machen.»

In offenen Stiefeln mit halb heruntergebogenen Schäften humpelte Warwara in den kleinen Raum und blieb am Fenster stehen. Draußen sah man einen kargen Krankenhaushof, auf dem zwei schmutzig grüne Kleinbusse und eine schiefe Bank standen. Auf der Bank saß ein großer getigerter Kater und leckte sich die Pfote. Wahrscheinlich war er in eine Pfütze getreten. Im März gab es überall Pfützen.

Man hatte sie auf diese Dienstreise geschickt, damit sie nicht unerwartet in Moskau auftauchen und bei der gründlichen Verwüstung ihrer Wohnung stören konnte. Um sie möglichst bequem zu durchsuchen, hatte man aus ihrer Handtasche die Schlüssel gestohlen.

Mit den Schlüsseln stimmte etwas nicht. Warwara schloss die Augen.

Irgendetwas war hier faul.

Sie war nach Hause gekommen und hatte entdeckt, dass ihre Tür offen stand. Nein, zuerst hatte sie entdeckt, dass das Schloss an der Flurtür mit blauem Isolierband fixiert war. Dann war sie eingetreten und hatte gesehen, dass die Tür zu ihrer Wohnung merkwürdig schwankte, wie von Zugluft. Dimka hatte im Korridor gelegen. Erst als Tanja gekommen war, um ihn zu versorgen, waren Warwara ihre Schlüssel eingefallen. Aber sie waren nicht da gewesen. Sie hatte die Tür mit ihrem Ersatzschlüssel abschließen müssen, bevor sie mit Tanjas Auto wegfuhren.

Dann war Warwara vom Flughafen zurückgekommen und hatte entdecken müssen, dass von ihrer Wohnung nichts mehr übrig war.

Irgendetwas hatte sie übersehen. Irgendetwas vergessen.

Der grüne Bus unterm Fenster setzte sich mit fauchen-

dem Motor in Bewegung, Wasser spritzte auf. Der Kater hörte auf, sich zu putzen, hob den Kopf und schaute dem Wagen nach. Seine Pfote hing ausgestreckt in der Luft, wie eine Pistole.

Iwan hatte sie beobachtet. Er hatte gewusst, dass sie nach Karlsbad flog, und geglaubt, sie würde die Kreditkarte mitnehmen, «möglichst weit fort von den betroffenen Parteien». Er hatte im Flugzeug neben ihr gesessen, aber vorher hatte er noch mehr als genug Zeit gehabt – eine ganze Nacht! –, um in Warwaras Wohnung einzudringen und dort alles auf den Kopf zu stellen.

Er hatte die Karte nicht gefunden und beschlossen, ihr zu folgen und sie abzufangen. Im Hotel hatte er sich in ihr Zimmer geschlichen und den Umschlag entwendet, weil er überzeugt war, dass sich darin die Kreditkarte befand.

Ja. Das klang schlüssig.

Aber wenn es so gewesen war, dann folgte daraus, dass er auch alles andere getan hatte. Das Klebeband auf ihrem Gesicht, die Schmerzen, das wüste Gefluche, der Geschmack ihres eigenen Erbrochenen, der berstende Kopf, alles er.

Warwara stöhnte mit zusammengebissenen Zähnen.

Aber warum hatte er sie dann gehen lassen? Oder hatte er sie nur gehen lassen, um sie weiterhin zu beobachten? Vielleicht war er ihr ja in seinem Wagen nachgefahren, als sie durch halb Moskau lief, und wartete jetzt hinter einer Ecke dieser schäbigen Poliklinik auf sie, im festen Glauben, dass sie ihn schließlich doch noch zu dem Geld führen würde?

Nein. Ganz ruhig. Keine Panik.

Wenn sich wirklich alles so abgespielt hätte, dann hätte er doch wohl kaum zugegeben, dass er den Umschlag aus ihrem Hotelzimmer gestohlen hatte, und ihn ihr auch noch

gezeigt! Bei diesem Gedanken wurde ihr sofort ein wenig leichter ums Herz.

Sie musste versuchen, die Sache von einer anderen Seite anzugehen.

In welcher Verbindung stand ihr Chef zu Pjotr Borissowitsch Ligo? Wer hatte Gelegenheit gehabt, ihn zu töten? Iwan offensichtlich nicht – es hatte ja damals im Büro gar keinen Iwan gegeben!

Angenommen, das Geld vom Konto Pawel Belys hatte dessen Bruder entwendet und irgendwo versteckt, wo es niemand finden konnte. Was hatte Warwaras Chef damit zu tun? Wozu brauchte er Pjotr Borissowitsch, noch dazu so dringend, dass er ihn immer sofort empfangen und jedes Mal ziemlich viel Zeit mit ihm verbracht hatte?!

Sie mussten das Geld gemeinsam gestohlen haben, das war die einzige Erklärung.

Und es wäre nicht die schlechteste.

Das Geld hatten sie gemeinsam gestohlen – der Chef und Pjotr Borissowitsch. Offenbar war Pjotr Borissowitsch im Besitz dieser verfluchten Kreditkarte gewesen, denn hätte der Chef sie gehabt, hätte er Warwara nicht in aller Eile mit einer alten Zeitschrift zu einer nicht existenten Adresse nach Karlsbad schicken müssen, um ungestört ihre Wohnung durchsuchen zu können. Die Karte war verschwunden, und der Chef verdächtigte Warwara, sie gestohlen zu haben, als sie den toten Pjotr Borissowitsch in seinem Büro entdeckt hatte.

Iwan Bersenjew hatte offenbar denselben Verdacht gehabt.

Aber Warwara Laptewa selbst wusste nun mal ganz genau, dass sie die Kreditkarte nicht hatte. Sie hatte nicht in den Taschen des Toten gewühlt, als Ljudka Galkina den

Notarzt angerufen hatte, und auch nicht in seine Aktentasche geguckt. Trotzdem blieb die Karte verschwunden, und alle glaubten, Warwara hätte sie.

Tanja hatte recht – Morde wurden schon für ein paar Kopeken begangen, für eine Flasche Wodka, für einen billigen Ehering, den man verkaufen und dafür ebendiese Flasche Wodka kaufen konnte. Eine halbe Million Schweizer Franken reichten da locker aus, um drei Menschen zu ermorden – nicht nur sie, Warwara. Da waren ja auch noch Tanja, Wassja und Dimka.

Warwara drückte ihre Wange gegen die kalte Fensterscheibe. Die Kälte schmerzte an den Zähnen und schraubte sich in ihren Kopf. Gut so. Vielleicht würde ihr das helfen.

Sie musste diese Kreditkarte selbst finden, bevor man sie deswegen umbrachte. Denn wenn sie umgebracht würde, gäbe es niemanden mehr, der weiter nach der Karte suchen würde, niemand würde Tanja und Wassja helfen, und Dimka würde sie nicht mit nach Texas nehmen.

Nein, sie musste die Kreditkarte finden und sie demjenigen geben, der gedroht hatte, sie zu ermorden. Sie allein war für niemanden von Bedeutung. Sie war nur als Beilage zur Karte von Bedeutung.

Wie konnte sie überprüfen, ob Iwan die Wahrheit gesagt hatte oder nicht? Wie herausfinden, ob er wirklich ein Freund von Pawel Bely war? Wie feststellen, ob er aus reiner Freundschaft die Kreditkarte suchte oder das Geld selbst einsacken wollte? Im Grunde genommen wusste sie gar nichts über ihn, außer dass er in einem Schloss in der Sretenka-Straße wohnte.

Ich muss ihn mir endlich aus dem Kopf schlagen, befahl sich Warwara streng und drückte ihre heile Wange noch fester an das kalte Glas. Ich muss so tun, als gäbe es ihn nicht,

und versuchen, das Puzzle ohne ihn zusammenzusetzen. Wenn mir das glückt, bedeutet das, er hat mit der Sache nichts zu tun. Wenn nicht …

Morgen im Büro würde sie nachprüfen, ob der Chef tatsächlich in die Rechtsabteilung gegangen war, während Pjotr Borissowitsch zurückblieb, um an einem nicht ans Stromnetz angeschlossenen Computer zu arbeiten. Sie würde ganz behutsam nachforschen, ob vielleicht jemand aus dem Flügel gegenüber gesehen hatte, wer das Fenster im Büro des Chefs geöffnet hatte und wann. Sie würde mit großer Sorgfalt und mit Fingerspitzengefühl vorgehen.

UNTERWEGS MUSSTEN SIE EIN RAD WECHSELN. In Schmutz und Öl krochen sie auf dem Boden herum und rackerten sich fast eine Stunde ab. Jedes Mal, wenn ein Auto vorbeisauste und eine Fontäne aus Schmutzwasser und Eis hochspritzen ließ, rannten sie schnell hinter den verdreckten Kotflügel. Sie ließen dauernd den Wagenheber fallen, versuchten der Reihe nach, die beinhart festsitzenden Schrauben zu lösen, und waren schließlich alle aufeinander äußerst erbittert. Zu allem Überfluss hatte Warwara auch noch schrecklichen Hunger – ein Löffel Haferbrei, gekocht von der freundlichen, flinken Anna Semjonowna, war das Einzige gewesen, was sie an diesem Tag bisher gegessen hatte. Bei Tanja in der Klinik hatte sie nur Tee mit Zucker bekommen, und nicht einmal davon hatte Warwara viel getrunken, so sehr war sie in ihre Gedanken vertieft gewesen.

«Laptewa, schläfst du, oder was ist?»

«Mhm, nein. Ich glaube nicht.»

«Ich glaube doch!», sagte Tanja erbost. «Du stöhnst ja sogar! Tun deine Rippen weh?»

«Nicht besonders», antwortete Warwara und richtete sich auf dem durchgesessenen Autositz gerade auf. Die Lehne wurde von einer Eisenstange gestützt, die dafür sorgte, dass sie nicht nach hinten fiel. «Tanja, haben wir zu Hause noch was zu essen?»

Tanja bremste präzise vor einer Ampel und schaute Warwara von der Seite an.

«Seit in meinem Haus dein Jugendfreund wohnt, haben wir mehr als genug zu essen. Und es kommt laufend Nachschub rein. Wassja isst erst Käse mit Wurst, dann Wurst mit Käse und trinkt sechsmal täglich Tee, damit er noch mehr Wurst und Käse essen kann.»

Warwara musste lachen, aber Tanja zuckte aufgebracht die Schultern: «Du findest das komisch. Aber er fährt wieder weg, und wir ...»

Warwara schwieg. Das war ein schwieriges, verworrenes Thema, das Warwara im Augenblick nicht diskutieren konnte.

Es kam schließlich vor, dass das Leben einen Purzelbaum schlug und sich in eine völlig andere Richtung drehte. Warwara hatte so etwas noch niemals mit eigenen Augen gesehen, aber davon gehört, dass es vorkam.

«Und was sollen wir ihm sagen?», brummte Tanja mit zusammengebissenen Zähnen vor sich hin.

«Wem?»

«Wem wohl! Deinem Jugendfreund!»

«Wieso?»

«Was heißt wieso! Ich habe ihm gesagt, wir besuchen nur die Oma und kommen dann wieder zurück. Aber wir haben den Jungen dort gelassen. Als ob es nicht schlimm genug wäre, dass Wassja gebrüllt hat wie am Spieß, jetzt fängt bestimmt Dimka auch noch an zu brüllen! Sie hatten für heu-

te Abend eine Partie Schach geplant, oder Dame, was weiß ich …»

«Dimka wird nicht brüllen. Zumindest habe ich ihn noch nie brüllen gehört», erklärte Warwara.

«Ich auch nicht, aber heute wird er es bestimmt tun», versicherte Tanja. «Er und Wassja … das ist so eine Art Seelenverwandtschaft.» Sie lächelte plötzlich. «Es kommt mir sogar so vor, als sähe Wassja ihm ähnlich. Das ist doch absurd, oder?»

«Ja», stimmte Warwara gedankenverloren zu, und sie verstummten.

Dimka fing nicht an zu brüllen, verlangte aber von Tanja in sehr strengem Ton eine Erklärung.

«Frag lieber sie hier», sagte Tanja müde und zeigte auf Warwara. «Schau sie dir erst an, und dann stell deine Fragen. Hast du schon gegessen?»

«Nein», antwortete Dimka und betrachtete Warwara. «Ich wollte noch warten. Ich war im Supermarkt und habe einen … Cake gekauft.»

«Eine Torte», half Warwara.

«Nicht direkt eine Torte, sondern … Was hast du denn da im Gesicht? Das Blaue?»

«Rat mal», schlug Warwara vor.

«Das ist ihr neues Make-up», schrie die boshafte Tanja aus der Küche. «Es heißt ‹Pack schlägt sich, Pack verträgt sich›! In dieser Saison der letzte Schrei!»

«In dieser Saison?», fragte Dimka verwirrt, nahm seine Brille ab und stieß Warwara mit der Nase fast in die Wange. Sie schob ihn weg.

«Dimka, das ist ein blaues Auge», sagte sie. «Ich bin gestern zusammengeschlagen worden, und zwar ziemlich schlimm.»

«Wie … zusammengeschlagen?»

Es hätte nicht viel gefehlt, und Warwara hätte gesagt, er sei genauso schwer von Begriff wie ein amerikanischer Cowboy.

Das Atmen tat ihr weh. In den Rippen auf der rechten Seite pochte der Schmerz. Nur ein Linkshänder konnte so schlagen, dass man rechts mehr Prellungen hatte als links.

«Sein Gesicht hast du nicht gesehen?»

«Nein», sagte Warwara mit Mühe. «Er hat mir auch die Augen zugeklebt. Es hat so gebrannt, dass ich dachte, sie laufen aus.»

«Verdammt», sagte Dimka langsam und nachdrücklich. «Wir müssen zur Polizei gehen.»

«Geh nur», antwortete Warwara entgegenkommend. «Geh, wenn du es für nötig hältst. Auch wir leben jetzt in einem freien Land, fast so wie in Amerika.»

«Wieso hat man dich denn geschlagen? Weißt du das?»

«Er hat mich immer wieder gefragt, wo das Geld ist. Die halbe Million Franken. Offenbar glauben alle, ich hätte sie.»

«Wen meinst du damit?»

Warwara seufzte.

«Das erkläre ich dir später. Nicht jetzt. Ich habe den ganzen Tag nichts gegessen und ein Rad gewechselt und überhaupt … Nach dem Abendessen, einverstanden?»

«Es ist kein Brot da», verkündete Tanja, die gerade aus der Küche kam. «Nicht ein Krümel. Ich gehe schnell runter und kaufe welches.»

«Vielleicht verzichten wir darauf? Und nehmen gemeinsam ab?», seufzte Warwara

Tanja überlegte.

«Nein», entschied sie dann, «wir brauchen Brot. Morgen können wir nicht darauf verzichten. Ich mache morgen den

ganzen Tag Hausbesuche, da muss ich wenigstens ein Butterbrot mitnehmen können.»

«Ich gehe und hole Brot», mischte Dimka sich ein. «Ist doch selbstverständlich.»

Tanja und Warwara wechselten einen Blick.

«Nur bitte keine Wurst mehr», bat Tanja und wurde plötzlich rot, als hätte sie etwas ganz Romantisches gesagt. «Und auch keine Torten. Wir sind alle schon dick genug ...» Und sie errötete noch mehr.

«Gut», willigte Dimka ein. «Nur Brot.»

Er zerrte seinen Rucksack unter der Garderobe hervor und zog sich Handschuhe an – er trug immer Handschuhe. Tanja betrachtete ihn ganz hingerissen. Warwara sah ihr entzücktes Gesicht im Spiegel und hätte ihren Kopf darauf verwettet: Sobald sich die Tür hinter Dimka schloss, würde ihre Freundin sofort erzählen, dass ihr geliebter Ehegatte in zehn Jahren nicht ein einziges Mal eingekauft hatte, nicht einmal eine Schachtel Streichhölzer, geschweige denn Brot!

«Großer Gott», sagte Tanja, und Warwara begriff, jetzt war die Tür zu, «nicht mal bitten musste ich ihn darum! Und meiner hat in zehn Jahren ...»

Warwara prustete unwillkürlich los, und Tanja hielt inne, ohne ihren Satz zu beenden.

«Was ist?»

«Nichts. Er ist wirklich ein prima Kerl.»

«Warum wieherst du dann so?»

«Ich wiehere nicht!», widersprach Warwara. «Ich wundere mich ja selbst, wie wir den entwischen lassen konnten. Nicht jetzt, damals, meine ich.»

Tanja kehrte in die Küche zurück, wo zwei köstlich duftende, mächtige Schnitzel in der Pfanne brutzelten, und schaute durchs Fenster nach unten, auf den überdachten

Hauseingang, aus dem Dimka herauskommen musste. Sie seufzte und wunderte sich über sich selbst und darüber, dass sie am Fenster stand und mit klopfendem Herzen auf einen Mann wartete, der Brot holen gegangen war …

Er tauchte nicht auf.

Tanja bekam plötzlich Angst, sie wusste selbst nicht, warum. Sie knipste das Licht aus und starrte wieder hinunter auf das Vordach tief unter ihr. Es war niemand zu sehen.

«Warwara!», rief Tanja. «Er kommt nicht aus dem Haus!»

«Wer kommt nicht?» Warwara verstand nicht. Sie erschien in der Küchentür und knipste als Erstes das Licht wieder an.

«Ausmachen! Sofort ausmachen! Dimka kommt nicht aus dem Haus!»

«Wie – wie meinst du das?» Warwara spürte plötzlich, dass ihre Handflächen feucht wurden. Mit zwei Schritten war sie am Fenster und drückte die Nase an die Scheibe. «Guckst du schon die ganze Zeit raus?»

«Die ganze Zeit. Und er ist nicht rausgekommen.»

«Ist er vielleicht rausgegangen, als du noch nicht geguckt hast?»

«Warwara, ich schaue schon die ganze Zeit hinunter, und er ist nicht aus dem Haus gekommen!», schrie Tanja. «Ganz bestimmt nicht!»

Sie starrten einander an und dann wieder nach unten.

Der dunkle Hof sah leer und öde aus, genau wie alle Moskauer Höfe Ende März. Schmutziger, unregelmäßig abgetauter Schnee überall, an manchen Stellen lagen noch ganze Schneewehen, an anderen schaute mit allerlei Kehricht bedeckte Erde hervor. Hier und da ragten ein paar kümmerliche Sträucher aus der Erde, denen die Autoabgase noch nicht den Garaus gemacht hatten.

Tanja riss die Lüftungsklappe auf, feuchte Luft wehte herein. Die Klappe schlug gegen den Fensterrahmen.

«Ich gehe runter», sagte Warwara schnell. «Er ist immer noch nicht da. Tanja, hast du ein Beil?»

«Einen Hammer hab ich», erwiderte Tanja ebenso schnell. «Lass uns die Miliz anrufen, ja?»

«Tanja!»

«Wir sagen, bei uns im Hausflur hat jemand eine Bombe gelegt. Dann kommen sie bestimmt. Von mir aus können sie uns nachher wegen groben Unfugs einlochen!»

«Wo ist der Hammer?»

«Auf dem Regal im Bad. Rechts.»

Warwara tastete im Dunkeln nach dem Hammer. Es war ein schweres Werkzeug, mit einem dicken, vom Gebrauch ganz glatt gewordenen Griff. Warwara wurde angst und bange.

«Tanja, siehst du was?», rief sie.

Vielleicht war ihm nur ein Schuhband aufgegangen? Oder er hatte sein Portemonnaie fallen lassen, sein ganzes amerikanisches und russisches Geld war herausgerollt, und jetzt sammelte er die Münzen auf? Oder vielleicht half er einer alten blinden Frau in den Lift?

Aber was wollen alte blinde Frauen um halb elf Uhr abends im Lift?

«Nein. Niemanden.»

«Also, ich gehe jetzt!», rief Warwara laut, um sich selbst Mut zu machen. «Warte hier auf mich. Wenn ich nicht bald zurückkomme, ruf die Miliz an und erzähl ihnen von der Bombe.»

«Ich komme mit.»

«Nein. Du bleibst beim Telefon und rührst dich nicht von der Stelle. Ich gehe.»

«Na, dann geh endlich!», schrie Tanja. Auch sie hatte Angst.

Auf dem Treppenabsatz war es dunkel, nur ein Stockwerk tiefer brannte eine Glühbirne, ihr spärliches Licht reichte nicht bis zu Warwaras Füßen. Sie packte den Hammer fester.

Der Lift war außer Betrieb, also keine blinde Alte.

Sie spähte übers Geländer und stieg vorsichtig die Treppe hinunter. Sie versuchte, möglichst leise zu atmen. Es war nichts zu hören außer den üblichen Geräuschen in einem Mietshaus mit dünnen Türen – klappernde Töpfe, grölende Fernseher, kreischende Kinder, die längst hätten im Bett sein sollen.

Das funzelige gelbe Licht blieb hinter ihr zurück, jetzt bald musste sie die nächste Glühbirne erreichen. Warwara befeuchtete mit der Zunge ihre trockenen Lippen. Die aufgesprungene Haut kratzte und fühlte sich fremd an.

Dimka war Professor, kein Elitesoldat. Er hatte eine Kopfwunde, und ohne Brille war er so gut wie blind und völlig hilflos. Der, der gestern schon Warwara fast umgebracht hatte, könnte jetzt ihn überfallen haben, und sie hatte nichts als diesen Hammer! Einen Hammer aus Tanjas Badezimmer!

Unten polterte etwas, und Warwara blieb abrupt stehen. Der glatte Griff wäre ihr fast aus den verschwitzten Fingern gerutscht.

Mehr war nicht zu hören, und nachdem sie noch eine Zeit lang in der dämmrigen Dunkelheit gewartet hatte, ging sie vorsichtig weiter.

Im Treppenhaus war niemand.

Warwara öffnete die Tür zur Straße, trat in das feuchte Märzdunkel, legte den Kopf in den Nacken und schaute

hinauf. Sie wusste ja, dass in einem der schwarzen Quadrate dort oben Tanja stand und sich sorgte. Warwara winkte und hoffte, die Freundin würde begreifen, dass alles in Ordnung war. Das Winken machte ihr Mühe, und erst nach einer Weile merkte Warwara warum: Sie hielt immer noch den Hammer umklammert.

Sie musste schleunigst wieder hinauf.

Warwara kehrte ins Haus zurück und schloss die kalte Tür hinter sich. Die Tür knarrte und ging wieder auf. Warwara schaute sich um.

Wieder ein Poltern. Warwara zuckte zusammen und blieb lauschend stehen.

Ein undeutliches Geraschel, dumpfe Geräusche und anscheinend auch Stimmen.

Woher kam das?

Oben – Warwara legte den Kopf in den Nacken – war niemand. Vor lauter Anspannung summte es ihr in den Ohren, und sie konnte schon nicht mehr sagen, wo ihr eigenes Ohrensausen aufhörte und die Außengeräusche anfingen.

Plötzlich wusste sie es: Die Geräusche kamen von links, aus der winzigen Hausmeisterskammer. Das kleine Kabuff diente als Zugang zum Müllschlucker, außerdem stapelten sich dort Bretter und Lappen.

Je näher sie der Müllgrube kam, desto unerträglicher wurde der Gestank. Warwara hielt den Atem an und drückte ihr Ohr an die Tür.

Dahinter bewegte sich jemand, es wurde gesprochen – sie hatte also richtig vermutet. Sie nahm den Hammer in die andere Hand, begann vorsichtig, die Tür ein Stück weit aufzudrücken, und betete dabei, sie möge nicht knarren.

In der Kammer war es heller als im Treppenhaus, und als Erstes erkannte Warwara Dimka. Das Licht spiegelte sich in

seinen Brillengläsern und schimmerte auf dem geschorenen Kopf. Den zweiten Mann konnte Warwara nicht richtig sehen. Er stand mit dem Rücken zu ihr und hatte eine schwarze Skimütze tief über den Kopf gezogen. In der Hand hielt er eine Pistole mit glänzender brünierter Mündung. Er fluchte leise und unaufhörlich und fuchtelte mit der Waffe herum. Dimka stand schweigend in der Ecke.

Ein Schweißtropfen rollte über Warwaras Schläfe und fiel auf den Zementboden – erschreckend laut, wie ihr schien.

«Jetzt pass mal auf», sagte der Mann mit der Pistole zwischen zwei Flüchen. Seine Stimme kam Warwara bekannt vor. «Ich hab dich schon lange im Visier, gleich wie meine Alte dich an Land gezogen hat. Ich hab sofort gewusst, dass du Mistkerl überhaupt nicht krank bist und die blöde Ziege sich bloß aufspielt! Die ist doch nur scharf auf 'nen Kerl, ohne kann diese Schlampe doch nicht! Und jetzt brauch ich Geld. Hast du kapiert?! Geld für die Schlampe und ihren Bastard! So viel, wie ich dir sage, und zwar morgen! Hast du das kapiert, he?!»

«Ja», sagte Dimka ziemlich laut.

Warwara war erleichtert, als sie ihn sprechen hörte. Dann konnte es nicht so schlimm sein. Wenn er noch auf seinen Beinen stehen und sprechen konnte …

«Morgen will ich die Kohle haben. Danach kannst du mit den beiden abzwitschern, wohin du willst! Das heißt, den Bengel behalte ich erst noch hier, sonst kommst du noch auf krumme Gedanken und überlegst es dir anders. Aber dann mach ich dich alle, du Arschloch!» Wieder zuckte die Pistole in seiner Hand, und Warwara umklammerte den Hammer fester. Sie musste sich noch etwas näher heranpirschen, ohne dass er sie hörte. Lieber Gott, hilf! Der Schlag musste so stark sein, dass er betäubt wurde und Dimka und

sie Zeit genug hatten, aus dieser stinkenden engen Kammer zu fliehen.

«Und komm ja nicht auf die Idee, mich reinzulegen! Ich reiß dir die Eier ab! Geld brauch ich, Geld! Die Schlampe kannst du umsonst haben, die ist sowieso zu nichts zu gebrauchen, aber den Bengel kriegst du nicht einfach so, du Scheiß-Ami!»

In diesem Augenblick geschahen zwei Dinge gleichzeitig.

Dimka löste sich plötzlich von der Wand, machte einen Riesenschritt nach vorn und stand direkt vor der Pistole, die sich schon fast in seinen schutzlosen Bauch bohrte. Ohne die Pistole zu beachten – Warwara schloss entsetzt die Augen –, packte er den Mann an der Brust und hob ihn etwas in die Höhe. Gleichzeitig flammte hinter Warwara grelles Licht auf, das in den Augen schmerzte.

«Ich habe die Miliz gerufen!», ertönte eine zitternde, aber entschlossene Stimme. «Sie wird jeden Augenblick hier sein! Wenn jemand sich bewegt, fange ich laut an zu schreien!»

«So ein Aas!», zischte der Mann noch, doch da schlug Dimka schon zu.

«Dima!!!», heulte Warwara auf, überzeugt, dass jetzt ein Schuss krachen und Dimka auf den ekelhaften Müllhaufen fallen würde, sich mit den Händen den Bauch haltend, dort, wo die gnadenlose Kugel ihn getroffen hatte, und dann wäre alles vorbei.

Die Pistole fiel mit einem seltsamen Geräusch zu Boden. Der runde Lichtfleck erzitterte, glitt zur Seite, und Tanja begann aus Leibeskräften zu kreischen.

Warwara hob den Hammer und holte aus.

«Ruhe! Hört auf zu brüllen!»

Das hatte Dimka gesagt – laut und fest.

Warwara ließ den Hammer sinken.

«Tanja, still. Es reicht.»

Das Kreischen verstummte plötzlich.

«Dimka ... bist du am Leben?», fragte Warwara. Sie schaute sich nach Tanja um, fasste sie beim Arm und führte ihre Hand, die die Taschenlampe umklammert hielt.

«Ja», antwortete Dimka. «Natürlich bin ich am Leben.»

«He, du ...», sagte eine Stimme irgendwoher aus dem Innern des riesigen Klumpens, den Dimka immer noch an der Brust hielt. «He, du ... was soll die Klopperei?»

Tanja ächzte auf und ruckelte erneut mit der Taschenlampe. Warwara nahm sie ihr aus der Hand.

«Ich kloppe mich nicht», sagte Dimka ausgesucht höflich. «Aber ich warne dich, beim nächsten Mal schlage ich dich tot. Ich schlage dich wirklich tot. Sobald ich dich zu Gesicht bekomme. Okay?»

Der Klumpen gab eine lange Fluchtirade von sich. Tanja stieß Warwara beiseite und stürzte nach vorn.

«Du verfluchter Blödmann», schrie sie und arbeitete sich durch den Müll. «Was willst du von uns? Wieso bedrängst du ihn? Warum kannst du uns nicht endlich in Ruhe lassen?!»

«Schlampe», tönte es nicht sehr überzeugend aus dem Klumpen, und Dimka nahm die Hände weg. Der ganze Klumpen plumpste laut polternd zu Boden und versuchte, sich von dort aufzurappeln.

Warwara verstand überhaupt nichts mehr.

«Großer Gott, was ist das für eine Strafe?! Womit habe ich das verdient?!», tobte Tanja weiter. «Wie lange soll das noch so gehen?! Wir sind seit hundert Jahren geschieden, und du machst mir immer noch alles kaputt! Was willst du denn von uns, du Idiot? Was rennst du uns ständig nach?»

«Wassja ist mein Sohn», stöhnte der dunkle Klotz kläglich und kam endlich auf die Beine. «Ich hab den Bastard erzogen, und jetzt kommt irgend so ein dahergelaufener Halunke …»

«Dein Sohn!», schrie Tanja auf. «Mein Sohn ist das, nicht deiner! Du hast zehn Jahre auf dem Sofa gelegen, du bist nachts nicht ein einziges Mal für ihn aufgestanden, du bist nicht ein einziges Mal mit ihm Ski laufen gegangen, du warst nie bei ihm in der Schule, hast nie einen Ausflug mit ihm gemacht, nie …»

Sie fing haltlos an zu weinen. Warwara warf den Hammer fort und umarmte sie. Dimka gab der Spielzeugpistole einen Fußtritt. Sie überschlug sich und blieb im Müll liegen.

«Gehen wir», erklärte Dimka energisch. «Es ist genug. Komm, Tanja, es reicht.»

Aber Tanja konnte nicht mehr aufhören, sie weinte so heftig, dass es sie schüttelte.

«Warwara, schau mal nach, wo mein Rucksack ist», sagte Dimka. «Und vergiss deine Waffe nicht.» Er blickte auf den Hammer und lächelte, dann fasste er Tanja wie ein kleines Mädchen an der Hand. «Gehen wir nach Hause.»

«Was … was will er denn noch? Was?» Tanja schluchzte krampfhaft, versuchte, ruhiger zu werden, und schluchzte davon nur noch lauter. «Hat er … dich … geschlagen?»

«Ich habe ihn geschlagen», sagte Dimka. «Alles ist okay.»

«Tanka», jaulte der Klumpen. «Tanka, für wen hast du mich … Wie konntest du … Wassja ist doch unser … Ach, verdammte Scheiße …»

«Das fällt dir alles viel zu spät ein», erklärte Dimka plötzlich sehr ernst. «Du hattest … wie lange hat es gedauert?», fragte er Tanja.

«Zehn … zehn Jahre.»

«Du hattest zehn Jahre Zeit», fuhr Dimka fort. «Das ist genug. Jetzt ist es vorbei. Jetzt bin ich da. Und ich schlage dich tot, wenn du uns nochmal in die Quere kommst.»

Tanja weinte immer noch und wischte sich mit dem Ärmel die Tränen ab. Dimka schob sie vorwärts und nahm Warwara die Taschenlampe ab. Der Klotz machte sich im Dunkeln zu schaffen und grunzte kläglich.

«Der Junge», sagte Dimka plötzlich und wandte sich noch einmal um, «ist jetzt mein Junge. Das Äußerste, was ich für dich tun kann, ist, ihm zu verschweigen, dass sein Vater ein solcher Schwächling ist.»

Dimka schob Warwara und Tanja vor sich her die Treppe hinauf. Tanja schluchzte immer noch.

«Was wollte er denn von dir?», fragte Warwara halblaut. «Wofür hat er Geld verlangt? Für Tanja und Wassja etwa?»

«No comments», erwiderte Dimka. «Ich will darüber nicht mehr reden. Wir werden das nicht weiter diskutieren.»

«Doch, werden wir», brummte Tanja, und Dimka warf ihr einen schiefen Blick zu. «Lieber Himmel, so ein Albtraum! Der Typ ist ja völlig durchgeknallt! Kauft sich eine Plastikpistole und eine Maske, wie ein Killer! So ein Wahnsinn. Ich dachte, ich verliere den Verstand! Warwara kam und kam nicht wieder, und du warst irgendwo im Treppenhaus verschüttgegangen!» Sie knuffte Dimka vor die Brust. «Ich konnte doch nicht wissen, dass mein Mann dich überfällt! Ich dachte, dass …»

«Das ist nicht dein Mann», erklärte Dimka nachdrücklich. «Tanja, ich will davon nichts mehr hören, du wirst jetzt still sein. Alles ist okay. Er ist ein unglücklicher Mensch und darum ein Feigling.»

«Unglücklich?!» Tanja wollte empört hochfahren, verstummte aber abrupt, als hätte sie sich selbst den Mund verboten. Warwara musste im Dunkeln unwillkürlich lächeln.

Zur Arbeit setzte sich Warwara Tanjas Sonnenbrille auf und spachtelte den Bluterguss unterm Auge so lange mit Tanjas Abdeckcreme zu, bis die rechte Seite ihres Gesichts erheblich dunkler wirkte als die linke.

«Du hättest dich erst links mit Tinte beschmieren sollen», meinte Tanja, «und über die Tinte dann die Creme auftragen. Dann wäre es gleichmäßig geworden.»

«Ach, rutsch mir doch den Buckel runter», brummte Warwara und musterte sich im Spiegel.

Hatte sie wirklich erst gestern mit Iwan unter der warmen, leichten Decke gelegen? Hatten sie sich wirklich geküsst, berührt und aneinandergepresst? War das alles wirklich ihr passiert?!

Seit gestern hatte die Lage sich im Grunde nicht verbessert, aber trotzdem waren alle drei – Tanja, Warwara und Dimka – plötzlich sehr froh, ganz so, als hätten sie die halbe Million Franken schon gefunden und miteinander geteilt.

Und weil sie so leichten Herzens waren, beschloss Warwara, heute Abend zu sich nach Hause zu fahren und dort zu übernachten. Sie würde sich noch ein Türschloss kaufen, ihren Nachbarn bitten, es einzusetzen, und sich dann ein Fleckchen zwischen all den zerdepperten und ausgeweideten Sachen freischaufeln und ganz von vorn beginnen.

Irgendwann musste sie es ja doch in Angriff nehmen, schließlich konnte sie sich nicht ewig hinter Tanjas Rücken verstecken!

Ilaria Wetlinskaja staunte nicht schlecht, als sie das Vor-

zimmer betrat und am Schreibtisch Warwara mit Sonnenbrille erblickte.

«Wie sehen wir denn heute aus, Warwarotschka?», fragte sie und hielt auf ihrem Marsch durchs Vorzimmer inne. «Wollen Sie zum Skilaufen in die Berge?»

Warum ist sie bloß so verwundert?, schoss es Warwara durch den Kopf. Weiß sie etwa, dass man mich zusammengeschlagen hat?

«Ich habe ein blaues Auge», teilte Warwara forsch mit. «Deshalb trage ich heute eine dunkle Brille.»

«Ein blaues Auge?», fragte Ilaria, während sie ihren Pelzmantel sorgfältig und liebevoll in den Schrank hängte. «Woher denn das, Warwarotschka? Hat da etwa ein Kavalier zugelangt?»

«Ich bin gestürzt», antwortete Warwara und sah Ilaria dabei aufmerksam an.

Ilaria seufzte: «Das müssen Sie mir näher erklären. Ich pflege niemals und nirgends zu stürzen. Es ist direkt langweilig.»

«Lara», sagte Warwara, «ich wollte Sie fragen, was war eigentlich in dem Päckchen, das ich überbringen sollte?»

Die Schranktür fiel mit einem lauten Krach zu, und Warwara fuhr fort: «Es ist nämlich so, dass an dieser Adresse, Moskauer Straße 20, ziemlich merkwürdige Leute wohnen. Sie haben mir gesagt, sie wüssten nichts von einem Päckchen aus Moskau. Ich habe es natürlich dagelassen, aber sie wollten es gar nicht haben! Können Sie sich das vorstellen?»

Ilaria, die schon auf der Schwelle zu ihrem Büro stand, starrte Warwara an. Die schaute hinter ihren dunklen Brillengläsern zurück.

Ob sie überhaupt sehen kann, dachte Warwara, *wie* treuherzig ich gucke?

«Höchstwahrscheinlich haben Sie da irgendetwas verwechselt, wie gewöhnlich, Warwarotschka», sagte Ilaria langsam. «Die Adresse vermutlich. Aber wie auch immer, uns beide geht es gar nichts an, was genau in diesem Umschlag war. Sie verstehen?»

«Nicht ganz», gestand Warwara. «Die Adresse konnte ich nicht verwechseln. Hier, Sie haben sie mir ja diktiert, und ich habe sie auf einen Zettel geschrieben. Sehen Sie selbst. Moskauer Straße 20, alles richtig.»

«Geben Sie her!», sagte Ilaria plötzlich scharf und riss Warwara den Zettel aus der Hand.

«Das ist die Adresse. Sie haben sie diktiert, ich habe sie aufgeschrieben. Also konnte ich gar nichts durcheinanderbringen. Und dort hat man mir gesagt …»

«Mich interessiert nicht, was man Ihnen dort gesagt hat», unterbrach Ilaria sie schroff und setzte dann ein eisiges Lächeln auf: «Warwarotschka, es geht Sie wirklich nichts an, wieso Albert Anatoljewitsch Sie beauftragt hat, den Umschlag an dieser Adresse abzugeben! Wenn Sie keinen Ärger wollen, rate ich Ihnen, stellen Sie ihm keine diesbezüglichen Fragen. Sie wissen selbst, er ist ein reizbarer Mensch und erträgt nur schwer die Dummheit anderer!»

Das Telefon klingelte, und Warwara ergriff den Hörer. Wären Telefonhörer aus Glas, hätte Warwara ihn jetzt zerbrochen und sich die Hand aufgeschnitten.

«Warja», rief es aus dem Hörer, «Warja, bist du das?»

«Ja, ich bin's.»

«Hier ist Saizew, Viktor Wassiljewitsch. Warja, bei uns im Büro klemmt schon wieder die Jalousie, sie lässt sich überhaupt nicht mehr bewegen, und die Computer müssen doch belüftet werden, aber man kommt gar nicht mehr an die Fenster!»

«Und was sagen die Handwerker dazu?»

Ilaria verzog sich in ihr Zimmer. Ein Gespräch über Handwerker interessierte sie nicht.

«Warja, ruf du sie doch an!», drängelte der Leiter der Computerabteilung. «Ich habe schon dreimal angerufen, aber mir sagt man nur, alle hätten in der vierten Etage zu tun, beim Präsidenten sei wieder irgendetwas abgebrochen oder kaputtgegangen! Auf diese Weise sitzen wir noch bis zum Sommer bei geschlossenen Fenstern! Rufst du an, ja? Bitte, bitte.»

«Geht in Ordnung», versprach Warwara.

Es machte ihr Spaß, die Dinge zu regeln. Sie kannte in der Firma alle und jeden, und alle kannten sie, die meisten mochten sie – sie warf einen schnellen Blick auf die Tür, hinter der Ilaria residierte – und halfen ihr gern. Der Reparaturdienst unterstand Warwaras Chef, ebenso wie die Computerabteilung, deshalb konnte Warwara hier wirklich etwas tun.

Nachdem sie bei den Handwerkern angerufen und sich von der dicken Galina Lwowna Abhilfe hatte versprechen lassen – «Natürlich reparieren wir das, Warjetschka, ich schicke sofort Stjopka rüber» –, rief Warwara in der Rechtsabteilung an und bat um eine kurze Unterredung – «nur fünf Minuten» – mit Lina Achmetowa.

Die Juristen waren in der Firma eine Kaste für sich, und im Gespräch mit ihnen musste man sehr vorsichtig sein. Warwaras Chef hatte tödliche Angst vor ihnen, auch wenn er so tat, als habe er keine.

«Lara» – Warwara klopfte vorsorglich bei ihrer Büroleiterin an und steckte erst dann den Kopf durch die Tür zu Ilarias Zimmer –, «ich gehe eben in die Verwaltung. In zehn Minuten bin ich zurück.»

Ilaria sah sie angewidert an.

«Gehen Sie», sagte Ilaria. «Und, Warwarotschka, denken Sie daran, einen Krankenschein für den gestrigen Tag vorzulegen. Sie haben doch nicht geschwänzt, sondern waren wirklich krank, oder?»

Als Warwara schon an der Tür stand, um hinauszugehen, flog diese mit einem Ruck auf, und der Chef kam hereingestürzt. Er trug einen hellen, bodenlangen Mantel, die glänzenden Haare waren parfümiert und frisiert, sogar sein Anzug sah frühlingshaft hell und neu aus.

Warwara wappnete sich.

«Guten Morgen, Albert Anatoljewitsch.»

«Morgen», sagte der Chef, warf ihr einen flüchtigen Blick zu und stutzte. «Was ist denn mit Ihrem Gesicht los? Haben Sie sich geprügelt?»

Warwara atmete rasch aus.

«Nein. Ich bin gestürzt.»

«Na, dann gehen Sie doch nach Hause!», schrie der Chef völlig unvermittelt im Falsett, und sein Hals unter dem Seidentuch lief rot an. «Gehen Sie, gehen Sie schon, Sie jagen ja allen hier einen Schrecken ein! Was denken Sie sich nur dabei, derart grün und blau geschlagen zur Arbeit zu erscheinen! Das ist hier doch kein Puff! Gehen Sie nach Hause und kurieren Sie sich aus!»

Diesmal konnte Warwara das alles nicht wie sonst schweigend hinunterschlucken. Sie konnte es nicht, und basta.

«Ich danke Ihnen für Ihre Anteilnahme, Albert Anatoljewitsch», sagte sie laut, «aber ich fühle mich ausgezeichnet und werde nicht nach Hause gehen.»

In der Tür ihres Zimmers erschien Ilaria, und der Chef richtete seinen flammenden Blick auf sie. Während die beiden einander noch anschauten, ging Warwara in den Flur

hinaus und schloss die schwere Tür zum Vorzimmer leise hinter sich.

«Guten Tag», sagte sie zu der Sekretärin in der Rechtsabteilung. «Ich möchte zu Lina Achmetowa.»

«Ja, ich weiß Bescheid», antwortete das junge, schicke Mädchen herablassend. «Sie ist jetzt frei, aber nur für zehn Minuten, dann muss sie ein wichtiges Telefonat führen.»

«Ich werde mich bemühen, es kurz zu machen», versprach Warwara und lächelte beflissen.

Lina saß hinter einem riesigen Schreibtisch, der so mit Papieren überhäuft war, dass man ihn kaum noch sehen konnte. Die breiten polierten Regale an den Wänden waren mit Aktenordnern vollgestellt und mit Handbüchern und dicken Folianten in abgewetzten Einbänden beladen. Auch auf den Fensterbänken lagen Bücher.

«Möchten Sie Kaffee?»

Warwara fuhr zusammen und kam sich vor wie ein Elefant, der unerwartet eine Maus vor seinem Rüssel entdeckt.

«N-nein. Nein danke. Ich will Sie nicht lange aufhalten.»

«Schon gut, schon gut», sagte Lina. «Aber einen Kaffee lassen wir uns trotzdem kommen. Mit was?»

Warwara schaute sie verständnislos an. Es war ihr peinlich, dass sie so begriffsstutzig war und nicht wusste, wonach diese kleine schwarzhaarige Frau im Hosenanzug sie fragte. Vor dieser Frau wollte sie nicht aussehen wie eine Idiotin.

«Zitrone? Zucker? Milch?»

«Mit Zucker und Zitrone», antwortete Warwara hastig. Niemand bot ihr sonst in ihrer eigenen Firma Kaffee an. Sie servierte ihn hier immer allen selbst.

Ob sie vielleicht mit irgendwem verwechselt wurde?

«Ich bin Warwara Laptewa», sagte sie, damit Lina gar nicht erst auf falsche Gedanken kam. «Die Sekretärin von Albert Krutow.»

«Ich weiß», unterbrach sie Lina und drehte sich mit ihrem gewaltigen Ledersessel herum, um noch ein paar Bücher und Aktenordner aufs Fensterbrett zu legen. «Wie Sie mit denen auskommen, ist mir unbegreiflich! Da muss man ja ein Engel sein! Sind Sie ein Engel, Frau Laptewa?»

Warwara erschrak.

Was sollte das nun wieder? War das ein Test? Aber weshalb sollte Lina sie testen? Hatte der Chef sie etwa darum gebeten? Wenn es so war, würde sie auf Warwaras Frage sowieso keine ehrliche Antwort geben, das hieß, das ganze Gespräch hatte überhaupt keinen Sinn.

«Ich liebe einfach meine Arbeit», sagte Warwara vorsichtig.

«Das ist recht», sagte Lina billigend und warf ihre blauschwarzen gelockten Haare zurück. An ihrem Finger funkelte ein Ehering mit einem unwahrscheinlich großen Brillanten auf. «Hierher bitte, Katja. Danke.»

Die schicke Katja – so also hieß das Mädchen aus dem Vorzimmer! – servierte Warwara einen appetitlich dampfenden Becher und einen Teller mit Zitronenhälften. Lina schüttete sich rasch Zucker in ihren Kaffee – drei Löffel zählte Warwara.

«Was möchten Sie von mir wissen, Frau Laptewa?»

«Bitte», sagte Warwara, «bitte, reden Sie mich doch mit Vornamen an. Ich heiße …»

«Entschuldigen Sie, Warwara», unterbrach sie die Juristin. «Das bin ich hier so gewohnt. Wir reden uns hier alle mit Herr und Frau an. Corporate Style! Nennen Sie mich doch auch einfach Lina. Also?»

Warwara stellte ihren Becher vorsichtig auf eine von Büchern freie Stelle. Sie war nervös.

«Albert Anatoljewitsch hat mich gebeten, nachzufragen, ob er bei Ihnen sein Visitenkartenetui liegengelassen hat. Er hat es irgendwo vergessen und kann es jetzt nicht wiederfinden.»

«Sie kommen auf die Bitte von Albert Anatoljewitsch?», fragte Lina und blickte Warwara forschend an.

Warwara zögerte nur eine Sekunde lang.

Sie hatte von Anfang an gewusst, dass es so kommen konnte. Ihr ganzer schlauer Plan stand auf äußerst wackligen Füßen. Natürlich hätte der Chef sie niemals wegen seines Visitenkartenetuis hergeschickt. Er wäre selbst gekommen oder hätte zumindest persönlich angerufen.

«Lina», sagte Warwara hastig, «ich muss herausfinden, wo mein Chef war, als bei uns im Büro sein Besucher gestorben ist. Er hat behauptet, er wäre zu Ihnen gegangen.»

«Wozu wollen Sie das wissen?»

«Ich bin in einer Zwickmühle.» Warwara griff wieder nach ihrem Kaffeebecher und nahm einen Schluck. «Und ich weiß nicht einmal genau, in was für einer. Ich muss das alles klären, oder ich komme in eine wirklich unangenehme Situation. Genau genommen stecke ich eigentlich schon drin.»

«Aber dieser Mann ist doch einfach gestorben, sonst nichts», sagte Lina verständnislos. «Oder bin ich da nicht richtig informiert?»

Vorsicht, Warwara! Jetzt musst du gut aufpassen, damit du dich nicht auf dünnes Eis begibst. Kein Wort und keine Geste mehr als nötig.

«Ich weiß auch nichts Genaueres und versuche, mehr zu erfahren.»

Lina schaukelte nachdenklich in ihrem Sessel hin und her.

«Hat das Ihr Chef gesagt – er sei bei mir gewesen?»

«Ja.»

«Seltsam.» Lina hörte auf zu schaukeln und blickte Warwara an. «An dem Tag, an dem dieser … unerfreuliche Zwischenfall sich ereignet hat, war Albert Anatoljewitsch aber gar nicht hier.»

«Meinen Sie, nicht bei Ihnen persönlich oder überhaupt in der Rechtsabteilung?»

«Weder bei mir noch bei jemand anderem», versicherte Lina. «Und auch Ilaria Wetlinskaja ist hier nicht aufgetaucht.»

«Danke», sagte Warwara. «Vielen Dank.»

«Nicht der Rede wert. Und warum müssen Sie das nun so unbedingt wissen?», fragte Lina in verschwörerischem Tonfall. «Mir können Sie es ruhig sagen, ich verrate Sie nicht.»

«Ich will nur ein paar Dinge nachprüfen», murmelte sie. «Es hängt mit der Arbeit zusammen.»

Lina nickte, als akzeptiere sie ihre Erklärung, und Warwara beeilte sich, das Büro zu verlassen.

Kaum hatte sich die Tür hinter ihr geschlossen, griff Lina zum Telefonhörer. Dass sie anrufen musste, stand für sie keine Sekunde außer Zweifel.

IM VORZIMMER WARTETE schon ungeduldig Natascha Minajewa und schaute immer wieder zur Tür.

«Wie gut, dass du kommst!», stürzte sie sich auf Warwara. «Ich sitze schon eine Ewigkeit hier!»

Warwara war nicht länger als zehn Minuten fort gewesen.

«Die Gromowa schickt mich mit euren Zeitungen. Bring sie der Laptewa, hat sie gesagt, die kommt wahrscheinlich

kaum zum Luftholen und hat bestimmt keine Zeit, hinter den Zeitungen herzulaufen!»

«Danke», murmelte Warwara. Es war ein dickes Paket – nicht nur Zeitungen, sondern auch verschiedene Zeitschriften. Auf allen Zeitschriften waren gelbe Aufkleber mit der Adresse: Leningrader Chaussee Nummer soundso.

Warwara schaute auf die Aufkleber, und plötzlich wurde ihr übel.

«Was hast du?», fragte Natascha erschrocken. «Was ist, Warja? Soll ich dir Wasser holen?»

In dem bewussten Auto hatte sie mit der Wange auf einer Zeitschrift gelegen, und mitten auf dem Hochglanzcover war genau so ein gelber Aufkleber gewesen.

«Ich weiß nichts», murmelte Warwara verzweifelt, wie im Fieber. «Ich weiß nichts von irgendwelchem Geld! Ich weiß wirklich nichts!»

«Warwara, was hast du?!»

Sie kam augenblicklich wieder zu sich. Natascha stand vor ihr und hielt ein Glas Wasser in der Hand. Das Wasser war kalt und das Glas beschlagen. Warwara nahm ihr das Glas aus der Hand und trank es in einem Zug aus.

«Bis du krank? Du hast bestimmt Fieber! Warum trägst du eine Sonnenbrille?»

«Augenschmerzen», presste Warwara hervor. Lina Achmetowa hatte ihre Brille gar nicht beachtet. «Danke, Natascha. Sag der Gromowa, ich komme bald mal vorbei.»

Natascha wollte noch etwas sagen, aber Warwara schüttelte den Kopf. Es hätte ihr gerade noch gefehlt, dass Ilaria aus ihrem Zimmer auftauchte und sich an einer Diskussion über Warwaras Gesundheitszustand beteiligte!

Also stammte die Zeitschrift auf dem Autositz aus ihrem eigenen Vorzimmer. Natürlich, Zeitschriften mit diesen Auf-

klebern erhielten alle Vorzimmer in ihrer Firma, aber nur ein einziges, ihr eigenes, stand in einer Beziehung zu ihr.

Also doch Albert Anatoljewitsch.

Ihr Chef hatte sie auf eine Dienstreise geschickt, um sie aus dem Weg zu räumen, der Chef hatte ihre Wohnung verwüstet, der Chef hatte Dimka niedergeschlagen, so brutal, dass er ihn fast umgebracht hatte, der Chef hatte sie gefesselt und im Auto verschleppt, sie geschlagen und verlangt, sie solle das Geld zurückgeben. Zum Schluss hatte er sie auf die Straße geworfen, und Iwan hatte sie aufgelesen.

Iwan hatte sie aufgelesen, sie versorgt, ihr Essen gemacht und Spritzen gegeben.

Warwara griff sich an den Kopf. Das Innere ihres Kopfes fühlte sich kalt an, und sogar ihre Gedanken waren kalt und schlaff.

Denk nach, sagte sich Warwara. Erinnere dich.

Dimka hatte bei ihr zu Hause geschlafen und nicht auf ihre Telefonanrufe reagiert. Ilaria hatte ihr eröffnet, dass sie eine Dienstreise antreten würde. Nein, das war der Chef selbst gewesen. Der Chef hatte sich abgewandt, feindselig geschnauft und etwas von einem Pass gesagt, den sie an der Grenze vorzeigen müsse. Dann hatte er sie nach Hause schicken wollen, aber sie war nicht gegangen, weil sie fürchtete, Wladislawa würde sich auf ihrem Platz einnisten und alles durcheinanderbringen.

Der Chef hatte gesagt, sie solle nach Hause gehen! Warwaras Anwesenheit im Vorzimmer hatte ihn geärgert.

Er hatte Dimka gar nicht niederschlagen können, weil er den ganzen Tag in seinem Büro gesessen hatte wie ein schlecht erzogener Wachhund. Er hätte sie niemals gedrängt, doch endlich Feierabend zu machen, wenn er beabsichtigt hätte, in ihre Wohnung einzubrechen.

Aber am selben Tag waren plötzlich ihre Schlüssel verschwunden, und sie war sicher, dass das auf der Arbeit geschehen war. Warwara rieb sich die Wangen. Der Nebel in ihrem Kopf lichtete sich, und durch die Nebelstreifen schimmerte allmählich eine Erkenntnis.

Ilaria hatte die Schlüssel vom Boden aufgehoben und sie ihr zurückgegeben. Sie hatte dabei wie immer irgendetwas Beleidigendes gesagt. Wenn sie vorgehabt hätte, ihre Schlüssel zu stehlen, hätte sie sie wohl kaum zurückgegeben – wozu?! Das war doch so ein günstiger Zufall!

Also musste es noch jemanden geben.

Einen dritten Mann. Und der musste eine Verbindung zu dem Geld und zur Holding «Moskauer Zeit» haben.

Zum Geld deshalb, weil er danach gesucht hatte, als er Warwaras Wohnung verwüstete, und zur Holding deshalb, weil in seinem Auto dieses Hochglanzmagazin mit dem widerwärtigen gelben Aufkleber gelegen hatte.

Angenommen, es waren drei Männer beteiligt – der Chef, Pjotr Borissowitsch Ligo und Mister X. Angenommen, sie hatten zu dritt beschlossen, die halbe Million vom Konto des unglückseligen Pawel Bely zu stehlen. Was war danach geschehen?

Hatten sie sich zerstritten, weil sie es nicht schafften, die Beute zu teilen, und dann in einem plötzlichen Anfall von Wut Pjotr Borissowitsch ins Jenseits befördert? Und hatte der vorausschauende Tote die Kreditkarte so gut versteckt, dass die beiden überlebenden Komplizen sie trotz aller Anstrengungen nicht finden konnten?

Ihre Schlüssel waren erst verschwunden, nachdem Ilaria sie aufgehoben und ihr zurückgegeben hatte. Im Vorzimmer waren eine Menge Leute gewesen, angefangen bei Ljudka und Ignat bis hin zu Olga Gromowa. Wie sollte sie

jetzt feststellen, wer von ihnen ihr die Schlüssel gestohlen hatte?!

Und dann das Fenster, verflixt und zugenäht! Wer hatte das Fenster im Büro des Chefs geöffnet und wozu?

Und Iwan Bersenjew? War er vielleicht der dritte Mann, Mister X?

Oder war er doch nur der treue «Freund von Pascha Bely», der uneigennützig nach Paschas halber Million suchte, der Warwara nicht nur durch Moskau, sondern auch ins Ausland folgte, sie vor Banditen rettete und in seinem Schloss aufnahm und pflegte?

Das Telefon auf ihrem Schreibtisch schrillte. Auf dem Plastikgehäuse leuchtete das hysterische rote Auge auf.

«Ja, Albert Anatoljewitsch?»

«Wie oft habe ich es Ihnen schon gesagt!», brüllte der Chef aus dem Telefon, und Warwara kam es vor, als sei das *sein* vorquellendes rotes Auge, das sie vom Gehäuse des Apparates anglotzte. «Sie sollen mit mir nicht über die Freisprechanlage reden! Nur durch den Hörer! Nur durch den Hörer!»

«Gut», stimmte ihm Warwara zu. «Nur durch den Hörer.»

«Nein», stöhnte der Chef. «Das bringt das Fass zum Überlaufen! Haben Sie das gehört, Sie?!»

«Ja. Das bringt das Fass zum Überlaufen und nur durch den Hörer», wiederholte Warwara.

Der Chef, der eine derartige Antwort nicht erwartet hatte, schwieg einen Moment verwirrt, dann erlosch das rote Auge abrupt.

Doch Warwaras Genugtuung währte nicht lange. Drei Sekunden später kam er aus seinem Büro herausgestampft.

«Was ist los, sind Sie übergeschnappt?», fragte er misstrauisch. «Wo ist Lara? Wo ist Lara, frage ich Sie?!»

«Ich weiß es nicht genau», sagte Warwara. «Ich bin gerade erst aus der Verwaltung zurückgekommen, und da war sie nicht mehr hier.»

«Na, dann suchen Sie sie!», schrie der Chef völlig entnervt. «Auf der Stelle, hören Sie?! Ich kann mit Ihnen nicht arbeiten!!»

Ich auch nicht, hätte Warwara am liebsten gesagt. Ich werde auch nicht länger mit dir arbeiten, weil du ein Hysteriker bist, ein Jammerlappen, Schlappschwanz und Gauner! Ich gehe zu Arseni Trojepolski und übersetze dort interessante Texte, und er wird mich befördern, und dort werden mich alle brauchen, und keinem wird es in den Sinn kommen, mich wie einen Fußabtreter zu behandeln, nur weil er der Chef ist und ich die Sekretärin.

Ich bin kleinmütig und schwach. Ich werde natürlich nirgends hingehen, nie werde ich mich dazu aufraffen, diese Handynummer anzurufen, die mit eckiger Handschrift auf dem Kärtchen aus rauem Karton gekritzelt steht. Ich werde auf diesem Stuhl sitzen, vor Angst zittern, mir deine Beleidigungen und die deiner beiden Straßentölen anhören, dir Kaffee servieren und meine Kratzfüße machen – wie immer.

Außer natürlich, es stellt sich heraus, dass du der Mörder bist.

Der Chef verschwand wieder in seinem Büro, und Ignat Brashnikow erschien im Vorzimmer.

«Du bist hier?», wunderte er sich. «Ich hab gehört, du wärst krank!»

«Gestern war ich krank. Heute bin ich wieder gesund.»

«Und wieso hast du diese Brille auf?»

«Ich bin gegen eine Tür gelaufen», informierte ihn Warwara finster. «Ich ging so vor mich hin, und plötzlich – wumm! Was möchtest du, Ignat?»

«Ach, nichts Besonderes», sagte er verwirrt. «Ich komme nur so vorbei … Saizew hat gesagt, die Verwaltung überprüft jetzt den Zoll?»

«Ja, das stimmt», bestätigte Warwara und fügte plötzlich hinzu, als Fortsetzung ihrer eigenen Gedanken und nicht an Ignat gerichtet: «Wer hat es bloß geöffnet, dieses verfluchte Fenster?»

«Welches Fenster?»

Warwara seufzte.

«Als im Büro des Chefs der Besucher gestorben ist und ich ins Zimmer kam, war das Fenster geöffnet. Wer hat es aufgemacht? Und wozu?!»

«Ach so!», sagte Ignat erfreut. «Du redest von der Leiche!»

«Genau.»

«Das war dein Chef, der es aufgemacht hat», teilte Ignat munter mit. «Ich hab's gesehen.»

«Wie … gesehen?» Warwara war perplex.

«Aus meinem Fenster», sagte Ignat stolz. «Ich war den ganzen Tag an meinem Platz und hab nach draußen geguckt, mein Programm lief nämlich nicht, und da habe ich gesehen, wie dein Chef auf dem Fensterbrett stand und am Rahmen zerrte. Ich habe noch gedacht, wieso will der plötzlich das Fenster aufmachen, hat eure Klimaanlage schlappgemacht oder was?»

«Der Chef stand auf dem Fensterbrett?!», schrie Warwara.

«Ja, genau», versicherte Ignat. «Wieso? Hat das irgendeine Bedeutung?»

Der Chef auf dem Fensterbrett – eine unmögliche Vorstellung, aber wieso sollte Ignat lügen?

Jetzt verwirrte sich alles nur noch mehr.

«Und das hast du … ganz bestimmt gesehen?»

«Ganz bestimmt. Was ist denn los? Ist der Tote wieder lebendig geworden?»

«Ach, Unsinn!», sagte Warwara ärgerlich. «Mir geht nur so einiges durch den Kopf. Schließlich stirbt nicht jeden Tag jemand im Büro meines Chefs.»

«Das war dein Chef, der ihn abgemurkst hat, garantiert», flüsterte Ignat im Verschwörerton. «Ich hab's von Anfang an gesagt, aber du wolltest mir ja nicht glauben.»

Warwara hätte liebend gern jemandem von ihren Vermutungen und Ängsten erzählt, und Ignat kam ihr wie ein geeigneter Kandidat dafür vor. Sie öffnete schon den Mund und rückte mit ihrem Stuhl näher an ihn heran, da kam Wladislawa ins Vorzimmer gerauscht, beladen mit Paketen, Päckchen und Tüten.

«Hallo!», grüßte sie mit sexy heiserer Stimme. «Was ist das für eine Brille? Hast du die neu?»

«Nein», antwortete Warwara, und Ignat sprang auf wie angestochen und flitzte zur Tür. Warwara bedauerte sehr, nicht mit ihm zusammen verschwinden zu können. «Ich habe nur ein blaues Auge.»

«Wie interessant!», hauchte Wladislawa und stellte ihre Päckchen auf Warwaras Papieren ab. «Und unser Schnuckilein? Ist er da?»

«Ja.»

«Gut gelaunt?»

«Schlecht.»

«Hast du ihn heute schon wieder auf die Palme gebracht?», konstatierte Wladislawa, mehr als dass sie fragte, und ließ ihre kurze Pelzjacke nachlässig auf den Sessel fallen. «Nun, gleich wird er gefüttert, das hebt seine Laune wieder.»

Warwara stand auf, nahm den federleichten, parfümierten Pelz und hängte ihn in den Schrank.

Ignat hatte also *gesehen*, wie der Chef das Fenster geöffnet hatte. Richtig, die Fenster der Computerabteilung befanden sich ja auf der gegenüberliegenden Seite, von dort waren ihr Vorzimmer und das Büro des Chefs bestens zu sehen. Aber wieso hatte der Chef das Fenster öffnen müssen? Selbst als neulich zum Frühjahrsputz der Fensterreinigungservice gekommen war und die Männer in ihren Aufzugskörben an der Außenmauer hingen und alle Fenster putzten, war es niemandem in den Sinn gekommen, sie zu öffnen. Sie wurden erst von außen geputzt und anschließend von innen, das war's.

Er hatte das Fenster geöffnet, Pjotr Borissowitsch frierend am nicht eingestöpselten Computer zurückgelassen und war fortgegangen, mit unbekanntem Ziel, denn in der Rechtsabteilung war er ja nicht gewesen. Und zu alledem hatte er Warwara auch noch angelogen.

Warwara stand vom Schreibtisch auf und ging zu dem Alpenveilchen. Das Veilchen sah gleichgültig aus und war sehr schön.

Und wenn nun Pjotr Borissowitsch schon gestorben war, bevor der Chef sich mit unbekanntem Ziel verdrückt hatte? Der Chef hatte ihn umgebracht – oder vielleicht auch nicht, sondern Pjotr Borissowitsch war von selbst gestorben – und war anschließend weggegangen, damit Warwara die Leiche als Erste fand?

Aber was war das dann für ein Lärm gewesen, den sie vom Vorzimmer aus gehört hatte? Auf diesen Lärm hin war sie ja ins Büro gelaufen und hatte die Leiche von Pjotr Borissowitsch gefunden! Wäre er da schon tot gewesen, hätte er ja wohl nicht mehr durchs Büro springen und vom Stuhl fallen können!

Durch die Sonnenbrille kam es ihr vor, als sei es längst

dunkel. Warwara schob die Brille ein Stück hoch, um sich zu vergewissern, dass es noch nicht Nacht war. Draußen war es heller Tag, wenn es auch regnete. Die Spatzen hüpften ausgelassen in den Pfützen herum, an der zweiten Etage hing ein Korb des Fensterputzdienstes, die Fensterputzer selbst waren allerdings nicht zu sehen – sie hatten sowieso nicht gerade die Arbeit erfunden.

«Ist Ihnen langweilig, Warwarotschka?», fragte Ilaria hinter ihr. «Ist Wladislawa schon gekommen?»

«Ja, sie ist schon da», antwortete Warwara und schob die Brille zurück auf die Nase.

«Sie könnten ihr doch wirklich mal helfen, Warwarotschka! Sie hat immer so viel zu tun. Offenbar im Gegensatz zu Ihnen.»

Warwara schwieg.

«Und vergessen Sie nicht Ihr Attest, Warwarotschka! Zum Frauentag gibt es eine Prämie, und ich kann meine Unterschrift dafür auf keinen Fall geben, wenn sich herausstellen sollte, dass Sie kein entlastendes Dokument vorweisen können.»

«Ich gehe morgen in die Poliklinik und hole mir den Stempel», versicherte Warwara. Es gab gar nichts, was man hätte stempeln können, kein «entlastendes Dokument» – aber Tanja würde sich schon was einfallen lassen!

Die Tür ging auf, und herein schaute Stjopka, den Galina Lwowna vom Reparaturdienst damit beauftragt hatte, die kaputte Jalousie zu reparieren. Ilaria zog sich augenblicklich zurück. Das hätte ihr gerade noch gefehlt – mit irgendwelchen hergelaufenen Stjopkas reden zu müssen!

«Erledigt», teilte Stjopka finster mit. Die zahlreichen Taschen seines Overalls waren mit allerlei Werkzeug so prall gefüllt, dass sie abstanden. Alle Männer vom Reparaturdienst

sahen irgendwie melancholisch aus. «Aber eins kannst du denen sagen, sie sollen das lassen, das …»

«Was?», erkundigte sich Warwara.

«Sie sollen nicht immer so an der Scheluse zerren!» Er sagte tatsächlich «Scheluse» und zog drohend die Nase hoch. «Die zerren dran, und ich darf sie reparieren!»

«So ist eben unser Leben, Stjopa», meinte Warwara philosophisch. «An uns zerren sie alle, genau wie an dieser Scheluse!»

«So isses», bestätigte Stjopa. «Und dabei brauchen sie die gar nicht, drei Monate haben sie im Dustern gesessen und nix gesagt, und jetzt kriegen sie plötzlich einen Rappel, von wegen reparieren!»

«Die Räume müssen gelüftet werden. Wegen der Computer.»

«Dann sag deinem Chef, er soll da Klimaanlagen einbauen. Ist doch wohl nicht zu viel verlangt!»

«Warwarotschka, was gibt es bei Ihnen für fruchtlose Diskussionen?», fragte Ilaria hinter der halb geöffneten Tür laut. «Jeden Augenblick kann Albert Anatoljewitsch herauskommen, und Sie haben ständig … Besuch!»

«Das ist der Reparaturdienst!», erklärte Warwara und lächelte Stjopa zu. Der verdrehte die Augen und machte eine obszöne Geste in die Richtung von Ilarias Büro. Warwara winkte beschwichtigend ab. Stjopa machte sich aus dem Staub.

«Wozu geben Sie sich nur immer mit all diesen Idioten ab, Warwarotschka! Sie wissen doch: Sage mir, mit wem du umgehst …», rief Ilaria erzürnt und kam ins Vorzimmer gerauscht.

«Beim Reparaturdienst arbeiten nun mal keine Universitätsprofessoren», schnitt ihr Warwara das Wort ab. «Das

mag Ihnen seltsam erscheinen, aber so ist es nun mal. Und ohne unseren Reparaturdienst geht es nicht, Lara! Im Stock über uns zum Beispiel sind die Rohre der Herrentoilette verstopft. Angeblich von zu vielen Präservativen. Wenn das bis heute Abend nicht repariert ist, haben wir die Schweinerei morgen bei uns, und hier ist doch erst vor kurzem renoviert worden.»

Es war nur eine kleine Rache, nichts Besonderes, aber trotzdem war Warwara stolz auf sich. Ilarias Augen wurden ganz rund, und unverfälschtes Entsetzen entquoll ihnen.

«Was sagen Sie da!», stammelte sie und schaute zur Decke, als fürchte sie, dass jeden Moment der mit Präservativen vermischte Unrat auf sie herabregnen würde. Sie rümpfte sogar die Nase und schnupperte, ob schon etwas zu riechen sei.

Es roch nach Wladislawas Ragout.

«Machen Sie den Vertrag mit Nizhni fertig, Warwarotschka», ordnete Ilaria an, als sie sich wieder etwas gefasst hatte. «Für die nächste Saison müssen Änderungen eingefügt werden. Es ist alles im Computer. Ich bin bei Wladislawa, falls Albert Anatoljewitsch nach mir fragt.»

«Bei Wladislawa» hieß: in der Küche. Dort würden sie rauchen, «ein Kaffeechen trinken» und über Warwara, das dicke Dummchen, herziehen.

Und das rettende Stückchen groben Kartons mit der Handynummer darauf lag in der Handtasche unter der Garderobe im großen Saal des königlichen Schlosses. Sie würde diese Nummer niemals anrufen können.

Plötzlich fand sie das alles so kränkend, dass sie sich kaum noch beherrschen konnte. Die Tränen traten ihr in die Augen, und sie musste blinzeln, um sie zu vertreiben. Sie tropften auf ihre Brille, liefen an den Gläsern hinunter

und nahmen ihr den letzten Rest Sicht. Warwara wischte sie vorsichtig mit dem Finger ab.

Die Sonne kam auf einmal wieder zum Vorschein, brach durch die Wolken und warf Warwara ihre Strahlen ins Gesicht. Warwara kniff die Augen unter der Brille zusammen vor so viel Licht.

Die Daten auf dem Bildschirm waren nicht mehr lesbar. Mit Bedauern stand Warwara auf, um die Vorhänge zu schließen.

Sie griff nach der dünnen gläsernen Stange, die die zerbrechlichen Streifen der Jalousie regulierte, schaute nach unten und erstarrte.

Die Jalousie. Natürlich. Es ging um die Jalousie und gar nicht um das offene Fenster!

Drei Monate hatten sie «im Dustern» gesessen – so hatte der melancholische Stjopka gesagt, der die Jalousie repariert hatte. Natürlich! Das war es!

Warwara zog an dem dünnen Stab, und die Streifen legten sich gehorsam zusammen. Ihre Hände zitterten.

Sie brauchte Hilfe. Jetzt war völlig klar, dass sie es allein nicht schaffen konnte.

Aber kein Notruf würde hier etwas ausrichten.

Vielleicht hatte sie ja noch eine Chance, wenn sie sehr klug und vorsichtig handelte. Ihre Hände zitterten immer stärker, die Handflächen wurden feucht. Sie würde um Hilfe bitten und alles tun, um noch Schlimmeres zu verhüten.

NICHT EINMAL DAS HAUS fand Warwara auf Anhieb.

Dreimal ging sie die Straße erst auf der einen, dann auf der anderen Seite hinunter, suchte nach vertrauten Umrissen, konnte sich aber einfach nicht erinnern – war es dies gewesen oder das nächste. Genauer wagte sie die vor lauter Glas und Marmor funkelnden Portale nicht zu betrachten, sie fürchtete, das Misstrauen oder sogar den Zorn der Wachen hervorzurufen.

Eine Wiese, fiel ihr wieder ein. Genau, da war eine kleine Wiese gewesen.

Als sie die Wiese fand – neben dem einen Haus gab es eine, neben dem anderen Haus nicht –, wurde es Warwara richtig übel.

Was machte sie hier? Worauf ließ sie sich ein? Was sollte sie antworten, wenn der Wachmann wissen wollte, wen sie suchte und wieso?!

Warwara holte tief Luft und stürmte vorwärts. Sie stürmte mit solcher Verzweiflung los, dass sie beinahe gegen die sich nur gemächlich öffnende Schiebetür gerannt wäre.

«Guten Abend. Zu wem möchten Sie?»

Warwara biss die Zähne zusammen und löste sie wieder.

«Zu Iwan Bersenjew. An die Nummer der Wohnung erinnere ich mich nicht mehr, genauer gesagt, ich kenne sie gar nicht», verbesserte sie sich. «Könnten Sie vielleicht ...»

Das Schwierigste war gesagt, und sie verstummte, Atem schöpfend.

«Einen Augenblick bitte», sagte der Wachmann höflich und drückte irgendwelche Knöpfe auf einem kompliziert aussehenden Pult, das leise zu summen begann.

Wahrscheinlich war er gar nicht zu Hause. Natürlich war er nicht zu Hause! Wie kam sie nur auf die Idee, er könnte wie ein gewöhnlicher Sterblicher gleich nach der Arbeit zu-

rück nach Hause kommen, um sich an den Abendbrottisch zu setzen, den vergangenen Tag Revue passieren zu lassen, Tee zu trinken und fernzusehen? Ein Mann wie er erholte sich von den Anstrengungen des Tages sicher in Gesellschaft einer wunderschönen Fee an irgendeinem luxuriösen Ort, amüsierte sich bestens und kam nicht im Traum auf die Idee, Warwara könnte niedergeschlagen und unglücklich vor seiner Haustür stehen, um ihn um Hilfe zu bitten!

«Ja», antwortete das Pult mit der Stimme Iwan Bersenjews.

«Iwan Alexandrowitsch, hier ist eine …» Der Wachmann schaute die verschreckte Besucherin fragend an.

«Warwara Laptewa», stotterte sie.

«Laptewa. Soll ich sie heraufschicken?»

Nach einer kurzen Pause, die Warwara wie eine Ewigkeit vorkam, sagte Iwan: «Ja. Ich erwarte sie.»

«Warwara?!»

Sie fuhr zusammen und schaute sich um. Fast wäre sie den Treppenabsatz hinuntergefallen.

Die breiten Stufen hinauf schritt … Lina Achmetowa. Sie ging so ruhig, als sei sie hier zu Hause, und lächelte über das ganze Gesicht. Warwara wich zurück.

«Guten Abend. Wollen Sie zu uns?» Lina nickte dem Wachmann freundlich zu und fasste Warwara mit ihrer kräftigen kleinen, in einem schwarzen Handschuh steckenden Hand unterm Arm. Schlüssel klirrten, der zarte Duft fremdländischen Parfums wehte Warwara in die Nase, und plötzlich dachte sie, jetzt falle ich in Ohnmacht. Einfach so, ich falle um und bin weg.

«Wenn Sie mir gesagt hätten, dass Sie uns besuchen wollen, hätte ich Sie doch mitnehmen können», fuhr Lina herz-

lich fort und zog sie tiefer in das funkelnde Paradies, dorthin, wo hinter den Säulen aus dunklem Marmor der Lift zu erahnen war.

Warwara wollte gar nicht zu «uns», Warwara wollte zu Iwan Bersenjew und wusste nicht, wie sie Lina entkommen sollte. Der Lift war schon ganz nahe, der Fluchtweg fast abgeschnitten.

Mit sicherer Hand drückte Lina auf den untersten der unzähligen Knöpfe, die Türen schlossen sich mit einem angenehmen Summton.

«Müde bin ich», sagte Lina und betrachtete sich im Spiegel. «Schrecklich. Das war kein Tag heute, das war Wahnsinn.»

Sie schob eine blauschwarze Haarsträhne hinters Ohr, hob den Kopf und schaute Warwara an. Warwara war gut doppelt so groß und breit wie sie.

«Was macht Ihr Chef? Haben Sie herausgefunden, wo er an dem bewussten Tag gewesen ist?»

Das Blut pochte in Warwaras Schläfen, in ihre Wangen stieg verräterische Röte, die Augen unter der Brille konnten vor lauter Tränen nichts sehen.

Sie musste fort von hier. Fliehen. Aus dem Fenster springen. Durch den Müllschacht kriechen. Die Regenrinne hinunterrutschen.

Der Lift hielt an, die glänzenden Türen glitten auf, und Warwara erblickte Iwan. Er lehnte am Fensterbrett, die nackten Füße über den Knöcheln gekreuzt. Die Tür zu seinen Gemächern stand sperrangelweit auf.

«Hallo», sagte er und schaute an Warwara vorbei. «Guten Abend, Lina.»

«Guten Abend», antwortete Lina. Warwara trat zur Seite, um sie vorbeizulassen. «Wir haben uns unten getroffen.»

«Ich komme nur auf einen Augenblick», sagte Warwara hastig. «Ich wollte nur schnell meine Handtasche holen …»

«Entschuldigen Sie mich.» Lina lächelte. «Ich gehe. Ich bin heute ziemlich müde. Wir sehen uns, Warwara.»

Warwara sah wie in Zeitlupe, dass Lina ihnen den Rücken zudrehte, lautlos über den Teppich ging und hinter einer Ecke verschwand. Schlüssel klirrten, ein Hund bellte, und ein jugendlicher Bass brüllte freudig: «Mama ist da!»

«Na, was ist?», fragte Iwan dicht neben ihr. «Soll ich dir die Tasche raustragen, oder kommst du doch noch kurz rein?»

Warwara öffnete den Mund und schloss ihn wieder.

Da packte er sie mit energischem Griff am Handgelenk und zog sie in seine Wohnung. Krachend fiel die Tür ins Schloss, und sie befand sich wieder in den königlichen Gemächern.

Die Abendsonne erfüllte die Räume bis in den letzten Winkel. Auf dem kostbaren Parkett lagen fröhliche Sonnenflecken. In dem Sessel, in dem sich Warwara vor der Ungerechtigkeit des Lebens versteckt hatte, stand eine pralle Aktentasche. Auf der Theke dampfte eine große Tasse Tee, daneben lagen eine zusammengefaltete Zeitung, eine Uhr, ein angebissener Apfel und ein Stoß zerfledderter Papiere.

Warwara schluckte krampfhaft.

«Kann ich bitte meine Handtasche haben?»

«Bitte sehr», antwortete Iwan mürrisch. «Ich bringe sie dir sofort. Anna Semjonowna hat sie in den Kleiderschrank gelegt. Oder willst du vielleicht noch einen Tee?»

«Nein!» Warwara schrie fast. «Nein danke!»

Er zuckte die mächtigen Schultern.

Während er fort war, um die Tasche zu holen, trat Warwara nervös von einem Fuß auf den anderen, betrachtete

melancholisch ihre eigenen schmutzigen Fußspuren auf dem Parkett und begriff, dass jetzt wirklich alles, alles verloren war. Für immer.

«Hier. Deine Tasche.»

«Danke!» Sie drückte ihre Tasche an die Brust. «Vielen Dank! Bitte entschuldigen Sie die Störung! Ich hätte angerufen, aber ich hatte Ihre Telefonnummer nicht. Bitte verzeihen Sie, wenn ich Ihre Pläne durcheinandergebracht habe!»

Sie würde sein Haus verlassen, zur nächsten Brücke gehen und sich ertränken. Das würde die beste Lösung sein.

«Nein, nein, das macht doch nichts.» Er war etwas erstaunt. «Ich hatte gar keine Pläne.»

Sie war dunkelrot geworden, ihm schien sogar, dass sie hinter ihren Brillengläsern weinte.

«Warte.»

«Was?!»

«Warte.»

Unerwartet riss er ihr die Brille herunter und starrte ihr ins Gesicht, sehr nah. Warwara prallte zurück und schloss die Augen.

«Tut das weh?», fragte er sachlich und berührte ihre Wange.

«Nein, nicht sehr. Danke. Oder vielmehr Entschuldigung. Meine Freundin hat mir eine Kompresse gemacht, davon ist die Schwellung zurückgegangen, nur das blaue Auge ist geblieben.»

«Ja, das ist geblieben», bestätigte Iwan, umfasste ihr Gesicht, zog sie zu sich heran und küsste sie.

Er war so böse auf sie gewesen, dass er nicht einmal mehr hatte arbeiten können. Er hatte sich geschworen, sie hinauszuwerfen, als der Wachmann meldete, eine Laptewa sei gekommen. Er hatte sich sogar einen Plan ausgedacht, wie er

sie mit formvollendeter Höflichkeit hinauskomplimentieren würde.

Er hatte sich dreiundvierzigmal wiederholt, dass er gar keine Zeit hatte, sich mit ihr abzugeben.

Er kam einfach nicht dagegen an.

Zum ersten Mal in seinem Leben gefiel ihm eine Frau, die sich im selben Moment, in dem er ihr das sagte, aus dem Staub machte. Zum ersten Mal im Leben hatte er Lust, sich so unsterblich zu verlieben, wie man es in der Jugend tut, ohne nachzudenken – in ebendiese Frau mit ihrer zarten Haut, den kurzen Igelhaaren, dem glatten, verführerisch runden Körper.

Er war seit Ewigkeiten nicht mehr verliebt gewesen. Die Frauen aus seinen Kreisen nannte seine Mutter immer nur «Zimtzicken». «Wieder so eine dünne Zimtzicke», rief sie betrübt, wenn sie irgendwelche offiziellen Fotos von ihm betrachtete. In eine Zimtzicke konnte man sich unmöglich verlieben, also verliebte er sich nicht, ohnehin hatte er keine Zeit, wollte keine Komplikationen, und woher eine Frau nehmen, die keine Zimtzicke war?

Aber in diese hatte er sich verliebt. Im Flugzeug hatte es angefangen. Im Schwimmbad hatte er Warwara nass und erhitzt erlebt, in ihrem festen schwarzen Badeanzug, und dann später in der Sauna, da schon ohne Badeanzug – anschließend war er, nicht ohne ein gewisses spöttisches Mitleid mit sich selbst, zehn Kilometer im Park gejoggt, hinauf und hinunter.

Ihm gefiel, wie sie sprach, ihm gefiel, wie sie schaute, ihm gefiel, dass sie nicht einmal den Versuch machte, mit ihm zu flirten.

Ihm gefiel, wie sie mit kleinen Schlucken ihr Bier trank, den Spatzen Brot zuwarf und die fetten Tauben anzischte,

um dann plötzlich aus heiterem Himmel eine Geschichte davon zu erzählen, wie ihr Vater einmal auf der Straße einen streunenden Hund aufgelesen hatte, einen Welpen, und der Welpe wuchs heran und wurde ein riesiger Wolfshund. Und jetzt, so hatte sie erzählt, wich der Wolfshund ihrem Vater nicht mehr von der Seite, ließ ihn nicht aus den Augen und benahm sich, als sei er gar kein Wolfshund, sondern ein Hamster.

Und nach nur zwei Küssen war sie plötzlich verschwunden, er aber hatte fast die ganze Nacht nicht schlafen können, und als er endlich eingeschlafen war, hatte er lauter schrecklich unanständige Sachen geträumt, als hätte er die letzten drei Jahre als Matrose auf einem Schiff gedient, das kein einziges Mal einen Hafen angelaufen hatte!

Jetzt erst war ihm klar geworden, wovor sie davongelaufen war.

Warwara wollte etwas sagen, aber Iwan war fest entschlossen, sie nicht mehr zu Wort kommen zu lassen. Sonst gab es wieder nur irgendwelche Missverständnisse.

Er holte Luft und küsste sie noch einmal, und als sie plötzlich sein T-Shirt losließ und ihre Arme um seinen Hals schlang, wusste er, dass es richtig gewesen war, sie nicht ausreden zu lassen.

Nach einiger Zeit wurde selbst ihnen klar, dass sie unmöglich noch länger an der Tür stehen bleiben konnten und dass das in gewisser Weise sogar gesundheitsschädlich war.

Er zog ihr die Stiefel aus. Sie starrte ihn an wie ein Wundertier und presste die Hände zusammen. Er löste sie und küsste sie auf die Handflächen.

«Was ist?»

«Ich habe Angst vor dir», stotterte sie, und ihre Zähne schlugen hörbar gegeneinander.

«Richtig», sagte er vergnügt. «Alles vollkommen richtig, mein Herz!»

Er nahm sie fest bei der Hand, damit sie ihm nicht wieder entschlüpfte, führte sie in sein Schlafzimmer und zog ihr rasch die Kleider aus. Ohne sah sie so hübsch aus, dass er eine Weile einfach stehen bleiben und sie anschauen musste. Sie versteckte sich schnell hinter der Bettdecke, die sie vom Bett zog – das war gut, so konnte er erst einmal zu Atem kommen.

Er zog sich sein T-Shirt und seine Jeans aus, und endlich konnte er sich so an sie schmiegen, wie er es sich gewünscht und seit langem ersehnt hatte, wie er es in seinen unanständigen Träumen erlebt hatte, nach denen er sich völlig zerschlagen gefühlt hatte.

Er redete sich zu, nichts zu überstürzen. Und zunächst gelang es ihm auch, nichts zu übereilen. Genussvoll und mit ursprünglicher Freude streichelte und erforschte er ihren Körper, aber dann ... dann stellte sich heraus, dass alle seine guten Vorsätze nichts nützten.

Etwas geschah mit ihm. Er wusste plötzlich nur eins – wenn er sie nicht jetzt, in diesem Augenblick besitzen konnte, ganz und gar, mit ihren zusammengekniffenen Augen, ihrer seidenweichen Haut, ihrer vollen Brust und sogar mit ihrem Veilchen unterm Auge, zusammen mit all ihren Gedanken, Ängsten und Fluchtversuchen, dann würde nichts von ihm übrig bleiben als ein Häufchen kalter, verbrannter Asche.

Vom Kopf bis Fuß spürte er, dass er lebte, atmete, sich bewegte, dass er diesem Augenblick und dieser Frau gehörte und dass dies das Beste war, was ihm geschehen konnte,

und es geschah, und nur ein klein wenig, er hatte die Kraft nicht mehr, es hinauszuzögern, aber er durfte doch nichts überstürzen! ...

Warwara öffnete plötzlich die Augen und umarmte ihn mit aller Kraft, so sehr, dass es schon wehtat, und er war froh, dass sie ihn so drückte.

Das Blut pochte in seinen Schläfen, sein Mund fühlte sich ausgetrocknet und heiß an, die Stirn dagegen war ganz feucht. Er wischte sie am Kopfkissen ab und blieb eine Weile liegen, bemüht, nicht allzu laut zu keuchen. Gar nicht zu keuchen war unmöglich.

Warwara lag ganz still, als sei sie tot. Iwan schaute sie von der Seite an, um sich davon zu überzeugen, dass sie noch am Leben war.

«Hallo», sagte sie, ohne die Augen zu öffnen. Sie hatte gemerkt, dass er sie anschaute.

«Hallo», antwortete er und lächelte.

Für mehr Worte reichte die Kraft nicht, und sie hörten auf zu reden.

Die Abendsonne, die noch nicht ganz hinter den Häusern verschwunden war, ließ die Wand schmelzen und löste sie in Ströme reinen Goldes auf. Das Gold floss herab, tropfte zu Boden und zerging, und Iwan merkte, dass er allmählich einschlief.

Schlafen durfte er auf keinen Fall.

Er drehte sich auf den Rücken, streckte entschlossen den Arm aus und zog Warwara an seine Seite. Sie schmiegte sich an ihn und atmete in seine Achselhöhle. Es kitzelte, aber er ertrug es.

«Es war eine prima Idee von dir herzukommen», sagte er, weil ihm nichts Besseres einfiel.

«Ich dachte, Lina wäre deine Frau.»

«Was?!»

Warwara seufzte.

«Ich dachte, Lina wäre deine Frau. Sie stieg so selbstsicher die Treppe hoch und hat dann auch noch gefragt, wollen Sie zu uns – das heißt zu euch …»

«Hierher kommen noch zwei Dutzend anderer Leute», sagte Iwan. «Sie wohnen alle in diesem Haus. Angehörige von mir sind übrigens nicht dabei.»

«Es ist nur so, sie arbeitet bei uns, und heute Morgen war ich noch bei ihr», murmelte Warwara. Gleich schläft sie ein, dachte er, und er wollte nicht, dass sie einschlief.

Die ganze Nacht lag vor ihnen.

Und er hatte schon geglaubt, es sei endgültig vorbei, so eilig hatte sie es gehabt, vor ihm zu fliehen.

Er blies ihr ins Ohr. Sie zuckte zusammen und öffnete die Augen.

«Ich bin nicht verheiratet», sagte er leise, «und war es auch noch nie. Das hätte ich wohl schon eher sagen sollen, dann hättest du nicht vor Angst so schlottern müssen.»

«Ich habe nicht wegen einer Ehefrau geschlottert», widersprach Warwara. «Geschlottert habe ich nur deinetwegen! Vor fünf Minuten war es mir noch völlig egal, ob du verheiratet bist oder nicht.»

«Und vor zehn Minuten?», wollte er plötzlich wissen. «Und gestern? Und in Karlsbad?»

Es war ihm plötzlich ungeheuer wichtig, dass sie ihm auf der Stelle die Ernsthaftigkeit ihrer Absichten beteuerte.

«Ich weiß nicht», gestand Warwara. «Darüber habe ich nicht nachgedacht. Ich dachte, dass du … dich unmöglich für mich interessieren könntest.»

«Warum denn nicht?»

«Ich bin zu dick», flüsterte sie unter seiner Achsel. «Mei-

ne Kleider sehen unmöglich aus. Ich habe einen stumpfsinnigen Job. Und hässlich bin ich auch.»

«Wer hat dir das gesagt?» Er zog sie unter seinem Arm hervor und küsste sie, heftig und intensiv. «Du bist sehr schön. Die dünnen Frauen gefallen mir sowieso nicht.»

«Wie können sie dir nicht gefallen?!» Sie hob den Kopf und starrte ihn an. «Alle Männer ...»

«Stopp», unterbrach er sie. «Ich weiß nichts über alle Männer. Du etwa?»

Warwara schaute ihn nur an.

«Mir gefallen alle möglichen Frauen», fuhr er nachdenklich fort. «Aber ich habe sie niemals nach ihrem Gewicht beurteilt. Und deinetwegen konnte ich gar nicht mehr schlafen.»

Warwara legte ihre Wange auf seine Brust und bedeckte ihr Gesicht mit der Hand.

Niemals hätte sie erwartet, dass es so schön sein würde, gleich beim ersten Mal, ohne Peinlichkeit, Angst, Heuchelei.

Das heißt, Angst hatte sie schon gehabt, aber er hatte sie schnell verscheucht.

«Ich habe dir ja noch gar nicht richtig den Hof gemacht», erklärte Iwan plötzlich.

«Du hast mir Spritzen gegeben», piepste Warwara. «Und mich in der Wanne gewaschen.»

«Das zählt nicht. Ich hatte einfach Glück, dass ich dir nicht nachlaufen musste, dich nach Hause bringen, ins Theater einladen und all das.»

«Ist das so schrecklich?»

«Nicht schrecklich, aber es kann ermüdend sein», erklärte er. «All diese rituellen Tänze ums Feuer, und niemand traut sich, sofort zu springen.»

«Und wir sind sofort gesprungen?»

«Genau», stimmte er zu, zog sie hoch und küsste sie auf den Hals. «Und wie wir gesprungen sind, mein Liebes! Statt ins Theater zu gehen, sind wir einfach gesprungen.»

Warwara musste lachen.

«Und wie willst du mir den Hof machen?»

«Zuerst essen», sagte er, «dann ein Bad nehmen. Und dann wieder …»

«Essen?»

«Doch nicht essen!», sagte er halb fröhlich, halb ärgerlich. «Schlafen!»

«Du willst mir überhaupt nicht den Hof machen», folgerte Warwara. «Du willst einfach selbst essen, in die Wanne und schlafen.»

«Ich will nicht einfach schlafen, ich will mit dir schlafen», erklärte er. «So stimmt es.»

Er schlug die Bettdecke zurück – Warwara zuckte zusammen und schloss unwillkürlich die Augen – und untersuchte eine Weile aufmerksam ihre Rippen.

«Hast du noch Schmerzen?»

«Kaum. Tanja hat gesagt, du müsstest mir genau das Richtige gespritzt haben, sonst hätte ich überhaupt nicht laufen können.»

«Das will ich meinen! Natürlich war es das Richtige! Ich habe viele Jahre als Arzt gearbeitet.»

«Und was machst du jetzt?»

Er küsste sie mit einem lauten Schmatz auf den Bauch.

«Jetzt bin ich mein eigener Herr, und das schon ziemlich lange. Sieht man mir das nicht an?»

Warwara begriff, dass er auf ihre Frage nicht antworten wollte, und sie fragte sich, warum.

Sie war so angespannt, dass er es spürte und ihr aufmerksam ins Gesicht schaute.

«Habe ich dir wehgetan?»

«Nein.»

«Ist dir das unangenehm?»

«Nein.»

Sie schwiegen eine Weile und schauten einander in die Augen.

«Ich muss mit dir reden», sagte Warwara abrupt. Das Märchen geht zu Ende, dachte sie, gleich schlägt die Uhr am Kirchturm, die Kutsche verwandelt sich wieder in einen Kürbis und die Pferde in Mäuse. «Ich ... ich habe Probleme.»

«Ich weiß», pflichtete er ihr bei und begriff nicht, wieso sie plötzlich so verändert war. «Hast du inzwischen eine Idee, wie man sie lösen kann? Oder hast du Paschas Geld gefunden?»

«Nein, ich habe es noch nicht gefunden», sagte Warwara ungeduldig. «Das ist übrigens das größte Problem. Ich kann mir einfach keinen Reim darauf machen, wo es sein könnte, dieses blöde Geld!»

Da brach Iwan unerwartet in lautes Gelächter aus und warf sie zurück in die Untiefen aus Bettlaken und zerwühlten Kopfkissen, drückte ihr die Arme herunter und quetschte ihr die Beine, er biss sie sogar, bis sie leise aufstöhnte, und plötzlich war nichts mehr wichtig, nur er und seine wilden Gefühle, die sie entzückt und zugleich erschrocken über sich ergehen ließ.

Als sie in die Küche gingen, war es schon völlig dunkel. Iwan zündete den Kamin an.

Bisher hatte Warwara immer geglaubt, einen Kamin anzuzünden sei eine schwere und komplizierte Arbeit, die viel Kraft und Geschick erfordere, aber er hockte sich nur

nieder, klickte mit seinem Feuerzeug, und sogleich lief eine fröhliche Flamme über das trockene Holz, knisterte und hüpfte.

Dann bereitete er das Essen zu: Fleisch, seltsame, riesige Tomaten, wie es sie im Frühling eigentlich gar nicht geben durfte, und Schafskäse. Warwara merkte, dass sie so hungrig war wie ein Rudel herrenloser Katzen.

«Noch etwas?», fragte er, als sie fertig war. Warwara schaute auf seinen Teller. Er war noch fast voll.

«Warum isst du denn nichts?»

«Ich esse ja. Möchtest du noch?»

Wie peinlich, dachte Warwara. Da saß sie nun zum ersten Mal im Leben bei einem romantischen Abendessen und langte zu wie ein Holzfäller nach einem schweren Arbeitstag!

«Keine Angst», sagte er fröhlich. «Warum bist du so erschrocken?»

«Ich bin nicht erschrocken», murmelte sie. «Ich ... ich möchte mit dir reden.»

«Reden können wir gleich noch. Iss erst mal.» Und er legte ihr noch ein Stück Fleisch auf den Teller. Auch dieses Stück verputzte sie.

Sie wollte ja eigentlich gar nicht reden, sie wollte nur neben ihm sitzen, lauschen, wie das Brennholz knackte, und sich immer wieder sagen, dass das alles Wirklichkeit war.

Der Wasserkessel begann zu summen, ein friedliches, abendliches Summen. Warwara kam es immer so vor, als summe der Wasserkessel ganz unterschiedlich. Morgens klang er munter und eilig, abends satt und zufrieden.

«So, jetzt bin ich ganz Ohr. Du hast also alles aufgeklärt und weißt nur nicht, wo das Geld ist. Habe ich dich richtig verstanden?»

«Nein», sagte Warwara, «das hast du nicht. Ich habe einen Verdacht, wer es war, aber ich bin mir nicht sicher.»

«Das Geld hat Petja zusammen mit deinem Chef geklaut.»

«Es muss noch jemanden geben. Einen dritten Mann. Erst dann passt alles zusammen.»

«Was passt zusammen?»

«Alles. Mein Chef allein bringt gar nichts zustande. Ich meine, er eignet sich weder für die Rolle des Schurken, noch kann ich ihn mir als Kopf und geistigen Vater eines solchen Coups vorstellen. Du weißt nicht, ob er Pjotr Borissowitsch schon früher gekannt hat?»

Iwan zuckte die Schultern.

«Wenn ja, so hat Pjotr Borissowitsch ihm vielleicht ein lukratives Arrangement vorgeschlagen. Unser Chef ist ein bekannter Mann mit vielen gesellschaftlichen Kontakten, er fährt oft ins Ausland, nur Geld hat er eigentlich nie übrig. Pjotr Borissowitsch könnte ihn überzeugt haben, dass sein Plan nicht nur lukrativ, sondern auch ganz ungefährlich war. Der Chef brauchte nur eins zu tun – ein Konto zu eröffnen, möglichst unter fremdem Namen und möglichst bei einer ausländischen Bank. Auf Zypern zum Beispiel, oder wo werden solche Konten gewöhnlich angelegt?»

«Eher nicht», sagte Iwan. «Elfenbeinküste zum Beispiel.»

«Ja, gut», stimmte Warwara zu. «Er selbst konnte oder wollte dieses Konto nicht anlegen. Ist es schwierig, ein Geheimkonto zu eröffnen?»

«Eigentlich nicht», sagte Iwan nach kurzem Nachdenken. «Aber man muss natürlich die Wege kennen.»

«Vielleicht hatte er Angst, unnötig aufzufallen, da er ja einen solchen Jahrhundertraub plante, vielleicht kannte er diese Wege nicht. Mein Chef ist ein Meister auf dem Gebiet,

ohne große Anstrengung möglichst viel für sich selbst herauszuschlagen. Was glaubst du, was der schon alles in der Firma abgestaubt hat!»

«Viel Geld?», erkundigte sich Iwan.

«Ich weiß nicht, was für dich viel Geld ist», antwortete Warwara schnell, «in meinen Augen war es eine Menge. Nicht nur ein- oder zweitausend Dollar jedenfalls.»

In diesem Moment fielen ihr unpassenderweise ihre eigenen Dollars ein, und sie schaute sich nach ihrer Handtasche um. Die Banknoten waren ja dringeblieben. Aber obwohl sie den brennenden Wunsch verspürte, ihre Vollständigkeit zu überprüfen, blieb sie doch auf ihrem Platz sitzen und fuhr fort: «Angenommen, der Chef hat ein Bankkonto eröffnet, und Pjotr Borissowitsch hat auf dieses Konto die halbe Million seines Bruders überwiesen. Nachdem das erledigt war, ist er zu meinem Chef gegangen, um zu besprechen, wie sie weiter vorgehen sollten. Ich vermute, der Chef wusste nicht, wem das Geld gehörte, und auch nicht, dass sich daraus so ein … nationaler Skandal ergeben würde. Wahrscheinlich hatte Pjotr Borissowitsch befürchtet, der Chef würde, sobald er davon erfahren würde, Bammel kriegen und aus der Sache aussteigen oder sie irgendwem verraten, und deswegen hat er sich beeilt.»

«Und ist überraschend bei ihm im Büro gestorben», führte Iwan ihre Erzählung zu Ende.

«Ja», bestätigte Warwara. «Woran er gestorben ist, weiß ich natürlich nicht. Der Chef hat ihn sicher nicht umgebracht – er hat für so was nicht die Nerven. Im Gegenteil, als es Pjotr Borissowitsch plötzlich schlecht geworden ist, hat er noch Wiederbelebungsversuche gemacht und das Fenster aufgerissen. Ignat Brashnikow, einer unserer Programmierer, hat gesehen, wie der Chef aufs Fensterbrett ge-

klettert ist und das Fenster geöffnet hat. Die Programmierer sitzen in dem Gebäudeflügel, der unserem direkt gegenüberliegt. Unsere Fenster sind von dort aus sehr gut zu sehen.»

«Und was weiter?»

«Als dem Chef klar wurde, dass Pjotr Borissowitsch tot war, endgültig und unwiderruflich, hat er beschlossen, uns eine Komödie vorzuspielen. So zu tun, als sei sein Besucher gar nicht in seiner Gegenwart gestorben. Er hatte Angst, dass man bei einer Untersuchung auf ihre dunklen Machenschaften stoßen könnte, das Konto entdeckt würde oder etwas in der Art. Er hat ihn an den Computer gesetzt und noch nicht einmal nachgeschaut, ob der Computer überhaupt eingeschaltet war, hat mir gesagt, er ginge in die Rechtsabteilung, ist aber in Wirklichkeit nur ins Treppenhaus gegangen, um eine Zigarette zu rauchen und abzuwarten, bis die Leiche gefunden würde. Um einen echten Termin mit den Juristen zu vereinbaren, hatte er keine Zeit mehr, aber er hat auch nicht gedacht, dass ich das nachprüfen würde! Er dachte, niemand würde das überprüfen, schließlich war Pjotr Borissowitsch von allein gestorben, ohne Mithilfe von außen!»

«Aber du hast es nachgeprüft.»

«Ich habe es nachgeprüft. Lina hat mir gesagt, dass an jenem Tag weder der Chef noch Ilaria in der Rechtsabteilung waren. Ich denke, er hat vor Schreck einfach den Kopf verloren und war gar nicht mehr imstande, vernünftig zu handeln, sonst hätte er mir nicht vorgelogen, er müsse in die Rechtsabteilung! Und überhaupt wäre er zu alldem nicht fähig – meine Wohnung zu zerstören, Dimka niederzuschlagen, mich so zu … verprügeln. Außerdem hatte er ja schon einen Zettel an Tanjas Tür geheftet – geben Sie das Geld zurück, oder es wird Ihnen leidtun. Tanja ist meine Freundin.»

«Ich erinnere mich.»

«Das heißt, er ist uns gefolgt, als wir von meiner Wohnung zu Tanja fuhren! Und meine Schlüssel sind auf der Arbeit verschwunden.»

«Dir sind die Schlüssel gestohlen worden?!»

«Ja doch. Mir sind die Schlüssel gestohlen worden, und dann hat jemand meine ganze Wohnung durchwühlt und zerstört. Ich dachte schon, du hättest das Geld dort gesucht. So wie in Karlsbad.»

Iwan blickte sie an.

«Aber nachmittags hatte ich die Schlüssel noch! Ilaria, das ist die Assistentin des Chefs, hat sie vom Boden aufgehoben und mir gegeben! Wenn sie mir die Schlüssel hätten stehlen wollen, dann hätten sie es doch da tun können, statt sie mir zurückzugeben!»

«Woher weißt du denn, ob sie sie vom Fußboden aufgehoben hat? Hat sie dir das gesagt? Vielleicht hat sie sie aus deiner Tasche genommen, ist zum Schlosser gegangen und hat ein Duplikat anfertigen lassen. Und erst danach hat sie sie dir wiedergegeben.»

Warwara sah ihn starr an.

«Nein», murmelte sie, «nein, das kann nicht sein. Der Chef kann Dimka nicht niedergeschlagen haben, er hat den ganzen Tag im Büro gesessen. Und außerdem ist das auch überhaupt nicht sein Stil! Einen anonymen Brief ans Finanzamt schreiben und seine Vorgesetzten verpetzen, ja, das kann er, das ist ein Klacks für ihn, aber jemandem auf den Kopf … nein, das glaube ich nicht! Es gibt bestimmt noch einen dritten Mann, Iwan. Und vor dem habe ich Angst.»

«Das brauchst du nicht», sagte er und lächelte. «Du bist eine mutige Detektivin und überhaupt kein Angsthase!»

«Und dann die Zeitschrift», fuhr Warwara nachdenklich fort. «Als dieser Mann mich in seinem Auto entführte, lag ich auf einer Zeitschrift, direkt auf einem gelben Adressaufkleber. Diese Aufkleber sind auf allen Zeitschriften, die uns in die Firma geschickt werden, das heißt, es muss jemand aus der Firma gewesen sein. Und ich glaube, ich weiß, wer.»

«Wer?»

«Morgen früh kann ich es genau sagen.»

«Sag es jetzt», verlangte er. «Was sollen wir noch bis morgen warten!»

«Nein. Morgen. Denn was, wenn er es nicht ist?»

«Und wenn er es ist?», fragte Iwan ärgerlich.

Er hatte sich Sorgen gemacht, als Lina ihn angerufen und gesagt hatte, gerade sei Warwara Laptewa bei ihr gewesen.

Dieses unvernünftige Mädchen stellte doch tatsächlich Nachforschungen an, als sei nur ein Paar Galoschen gestohlen worden und nicht eine halbe Million Franken! Er hatte schon zu ihr fahren wollen, um sie aus ihrer Wohnung zu holen, aber dann hatte sie plötzlich vor seinem Haus gestanden, als sei sie direkt aus seinen Gedanken aufgetaucht!

«Ich muss erst alles bis zum Schluss aufklären», beharrte sie störrisch, «und das Geld finden, damit dein Freund Pascha nicht denkt, ich hätte es gestohlen!»

«Pascha hat das gar nicht gedacht. Das dachte nur ich. Aber auch nicht lange.»

«Hilf mir, Iwan.»

«Wie?»

«Lass uns morgen Abend zu einer Computerfirma fahren. Ich werde schon morgens dorthin gehen und versuchen, den Boden vorzubereiten. Die Firma heißt ‹Electronics Plus›, dort hat Pjotr Borissowitsch gearbeitet. Ich möchte,

dass du dir seinen Computer ansiehst und sagst, ob man dort reinkommen und etwas über diesen ganzen Geldtransfer in Erfahrung bringen kann.»

«Aber du sagst doch, dieser dritte Mann arbeitet bei euch im Betrieb, was sollen wir dann in Pjotrs Firma?»

«Wirst du mir helfen?»

«Ja. Aber ich möchte erst wissen, was diese Computerfirma damit zu tun hat. Und wie stellst du dir das vor, in ihre Computer ‹reinzukommen›? Nie im Leben wird man dir das erlauben! Wenn das meine Firma wäre, würde ich um nichts in der Welt fremden Leuten erlauben, im Computer eines Mitarbeiters herumzusuchen!»

«Ich werde den Chef der Firma dazu bringen.»

«Du erschreckst mich», murmelte Iwan.

«Aber wenn wir das Geld finden? Wirst du dann nicht froh sein?»

«Ich werde überglücklich sein, aber ich verstehe nicht …»

«Du brauchst auch nichts zu verstehen», schmetterte ihn Warwara erbarmungslos ab. «Hilf mir einfach. Abgemacht?»

Er sah sie an und schwieg, sie aber dachte daran, dass sie ihm weder von der Jalousie noch von dem Korb der arbeitsscheuen Fensterputzer ein Sterbenswörtchen gesagt hatte.

AM NÄCHSTEN MORGEN lehnte sie es rundweg ab, sich von ihm zur Arbeit bringen zu lassen.

«Du brauchst mich nicht zu fahren! Ich schaffe es sehr gut allein!»

Er war böse auf sie, weil er sich Sorgen machte, und wollte nicht, dass sie es merkte. Ihre Idee von gestern gefiel ihm nicht besonders, aber er begriff, dass sie schon alles genau

geplant hatte und dass es sinnlos war, sie davon abhalten zu wollen.

Die halbe Nacht betrachtete er sie und staunte, dass sie so klug und energisch war und sich alles so gut überlegt hatte. Er fragte sich, was wohl seine spottlustige Mutter über sie sagen würde.

Warwara würde er ihr leibhaftig vorzeigen.

Dann weckte er sie, und das war so wunderbar, so intensiv und so kräftezehrend, dass er verschlafen hätte, wäre nicht der Wecker gewesen, der sich nicht schon beim ersten Klingeln ausschalten ließ.

«Ich begreife nicht, warum ich dich nicht hinfahren darf. Wenn ich es doch nun möchte?»

«Und wenn ich es nun mal nicht möchte?»

Er schaute aus dem Badezimmer.

Warwara wandte den Blick ab. Gestern, als sie das Fleisch gegessen, es mit Rotwein hinuntergespült und dann aneinander geschmiegt auf dem Teppich vor dem Kamin gesessen hatten, war es noch ganz anders gewesen. Jetzt, im unsentimentalen Licht des Morgens, sah alles anders aus. Warwara schielte auf ihre schäbigen Stiefel, die neben der Wohnungstür lagen, zog immer wieder ihren Rock zurecht und zupfte am obersten Knopf ihrer Jacke, unschlüssig, ob sie ihn zumachen oder lieber offen lassen sollte.

In zwei Schlucken trank er seinen Tee aus.

«Hast du irgendwann mal ein Motorrad gehabt?»

«Wie kommst du denn darauf?» Warwara war fast schon beleidigt. «Bist du verrückt geworden?»

«Weiß der Teufel», sagte er, griff ihr in die Haare und küsste sie auf den Hals, gleich über den geöffneten Jackenknopf. «Ja, ich glaube wohl, ich bin verrückt geworden.»

Nachdem sie seine Angebote, sie «zu bringen», endlich

abgewehrt und dafür versprochen hatte, ihn vom Büro aus sofort anzurufen, lief sie hinunter auf die morgendliche Straße und ging in Richtung Metrostation.

Du darfst nicht immer nur an ihn denken, ermahnte sie sich. Das ist dumm. Du hast eine Aufgabe und musst sie zu Ende führen, und wenn auch nur deshalb, weil sie ohne dich niemand zu Ende führen wird! Eine letzte Anstrengung noch, und alles rückt an seinen Platz. Jetzt nur nicht den Mut verlieren und aufgeben!

Es war keine sehr weite, aber eine recht umständliche Fahrt mit der Metro, und ihr ging einiges durch den Kopf, bis sie an ihrem Ziel angelangt war, dem alten Wohnhaus, in dessen Flügel sich die Firmenbüros befanden.

Es war noch früh, und der Treppenabsatz neben den unappetitlichen Konservendosen und den Stühlen mit dem herausquellenden Schaumstoff war leer. Ungestört stieg Warwara in den zweiten Stock und verschnaufte kurz vor dem Messingschildchen «Electronics Plus».

Wie hatte sie nur darauf kommen können, man würde hier schon so früh mit der Arbeit beginnen? Vielleicht hatte sie sich ganz umsonst so sorgfältig vorbereitet.

Die Tür war offen, aber der Korridor menschenleer und still, die Genies trudelten wohl erst später ein. Warwara schloss leise die Tür und blieb eine Weile im Halbdunkel stehen, um zu überlegen, wohin sie sich zuerst wenden sollte.

Von weitem hörte man jemanden laut sagen: «Verdammt, was soll das!», und Warwara erkannte die Stimme von Arseni Trojepolski. Er war also schon da, und das stimmte sie etwas zuversichtlicher.

Der Platz an dem Tisch, an dem der Wachmann oder die Empfangsdame sitzen sollte, war leer. Er war auch damals

leer gewesen, als Warwara das erste Mal hierhergekommen war. Entweder war der Wachmann ein Faulpelz oder die Dame ständig unterwegs.

Warwara war schon fast an dem Tisch vorbei, als sie plötzlich stocksteif mitten auf dem Korridor stehenblieb, als hätte man ihr unerwartet eine Pistole vor die Nase gehalten. Ihr Hals wurde feucht vor Entsetzen. Angstvoll, in der Hoffnung, sich geirrt zu haben, richtete sie ihren Blick zurück auf den Tisch. Ein Stapel bunter Magazine lag auf der einen Ecke – vielleicht als Lektüre für die Empfangsdame, oder vielleicht wurde auch einfach die Post auf diesem Tisch abgelegt. Ganz, ganz langsam, den Atem anhaltend, so, als stünde sie tatsächlich vor einer Pistolenmündung, drehte Warwara sich um und nahm die oberste Zeitschrift in die Hand.

Ein Aufkleber im selben widerwärtigen Gelb. Wahrscheinlich würde es Warwara bis an ihr Lebensende bei dieser Farbe speiübel werden. Auf dem Gelb war ein dunkelbrauner Fleck, und Warwara begriff, dass es ihr eigenes Blut sein musste, von der aufgeschlagenen Lippe, mit der sie auf dem Magazin gelegen hatte. In ihrem Kopf begann es zu summen, ein dünner, lang gezogener Ton. Genauso hatte es früher einmal in der Chemiestunde in ihrem Kopf gesummt, und dann hatte sie plötzlich auf der Liege im Krankenzimmer gelegen, und die Krankenschwester Raissa Petrowna hatte zu ihr gesagt: «Kindchen, du wächst zu schnell, deine Gefäße kommen gar nicht nach!» Das Summen schwoll immer mehr an.

Warwara drehte das Magazin um, damit sie den Aufkleber nicht sehen musste, und holte mit weit geöffnetem Mund Luft. Ein bisschen half das.

In einer Nische lag eine dicke Kladde, auf der mit blauem

Stift geschrieben stand: «Mitarbeiter: Arbeitsantritt/Arbeitsschluss». Offensichtlich legte Arseni Trojepolski großen Wert auf Disziplin. Warwara zog das Buch heraus und blätterte es eilig durch. Sie suchte nur einen Namen, und sie hatte ihn bald gefunden.

Gefunden!!

Jetzt blieb ihr nur noch eins zu tun – zu verschwinden, bevor jemand sie bemerkte. Warwara stopfte sich die Zeitschrift in die Handtasche, die Kladde klemmte sie sich unter den Arm.

Sie würde Arseni nicht um Erlaubnis bitten, den Computer des verstorbenen Pjotr Borissowitsch Ligo zu durchsuchen. Sie brauchte überhaupt keinen Computer mehr zu durchsuchen, alles war auch so sonnenklar.

Sie hatte ihn gefunden, den dritten Mann, den Mister X, der sie geprügelt und ihr das Klebeband so grob vom Mund gerissen hatte, dass die Haut aufgeplatzt war, sie hatte den Mann gefunden, der Dimka bewusstlos geschlagen und ihre Wohnung verwüstet hatte – und es war entsetzlich. Die ganze Zeit war er so nah gewesen, so unglaublich nah, und sie dummes Schaf hatte nichts gemerkt und ihm blind vertraut!

Atemlos rannte Warwara hinaus und schaute nach unten. Das Treppenhaus des alten Hauses aus der Stalinzeit war so tief und lang wie in einem Bergwerk. Sie musste hinuntergelangen, ohne dass jemand sie bemerkte. Um wie viel Uhr trudelten die Genies wohl bei der Arbeit ein? Um zehn? Um elf?

Jemand stieg die Treppe hoch in den zweiten Stock, Warwara hörte feste Schritte und munteres Pfeifen. Zurück konnte sie nicht, sie hätte nicht gewusst, wo sie sich dort verstecken sollte. In Windeseile stürzte sie hinauf in den drit-

ten Stock, presste sich an die kalte Wand und verharrte reglos, die Kladde, in der die Genies ihr Kommen und Gehen notierten, fest unter den Arm geklemmt.

Das Pfeifen kam näher, die Schritte wurden lauter, und Warwara fürchtete sich plötzlich. Was, wenn er hierher zu ihr kam? Sie schaute nach oben. Der vierte Stock war unbewohnt, dort schwankte ein rostiges Gitter, und eine eiserne Tür mit einem Vorhängeschloss versperrte den Weg. Nach oben konnte sie also nicht. Wohin dann?!

Das Pfeifen brach ab, eine schwere Tür schlug zu, und Warwara schloss die Augen. Er war weg.

Sie durfte keine Minute mehr verlieren.

So schnell sie konnte, rannte sie nach unten, immer drei Stufen auf einmal nehmend und alle Augenblicke horchend, ob jemand käme. Aber alles war still.

Sie schlüpfte hinaus auf die Straße und lief in die andere Richtung – nicht über den in den Überresten des Rasens vom letzten Jahr festgetretenen «Trampelpfad». Wo sie entlanglief, gab es gar keinen Pfad mehr, und ihre Stiefel waren augenblicklich bis zu den Knöcheln hinauf durchnässt.

Erst als sie um die graue Mauerecke gebogen war, holte sie Luft. Schade, dass sie Nichtraucherin war. Jetzt hätte eine Zigarette sie sicher beruhigt. Sie stopfte die Zeitschrift noch tiefer in die Handtasche und packte die Kladde obendrauf. Dann atmete sie ein paarmal tief durch, um die Benommenheit und die Angst zu vertreiben, und machte sich auf den Weg zur Metro. Sie ging um das Haus herum, schlüpfte durch ein Loch in einem Gitterzaun und gelangte auf die belebte Straße.

Erst da fiel ihr wieder ein, dass sie Iwan nicht nach seiner Telefonnummer gefragt hatte. Er kannte ihre Nummer auch nicht. Vielleicht hatte er gar nicht vor, ihr zu helfen?

Wieder war sie den Tränen nahe, wies sich aber sofort streng zurecht. Sie hatte immerhin das Rätsel gelöst – ganz allein. Gut, das Geld hatte sie nicht gefunden, und Iwan Bersenjew interessierte sich in erster Linie für dieses Geld.

Auch gut. Das werden wir schon überleben.

Sie weinte auf der Rolltreppe, aber als sie sich in die Metro setzte, waren ihre Augen wieder trocken.

IM BÜRO FRAGTE ILARIA sie mit strenger Stimme nach dem «Entlastungsdokument», und Warwara verstand überhaupt nicht, was sie von ihr wollte.

«Das heißt, Sie haben keine Krankschreibung?», konstatierte Ilaria, und Warwara wusste, es sah schlecht aus für sie. So schlecht wie noch nie zuvor. «Äußerst unangenehm, Warwarotschka, dass Sie sich nicht darum gekümmert haben. Albert Anatoljewitsch wird sehr unzufrieden sein.»

Den ganzen Tag über war es im Vorzimmer so still wie in einer Stadt am Meer nach einer Sturmwarnung, zumindest kam es Warwara so vor. Sie traute sich nicht einmal, Tanja von ihrem Telefon aus anzurufen. Stattdessen ging sie zu Olga Gromowas Apparat und sprach dort nur eine Minute – ich bin gesund und am Leben, alles Weitere erzähle ich später.

«Kann ich Wassja wieder nach Hause holen?», rief ihre Freundin noch in den Hörer. «Ohne Dimka ist er nicht zu bändigen und bringt Oma und Opa zur Verzweiflung!»

Warwara hatte keine Ahnung, ob man Wassja zurückholen durfte.

«Warte vorläufig noch», sagte sie leise. «Wenigstens bis morgen. Ich rufe dich an.»

«Wo warst du heute Nacht?»

Warwara seufzte.

«Na, sag schon. Bei ihm, stimmt's?»

«Bei wem?»

«Bei dem, der dich angefahren hat. Ja?»

«Ja.»

«Du kannst jetzt nicht sprechen», schloß Tanja messerscharf. «Rufst du mich später nochmal an?»

«Ja.»

«Hat er den Banditen gefunden?»

«Nicht er. Ich.»

Tanjas unbändige Neugier ließ das Telefonkabel fast vibrieren.

«Ich werde dir alles erklären, Tanja, nur nicht jetzt, verstehst du? Heute Abend. Oder morgen.»

«Fährst du etwa wieder zu ihm?!»

Warwara hatte nicht mehr die Kraft zu antworten, und sie legte den warm gewordenen Hörer leise auf.

Tja. Nun wusste sie also Bescheid. Und was sollte sie jetzt tun? Laut schreien: «Haltet den Dieb, sonst ist er weg!»?

Gegen drei wurde Warwara zum Chef gerufen.

Den halben Tag hatte er im Büro gesessen, niemanden empfangen und ständig mit Ilaria getuschelt, die hinein- und hinausging, ohne Warwara auch nur einmal anzusehen.

Was um Gottes willen sollte sie jetzt tun?

«Also», sagte der Chef, nachdem Warwara die Bürotür zugezogen und sich geräuschlos über den dicken Teppich auf seinen Schreibtisch zubewegt hatte. «Wir sind alle nur Menschen und geraten in verschiedene … Situationen. Was stehen Sie da wie eine Salzsäule? Setzen Sie sich.»

Warwara nahm linkisch auf der Kante eines vergoldeten Stuhls Platz und legte die Hände auf dem Schoß zusam-

men. Warwara blickte sie an, als gehörten sie einem Fremden.

«Nun denn», fuhr der Chef fort, als hätte er plötzlich vergessen, was er eigentlich sagen wollte. Seine Brillengläser funkelten unerbittlich. «Sie gehen mir auf die Nerven, Warwara.»

Sie lächelte. Was blieb ihr auch anderes übrig?

«Ja», wiederholte er mit Nachdruck. Offenbar gefiel ihm nicht, dass sie lächelte. «Sie gehen mir auf die Nerven. Sie sind keine schlechte Mitarbeiterin, aber *ich* kann mit Ihnen nicht arbeiten. Es gibt zwei Möglichkeiten. Entweder Sie kündigen selbst, und ich will jetzt keine langen Geschichten darüber hören, dass Sie in dieser Firma schon seit vielen Jahren arbeiten und so weiter» – bei diesen Worten hob er die Stimme, als hätte Warwara schon den Mund geöffnet, um irgendeine langatmige Geschichte zu erzählen, und er müsse sie daran hindern –, «oder ich versetze Sie in eine Filiale. Als Stenotypistin.»

«In … welche Filiale?», fragte Warwara.

Die Stimme versagte ihr. Sie klang heiser und kläglich und hörte sich seltsam an in der Stille und Wärme des luxuriösen Büros. Übrigens musste so wohl die Stimme einer Angestellten klingen, die entlassen wurde, weil sie ihrem Chef auf die Nerven ging.

«Zum Mitschurin-Prospekt», knurrte er. Wieder funkelte seine Brille auf.

«Danke, Albert Anatoljewitsch», sagte Warwara und räusperte sich. Hauptsache, sie heulte in seiner Gegenwart nicht los. Später, ja. Später durfte sie heulen, soviel sie wollte. Die ganze Nacht konnte sie, die Bettdecke über den Kopf gezogen, jammern, schluchzen und ihr verpfuschtes Leben beweinen. Aber nicht jetzt. Auf keinen Fall.

«Danke, Albert Anatoljewitsch, aber zum Mitschurin-Prospekt möchte ich nicht. Ich werde selbstverständlich meine Kündigung schreiben.»

«Dann schreiben Sie», sagte der Chef und schob ihr ein schon vorbereitetes Blatt Papier zu. Warwara starrte das Blatt an und staunte über die Umsicht des Chefs. «Ich unterschreibe, und Sie bringen sie dann in die Personalabteilung. Morgen will ich Sie hier nicht mehr sehen. Ich kann nicht arbeiten, wenn Sie mir ständig vor der Nase herumtanzen. Entschuldigen Sie.»

«Morgen um zehn ist eine Konferenz», sagte Warwara leise, mit großer Überwindung. Sie wollte schreiben, aber ihre Hände waren so kalt, dass die Finger ihr nicht gehorchten. Sie schob sich den Füllhalter zurecht, damit sie ihn besser halten konnte.

Mein Gott, wie schrieb man eine Kündigung? Ich bitte, mich zu entlassen … Ich bitte um meine Entlassung … Ich bitte Sie um die Erlaubnis … ab dem Soundsovielten arbeitslos und überflüssig zu werden. Etwa so?!

«Die Konferenz wird Wladislawa vorbereiten», informierte der Chef sie mit monotoner Stimme. «Lara wird sie in die laufenden Geschäfte einführen. Deswegen brauchen Sie also nicht länger zu bleiben, Warwara.»

«Ich werde mich bemühen, Sie nicht länger als nötig zu belästigen», erwiderte sie langsam und deutlich und schob ihm die rasch zusammengeschusterte Kündigung zu. Schwungvoll setzte er seine Unterschrift darunter.

«Auf Wiedersehen.»

«Auf Wiedersehen, Albert Anatoljewitsch.»

Wladislawa! Wladislawa mit ihren Leopardenröckchen, die nicht mal den halben Hintern bedeckten, Wladislawa, die an jedem Handgelenk vier goldene Armbänder trug!

Wladislawa mit ihrem Gemüseragout und ihrem gedünsteten Fleisch! Wladislawa mit ihrem kleinrussischen Akzent und ihrem ewigen «dem seine» und «der ihre»: «Der ihr Kleid fand ich ja so-o toll!»

Wladislawa würde sich auf Warwaras Platz setzen, an ihren Computer, an ihren Schreibtisch, an ihr Telefon und ihre Blumen, an ihr Glas aus dunklem Kristall, das sie aus Karlsbad mitgebracht hatte und in dem sie ihre Stifte aufbewahrte!

Nein, das Glas würde Warwara mitnehmen. Egal, was man von ihr dachte, aber das Glas würde sie mitnehmen.

Warwara war noch niemals gekündigt worden, deshalb wusste sie nicht, wie sich ein Mensch, den man gerade gefeuert hat, benehmen muss. Ein Mensch, für den alles zu Ende ist – die Liebe, die Arbeit, das Leben.

Im Vorzimmer roch es nach Kaffee, Parfum und irgendetwas Synthetischem, vielleicht war es das Mittel, mit dem die Putzfrau den Teppichboden reinigte. Es roch nach der gewohnten, vertrauten Welt, in der Warwara so viele Jahre verbracht und aus der man sie gerade vertrieben hatte.

Stenotypistin am Mitschurin-Prospekt – nein danke!

«Nun, wie steht es?», fragte Ilaria und schaute aus ihrem Büro heraus. «Haben Sie alles geklärt, Warwarotschka?»

«Ja, das haben wir», sagte Warwara leise.

«Ich hoffe, Sie bleiben noch bis zum Ende des Arbeitstages», sagte Ilaria gut gelaunt. «Sie sind uns doch nicht böse?»

Von allem, was passiert war, war dieses «uns» am kränkendsten.

«Nein», versicherte Warwara und lächelte. «Wieso sollte ich böse sein?»

«Wunderbar. Um fünf kommt Wladislawa, könnten Sie

bis dahin … Ihre persönlichen Sachen aus dem Schreibtisch geräumt haben?»

«Im Schreibtisch sind keine persönlichen Sachen von mir, Lara.»

«Tatsächlich?», fragte die gespielt erstaunt. «In der unteren Schublade liegen eine Strumpfhose und eine Schachtel Tampax. Gehört das nicht Ihnen?»

Warwara schwieg. Ihr Gesicht wurde heiß. So heiß, dass ihr Schweißperlen auf die Schläfen traten. Ilaria blickte sie an und lächelte spöttisch.

«Also packen Sie alles ein, Warwarotschka. Vergessen Sie nichts.»

«Ich muss erst noch in die Personalabteilung.»

«Ich nehme Ihre Kündigung mit, Warwarotschka. Ich gehe sowieso zu den Juristen und kann das unterwegs erledigen.»

«Danke.»

«Nicht der Rede wert.»

Sobald sich die Tür hinter Ilaria geschlossen hatte, holte Warwara aus der unteren Schublade ihre Ersatzstrumpfhose und die Schachtel mit den Tampons heraus und stopfte alles in ihre Handtasche, in der immer noch die Kladde und das Hochglanzmagazin lagen.

Nur noch so lange durchhalten, bis sie hier raus war. Nur so lange noch.

Lohn würde sie wahrscheinlich auch keinen mehr bekommen. Oder doch? Vielleicht konnte sie das in der Buchhaltung erfahren? Und was war mit ihrem Urlaub? Im letzten Jahr war sie gar nicht in Urlaub gewesen. Und wovon sollte sie jetzt leben?! Wo eine neue Arbeit finden? Wie lange würde es dauern, bis sie eine fand?! Allerdings – sie hatte ja noch die Visitenkarte mit der kindlich-eckigen Handschrift …

Nein. In die Buchhaltung würde sie nicht gehen.

Ihr schien, als wisse die ganze Firma schon, dass man sie entlassen hatte, weil sie dem Chef «auf die Nerven ging», und dass ihre Stelle die dämliche Wladislawa bekommen würde, mit «der ihrem» Leopardenröckchen und «der ihren» Armbändern!

Man würde ihr den Passierschein wegnehmen und sie nicht mehr einlassen, der Wachmann am Eingang würde ihr neugierig hinterherschauen, und sie könnte nie, nie wieder hierher zurück.

Der Regenschirm. Im Schrank lag noch ihr Regenschirm.

Sie stand auf, jede Bewegung kontrollierend, ging zum Schrank und öffnete ihn. Sie bückte sich und nahm den Schirm heraus. Kehrte zum Schreibtisch zurück, legte den Schirm neben ihre Handtasche.

Ilaria kam hereingeflattert, munter wie ein Vögelchen.

«Na? Alles gepackt?»

«Ja.»

«Schön. Machen Sie Kaffee, und wenn Wladislawa dann kommt, können Sie gehen. Haben Sie ein Glück! Wir haben noch so viel Arbeit!» Und sie schüttelte ihr silberblondes Haar zum Zeichen dafür, wie viel Arbeit «wir» noch hätten. «Und Sie können tun und lassen, was Sie wollen!»

Auf der Telefonanlage leuchtete die Anzeige «Büroleitung» auf, Ilaria schwebte wie auf Engelsflügeln in ihr Zimmer zurück und drückte auf den Knopf.

«Ja, bitte?»

«Ist sie noch da?», erkundigte sich der Chef finster und so laut, dass man es aus dem Hörer bis nach draußen hörte. Ilaria war eine außergewöhnlich taktvolle Dame und schloss deshalb die Tür zum Vorzimmer, wo die entlassene Warwara noch hockte.

Die Entlassene saß an ihrem Schreibtisch wie eine Aussätzige.

«Warwarotschka, ich hatte Sie doch um Kaffee gebeten», sagte hinter ihr Ilaria und steckte den Kopf durch die Tür. «Bitte machen Sie ihn. Ich bringe ihn selber zu Albert Anatoljewitsch hinein, ja?»

«Natürlich.»

Nur kurz durchhalten. Es dauerte ja nicht mehr lange. Gleich würde Wladislawa erscheinen.

Wladislawa erschien nicht. Nicht um fünf, nicht um halb sechs.

«Bummelt wieder mal durch die Geschäfte, die Kleine», kommentierte Ilaria und lachte. «Regen Sie sich nicht auf, Warwarotschka, sie wird schon kommen! Ich rufe sie gleich auf dem Handy an.»

Und wenn sie nun nicht kommt, dachte Warwara. Wenn sie nicht kommt, wird man mich dann wieder brauchen? Und hier lassen?

Das Telefon tschilpte, und Warwara starrte es hasserfüllt an.

«Nehmen Sie doch ab!», rief Ilaria aus ihrem Zimmer. «Was ist los? Hören Sie das nicht?!»

«Hallo», sagte Warwara mit toter Stimme. Am anderen Ende herrschte Schweigen, also sagte sie ihren üblichen Spruch auf: «Vorzimmer Krutow, guten Abend.»

«Bist du krank?», fragte Iwan aus dem Telefon, und der Hörer rutschte Warwara aus der Hand.

Er schlug krachend auf die polierte Schreibtischplatte, und ihr Herz klopfte wie wild, das Blut rauschte ihr in den Ohren, und all dieser Lärm ließ sie glauben, sie hätte sich das nur ausgedacht und es gäbe gar keinen Iwan im Hörer.

«Ja!!», hauchte sie, als sie den glitschigen Hörer wieder zu fassen bekam. «Ja!!»

«Ja – du bist krank?», fragte Iwan nach.

«Nein.»

«Nein – du bist nicht krank?»

«Wo warst du?», stöhnte Warwara heiser und wusste, sie durfte nicht stöhnen. Zurückhaltend musste sie sein, weltläufig, ein wenig kühl, ein wenig rätselhaft, sehr comme il faut, etwas abwesend und desinteressiert. «Wo warst du, verdammte Scheiße?!»

«Arbeiten», sagte er fröhlich.

Er war sehr nervös gewesen, als er ihre Nummer gewählt hatte, und hatte sich immer wieder gefragt, ob sie sich wohl freuen würde. Vielleicht war es dumm, aber trotzdem war er nervös. Ihre heisere Stimme zerstreute jedoch augenblicklich alle seine Befürchtungen.

Es war alles so, wie er es in Erinnerung hatte. Er hatte sich nichts eingebildet.

Sie existierte. Ihre heisere Stimme existierte. Er brauchte nur zu ihr zu fahren. Noch zwanzig Minuten.

Warwara holte Luft.

«Iwan.»

«Ja.»

«Du bist es?»

«Ja.»

«Du bist wieder da?»

«Ich war niemals weg, mein Herz.»

Und als er «mein Herz» sagte – spöttisch und zärtlich –, wusste sie, dass alle ihre Nöte ein Ende hatten. Ein für alle Mal.

«Ich bin gefeuert worden», teilte sie mit und straffte ihre Schultern. Sie merkte plötzlich, dass sie die ganze Zeit wie

zusammengesunken dagesessen hatte, das Gesicht fast im Schoß vergraben. Eben noch.

«Warum?», wunderte sich Iwan.

«Weil ich dem Chef auf die Nerven gehe.»

«Aha. Ich kann dich abholen, und wir fahren irgendwohin essen. Zu Hause gibt es kein Abendessen.»

«Ich kann uns durchaus was kochen», antwortete Warwara mit leicht zitternder Stimme. «Bitte jetzt keine boshaften Kommentare.»

«Du kannst kochen?», fragte er erstaunt, und sie konnte hören, dass er dabei grinste. «Ich dachte, ihr großen Detektivinnen verachtet solchen Alltagskram.»

«Iwan …»

«Ich hatte den ganzen Tag Sehnsucht nach dir, mein Herz», sagte er plötzlich. «Wie ein Hund.»

«Iwan!»

«Ich hole dich ab. In einer Viertelstunde. Pack deine Sachen zusammen, ja? Zumal du ja sowieso entlassen worden bist.»

«Entlassen», bestätigte Warwara mit steifen Lippen. «Ich kann jederzeit gehen.»

«Na, dann tu das auch. Also bis gleich.»

«Ich lasse dir einen Passierschein ausstellen!», rief sie.

Er lachte.

«Nicht nötig.»

Sie legte sacht den Hörer auf und starrte das Telefon an. Er hatte gesagt, in einer Viertelstunde. Das war so gut wie nichts. Jetzt brauchte sie nur ganz ruhig abzuwarten, bis er kam. So konnte sie es aushalten. Ganz ruhig.

Aber wieso wollte er keinen Passierschein? Ohne Passierschein würde man ihn nicht durchlassen, und sie würden sich nie wiedersehen!

Sie wählte die Nummer des Büros für Passierscheine.

«Ljubascha, hier ist Warja. Schreib einen Besucher für uns auf. Iwan Alexandrowitsch Bersenjew.»

«Schon notiert», flötete Ljuba aus dem Hörer. «Warja, stimmt es, dass du uns verlässt?»

«Es stimmt», sagte Warwara. Es war ihr schon fast egal. «Ich rufe dich später nochmal an, Ljubascha.»

Noch sieben Minuten. Und wenn er zu spät kam? Oder wenn er gar nicht kam? Woher wusste er, wohin er fahren musste, er war doch noch nie bei ihr in der Firma gewesen? Weshalb hatte er nicht gefragt? Und nach dem Ergebnis ihrer Nachforschungen hatte er sich auch nicht erkundigt, als wenn das ganz unwichtig wäre!

Warwara drückte die Hände gegen die Wangen. Die Hände waren eiskalt, die Wangen glühend heiß.

«Wieso sind Sie so rot im Gesicht?», fragte Ilaria. Sie sah unzufrieden aus, offenbar hatte sie Wladislawa nicht ausfindig machen können. «Ist Ihnen schlecht?»

«Mir geht es gut», versicherte Warwara. «Ich wollte gleich aufbrechen, Lara. In etwa zehn Minuten. Geht das?»

«Ich hatte Sie doch gebeten, zu warten, bis Wladislawa kommt», antwortete Ilaria ziemlich erstaunt und warf einen Blick auf die brillantenbesetzte Uhr an ihrem milchweißen Handgelenk. «Haben Sie mich nicht richtig verstanden?»

«Ich habe Sie verstanden, aber ich kann nicht so lange warten. Entschuldigen Sie.»

«Erlauben Sie, in Ihrem Computer sind Dokumente, die Sie unbedingt Wladislawa übergeben müssen!»

«Sie kennen doch alle Dokumente, Lara. Sie werden ihr das schon erklären.»

Ilaria verstand überhaupt nichts von dem Papierkram. Pa-

piere fand sie öde und langweilig, sie passten ihrer Meinung nach nicht zu einer klugen und schönen Frau.

«Ich denke nicht daran, irgendwem irgendetwas zu erklären», fing Ilaria an. «Sie haben Verpflichtungen ...»

Die Tür zum Vorzimmer wurde plötzlich so weit aufgerissen, dass sie fast an die Wand gekracht wäre. Zwei junge Männer mit steinernen Mienen hatten mit wenigen Schritten geräuschlos den dicken Teppich überquert und standen jetzt neben Warwara und Ilaria.

«Was wollen Sie hier?», stotterte Ilaria und erbleichte. Die Steingesichter beachteten sie gar nicht.

Einer von ihnen warf einen Blick in ihr leeres Zimmer, sein Kollege öffnete die beiden Türen zum Allerheiligsten, dem Büro des Chefs, und drang mit erschreckender Formlosigkeit ein.

«Wer sind Sie?!», hörte man den Chef hinter den Türen kreischen. «Wie können Sie es wagen, hier einzubrechen?! Was wollen Sie? Lara!!»

Warwara wich zurück und streifte dabei das Telefon. Es fiel mit einem Plastikschluchzer zu Boden.

Die steingesichtigen Dobermänner kehrten ins Vorzimmer zurück und bezogen neben der Tür zum Büro des Chefs und der zu Ilarias Zimmer Stellung.

Auf der Schwelle seines erstürmten Büros erschien der Chef – auf seinen Wangen waren hektische purpurne Flecken, der rot angelaufene Hühnerhals war drohend gereckt, die Stirn glänzte, die Augen schleuderten Blitze.

«Was soll das heißen, möchte ich wissen!», brüllte der Chef den breiten Rücken an, der direkt vor ihm stand. Der Rücken rührte sich nicht.

Auf dem Korridor hörte man ein Geräusch. Dann kam mit großen Schritten – Iwan in seinem langen Mantel her-

ein. Hinter ihm tauchten noch zwei weitere Steingesichter auf, die den beiden ersten glichen wie ein Ei dem anderen. Einer von ihnen blieb an der Tür stehen, der andere folgte Iwan mit den lautlosen Schritten eines Tigers.

Warwara wurde es übel.

«Hallo», sagte Iwan und gab ihr einen Kuss. Seine Lippen fühlten sich hart und kalt an. «Na, wie steht's? Bist du bereit?»

«Was soll das heißen?!», kreischte der Chef im Falsett. «Was ist hier los?! Wie können Sie sich erdreisten, in mein Büro einzudringen, was ist das für eine …!»

«Ich rufe die Wache», drohte Ilaria unsicher und rührte sich nicht vom Fleck.

«Wo ist deine Tasche?», fragte Iwan Warwara. «Kolja, nimm mal ihre Tasche. Und dein Mantel?»

«Im Schrank», murmelte Warwara und staunte, dass ihr die Lippen gehorchten. «Aber kein Mantel, sondern eine Jacke.»

«Und du hast mich nicht erkannt, was, Albert Anatoljitsch?» Iwan sprach den Namen des Chefs salopp verkürzt aus, sodass er erheblich an Wichtigkeit und absichtsvoller Kompliziertheit verlor. Ohne Warwaras Schulter loszulassen, wandte er sich an den Chef und zog Warwara dabei mit herum. «Was glotzt du mich so an, mein Lieber? Seine Vorgesetzten sollte man doch schon erkennen.»

Der Chef gab so etwas wie einen leisen Hickser von sich. Hektische purpurne Flecken breiteten sich über sein ganzes bleiches, zorniges Gesicht und die edlen Hände aus. Schweiß trat auf seine Stirn, die Nase wurde plötzlich sehr spitz, und in seinen Augen flackerte ein solches Entsetzen, dass Warwara mit ihm erschrak.

«Na also», sagte Iwan befriedigt, der diese wundersame

Verwandlung aufmerksam beobachtet hatte. «Du hast mich erkannt.»

«Iwan Alexandrowitsch?», sprach der Chef und lächelte ein Gummilächeln. «Wir hatten nicht erwartet, dass Sie … Wir freuen uns immer, wenn Sie … Wir werden Ihnen sofort berichten, was Sie …»

«Wir, Nikolai der Zweite, Zar von Russland», stimmte Iwan vergnügt zu, und der Chef schnappte nach Luft.

An der Tür zum Vorzimmer gab es wieder eine Bewegung. Alle drehten sich um, und es erschien Wladislawa im offenen Nerzjäckchen und bestens gelaunt, beladen mit bunten Einkaufstüten. Sie blitzte und funkelte von Kopf bis Fuß – Armbänder, Brillanten, Strümpfe.

«Uuuhh», sagte Iwan lang gezogen und musterte Wladislawa.

«Möchten Sie vielleicht einen Kaffee?», mischte sich plötzlich Ilaria ein, die die Situation retten wollte. «Oder Tee? Wir können Ihnen eine Tasse Ceylontee anbieten. Den bekommen wir ganz frisch aus Sri Lanka, noch ungetrocknet!»

«Was Sie nicht sagen!», staunte Iwan.

«Ich bereite sofort alles zu!» Ilaria wurde ganz fahrig und machte eine Bewegung, als wolle sie augenblicklich losrennen, um den Tee zu holen, selbst wenn sie dafür bis nach Sri Lanka hätte laufen müssen.

«Möchtest du noch Tee?», erkundigte sich Iwan in harmlosem Ton bei Warwara. «Oder fahren wir gleich los?»

Klasse, wie er das spielt, dachte Warwara unwillkürlich. Viel besser als die Trantüten in den Fernsehserien, die sich immer so anstrengen, das «wirkliche Leben» darzustellen!

Sie schüttelte den Kopf, was man so oder so auslegen konnte. Sie wollte nur noch eines – dass alles bald zu Ende sei.

Nicht einmal der tiefe Sturz des Chefs und seiner kostbaren Ilaria war ihr jetzt noch wichtig.

«Danke, aber wir möchten keinen Tee», sagte Iwan höflich.

«Gehen Sie jetzt zum Präsidenten, Iwan Alexandrowitsch?», fragte der Chef aufgeregt. Das Entsetzen in seinen Augen wich der Verzweiflung.

«Soll ich Sie anmelden?», mischte sich Ilaria ein.

«Nein», antwortete Iwan beiden zugleich. «Wo ist deine Jacke, Warwara?»

«Die habe ich, Iwan Alexandrowitsch.»

Iwan sah flüchtig zu dem Wachmann hinüber.

«Gut. Gehen wir, Warwara.»

«Kennen Sie denn ... Warwara Andrejewna?», fragte der Chef kläglich und lächelte dabei einschmeichelnd. Warwara war überrascht, dass er überhaupt ihren Vatersnamen kannte.

«Warwara Andrejewna und ich kennen uns sehr gut», erklärte Iwan. Das Steingesicht näherte sich inzwischen geräuschlos Warwara und hielt ihr von hinten die geöffnete Jacke hin. Sie schaute sich verlegen um und steckte dann die Arme in die kalten Ärmel.

«Wiederseh'n, Albert Anatoljitsch», verabschiedete sich Iwan, ohne ihm die Hand zu geben.

Mit einem beleidigend-spöttischen Blick musterte er abschließend noch die milchperlenschöne Ilaria und die langbeinige, tütenbepackte Wladislawa.

«Einen prachtvollen Blumengarten hast du da. Und die Dekoration ist auch nicht ohne. Schade, dass ich das nicht vorher wusste. Das muss ich unbedingt Aksjuta erzählen.»

Vitali Aksjuta war der Präsident der Holding, der oberste Boss und einzige Vorgesetzte von Warwaras Chef.

Iwan schob Warwara vor sich her zur Tür. Die steingesichtigen Dobermänner setzten sich ebenfalls in Bewegung und folgten ihm, aber plötzlich blieb die Prozession stehen.

«Willst du einen Rat von mir?», fragte Iwan den völlig niedergeschmetterten Albert Anatoljewitsch. Der blinzelte nur.

«Man sollte immer genau wissen, mit wem man es zu tun hat, wenn man nicht in Schwierigkeiten geraten will.» Und dabei legte er mit einer absichtlich besitzergreifenden Geste den Arm um Warwaras Schultern. «Auf den äußeren Eindruck darf man sich nicht verlassen. Der kann täuschen.»

Ein Dobermann hielt Iwan die Tür auf, und alle traten hinaus in den Flur.

«Wer bist du?», fragte Warwara nach längerem Schweigen. «Präsident Putin inkognito?»

Einer der Dobermänner warf ihr einen verdutzten Blick zu.

«Nein», brummte Iwan. «Ich bin der Eigentümer der Media-Holding ‹Moskauer Zeit›. Das ist meine Firma – mir gehören die Zeitung, das Magazin und der Fernsehkanal. Sogar der Stuhl, auf dem du in deinem Vorzimmer sitzt, gehört mir.»

«Dir», wiederholte Warwara. «Also deshalb warst du so erregt über den Tod von Pjotr Borissowitsch, oder wie immer er heißen mag, und nicht, weil Pawel Bely dein Freund ist!»

«Natürlich», sagte er ärgerlich. «Schließlich muss ich wissen, was hier vor sich geht. Ich habe wenig Lust, hinter solch windigen Typen wie deinem Albert den Mist wegzuräumen. Ich hab auch so genug am Hals. Übrigens, Pascha ist wirklich mein Freund.»

Der Lift rasselte, die Stahltüren glitten auf, und er knuffte Warwara sanft in den Rücken.

«Warte», sagte sie und blieb stehen. «Wenn du der Eigentümer bist, bist du ja genau der, dem ich alles erzählen muss. Wer es war, wie es passiert ist. Jetzt sofort.»

«Geht das nicht auch zu Hause?»

«Nein, Iwan. Alles, was passiert ist, ist hier passiert, und ... dieser Mensch arbeitet auch hier.»

«Du hast ihn also doch noch gefunden», sagte er nachdenklich. Die Türen des Lifts schlossen sich wieder.

«Ja, das habe ich», nickte Warwara. «Ich weiß nur immer noch nicht, wo das Geld geblieben ist. Es ist mir einfach unbegreiflich.»

Iwan zog sie plötzlich am Kragen ihrer Jacke an sich und gab ihr einen schnellen Kuss. Seine Augen funkelten.

«Ich wollte eigentlich keine theatralischen Szenen», sagte er. «Reputation, Vertrauen und all dies Zeug. Aber wenn du ihn schon ohne meine Hilfe gefunden hast, ja, verdammt, dann soll es auch eine Szene geben!»

«Was für eine Szene?», fragte Warwara erschrocken.

«Eine, die sich gewaschen hat.»

Er küsste sie noch einmal und zog sein Handy heraus.

«Vitalik», sagte er vertraulich, als sich jemand meldete, und Warwara begriff, dass er mit Aksjuta sprach. «Ich bin bei dir in der Firma. Wo steckst du? Komm her, ich muss hier ein paar Dinge klären. Möglichst in deiner Anwesenheit. Nein, ich werde bei Albertik sein. Also mach schnell, ich warte. Komm, Warwara.»

«Wo-wohin?»

«Dorthin.» Er wies auf ihr Vorzimmer. «Aksjuta wird gleich eintreffen. So lange machen wir's uns noch gemütlich.»

Er zog sie am Arm hinter sich her. Die Dobermänner stürzten voraus, um ihm die Tür aufzuhalten, und die ganze Prozession fiel erneut ins Vorzimmer ein, wo mitten im Raum noch immer in offensichtlicher Bewusstseinstrübung das Dreigespann stand – der Chef und seine beiden Märchenprinzessinnen.

Als der Chef Iwan erblickte, wich er zurück und wechselte zum wiederholten Mal an diesem Abend die Farbe.

«Ich hab's mir anders überlegt», verkündete Iwan. «Wir sollten doch miteinander reden. Zeig uns deine Gemächer, Albert Anatoljitsch, tu mir die Liebe.»

Warwara musste lächeln.

Ohne eine Antwort abzuwarten, betrat Iwan das Büro des Chefs, zog Warwara mit sich, drückte sie auf das weiße Sofa und setzte sich neben sie.

«Kolja!», rief er ins Vorzimmer zurück. «Gleich kommt Aksjuta, führen Sie ihn bitte herein.»

«Jawohl, Iwan Alexandrowitsch.»

«Vitali Nikolajewitsch?», stammelte der Chef. Hinter ihm schimmerten wie zwei Monde die bleichen Gesichter seiner beiden Prinzessinnen.

«Setz dich, Albert Anatoljitsch», sagte Iwan. «Ihr Mädel da kann uns einen Tee machen, echten, ungetrockneten aus Ceylon. Kochen Sie uns Tee, Mädchen. Oder möchtest du lieber Kaffee, Warwara?»

Sie schwieg unbehaglich.

«Also Tee. Für mich bitte mit Zitrone. Für Warwara auch.»

«Na-natürlich!», blökte Ilaria. Ihre Lippen zitterten.

«Ich denke, das andere Mädel», ein kurzes Kopfnicken in Wladislawas Richtung, «können wir entlassen. Sie hier», ein Nicken in Richtung Ilaria, «kommt sicher allein zu-

recht. Sie können gehen, Mädel! Kolja, begleite die junge Dame hinaus und achte darauf, dass wir nicht gestört werden.»

Er benahm sich auf virtuose und sehr verletzende Weise unverschämt, viel verletzender als Warwaras Chef es je gekonnt hatte.

Warwara fröstelte unwillkürlich.

Der Dobermann am Eingang schloss die Tür, im Büro trat eine dumpfe, unheilvolle Stille ein.

Iwan lehnte sich im Sofa zurück und schaute sich im Raum um. Der Chef, der seinem Blick folgte, fiel völlig in sich zusammen.

Schweigen, undurchdringlich und schwül, kroch in alle Ritzen des luxuriös ausgestatteten Büros. Iwan zog die Pause absichtlich in die Länge.

«Müde?», fragte er dann plötzlich Warwara. «Keine Sorge, gleich fahren wir nach Hause.»

Der Chef wäre beinahe mitsamt seinem vergoldeten Stuhl umgefallen.

Die Tür öffnete sich einen Spaltbreit, und Ilaria zwängte sich mit einem Tablett in der Hand hindurch. Es vibrierte heftig.

«Entschuldigung», murmelte sie.

«Setzen Sie sich zu uns», wies Iwan sie an.

«Danke, aber ich ...»

Ilaria hatte offensichtlich wenig Lust, sich zu setzen, und noch weniger Lust, ihrem in die Klemme geratenen Liebhaber beizustehen. Sie war schlau genug, um genau zu wissen, wann man sich besser aus dem Staub machte, und ihrem Gesicht war es anzusehen, dass sie fieberhaft überlegte, wie sie das am geschicktesten bewerkstelligen könnte.

Die Tür wurde aufgerissen, der Dobermann blickte sich

um, und auf der Schwelle erschien ein Mann mit zerzaustem Haar und einem Telefon in der Hand.

«Guten Abend, Iwan Alexandrowitsch.»

«Guten Abend, Vitali Nikolajewitsch. Wir … haben hier etwas zu besprechen. Warwara, das ist Vitali Aksjuta.»

«Guten Abend», murmelte Warwara.

«Das ist Warwara Laptewa.»

«Ich glaube, ich kenne Sie», sagte Aksjuta, schüttelte Warwaras verschwitzte Hand und lächelte argwöhnisch.

«Ich arbeite hier», erwiderte Warwara. «Oder vielmehr arbeitete.»

Der Chef wurde unruhig auf seinem Stuhl.

«Da hat es wohl ein Missverständnis gegeben», hob er an. «Selbstverständlich werden wir das wieder in Ordnung bringen, sobald …»

«Es geht um Folgendes», unterbrach ihn Iwan. «Vor einigen Tagen ist in diesem Büro ein Mann gestorben. Er starb unter sehr merkwürdigen Umständen, und nach seinem Tod fehlte auf dem Konto des Werbefilmers Pawel Bely eine halbe Million Franken. Keiner von uns» – er erhob seine Stimme und schaute Warwaras Chef streng an, so wie ein Herr seinen ungezogenen Hund –, «keiner von uns wird jetzt so tun, als verstünde er nicht, wovon die Rede ist! Ich wünsche keine langatmigen Diskussionen! Wohin willst du, Warwara?»

«Einen Moment», murmelte sie, als müsse sie mal eben zur Toilette. «Ich bin sofort wieder zurück!»

Sie huschte zur Tür hinaus. Alle blickten ihr nach. Iwan wusste nicht, weshalb sie hinausgegangen war, wollte aber ohne sie nicht fortfahren. Also saßen alle still da und warteten auf Warwara.

Sie kam sehr rasch zurück.

«Entschuldigen Sie bitte», sagte sie ganz außer Atem, «entschuldigen Sie.»

«Dieser Mann ist praktisch vor Warwaras Augen gestorben. Ich selbst glaubte, sie habe mit seinem Tod zu tun, weil das Geld nach Pjotr Ligos Tod spurlos verschwunden war. Bis jetzt weiß niemand etwas über den Verbleib. Ich dachte, sie hätte das Geld.»

«Woher wusstest du denn überhaupt von mir?», fragte Warwara. Diese Frage ließ ihr schon lange keine Ruhe. «Woher wusstest du, dass ich Sekretärin in diesem Vorzimmer bin und dass ich den Toten gefunden habe?»

«Ich habe dich gesehen», erklärte Iwan und griff wieder nach ihrer Hand. «Ich war hier, als das ganze Chaos seinen Anfang nahm.»

«Bei mir», erläuterte Aksjuta. Ihm war heiß. Aufgebracht riss er sich den Schal vom Hals und warf ihn auf den nächsten Sessel.

«Ja. Ich kam gerade von Vitali und sah im Korridor eine Menschenmenge. Natürlich bin ich hingegangen, um zu erfahren, was geschehen war. Dich habe ich nur flüchtig gesehen. Als ich Petja erblickte, waren mir alle anderen egal. Ich kenne die beiden, Petja und Pascha, schon seit ewigen Zeiten. Sie hatten nie etwas mit meiner ‹Moskauer Zeit› zu tun. Als Witja dich dann mit meiner Limousine angefahren hat, kamst du mir irgendwie bekannt vor. Ich habe ihn später sogar losgeschickt, um herauszufinden, bist du's oder bist du's nicht. Er sagte, ja, du bist es.»

«Und wieso hat er mich angefahren?»

«Das war purer Zufall. Wie ich dir schon sagte, Warwara – er fuhr, du kamst.»

Schicksal, dachte er und lächelte.

Alle schwiegen, nur Aksjuta rührte in seinem Tee und

klapperte mit dem Löffel. Warwara seufzte tief auf und begann zu erzählen.

«Ich hatte von Anfang an den Verdacht, dass Pjotr Borissowitsch nicht von selbst gestorben ist. Dass er ermordet wurde, meine ich. Erstens, weil der Computer, an dem er angeblich gerade arbeitete, gar nicht angeschlossen war. Zweitens, weil das Fenster geöffnet war. Dieses Fenster hat mir einfach keine Ruhe gelassen. Wir öffnen niemals die Fenster. Seit der Renovierung tut das niemand mehr. Es ist auch sehr schwierig, sie zu öffnen.»

Aksjuta drehte sich plötzlich um und betrachtete das Fenster, und alle folgten seinem Blick.

Warwara stand von dem weißen Sofa auf und redete weiter, als halte sie eine Vorlesung.

«Albert Anatoljewitsch hat seinen Besucher allein gelassen und ist weggegangen. Mir hat er gesagt, zu den Juristen. Der Besucher saß lange still da, dann gab es einen Krach, als sei er gefallen. Ich entschloss mich nachzusehen, ging hinein und sah, dass er ... tot war. Der Chef war nicht im Büro, eine zweite Tür gab es auch nicht, und so folgerte ich, dass der Chef ihn nicht umgebracht haben konnte, denn ich hatte ihn ja im Büro umhergehen hören!»

«Sie folgerte, großer Gott!», stöhnte der Chef und verstummte sofort wieder, als hätte er sich auf die Zunge gebissen.

«Diese Geräusche, die ich gehört hatte, verwirrten mich», fuhr Warwara fort. «Lange Zeit konnte ich mir keinen Reim darauf machen. Aber dann begriff ich. Pjotr Borissowitsch war vor den Augen von Albert Anatoljewitsch gestorben – und sein Tod hatte ihm einen Riesenschrecken eingejagt. Gemeinsam hatten sie dieses krumme Ding gedreht und das Geld vom Konto Pawel Belys gestohlen, und da fürchtete

der Chef, wenn man erst einmal den Diebstahl entdeckte, würde man ihn nicht nur des Betrugs, sondern auch des Mordes verdächtigen.»

«Sie lügt!», heulte der Chef auf. «Sie lügt, sie lügt! Sie hat doch nicht alle Tassen im Schrank, sehen Sie das denn nicht! Erzählt hier irgendwelchen Schwachsinn! Sie selbst war es, sie hat dem Toten die Kreditkarte gestohlen!»

«Woher weißt du überhaupt von der Kreditkarte, Albert Anatoljitsch?», fragte Iwan beiläufig und nahm einen Schluck Tee. «Wir haben ja wohl bislang noch keine Karte erwähnt.»

Der Chef blickte ihn entgeistert an.

«Ja», sagte Warwara, «genau das ist der Punkt. Sie glaubten, ich hätte die Karte an mich genommen, als ich ... die Leiche untersuchte. Aber ich war es nicht.»

«Lass mal die Karte beiseite», bat Aksjuta. «Erklär mir lieber, wie jemand erst vor den Augen Krutows sterben kann und dann wieder im Zimmer herumläuft, nachdem Krutow schon weggegangen ist!»

«Das war nicht er, der dort herumlief, Vitali Nikolajewitsch. Das war Mister X, der dritte Akteur in diesem Stück!»

«Was für ein dritter Akteur?!»

«Pjotr Borissowitsch Ligo hatte beschlossen, seinen Bruder zu bestehlen. Von Iwan weiß ich, dass die Brüder seit langem verfeindet waren – Neid, Konkurrenz und all so was. Höchstwahrscheinlich hat er Albert Anatoljewitsch einen ungefährlichen kleinen Coup vorgeschlagen, durch den sie sich beide bereichern könnten, ohne dass irgendwer Verdacht schöpfte. Natürlich war Albert Anatoljewitsch einverstanden. Pjotr Borissowitsch wollte das Geld auf ein Konto überweisen. Dieses Konto sollte Albert Anatoljewitsch eröffnen. So war es doch, nicht wahr?»

«Er hat gesagt, er deichselt das schon! Er hat gesagt, es sei ganz einfach!» Der Chef griff sich plötzlich in die tadellos frisierten Haare und riss so heftig an ihnen, dass ihm Tränen in die Augen traten. «Er hat mich reingelegt, dieser Mistkerl, dieser Schuft! Und dann ist er einfach gestorben, und ich ... ich kann jetzt die ganze Scheiße allein ausbaden!»

«Aber Albert Anatoljewitsch wusste nicht, dass Pjotr Ligo nur ein sehr mäßiger Programmierer war. Sie waren wohl nie in seiner Firma?» Der Chef hörte auf, an seinen Haaren zu reißen, und glotzte Warwara an. «Natürlich nicht. Sie haben nichts überprüft. Man hat Ihnen ein hübsches Sümmchen in Aussicht gestellt, und Sie waren sofort einverstanden! Wenn ich es richtig sehe, muss jemand, der Geld von einem Bankkonto auf ein anderes transferieren will und noch dazu so, dass es schwer zu finden ist, eine ganze Menge Ahnung von Computern haben! Es gibt doch so ein Wort dafür – Hacker, nicht wahr?»

«Ja», bestätigte Iwan.

«Pjotr Borissowitsch konnte das nicht ohne fremde Hilfe. Er besorgte alle Informationen zu dem Konto und brachte sie einem dritten Mann. Mister X. Dieser X war es, der das Geld auf die Kreditkarte, die jetzt niemand finden kann, manipuliert hat. X ist ein weit entschlossenerer und gefährlicherer Mann als unsere beiden ... Ganoven.» Hier lächelte Warwara ihren Chef an. «Nachdem das Geld überwiesen und er selbst im Besitz der Karte war, dachte er sich – wozu noch mit Pjotr Borissowitsch teilen! Ich glaube, vom Chef wusste er überhaupt nichts. Ich meine, er wusste nicht, dass der Chef an dieser Sache beteiligt war. Und so hat Mister X Pjotr Borissowitsch vergiftet.»

«Vergiftet?!»

Das hatte Aksjuta gerufen. Er lauschte Warwara schon die ganze Zeit mit einem Gesichtsausdruck, als erzähle sie den Inhalt eines neuen Kriminalfilms, den alle schon gesehen hatten und den nur er dummerweise verpasst hatte.

«Sie arbeiteten für dieselbe Firma, tranken aus denselben Tassen und aßen von denselben Tellern. Er gab ihm ein Präparat, das nicht allzu schnell wirkte. In seine Pläne passte es nämlich auch nicht, dass Pjotr Borissowitsch in seiner Gegenwart starb. Er war überzeugt, Pjotr Borissowitsch würde den Kaffee trinken, sich schlecht fühlen, nach Hause fahren und in seinem Bett sterben. Stattdessen fuhr Pjotr Borissowitsch gleich nach der Arbeit hierher, und alle seine Pläne zerschlugen sich.»

Warwara zögerte und trank etwas kalten Tee aus ihrem Becher.

«Mister X folgte Pjotr Ligo, sah ihn zu uns ins Büro gehen, und als der Chef das Fenster öffnete, wusste er, es sah schlecht aus für Ligo. Der Chef aber glaubte, seinem Gast sei nur übel geworden, und öffnete das Fenster, damit er wieder zu sich käme! Pjotr Borissowitsch starb also nicht in seinem Bett. Die Kreditkarte hatte er wahrscheinlich in seiner Jackentasche, er dürfte sie kaum im Safe hinterlegt oder zu Hause gelassen haben. Sie musste schleunigst gefunden werden. Sobald der Chef sein Büro verlassen hatte, kletterte unser X durch das offene Fenster und durchsuchte die Taschen des Toten. Er war es, der diese Geräusche und den Lärm gemacht hat. Er hat den Monitor umgeworfen, weil er es so eilig hatte, aber er hat die Karte nicht gefunden!»

«Wie ist er denn reingekommen?», fragte Aksjuta neugierig. «Zweiter Stock und jede Menge Fenster auf der anderen Seite! Er konnte doch nicht am helllichten Tag einfach die Hauswand hochklettern!»

«Er ist auch nicht einfach hochgeklettert», erklärte Warwara. «Er ist in einem der Körbe gefahren, die die Fensterputzer benutzen. Alle sind längst daran gewöhnt, dass ständig so ein Ding an der Hauswand hängt, niemand hat darauf geachtet!»

«Na, das ist ja toll!», rief Aksjuta entzückt.

«Aber die Kreditkarte war nicht da! Und er kam zu dem Schluss, dass ich sie entwendet haben müsste. Er glaubte, ich sei im Büro gewesen, während er in seinem Korb saß und nicht sehen konnte, was im Büro geschah. Er war überzeugt, ich hätte den Toten durchsucht und die Karte an mich genommen. Übrigens hat mein Chef genau denselben Schluss gezogen. Er wusste ja auch gar nichts von der Existenz des Mister X. Nach dem Tod von Pjotr Borissowitsch hat er in dessen Taschen nachgesehen, nichts gefunden und dann schnell das Büro verlassen, weil er Angst hatte, mit der Leiche allein zu bleiben. Dann hat er nachgedacht und sich gesagt, dass die Karte vielleicht nicht in der Jacke, sondern in der Aktentasche steckte. Und dort nachzusehen hatte er vergessen. Oder er hatte keine Zeit mehr dafür gehabt. Nachdem man Pjotr Borissowitsch fortgebracht hatte, konnte er die Aktentasche untersuchen, aber auch dort war die Kreditkarte nicht zu finden. Und da war der Chef überzeugt, dass ich sie genommen hätte.»

«Sehen Sie», sagte der Chef, an Aksjuta gewandt. «Sehen Sie, Vitali Nikolajewitsch! Genau so war es nämlich! Sie muss durchsucht werden! Gleich jetzt und gleich hier! Sie war es, sie war die Diebin! Mein Gott, warum nur, warum habe ich ihm vertraut? Warum habe ich mich mit diesem Stümper eingelassen? Das ist alles nur ihre Schuld! Sie hat mich dazu gebracht!» Und er deutete mit seinem manikürten Finger auf Ilaria, die ihn mit verächtlichem Mitleid an-

sah und mit ihrer ganzen Haltung klar zu verstehen gab, dass sie damit nun wirklich nichts zu tun hatte!

«Für mich wurde eilig eine Dienstreise organisiert, von der ich nicht unverhofft zurückkommen konnte. Während ich in Karlsbad war, wollten sie meine Wohnung durchsuchen – denn ich würde es wohl kaum wagen, eine halbe Million Schweizer Franken mit über die Grenze zu nehmen. Aber Mister X erwies sich als flinker. Er war schon am Tag nach Pjotr Ligos Tod bei mir zu Hause, aber in meiner Wohnung schlief ein Freund von mir, der an dem Morgen aus Amerika gekommen war. Ich selbst war auf der Arbeit, das wusste X. Er war bei mir im Vorzimmer gewesen und hatte gefragt, wann ich nach Hause führe, und ich hatte geantwortet, so bald noch nicht. Er stahl mir die Schlüssel aus der Handtasche und machte sich auf den Weg, meine Wohnung zu durchsuchen. Er ist ein sehr … kaltblütiger Mensch.» Warwara hielt inne und lächelte. «Und ein sehr brutaler. Dimka hörte Geräusche und kam heraus, X schlug ihn auf den Kopf und flüchtete, weil er nicht sicher wusste, ob er ihn getötet hatte oder nicht. Dimka hat überlebt, aber er hat diesen Mann natürlich nicht gesehen. X beobachtete uns, als wir zu meiner Freundin fuhren, und wusste, dass ihn nun bestimmt niemand mehr stören würde. Am folgenden Tag kam er zurück und hat meine Wohnung auf den Kopf gestellt. Er hat alles durchwühlt, sogar meine Tapeten hat er abgerissen. Aber er hat nichts gefunden. Als mein Chef kam und die Wohnung durchsuchen wollte, gab es nichts mehr zu tun. Alles war schon herausgerissen und zerstört. Sie waren doch bei mir, Albert Anatoljewitsch?»

Der Chef, der die Hände wie einen Schutzschild vors Gesicht gelegt hatte, schielte mit einem blutunterlaufenen Auge zu Warwara hinüber und schwieg.

«Natürlich waren Sie da. Sie wussten von der Existenz der Kreditkarte, Sie wussten, dass das Geld unauffindbar war, und das ließ ihnen keine Ruhe. Sie konnten meinen Anblick nicht ertragen, weil Sie überzeugt waren, ich hätte Ihr Geld gestohlen! Oder vielmehr das von Pawel Bely.»

Warwara nahm wieder einen Schluck Tee aus ihrem Becher. Iwan Bersenjew schaute sie mit zurückgelegtem Kopf aufmerksam an.

«Dann hat man mich zusammengeschlagen», sagte sie, und Ilaria lächelte spöttisch. «Iwan hat mich vor meiner Haustür gefunden und wieder auf die Beine gebracht, aber eine Zeit lang hatte ich ihn ernsthaft im Verdacht, er habe das alles getan.»

«Ist sie verrückt geworden?», brummte Aksjuta und warf Iwan einen Blick zu.

«Ich konnte nicht begreifen, was für ein Interesse er an der Sache hatte! Wieso folgte er mir nach Karlsbad, wieso beobachtete er mich?» Sie seufzte. «Ich wusste ja nicht, dass dir die Firma gehört und du mehr als alle anderen betroffen bist!»

«Allerdings», nickte Iwan.

«Wäre nicht das Magazin gewesen, das im Auto auf dem Rücksitz lag und das ich trotz der Augenbinde sehen konnte, hätte ich gar nichts begriffen. Aber das war meine eigene Zeitschrift, und ich selbst hatte sie diesem Mann gegeben, wie ich das schon hundertmal vorher getan hatte!»

Entschlossen stand sie auf, ging zur Tür und machte sie weit auf. Ihre Wangen brannten hochrot.

«Kolja!», rief sie, und Iwan blickte sie verblüfft an.

Er erhob sich rasch, wobei er dem leidgeprüften Albert Anatoljewitsch auf den Fuß trat, und ging zu ihr.

Der Anführer des Dobermannrudels erschien in der Tür. Bei ihm war noch ein zweiter Mann.

«Ach, du verdammte Schlampe», sagte Ignat Brashnikow leise, «hast du es doch noch rausgefunden! Warum habe ich dich nicht gleich erledigt, ich Dummkopf! Totschlagen hätte ich dich sollen, statt Mitleid zu haben, ich Esel.»

Warwara wurde blass.

«Was ist denn das für ein Knabe?», fragte Aksjuta energisch. «Wo kommt der denn jetzt her?»

«Aus der Computerabteilung.» Der hasserfüllte Blick, mit dem Ignat sie anstarrte, verstörte sie so, dass ihr fast die Tränen kamen. «Ich habe Kolja gebeten, ihn zu holen. Das ist Mister X, der dritte Akteur des Stücks.»

«Der?! Du hast doch gesagt, er hätte in derselben Computerfirma wie der Tote gearbeitet!»

«Das hat er ja auch. Programmierer sind hierzulande unabhängige und aktive Menschen, sie arbeiten oft an mehreren Stellen. Hier.» Sie holte das Magazin und die Kladde aus ihrer Tasche. «Das ist die Zeitschrift aus unserem Vorzimmer, ein Computermagazin. Albert Anatoljewitsch hat es abonniert. Und das ist das Buch, in dem die Arbeitszeiten der Mitarbeiter von ‹Electronics Plus› registriert werden. Hier steht er, Ignat Brashnikow. Und da ist Ligo, Pjotr Borissowitsch.» Sie reichte Iwan die Kladde. Iwan schaute nicht einmal hinein.

«Wieso hast du mir eigentlich von dem Fenster erzählt?», fragte sie Ignat. «Wieso hast du mir gesagt, du hättest gesehen, wie der Chef es geöffnet hat? Wolltest du, dass ich glaube, der Chef hätte Pjotr Borissowitsch getötet?»

«Halt die Schnauze, Miststück», knurrte Ignat durch die Zähne.

«Die Zeitschrift – na gut. Du wusstest nicht, dass ich sie

im Auto gesehen hatte, und den Aufkleber hast du nicht beachtet, deshalb hast du sie auch bei ‹Electronics› liegenlassen. Aber wieso hast du das Fenster erwähnt?»

«Was hat das Fenster damit zu tun?», fragte Iwan.

«Er hat behauptet, er hätte gesehen, wie der Chef es öffnete. Vorher hatte er mir aber erzählt, er hätte den ganzen Tag an seinem Platz gesessen und das Interessanteste verpasst. Die Leiche, meinte er damit. Aber in ihrer Abteilung sind vor den Fenstern Jalousien aus Metall – schließlich stehen dort Computer, wertvolle Geräte! Und die Jalousien sind seit drei Monaten nicht mehr hochgezogen worden. Niemand konnte lüften, weil man an die Fenster nicht mehr drankam, und es war stockdunkel! Erst gestern sind sie repariert worden. Wenn diese Jalousien geschlossen sind, sieht man nichts, so sind sie konstruiert. Aber er hat mir gesagt, er hätte den Chef gesehen, das heißt, er war nicht an seinem Platz, das heißt, das war alles gelogen. Wozu?»

«Kolja, pass auf!»

Das war Iwan. Ignat hatte sich plötzlich auf Warwara gestürzt, sie an der Kehle gepackt und zu Boden geworfen, aber die Wachleute rissen ihn rasch zurück.

«Ist das ein fixes Kerlchen!», staunte Aksjuta ehrlich beeindruckt und blickte Warwara an. «Hat er dir wehgetan?»

«Nein.»

Iwan zog sie am Arm vom Boden hoch.

«Siehst du», sagte sie zu ihm, «ich habe fast alle Rätsel gelöst. Und du brauchtest dafür nicht einmal in den Computer von Pjotr Borissowitsch Ligo einzudringen.»

«Nein», gab Iwan zu.

«Nur das Geld habe ich nicht gefunden. Wo kann er es versteckt haben? Er hat diese verflixte Kreditkarte doch wohl kaum zu Hause liegenlassen! Also muss er sie bei sich

getragen haben. Wer hat sie ihm weggenommen? Wann? An jenem Tag war er die ganze Zeit hier, in diesem Büro. Er ist nirgends hingegangen.» Warwara schaute sich um, als hoffe sie die Karte zu erblicken, und alle schauten mit ihr zusammen umher. «Vielleicht hat er sie hier irgendwo versteckt, in einem unbeobachteten Moment, als der Chef nicht hinsah?»

«Weshalb sollte er das getan haben?»

«Vielleicht spürte er, dass ihm schlecht wurde, und fürchtete, wenn er in Ohnmacht fiele, könnte ihm alles aus den Taschen gestohlen werden, die halbe Million Franken eingeschlossen. Der Chef wäre durchaus imstande …»

«Schweigen Sie!», schrie der Chef. «Es reicht! Hören Sie endlich auf mit diesen Unverschämtheiten! Sie tischen uns hier lauter Lügengeschichten auf, und ich werde von Ihnen noch verlangen, dass …»

«Oje», brummte Iwan und warf einen teilnahmsvollen Blick auf den völlig aufgelösten Chef. «Jetzt ist alles zu spät. Schlimmer geht's nicht.»

«Sie kann sich doch nicht einfach in Luft aufgelöst haben, diese Karte», murmelte Warwara. «Unmöglich! Er hat das Büro nicht verlassen und kann sie nur hier versteckt haben oder … oder …»

Iwan schaute sie gespannt an.

Sie entzog ihm plötzlich ruckartig ihre Hand, rannte auf das weiße Sofa zu, fiel auf die Knie und schüttelte flink alle Sachen aus ihrer Handtasche. Auf dem luxuriösen Teppich wirkten Warwaras ärmliche Habseligkeiten völlig deplatziert.

«Was machst du da?», fragte Iwan und kauerte neben ihr nieder. «Was suchst du?»

«Er hat das Büro verlassen!», sagte Warwara atemlos. «Er

ist herausgekommen und hat mich um einen Aschenbecher gebeten! Ich habe ihm einen Aschenbecher gegeben und habe ihn vorher noch abgetrocknet, weil er feucht war! Wie konnte ich das vergessen?! Vielleicht ist er nur deshalb herausgekommen, um ...»

Sie befühlte die leere Tasche von allen Seiten, drückte das Futter zusammen, zupfte an den Innenfächern ...

... und fand, was sie suchte.

Das flache Stückchen Plastik steckte unter dem Futter auf dem Boden der Tasche. Warwara ertastete es, riss das Futter auf und zog die Karte heraus. Das kleine Rechteck aus Plastik funkelte golden auf.

«Ist sie das?», fragte Warwara und hielt Iwan die Karte hin.

Iwan nickte.

«Ich hab's doch gesagt! Ich hab doch gesagt, sie hat sie gestohlen! Sie war ja die Allererste!», zeterte der Chef. «Ihre Wohnung hätte man sofort durchsuchen müssen, aber als ich kam, war ja schon alles durchwühlt! Mein Gott, diese Idiotin, diese dumme Nuss!»

«He, du», schnauzte Aksjuta ihn laut an, «jetzt halt mal endlich die Klappe!»

Der Chef verstummte gehorsam und fing stattdessen an, auf seinem Stuhl zu schaukeln. Der Stuhl ächzte.

«Ich habe alles aus dieser beschissenen Tasche rausgekippt, als du vors Auto gelaufen bist!», sagte Ignat Brashnikow voller Hass. «Alles! Wieso bist du unter diesem Auto nicht krepiert! Es war nichts drin! Warum bin ich nicht auf die Idee gekommen, sie mitzunehmen?! Warum habe ich sie weggeworfen?! Ich dachte, mehr wäre nicht drin! Und dabei lag sie die ganze Zeit in dieser bescheuerten Tasche!»

Vor ohnmächtigem Hass kniff er die Augen zusammen.

Auch Warwara schloss die Augen – sie war sehr müde.

«Ich bin stolz auf dich», sagte Iwan. «Du bist eine tolle Frau.»

ES WAR GAR NICHT NÖTIG, sich so lange anzuziehen, und im Grunde genommen war es auch viel bequemer, im Bademantel zu frühstücken, aber Warwara war einfach zu begeistert von ihren neuen Kleidern und von sich selbst in diesen Kleidern. Als sie von Iwan eine Bestätigung ihrer Unwiderstehlichkeit verlangte, antwortete er, am besten gefiele sie ihm ohne alles, aber sonst sei es schon besser als vorher, ja. Warwara wurde rot.

Die Jeans war hellblau und aus festem Stoff, aus den Ärmeln des Pullovers schauten nur ihre Fingerspitzen hervor. Die Verkäuferin hatte gesagt, das sei jetzt sehr modern. Warwara hatte keine Ahnung, was modern war und was nicht, aber es gefiel ihr.

«Raus mit dir», sagte Iwan vor der Tür. «Du kommst zu spät zur Arbeit.»

«Komme ich nicht.»

«Doch, kommst du.»

«Wieso komme ich zu spät? Ich gehe immer um diese Zeit los und komme nicht zu spät.»

«Erstens, weil dein Apoll angerufen hat.»

«Was für ein Apoll?», fragte Warwara verständnislos.

«Dieser Isaaki oder Terenti. Wie heißt er noch?»

«Arseni!», sagte Warwara und stampfte mit dem Fuß auf. «Du weißt sehr gut, dass er Arseni heißt! Und er ist überhaupt kein Apoll! Er ist ein prima Kerl.»

«Dein prima Kerl hat angerufen», wiederholte Iwan ge-

duldig. «Er bittet dich, etwas früher zu kommen, weil er nach vier alle nach Hause schicken will. Weiter habe ich ihm, ehrlich gesagt, nicht zugehört.»

Warwara stellte sich auf die Zehenspitzen und küsste ihn auf die wohlriechende Wange. Ihr Herz plumpste in die Tiefe, schrumpfte auf Stecknadelkopfgröße, blähte sich dann zu einem Luftballon auf, und auf diesem Luftballon flog Warwara, flog und flog … und landete schließlich in seinen Armen.

«Zum Kuckuck mit dir», sagte sie und schubste ihn von sich. «Das ist ja einfach furchtbar. Ich bin gar nicht mehr ich selbst.»

«Außerdem hat noch deine Freundin angerufen», teilte er ihr mit und schaute ihr tief in die Augen. «Sie hat gesagt, ihr Vater würde mit ihnen zum Flughafen fahren, wir sollten uns keine Umstände machen.»

«Das sagt sie, weil sie sich vor dir geniert», erklärte Warwara. «Sie kann ja fahren, mit wem und womit sie will, aber Wassja nehmen wir mit. Er hat noch nie in seinem Leben in einem Mercedes gesessen.»

Bis vor sehr kurzer Zeit hatte auch Warwara Laptewa noch nie in einem Mercedes gesessen, aber jetzt kannte sie sich mit dieser Automarke so gut aus, dass sie Wassja schon darin spazieren fahren konnte.

«Ist es ein Direktflug?»

«Keine Ahnung», meinte Warwara. «Ich weiß gar nicht, ob es Direktflüge nach Texas gibt.»

«Aeroflot?»

«Aber nein, Lufthansa, glaube ich.»

«Dann höchstwahrscheinlich bis Houston und mit Zwischenlandung. Euer Wassja wird aus dem Häuschen sein.»

«Wird er nicht. Er redet nur davon, dass er zu Dimka

fliegt und bei ihm wohnen wird, und Dimka wird sein Papa sein.»

Dimkas Eltern hatten inzwischen Tanja und Wassja kennen gelernt, und erstaunlicherweise war sogar Dimkas Mutter mit seiner Wahl einverstanden. Iwan hatte für Dimkas Vater in einer Boutique eine neue Jacke gekauft, die der alten ganz ähnlich war. Die alte hatte Warwara behalten. Tanjas Eltern waren völlig verblüfft über ihre waghalsige Tochter und wussten nicht, ob sie sich freuen oder traurig sein sollten. Immerhin bedeutete es ja eine Trennung für sehr lange.

Mittlerweile war Warwara damit beschäftigt, sich zurechtzuzupfen – «hier ein bisschen und hier», wie Madame Monroe es ihr gezeigt hatte.

«Kommst du nun, oder kommst du nicht?», rief Iwan. «Ich dachte, du bist fertig!»

«Was hast du nur immer?», rief Warwara zurück und warf die Bürste beiseite. «Wir haben noch jede Menge Zeit!»

«Ich möchte, dass du dir vor der Arbeit noch mein Geschenk ansiehst», sagte er mit besonderer Betonung und tauchte wieder in der Tür auf. «Jetzt gleich.»

«Geschenk?», stotterte Warwara. «Was für ein Geschenk? Wie viele Geschenke denn noch, Iwan?»

«Komm.» Er zog sie mit. «Sieh es dir an.»

Sie schaute ihm ins Gesicht und kam endlich aus dem Bad heraus.

Ein riesiges, fremdartig aussehendes Tier auf zwei Rädern stand mitten in den königlichen Gemächern auf dem hellen Parkett. Die Sonne funkelte in dem verchromten Stahl des hoch in die Luft gereckten Lenkers und in den Speichen der breiten Räder. Das Tier stand leicht zur Seite geneigt, in einer spöttischen, fast schon herausfordernden Pose, als mustere es Warwara abschätzend.

Sie hatte keine Ahnung, wie es hierhergekommen war – gestern war es noch nicht da gewesen, und sie hatte keinerlei Geräusche gehört, die seine Ankunft angekündigt hätten.

Etwas beklommen näherte sie sich ihm.

Das Tier hatte einen prächtigen Ledersitz mit Messingschnallen. Warwara berührte vorsichtig eine Schnalle.

Irgendwelche Buchstaben tanzten ihr vor den Augen, die sich nicht zu Worten fügen wollten.

Warwara blinzelte heftig, und zwei Tränen der Rührung fielen mit vernehmlichem Platschen auf das dunkle Leder. Sie wischte sie rasch mit der flachen Hand weg, eine feuchte Spur hinterlassend.

Vor ihren Augen wurde es klarer, und die verchromten, blitzenden Buchstaben formten sich endlich zu Worten:

«Harley-Davidson» stand dort geschrieben.